人民共和國文化與文學叢書

初 編

李 怡 主編

第 **12** 冊

文革新詩編年史(下)

劉福春 著

花木蘭文化出版社

國家圖書館出版品預行編目資料

文革新詩編年史（下）／劉福春 著 -- 初版 -- 新北市：花木蘭
文化出版社，2014〔民103〕

目 2+264 面；19×26 公分
（人民共和國文化與文學叢書 初編：第12冊）
ISBN 978-986-322-766-3（精裝）

1. 新詩 2. 編年史

820.8   103012663

ISBN-978-986-322-766-3

9 789863 227663

特邀編委（以姓氏筆畫為序）：

吳義勤　孟繁華　張　檸
張志忠　張清華　陳思和
陳曉明　程光煒　劉福春
（臺灣）宋如珊
（日本）岩佐昌暲
（新西蘭）王一燕
（澳大利亞）鄭　怡

人民共和國文化與文學叢書
初　編　第十二冊　　　　　　　ISBN：978-986-322-766-3

文革新詩編年史（下）

作　　者　劉福春
主　　編　李　怡
企　　劃　北京師範大學民國歷史文化與文學研究中心
　　　　　四川大學現代中國文化與文學研究中心
總 編 輯　杜潔祥
副總編輯　楊嘉樂
編　　輯　許郁翎
印　　刷　普羅文化出版廣告事業
出　　版　花木蘭文化出版社
社　　長　高小娟
聯絡地址　235 新北市中和區中安街七二號十三樓
　　　　　電話：02-2923-1455／傳眞：02-2923-1452
網　　址　http://www.huamulan.tw 信箱 hml810518@gmail.com
初　　版　2014 年 9 月
定　　價　初編 17 冊（精裝）新台幣 30,000 元

文革新詩編年史（下）

劉福春　著

目

次

1975 年

1975 年 1 月

1 日　《光明日報》刊出《批林批孔當闖將　大幹巧幹繪新圖——工農兵詩選》，刊有老貧農魏文中《慶新年》、解放軍某部馬懷金《戰士的歌》、工人黃聲孝《我們團結在紅旗下》等詩。

1 日　《人民日報》刊出《小靳莊社員詩歌選》，刊有女民兵王玉華《毛澤東思想指航程》、大隊黨支部書記王作山《給毛主席唱支豐收歌》、大隊婦代會主任周克周《天地新春我們開》等詩。

1 日　《文匯報》刊出上海市電影工業公司嚴祥炫《毛主席啊，您給祖國帶來了春天——迎接一九七五年》等詩。

1 日　《解放軍文藝》1975 年 1 月號刊出卜雪松《山間夜校》、常安《怒火》、張贊廷《浩特，戰鬥的堡壘》、雷抒雁《風中雨中》、胡笳《裝油臺放歌》、程步濤《海島聯防會》等詩。

3 日　《天津日報》刊出巴亦的文章《革命的戰歌　時代的畫卷——喜讀〈小靳莊詩歌選〉》。文章說：「這次搜集在《小靳莊詩歌選》中的六十多名社員寫的一百多首詩歌，就是從全村創作的千餘首詩中間挑選出來的。這麼多的農民群眾跨上詩壇，揮筆抒發革命的豪情，歌頌偉大領袖毛主席，歌頌我們偉大的黨，歌頌我們偉大的時代和英雄的人民，使詩壇面貌煥然一新，這是何等激動人心的革命景象！這是詩歌領域中的一場革命。它使詩歌進一步從少數專門家的手中解放出來，成為廣大工農兵群眾手中的有力武器。文藝戰線這一蓬勃興旺的嶄新局面，只有在毛主席領導的新中國，才有可能出現；

只有在經過無產階級文化大革命和批林批孔運動的今天，才能夠出現！」

5 日　《解放日報》刊出詩輯《神州喜傳捷報聲》和紀宇《元旦晨景》、路野《公社春早》等詩。

5 日　《文匯報》刊出胡笳的詩《油海浪花》。

8〜10 日　中共十屆二中全會在北京舉行，選舉鄧小平為中共中央副主席、中央政治局常委。

9 日　龔舒婷（舒婷）作詩《海濱晨曲》。此詩收詩集《雙桅船》，上海文藝出版社 1982 年 2 月出版。

10 日　龔舒婷（舒婷）作詩《珠貝──大海的眼淚》。此詩初刊《福建文藝》1980 年第 1 期；收詩集《雙桅船》，上海文藝出版社 1982 年 2 月出版。

10 日　《北京文藝》1975 年第 1 期刊出《紅星公社詩選》和北京永定機械廠楊俊青《人民大會堂的燈火》、李瑛《鋼鐵邊防》等詩。

10 日　《天津文藝》1975 年第 1 期刊出《小靳莊特輯》，刊有天津市文化局創作評論組《小靳莊的詩歌創作活動為什麼開展得這樣好》等文和《小靳莊社員詩歌選》。天津市文化局創作評論組說：「天津市寶坻縣林亭口公社小靳莊大隊的群眾性詩歌創作活動，是在無產階級文化大革命和批林批孔運動的推動下，在學習、普及革命樣板戲的帶動下，蓬蓬勃勃地開展起來的。在小靳莊，黑板報上登著詩，批判會上念著詩，賽詩會上朗誦著詩，生產勞動中唱和著詩。全大隊二百五十多名男女整半勞力中，經常參加詩歌創作活動的就有一百七十多人，幾個月內寫了近兩千首詩歌，開了八次大型的賽詩會。老貧農在地頭場邊琢磨著詩句，年輕的夫妻在燈下商量著改詩。有的社員全家寫詩，一家人在飯桌上邊吃飯邊評詩，有的訂一本《全家詩歌集》，記錄著全家老少的新詩。在小靳莊，寫詩評詩蔚然成風。他們的詩歌，熱情歌頌偉大領袖毛主席，歌頌中國共產黨，歌頌毛主席的革命路線，歌頌無產階級文化大革命和社會主義新生事物，並對林彪、孔老二進行了深刻有力的批判。他們的詩歌，主題鮮明，語言簡練，剛健清新，充滿了強烈的無產階級感情和戰鬥精神，在三大革命運動中，發揮了革命文藝『團結人民、教育人民、打擊敵人、消滅敵人』的戰鬥作用。他們的詩歌，從內容到形式都顯示了嶄新的面貌，開了一代新詩風。」

10 日　《朝霞》1975 年第 1 期刊出孫紹振、劉登翰的長詩《狂飆頌歌》和毛炳甫《總指揮──老炮手》等詩。

13 日　《人民日報》刊出北京市化工局工人理論組《時代的戰歌——贊詩集〈大慶戰歌〉》、韓望愈《翱翔吧，年輕的海燕——評詩集〈我是延安人〉》等文。

13 日　《光明日報》刊出馬聯玉的文章《時代的戰鼓　鬥爭的頌歌——贊〈小靳莊詩歌選〉》。文章說：「讀小靳莊的詩，使人很容易聯想起一九五八年的民歌。昂揚的革命精神，宏偉的革命英雄主義氣魄，強烈的無產階級政治內容，生動、新鮮和非常具有表現力的語言，是兩者共同的特色。小靳莊的詩歌是一九五八年大躍進時期的民歌的發展。歷史畢竟已經前進了十六年；在這不平常的十六年中，經歷了偉大的無產階級文化大革命和批林批孔運動，社會主義革命更加深入，人民群眾的鬥爭生活有了新的內容、新的特點，革命人民的階級鬥爭覺悟和路線鬥爭覺悟也有了新的提高。因此，小靳莊社員的詩歌創作有了更新的特色。如果說，一九五八年的民歌的大部分，是表現革命人民同大自然作鬥爭的，是表現敢想敢幹的共產主義風格的。那麼，小靳莊社員的詩歌的大部分，就題材和主題來說，轉向了一個新的領域：表現階級鬥爭和路線鬥爭，直接表現上層建築領域裏的社會主義革命。有些詩歌，本身就是投槍、匕首，是擲向敵人的手榴彈。」

13 日　《天津日報》刊出天津市文化局創作評論組的文章《小靳莊的詩歌創作活動爲什麼開展得這樣好》。

13～17 日　第四屆全國人民代表大會在北京召開。大會通過了《中華人民共和國憲法》。

15 日　《甘肅文藝》1975 年第 1 期刊出李雲鵬《團結戰鬥譜新歌》、夏羊《學大寨的戰旗》、師日新《千軍萬馬墾荒來》等詩和述文《戰鬥的詩篇——贊禮縣何家莊社員的詩歌》等文。

15 日　《廣西文藝》1975 年第 1 期刊出《熱烈歡呼四屆人大勝利召開》民歌、詩歌 15 首和南寧市工人張波《毛主席指引我們勝利遠航》、邕寧縣工人李湘《我們車間的年青人》等詩。

15 日　《河北文藝》1975 年第 1 期刊出張從海《煤海春潮》、工人郭廓《廠報主編》、解放軍某部常安《軍營來了慰問團》等詩。是期文訊：「在批林批孔普及、深入、持久發展的大好形勢下，省革委文藝組最近在廊坊地區香河縣召開了學習小靳莊群眾詩歌活動經驗座談會。參加會的有文化、宣傳部門的幹部，各地區詩歌活動開展較好的社隊、廠礦的代表，部分工農兵業餘詩

歌作者和專業作者，共計八十餘人。」「會議以黨的基本路線爲綱，以批林批孔爲動力，認眞學習了毛主席有關文藝工作的重要指示，學習了革命樣板戲的經驗，學習了天津市寶坻縣小靳莊大隊開展群眾詩歌活動的經驗，總結、檢查了我省群眾詩歌活動的開展情況，使全體與會人員受到了一次深刻的路線教育。」「會議認爲，在大好形勢下，我們一定要看到階級鬥爭還存在，路線鬥爭仍在繼續，城鄉社會主義思想文化陣地佔領與反佔領的鬥爭還在尖銳激烈地進行著。因此，我們決不能喪失自己的警惕性，要始終保持清醒的頭腦，在意識形態領域裏打一場進攻戰、持久戰。在這方面，寶坻縣小靳莊的貧下中農給我們作出了榜樣。我們要認眞學習小靳莊的經驗，鼓足革命幹勁，把我省群眾性的文藝宣傳活動和詩歌創作活動進一步開展起來。」「會議認爲，開展群眾性的詩歌創作活動，是批林批孔、深入進行思想和政治路線方面的教育的一種行之有效的形式，應當大力提倡，認眞普及，並且在普及的基礎上不斷提高。當前，詩歌創作要認眞學習革命樣板戲『三突出』的創作經驗，緊密結合三大革命的實際，努力塑造工農兵高大的英雄形象，抒發革命的豪情壯志，使我們的詩篇成爲時代的鼓點、階級的琴弦、戰鬥的火花。」

16日　《光明日報》刊出《天地新春人民開　社員闊步登詩壇——天津市工農兵贊〈小靳莊詩歌選〉》，刊有天津市寶坻縣石橋公社社員張樹桐《詩人就是勞動者　詩歌就是好武器》、天津重型機器廠女工人胡日瑩《喜看詩壇放異彩》、天津警備區戰士范建軍《小靳莊的詩歌就是好》、天津鐵路分局天津站女工人聶紫霞《眞是揚眉吐氣》、大港油田鑽井隊工人單士航《豐收的歌　戰鬥的歌》文 5 篇。聶紫霞說：「最近，《小靳莊詩歌選》出版了！『大老粗』寫的詩歌編成書出版，歷史上哪一朝哪一代有過這樣的事？只有在黨和毛主席的領導下，在毛主席的革命文藝路線指引下，勞動人民才登上了詩壇，堂堂皇皇地出版自己的作品，眞是令人揚眉吐氣！」

17日　《人民日報》刊出張繼堯的文章《新型的農民　嶄新的詩篇——讀〈小靳莊詩歌選〉》。文章說：「《小靳莊詩歌選》，是開放在我國革命文藝園地中的一簇社會主義新花。小靳莊社員的詩歌創作實踐，爲我們狠抓意識形態領域裏的革命，用馬克思主義、列寧主義、毛澤東思想佔領上層建築各個領域，提供了寶貴的經驗。《小靳莊詩歌選》的出版，生動地說明了：勞動人民不僅是社會物質財富的創造者，同時也是精神財富的創造者；工農兵不但在政治上是社會主義新中國的主人，而且也是我國社會主義新文化的眞正主

人。小靳莊貧下中農的詩歌創作，是對林彪、孔老二『上智下愚』、『天才』論等反動謬論的有力批判，也是對攻擊、誣衊無產階級文化大革命和批林批孔運動的國內外一小撮階級敵人的有力回擊！」

18 日　《光明日報》刊出該報記者的報導《舉旗抓綱邁大步　紅心鐵手創未來──小靳莊迎新賽詩會側記》。

19 日　《光明日報》刊出解放軍某部李幼容《花毯獻給毛主席》、蒙古族特·賽音巴雅爾《奶酒新歌》等詩。

20 日　《福建文藝》1975 年第 1 期刊出耘達《東風浩蕩》、黃河浪《開山炮》、柯原《才溪詩抄》、上杭上山下鄉知識青年劉瑞光《山鄉紀事》等詩。是期刊出《熱烈歡慶四屆人大勝利召開》詩增頁，刊有永安維尼綸廠工人于平《喜訊傳來》、福建師範大學工農兵學員郭圓蓋《紅色的電波》、王性初《放聲歌頌新憲法》等詩。

20 日　《陝西文藝》1975 年第 1 期刊出《躍進歌聲漫山川》新民歌 23 首和徐鎖《戰鬥的腳步》、葉曉山《釘道》等詩。

23 日　《河南日報》刊出報導《賽詩會上抒豪情》。報導說：「像春風送暖，戰鼓催春，紅色電波傳來了四屆人大勝利召開的喜訊。洛陽地區出席省上山下鄉知識青年積極分子代表會議的代表們，抑制不住內心的激動，深夜舉行了賽詩會。他們滿懷激情熱烈地歌頌偉大領袖毛主席，歌頌偉大的中國共產黨，歌頌我們偉大的祖國。」

23 日　《解放日報》刊出詩輯《人大吹響進軍號》和上海工程機械廠謝其規《團結勝利的大會──熱烈歡呼四屆人大勝利召開》、上海玻璃廠王森《爐臺──獻禮臺》等詩。

23 日　《文匯報》刊出陳祖言《贊新憲法》、解放軍某部淩旗《各族戰士慶人大》等詩。

25 日　《黑龍江文藝》1975 年第 1 期以《大慶紅旗迎風展》、《戰天鬥地歌聲高》、《礦山英雄齊踴躍》為總題刊出大慶工人王學海《毛主席指路咱們走》等新民歌；是期還刊出增刊，刊有王慶斌《歡呼之歌》、李風清《快說說咱們的心裏話》等詩。

26 日　《解放日報》刊出城建局橋梁場陳傳俊《金橋喜向北京架》、徐家滙新華書店錢永林《人大公報化春雨》等詩。

28 日　《人民日報》刊出《誓把青春獻農村──小靳莊大隊下鄉知識青年詩歌選》，刊有張小鴿《征途萬里不停步》、郝志成《打靶場上》等詩。

　　1月　　張建中（林莽）作詩《悼一九七四年》。此詩收詩集《我流過這片土地》，新華出版社 1994 年 10 月出版。

　　1月　　《安徽文藝》1975 年 1 月號刊出嚴陣《東風不停地吹——文化大革命凱歌之四》、上山下鄉知識青年江錫銓《我的歌獻給淮北人民》、解放軍某部稽亦工《軍營紀事》等詩和劉澤林的文章《嘹亮的時代號角——喜讀小靳莊社員詩歌》。

　　1月　　《廣東文藝》1975 年第 1 期刊出《鐵流奔騰鋼花俏——廣鋼工人歡慶四屆人大詩選》和工人呂宇《紅心飛向人民大會堂》、公社黨委書記劉炳汶《水鄉兒女學大寨》等詩及江嵐《大幹出詩歌　詩歌促大幹——順德縣北滘公社的詩歌活動》等文。

　　1月　　《河南文藝》1975 年第 1 期刊出《詩情來自中南海——虞城縣詩選》、《新愚公之歌——濟源縣裴村大隊詩歌選》、《萬紫千紅又添春——鄭州市二七路百貨商店賽詩會詩選》和中共虞城縣委駐鄭集大隊工作組的文章《詩滿田野歌滿莊》。

　　1月　　《湖北文藝》1975 年第 1 期刊出工人胡發雲《遵義寄情》、黃聲笑（黃聲孝）《長江號子唱新春》、管用和《公社人》等詩。

　　1月　　《吉林文藝》1975 年 1 月號刊出詩輯《擂鼓集》，刊有公社文化站李柏龍《詩情如水滾滾來》、公社黨委書記王彥芳《靠咱雙手和雙肩》等詩。

　　1月　　《江蘇文藝》創刊號刊出《江南春歌紅如火——常熟縣斜橋大隊農民詩十二首》並編者按和孫友田《不滅的火焰》、郭浩《鬥石歌》、楊德祥《歌自故鄉來》等詩。編者按：「隨著批林批孔運動的深入發展，在大力普及革命樣板戲和小靳莊經驗的鼓舞下，我省群眾性的文藝創作活動出現了嶄新的面貌。在這裡，我們懷著十分興奮的心情，向讀者推薦常熟縣莫城公社斜橋大隊的一束農民詩。這些詩來自三大革命鬥爭第一線，時代精神強烈，生活氣息濃厚，它們是戰鬥的號角，進軍的戰鼓。斜橋大隊的廣大幹部、群眾寫詩賽詩，歌頌毛主席的革命路線，歌頌無產階級文化大革命，歌頌社會主義新生事物；以詩作武器，向林彪、孔老二所宣揚的剝削階級的舊思想、舊文化主動進攻。有力地推動了思想文化領域的革命，促進了農業學大寨運動的蓬勃發展。完全可以相信，各地必將會有更多的新人新作品湧現出來。」是期還刊出「熱烈歡呼四屆人大勝利召開」增頁，刊有上山下鄉知識青年薛爾康《獻給四屆人大的歌》等詩。

1月　《江西文藝》1975年第1期刊出江西新民歌《千歌萬曲頌「人大」團結勝利向前進》和解放軍某部王耀東《尖刀班》、知識青年巫猛《書記的扁擔》、戰士鍾長鳴《軍向井岡山》等詩及胡少春、工人周介龍、戰士朱和平的文章《在矛盾和鬥爭中塑造英雄人物——學習詩報告〈西沙之戰〉的體會》。

1月　《遼寧文藝》1975年第1期刊出劉文玉《激戰前夜》、工人田永元《運輸線上躍進歌》等詩。

1月　《內蒙古文藝》1975年第1期刊出詩輯《各族人民齊歌唱——熱烈歡呼「四屆人大」的勝利召開》、《千里鐵道盡朝暉——工人詩抄》和火華《北京寄來的包裹》等詩。

1月　《寧夏文藝》1975年第1期消息：在批林批孔運動的推動下，銀川市地毯廠工人群眾，學習小靳莊先進經驗，開展了群眾性的詩歌創作活動。全廠舉行了三次詩歌朗誦會，工人們朗誦了自己創作的二百多首戰鬥詩篇。這些詩的特點是飽含革命激情，愛憎分明，語言樸素，熱情歌頌了毛主席的革命路線，有力地批判了林彪的反革命修正主義路線。在群眾文藝創作活動中，全廠已經湧現了一批文藝創作骨幹，成立了工人業餘創作小組，緊密地配合了批林批孔開展活動。工人的革命精神大發揚，生產積極性高漲，提前四十五天完成了一九七四年的生產計劃。

1月　《四川文藝》1975年1月號刊出詩輯《創業之歌》、《陽光燦爛照征途——四川汽車製造廠工人詩歌選》和范國華的文章《風雷激蕩戰歌壯——談工人詩歌的戰鬥特色》。該刊1975年第3期刊出尹在勤的文章《詩應該有那麼一股勁——讀鋼城組詩〈創業之歌〉》。文章說：「這組詩，一共八首。它們的作者，都是戰鬥在鋼城建設第一線的創業者。他們都有一股兒創業者的激情和氣概。因而，不需做作，不假雕飾，那種無產階級的自豪感，就在他們的詩中抒寫了出來。」「讀著這組詩，不能不為它們所抒寫的鋼城創業者那股衝天的革命勁，那種革命加拼命的精神所打動。當前，我們需要大力提倡的，正是這樣一種詩。詩歌有了一股濃烈的革命勁，才能真正反映出時代精神，才能真正成為『團結人民、教育人民、打擊敵人、消滅敵人的有力武器』。」

1月　《武漢文藝》1975年第1期刊出黃耀暉《報春花》、工人饒惠君《林海歌聲》、解放軍雷子明《雪裏行軍情更迫》等詩。

1月　王懷讓的《我是小小批判家——批林批孔兒歌集》由河南人民出版社出版。

1月　　上海人民出版社編的詩集《一代更比一代強》由該出版社出版。

1月　　湖南人民出版社編的《戰歌集——批林批孔詩歌選》由該出版社出版。

1月　　宋福森的詩集《車老板的歌》由吉林人民出版社出版。作品分為《金光閃閃照咱心》、《車輪滾滾賽春雷》等4輯，收《毛主席著作格外親》、《地頭批判會》、《公社好比幸福泉》、《縣委書記來蹲點》等詩40首，有中共長嶺縣委宣傳部的文章《農民詩人宋福森》。該書《內容提要》說：「本書收吉林省農民詩人宋福森創作的詩歌四十首。」「宋福森同志是生產隊的車老板。在毛主席革命文藝路線的指引下，自一九六四年開始為革命寫詩，為社會主義歌唱。本書所收的詩，是從他十年來的創作中編選的。這些詩熱情地歌頌了黨，歌頌了毛主席，讚頌了無產階級文化大革命的偉大勝利和人民公社在農業學大寨運動中欣欣向榮的新面貌，歌唱了社會主義新生事物的成長；他還以詩歌為武器，向林彪、孔老二猛烈開炮，受到了廣大貧下中農的歡迎。書後附有中共長嶺縣委宣傳部所寫《農民詩人宋福森》一文，可供讀者參考。」

1月　　《煤海春潮》編寫組編的《煤海春潮——開灤礦工詩選》由河北人民出版社出版。收採煤工金濤《端著煤山向黨獻》、調車員李樹生《毛主席登上「十大」主席臺》、採礦工葛祥《猛聽臺上一聲吼》、開拓工蔡華《風鎬頌》等詩64首。當時的評論說：「《煤海春潮》（河北人民出版社出版），是開灤礦工自己編寫的一本詩集。工人是國家的主人，也是文藝的主人。他們拿起鎬頭能採煤，拿起筆來能寫詩，能文能武。他們被人稱為『窰花子』的時代，一去不復返了。」「由於作者們都是戰鬥在三大革命第一線的戰士，寫出來的詩生活氣息濃，戰鬥性強，思想感情真摯，人物形象生動，令人可敬可愛。看，這裡有『我們的礦黨委書記』，有煥發革命青春的老礦長，有年輕的新支書，有鍋爐工、電焊工、保育員、炊事員，等等，各條戰線的鬥爭生活和人物都有反映。」「在肯定成績的同時，我覺得這本詩集還有不足之處。頌歌部分比較弱，有些詩一般化，挖掘得不深。」（開灤工人歌今《沸騰的煤海詩潮湧——讀詩集〈煤海春潮〉的一點感想》，1975年5月15日《河北文藝》1975年第5期）

1月　　新疆大學中文系工農兵學員編的《天山炮聲隆——批林批孔詩歌選》由新疆人民出版社出版。收有工人高炯浩《車間怒火》、石油工人安定一《把批林批孔的戰鼓擂得更急》、李幼容《毛主席揮手齊戰鬥》等詩。

　　1 月　　詩集《團結戰鬥的歌——熱烈慶祝四屆人大勝利召開》由上海人民出版社出版。收李家榮《咱跟毛主席闖前程》、史玉新《煉鋼爐前讀喜報》、陸萍《沸騰的紡織廠》、楊明《築出萬座棉糧庫》等詩 59 首。

　　1 月　　洛陽東方紅拖拉機廠工人文藝創作組編的詩集《我爲祖國造鐵牛》由人民文學出版社出版。收李清聯《毛主席指揮咱鬥爭》、李耀揚《革命大字報贊》、邊璽中《車間雄鷹》、王慶運《下班來到練兵場》等詩 60 首，有編者《編後》。當時的評論說：「洛陽東方紅拖拉機廠工人文藝創作組編的詩集《我爲祖國造鐵牛》，是業餘詩歌創作的新收穫。這本詩集，是東方紅拖拉機廠大量群眾創作中的一部分。這些在火熱的鬥爭生活中產生的詩篇，鏗鏘有力，激情飽滿，展示了經過無產階級文化大革命和批林批孔運動鍛鍊的拖拉機工人的嶄新的精神面貌，生動地表現了拖拉機工人堅持無產階級專政下繼續革命、大幹社會主義，爲祖國造鐵牛的豪邁氣概。」「洛陽東方紅拖拉機廠的業餘作者搞文藝創作，目的很明確，就是爲了用馬克思主義、列寧主義、毛澤東思想佔領思想文化陣地，爲了鞏固無產階級專政。他們學習革命樣板戲的創作經驗，寫詩力求反映重大主題，緊密配合現實鬥爭，因而他們的作品具有強烈的戰鬥性和時代精神。」「這本詩集在藝術上也很有特色。它基調高亢，生活氣息濃厚，有著飽滿的革命激情，有著清新明快的風格。它的語言，來自拖拉機廠工人多彩的生活，又經過加工提煉，從民歌、曲藝中吸收了營養，又有所創新。不少詩篇樸實洗煉，讀來琅琅上口，有著濃厚的民族風格和鮮明的工人特色。這也是值得我們學習的。」（北京第一機床廠王恩宇《喜讀詩集〈我爲祖國造鐵牛〉》，1975 年 6 月 25 日《人民日報》）

1975 年 2 月

　　1 日　　《解放軍文藝》1975 年 2 月號刊出馬思泰《黨的路線放光芒》、戰士單志傑《喜送連長上北京》、張金康《革命傳統放光輝——喜看革命現代京劇〈紅雲崗〉》、肖振榮《雨夜》等詩。

　　2 日　　《光明日報》刊出北京永定機械廠楊俊青的文章《接過鐵人手中旗——讀詩集〈大慶戰歌〉》和張永枚的詩《空中絲綢之路》。

　　2 日　　《文匯報》刊出江迅《扎根派的歌——記一個農場的「扎根農村」誓師大會》等詩和紅雨的文章《「裝點祖國好年華」——讀歡慶四屆人大的幾首詩有感》。

3日 《解放日報》刊出《聯益大隊詩歌選》和該報記者的報導《田頭詩壇百花開——記崇明縣江口公社聯益大隊群眾性的詩歌創作活動》。

4日 遼寧省營口和海城地區發生強烈地震。

5日 《雲南文藝》1975年第1期《熱烈歡呼第四屆全國人民代表大會勝利召開》欄刊出哈尼族歌手李遮魯《毛主席的光輝照邊疆》、李霽宇《向祖國獻上一支歌》等詩。

6日 《人民日報》刊出天津市文化局創作評論組的文章《小靳莊是怎樣開展詩歌創作活動的？》。

6日 《天津日報》刊出新華社記者的報導《喜看詩壇開新篇——記小靳莊大隊群眾性業餘詩歌創作活動》。

7日 《解放日報》刊出新華社記者的報導《喜看詩壇開新篇——記小靳莊大隊群眾性業餘詩歌創作活動》。

9日 《人民日報》發表社論《學好無產階級專政的理論》，首次公佈毛澤東1974年12月關於理論問題的指示。

10日 《貴州日報》刊出綏陽縣雅泉公社通訊組吳仲華的報導《口頌詩歌心向黨——記綏陽縣雅泉公社千工大隊賽詩會》。

12日 《光明日報》刊出該報通訊員、該報記者的《寫革命詩歌 做社會主義新文化的主人！——小靳莊部分詩歌作者座談會紀要》。王新民（一隊副隊長）說：「寫革命詩歌，沒有無產階級感情是不行的。我生在舊社會，長在紅旗下，對勞動人民在舊社會所受的苦難，體會不深。在偉大的批林批孔運動中，老貧農的憶苦思甜，有力地批判了林彪效法孔老二『克己復禮』的罪行，激發了我的無產階級義憤，決心要寫詩參加戰鬥。於是我就開始構思《批判會上一隻斗》這首詩。我有幾天白天吃不好飯，晚上睡不好覺，一心想著怎麼把這首詩寫好。要寫貧下中農批林批孔的戰鬥詩篇，就要使用貧下中農充滿革命感情的語言。因此，我就經常參加批判會，不斷地清除舊思想、舊文化的影響，學習老貧農生動、有力的語言。」「寫革命詩歌的過程，也是提高階級鬥爭和路線鬥爭覺悟的過程。開始，我只看到我們小靳莊，只想到過去我們這個佃戶村光是每年夏季就要給地主交六十四石糧食這個事實。所以，開始時寫的是：『一斗麥子千斗淚，六十四石淚河流』。這樣寫，由於受真人真事限制，就顯得不夠典型化。經過貧下中農的幫助，我認識到了，在舊社會，普天下窮苦農民都受地主階級的殘酷剝削的壓迫，每一隻斗，都裝

滿窮人的血和淚。所以我把『六十四石淚河流』改成『舊社會淚河滾滾流』。這樣一改,背景就寬闊多了。」王栩(理論輔導員)說:「我是高中畢業以後回鄉的知識青年。剛回鄉時寫詩歌,小知識分子的腔調脫不掉。什麼『風雲變色凍土開』等空空洞洞的詞句經常出現。貧下中農說『聽不懂』,我還不服氣。經過同貧下中農一起參加批林批孔,一起參加生產鬥爭,一起寫詩、賽詩、評詩,慢慢地提高了認識,感情也就逐漸發生了變化。我認識到,貧下中農在詩歌創作上也是我的好老師。我就是在貧下中農的教育下,寫出了一些革命詩歌。」「我們大隊有不少同志,在批林批孔運動中擠時間攻讀馬列著作和毛主席著作,經常挑燈夜戰。一天晚上,我到老貧農魏文中家通知開會。推門一看,魏文中正戴著老花眼鏡讀書,我非常感動,於是就想寫一首詩歌頌貧下中農,反映通過批林批孔,我們大隊認真讀書的新氣象。但是怎麼寫呢?總不能站在局外吧,須要把自己擺進去,同他們站在一起,才能寫好。我寫的《理論家》這首詩,後兩句,經過反覆推敲,改為『嘿,家家戶戶燈光閃,燈下有多少理論家!』原來想,不用『嘿』字,用『啊』字似乎也可以。但是貧下中農分析說:『啊』字是站在旁觀者立場上說話,而『嘿』字是把自己擺進去了,有自豪感,符合咱貧下中農的口氣。我同意這個意見,選用了『嘿』字。後來外單位有兩位搞寫作的同志,建議我把最後一句改成『有多少人攻讀馬列在燈下』,我沒有採納這個意見。因為,我們工農兵就是要做無產階級的『理論家』。用這個『家』字是表明我們貧下中農當了『家』,充滿了登上上層建築舞臺、作了主人翁的自豪感,貧下中農喜歡。」

15 日　《河北文藝》1975 年第 2 期刊出《獻給第四屆全國人民代表大會》增刊,刊有田真《手捧公報唱讚歌》、工農兵學員楊林勃《工農兵學員慶人大》、社員劉章《高舉紅旗在田野上前進》等詩。

16 日　《解放日報》刊出詩輯《錦繡神州春常在》和解放軍某部周福樓《時刻守衛著祖國的門戶》等詩。

16 日　《人民日報》刊出解放軍某部五連共青團支部的報導《開展寫詩賽詩活動　促進批林批孔深入發展》。報導說:「一年來,我們召開數十次賽詩會,充分發揮革命詩歌在批林批孔運動中的批判作用、戰鬥作用。為了提高詩歌的思想性和戰鬥性,我們主要抓了三點:」「一是教育團員認真看書學習,努力掌握馬克思主義的立場、觀點和方法。開始,個別同志寫詩華而不實,片面追求詞藻華麗,不重視在提高思想性上下功夫。我們就組織團員反覆學

習《共產黨宣言》、《國家與革命》、《哥達綱領批判》等馬列著作，學習毛主席的五篇哲學著作和毛主席的軍事著作，不斷提高馬克思主義理論水平，寫出的詩歌有了較高的思想性、戰鬥性。」「二是群眾把關，開展評論活動。戰士寫好詩後，先在本班、本小組徵求意見，修改潤色。賽詩會前，黨、團支部對詩的思想內容和藝術形式提出意見。我們還在黑板報上開闢了《詩歌評論》專欄，重點介紹分析較好的詩歌作品。」「三是引導團員學習一點寫詩的基本技巧和方法。毛主席指出：『缺乏藝術性的藝術品，無論政治上怎樣進步，也是沒有力量的。』我們通過實踐提高大家的寫詩水平，也適當地組織大家學習一點寫詩的基本常識。」

18日　　中共中央發出關於學習毛澤東對理論問題的指示。22日《人民日報》刊登《馬克思、恩格斯、列寧論無產階級專政》語錄33條。由此，全國開展學習「無產階級專政理論」運動。

19日　　《四川日報》刊出左人的文章《汗水澆出戰地花——喜讀詩集〈彩練當空〉》。

20日　　《朝霞》1975年第2期刊出周銀寶《擂響進軍的戰鼓》、寧宇《西柏坡》、郭成漢《夜批〈論語〉》等詩。

23日　　《天津日報》刊出冶金局馮景元《開一代新詩風——喜讀〈小靳莊詩歌選〉》、第一航務工程局金全悌《批林批孔的戰鬥武器》等文和該報記者的報導《戰歌豪情壯　革命詩潮湧——本市工農兵賽詩會側記》。報導說：「最近，本市舉辦了工農兵賽詩會。來自各條戰線的工人、農民、解放軍戰士、幹部、文藝工作者、學生代表共二千四百多人興高采烈地參加了賽詩會。」

23日　　《文匯報》刊出居有松《報春戰鼓動地來》等詩。

25日　　《黑龍江文藝》1975年第2期刊出王荊岩《老爆破隊長》、李幼容《青春戰歌》、龍門知識青年龐壯國《新征》、謝文利《能文能武的闖將》等詩。

26日　　《南方日報》刊出懷集縣革委會、武裝部報導組的報導《萬首詩歌萬把劍——訪懷集縣詩洞公社萬詩大隊》。報導說：「萬詩大隊的群眾歷來喜歡作詩。萬詩的名字有一段來歷：一九五八年，萬詩廣大幹部和群眾在大躍進號角的鼓舞下，滿懷革命豪情地創作了上千首歌頌大躍進的詩歌。從此，人們把原來的萬田大隊改叫萬詩大隊。批林批孔運動開始以後，萬詩大隊的幹部和群眾運用馬克思主義的立場、觀點和方法，研究儒法鬥爭史和整個階

級鬥爭史，深入批判林彪修正主義路線和孔孟之道。在批判中，他們除了採取開批判會、寫文章等形式外，還運用群眾喜聞樂見的詩歌作武器，狠批林彪和孔老二。」

27 日　《光明日報》刊出尹在勤的文章《誰持彩練當空舞——評鐵道兵詩集〈彩練當空〉》。

28 日　焦菊隱逝世。

　　　　焦菊隱，1905 年 12 月 11 日生，浙江紹興人。1923 年與趙景深等組織綠波社，開始發表詩歌小說。1924 年入燕京大學學習，1928 年畢業後任北平第二中學校長。1926 年出版詩集《夜哭》，1929 年出版散文詩集《他鄉》。1930 年創辦北平中華戲曲學校，任校長。1935 年到巴黎大學研究戲劇，獲文學博士。1938 年回國，先後在廣西大學、廣西教育研究所、四川江安國立戲劇專科學校、西北師範學院、北京師範大學任教。1952 年調至北京人民藝術劇院任第一副院長。

28 日　《陝西日報》刊出華縣批林批孔辦公室的報導《革命詩歌如潮湧——華縣處仁口大隊和三溪大隊寫詩賽詩的調查》。

2 月　龔舒婷（舒婷）作詩《初春》。此詩收詩集《雙桅船》，上海文藝出版社 1982 年 2 月出版。

2 月　《安徽文藝》1975 年 2 月號以《熱烈歡呼第四屆全國人民代表大會勝利召開》為總題刊出工人胡希倫《歡呼四屆人大勝利召開》、女民歌手姜秀珍《我唱山歌更添勁》、解放軍某部葉曉山《飛車報喜》等詩。

2 月　《廣東文藝》1975 年第 2 期刊出李長江、陳忠幹等《慶祝四屆人大詩選》和張永生、張乾等《煤礦工人打硬仗——馬安煤礦詩歌選》。

2 月　《吉林文藝》1975 年 2 月號刊出泉聲《「人民萬歲」——歡呼第四屆全國人民代表大會》、戚積廣《鐵匠的歌》、張滿隆《人勤春早》、錢璞《戰鬥風雲錄》等詩。

2 月　《遼寧文藝》1975 年第 2 期刊出駐院工宣隊員王文學、農學系教授龔畿道等《朝陽農學院教育革命詩歌選》和下鄉知識青年曹陽等《柳河溝公社社員詩歌選》。

2 月　《四川文藝》1975 年 2 月號以《我們歌唱四屆人大》為總題刊出工人火笛《雄偉的天安門》、公社社員王發秀《紅日照心窩》、解放軍馬安信《寫在喜訊傳來的時刻》、傅仇《寫在我們的心上》等詩。

2月　《湘江文藝》1975年第1期刊出詩輯《獻給四屆人大的禮花》，有鄒善崇《春風報喜到苗家》、王燕生《手捧著新憲法》等詩。

2月　《新疆文藝》1975年第1期以《熱烈歡呼四屆人大勝利召開》爲總題刊出維吾爾族社員阿依木《奔向光輝燦爛的前方》、解放軍韓英珊《紅日高照暖心窩》等詩，以《戰鼓催春迎朝暉》爲總題刊出易中天《寫在第一線上》、言鳴《水利工地上》等詩。

2月　天津人民出版社編的《放聲高唱躍進歌——天津市工農兵1975年春節賽詩會詩選》由該出版社出版。

2月　章德益、龍彼德的詩集《大汗歌》由上海人民出版社出版，爲「上山下鄉知識青年創作叢書」之一。收章德益《老軍墾的心願》、《塔里木抒懷》和龍彼德《上馬石》、《紅保管》等詩42首，有編者《編後》。《編後》說：「《大汗歌》這本詩集的作者都是上山下鄉的知識青年（其中一位是插隊的青年教師）。他們熱情歌頌了知識青年上山下鄉運動，也記錄了他們自己在廣闊的天地裏經風雨、見世面，在貧下中農的教育下茁壯成長的歷程。」當時的評論說：「不久前，上海人民出版社出版了一本短詩集《大汗歌》。這本詩集不僅在讀者面前展現了千年瀚海、萬里北疆的雄偉圖景，更著力於謳歌社會主義農村如火如荼的鬥爭生活，抒發一代新人戰天鬥地的豪情壯志。詩集中的大部分作品，具有比較濃厚熱烈的生活氣息和昂揚奮發的革命激情。用『大汗歌』三個字作書名，是頗能體現這本詩集的題材、特色和風格的。而且，更爲耐人尋味的是，這一書名還反映了詩與生活的辯證關係。」（雷堅《「大汗」與歌——詩歌漫談之五》，1975年11月23日《解放日報》）

　　章德益，1946年11月12日生於上海。1964年高中畢業後參加新疆生產建設兵團。1980年調至《新疆文學》工作。1965年開始詩歌創作，出版的詩集還有《綠色的塔里木》（1980）、《西部太陽》（1986）、《黑色戈壁石》（1986）等。

　　龍彼德，1941年7月13日生於湖南沅陵。1964年南開大學中文系畢業後到杭州工作。1969年去黑龍江同江縣勞動鍛鍊，1978年到浙江省文聯工作。1958年開始發表新詩，出版的詩集還有《春葦集》（1978）、《愛之海》（1989）、《銅奔馬》（1992）、《瀑布鳥》（1996）、《與鷹對視》（1998）、《年輕的海》（2002）、《坐六》（2006）等。

2月　鄭州市工農兵詩歌學習班編的《火紅的歲月——歌唱無產階級文

化大革命（鄭州市工農兵詩集）》由河南人民出版社出版，收劉中魁《戰鬥的
號令》、王復興《試車路上》、陳天義《巡迴演出》等詩 38 首（組），有編者
《後記》。《後記》說：「這是一本由工農兵自己創作、自己編輯的歌頌無產階
級文化大革命的詩歌專輯。全部作品是文化大革命中湧現出來的青年作者創
作的，而大部分作者又是第一次拿起筆來寫詩。他們認真學習毛主席的光輝
著作《在延安文藝座談會上的講話》，以黨的基本路線為綱，以革命樣板戲為
榜樣，運用革命現實主義和革命浪漫主義相結合的創作方法，緊密配合現實
階級鬥爭和路線鬥爭，熱情歌頌無產階級文化大革命，歌頌社會主義新生事
物。由於他們生活在工廠、礦山、公社，戰鬥在階級鬥爭、生產鬥爭第一線，
所以詩作具有鮮明的時代精神和濃厚的生活氣息，語言剛健清新，樸實生動，
富有強烈的藝術感染力。」「工農兵自己創作、編輯出版詩集，是文藝出版戰
線的新生事物，是工農兵佔領上層建築其中包括各個文化領域的具體體現。
她又一次雄辯地證明，工農兵群眾不僅是物質世界的創造者，而且是精神財
富的創造者。」

1975 年 3 月

1 日　《解放軍文藝》1975 年 3 月號刊出楊眉《女電工》、葉延濱《女隊
長的畫》、戰士黃君相《歌頌領袖毛主席》、張學林《練兵場上殺聲高》、葉文
福《天山哨兵》、韓作榮《火熱的工棚》等詩。

2 日　《文匯報》刊出練江牧場馬衛平《扎根樹》、黃山茶林場四連《扎
根山區心更紅》等詩。

5 日　《天津文藝》1975 年第 2 期刊出該刊評論員《工農兵賽詩會好得
很》、張繼堯《新型的農民　嶄新的詩篇——讀〈小靳莊詩歌選〉》等文和《要
開新詩風　看我工農兵——天津市工農兵賽詩會詩歌選》等詩。該刊評論員
文章說：「春節前夕，由市總工會、農代會、警備區等單位聯合舉辦了以歡慶
四屆人大勝利召開為主題的全市工農兵賽詩會。詩臺上下，戰鼓頻催，詩浪
翻滾，令人心潮澎湃，熱血沸騰，按捺不住要立即去投入為實現本世紀的宏
偉目標而英勇戰鬥。真是賽詩賽得心更紅，志更壯，勁更足。這樣的賽詩會
好得很！我們舉起雙手熱烈歡呼她，讚頌她！」

8 日　《人民日報》刊出小靳莊大隊婦代會主任周克周、生產隊婦女隊長
于芳的詩《我們能頂半邊天》。

9日 《大眾日報》刊出解放軍某部王鳳勝的文章《無產階級的戰鬥號角——贊〈小靳莊詩歌選〉》。

10日 《北京文藝》1975年第2期刊出《賽詩會詩選》，刊有章寶璋《千歌萬詩頌太陽》等詩。

15日 《光明日報》刊出新華社通訊員、新華社記者的報導《一次移風易俗的結婚賽詩會》。報導說：

春節前的一個晚上，湖南省沅江縣新華公社福安大隊第十二生產隊的社員們，紛紛朝老貧農賀爹的屋場走來，屋裏屋外，擠滿了人。在歡笑聲中，一個青年婦女向前走了幾步，頭一仰，高聲朗誦道：

四屆人大北京開，
舉國上下喜開懷。
基本路線指方向，
豪情滿懷向前邁。
修正主義連根挖，
孔孟之道腳下踩。
傳統舊俗應破除，
破舊立新迎春來。
雪光你看怎麼樣？
當著大夥表個態！

這裡開的是個什麼會？念詩的是誰呢？這是一個移風易俗的結婚賽詩會，那個念詩的就是新娘蘇立彬。

蘇立彬今年二十五歲，是生產隊的婦女隊長。革命、生產樣樣走在前頭。批林批孔運動中，她帶頭向林彪的修正主義路線和孔孟之道開火，接連寫了五、六篇批判文章，狠批了「克己復禮」、「男尊女卑」、《三字經》、《女兒經》等。今年，她和對象賀雪光決定要結婚了，喜事應當怎麼辦？是按老規矩送綵禮、辦酒席，搞鋪張浪費，還是破舊立新，勤儉節約，舉行一個革命化的婚禮？兩人一商量，決定以實際行動來批判孔孟之道，來一個婚事新辦：不請客、不送禮、不受人情、不作新衣裳、不請假休息、不搞鬧新房……反正是一切舊的都不搞，辦婚事要反映出新人新面貌。大隊黨支部積

極支持他們婚事新辦，並且商定採用賽詩會的形式舉行婚禮。兩人又約好分頭去向親友做工作。立彬的母親、老貧農蘇媽媽起先想不通。蘇立彬針對媽媽的思想，同媽媽一起學習馬列著作和毛主席著作，她把《共產黨宣言》中關於要同舊的傳統觀念實行徹底決裂的部分，詳詳細細地講給媽媽聽，耐心地說服媽媽。蘇媽媽終於弄通了思想，積極支持女兒婚事新辦，沒有要一分錢的綵禮。

15 日　《河北日報》刊出香河縣張莊大隊黨支部的文章《充分發揮詩歌的戰鬥作用》。

15 日　《黑龍江日報》刊出關振芳的報導《開展詩歌創作和賽詩活動　搞好意識形態領域的革命——方正縣沿江大隊積極開展詩歌創作和賽詩活動》。

15 日　《解放軍報》刊出顏廷奎、趙寶竹的文章《用社會主義佔領思想文化陣地的可喜成果——讀〈小靳莊詩歌選〉》。文章說：「革命鬥爭鑄新詩，新詩必須唱鬥爭。共產黨的哲學是鬥爭的哲學，共產黨的詩歌也必須是戰鬥詩歌。在這火一般的詩句面前，一切剝削階級的靡靡之音，一切修正主義的『娛樂』文學，都將暗淡失色。無產階級不愛『曉風殘月』的閒情，革命人民不要『輕歌曼舞』的逸致。什麼『無衝突』論、『娛樂』論、『階級鬥爭熄滅』論，都在小靳莊的詩歌面前受到歷史給與的無情鞭撻。」

15 日　《甘肅文藝》1975 年第 2 期刊出《批林批孔促大幹——永登縣金嘴公社富強大隊民歌選登》和工農兵學員劉曉東《山村來了演出隊》、夏羊《革命故事員》等詩。

15 日　《廣西文藝》1975 年第 2 期刊出《玉林縣沙田公社民歌選》和玉林縣沙田公社革委會、玉林縣沙田公社業餘中心創作組的文章《用文藝武器為鞏固無產階級專政而戰鬥》，《平果縣西蘭大隊民歌選》和平果縣西蘭大隊黨支部的文章《必須戰勝資產階級的腐蝕和影響》。

15 日　《河北文藝》1975 年第 3 期以《學習毛主席軍事著作　批判林彪資產階級軍事路線》為總題刊出王新弟《一面錦旗》、肖文普《剝下騙子鬼畫皮》等詩；《女作者詩頁》刊出女戰士賀莉《韶山花》、女工孫桂珍《婦女架線隊》等詩；還刊有工農兵學員張文祥、鄭秀榮的文章《擂起革命的戰鼓　高唱時代的頌歌——讀一九七四年〈河北文藝〉上刊登的詩歌》。文章說：「一九七四年《河北文藝》上刊登的一些工農兵的詩歌，熱情歌頌了共產黨、毛主席的英明領導和無產階級革命路線，熱烈地謳歌了無產階級文化大革命湧現出

來的社會主義新生事物，反映了批林批孔運動的蓬勃發展。詩歌創作呈現出一派繁榮興旺的景象。」「一九七四年《河北文藝》在詩歌方面，感到不足的是反映工業題材的詩少些，塑造無產階級英雄人物，反映階級鬥爭和路線鬥爭的重大題材也不夠。希望在新的一年裏，我們能讀到更多更好的革命詩歌。」

15日　《南開大學學報》1975年第1期刊出中文系學員呂光生的文章《新的人物　新的世界——喜讀〈小靳莊詩歌選〉》。

16日　《光明日報》刊出李學鰲《甜水井——小靳莊抒懷》等詩。

16日　《解放日報》刊出徐剛的詩《進軍之歌——寫在巴黎公社的道路上》。

16日　《青海日報》刊出省群眾文化工作站王浩的文章《小靳莊詩歌創作活動給我們的啓示》。

20日　《人民日報》刊出新華社通訊員的報導《學習小靳莊　大營變詩鄉》。報導說：「河南省安陽市東郊公社大營大隊貧下中農，學習小靳莊的經驗，向剝削階級意識形態猛烈進攻，積極開展詩歌創作活動。自去年以來，全大隊共創作了詩歌一千五百多首，召開賽詩會一百多次。大家說：『大營快變成詩鄉啦！』」

20日　《福建文藝》1975年第2期刊出貽模《獻給火紅的年代》、陳振奎《馴水女將》、姜金城《藍色的海防線》等詩和孫紹振、劉登翰《在革命樣板戲的光輝啓示下——讀〈福建文藝〉一九七四年的詩歌》，泉州甘蔗綜合廠工人林鼎安《多發表反映工人生活的詩》等文。孫紹振、劉登翰說：「當前，對於許多文藝作者來說，都面臨著一個如何把革命樣板戲的創作原則和具體的文藝形式特點結合起來的問題。抒情詩也不例外。」「一年來，我們從《福建文藝》上看到，許多作者在這方面作了積極的探索，邁出了可喜的一步。直抒胸臆的長歌如《萬里征途黨引路》、《啊，金色的天安門》，速寫式的抒情短章如《毛主席身邊留過影》、《造反樓·長工屋·扎根房》、《山鄉新貨郎》、《海防線上》、《值班室響起電話鈴》、《繪圖》……等等，都是學習革命樣板戲的初步收穫。」「這些作品的作者，都努力從我們風雷激蕩的偉大時代選取重大題材，特別是努力反映無產階級文化大革命的火熱鬥爭；在階級鬥爭、路線鬥爭中抒發無產階級的豪情壯志，描繪工農兵英雄形象。這一點具有很深刻的意義。在題材問題上，歷來都存在著尖銳的兩個階級、兩條路線的鬥爭。從劉少奇到林彪，都撿起孔老二『溫柔敦厚』的『詩教』的破旗，散佈『詩

——永遠是生活的牧歌』之類的謊言，鼓吹詩人的『自我表現』，『主觀戰鬥』。他們反對詩歌表現階級鬥爭、路線鬥爭的重大題材，反對抒發無產階級感情、塑造工農兵形象，而把詩變成他們發泄地主資產階級閒情逸致的點綴，復辟資本主義的工具。今天，廣大工農兵作者以自己戰鬥的作品，批判修正主義的『反題材決定論』，使詩歌領域出現嶄新的面貌。」林鼎安說：「革命的詩歌，是我們時代的戰歌，進軍的號角。我們工人愛詩，尤其是愛反映工人鬥爭生活的詩。我們廠有許多工人喜愛寫詩，經常在廠裏的黑板報、油印小報上發表詩歌，去年『七一』前夕還出版自己的詩集《工人詩選》。很多工人都說，我們愛讀短小精悍的詩，讀起來好懂易記，鼓動性大，上班前後還可以朗誦。」「可是，在《福建文藝》上，卻很少讀到反映工人鬥爭生活的詩。去年《福建文藝》出了六期，發表八十五首詩（據目錄計，除一小部分《批林批孔戰歌昂》及歌詞專輯外），其中反映工人生活的只有七首。我們感到不滿足。」「我們希望今後能多多發表像《爐前接班》、《工人詩畫》（第三期）這樣反映我們工人生活的詩。」

20 日　《陝西文藝》1975 年第 2 期刊出《小靳莊經驗開紅花——雷北、烽火大隊詩歌選》，該刊編者按：「在毛主席革命路線指引下，大荔縣雷北大隊、禮泉縣烽火大隊認真學習小靳莊經驗，舉辦政治夜校，堅持學習馬列著作和毛主席著作，搞好批林批孔，批判修正主義，批判資本主義，狠抓意識形態領域裏的革命，積極開展革命文化活動，用馬列主義、毛澤東思想佔領農村思想文化陣地，促進了農業學大寨運動的發展。在這一活動中，他們大力開展文藝創作，舉辦賽詩會，本刊這一期選載了他們的部分詩歌作品。」「這些詩歌具有鮮明的時代特點和強烈的戰鬥精神，語言生動，形式活潑，反映了雷北、烽火兩個大隊經過無產階級文化大革命和批林批孔運動的巨大變化，表達了貧下中農對黨對毛主席深厚的階級感情，抒發了他們在三大革命運動中的豪情壯志，展現了我國社會主義新型農民的新思想、新風貌。」「雷北、烽火兩個大隊的做法，我們應該認真學習，大力推廣。」

20 日　《朝霞》1975 年第 3 期刊出張東輝《在邊疆》、常安《遼西母親》等詩。

23 日　《光明日報》刊出《毛主席是紅太陽——〈昔陽新歌謠〉選登》和北京儀器廠工人鄒文華的文章《大寨精神的頌歌——讀〈昔陽新歌謠〉》。

23 日　《河北日報》刊出章晨溪的文章《開一代新詩風——讀〈小靳莊詩歌選〉》。

23日　《內蒙古日報》刊出報導《戰士揮筆寫詩篇　豪情滿懷促大幹——內蒙古生產建設部隊某團五連賽詩會紀實》。

25日　《黑龍江文藝》1975年第3期刊出陸偉然《跨向新的光輝世紀》、蔡文祥《女炮手》等詩和工人魯戈的文章《詩歌學習樣板戲的可喜收穫——評三首敘事詩》。文章說：「敘事詩如何學習樣板戲，努力塑造高大的工農兵英雄形象，正確地反映和歌頌我們偉大時代的鬥爭生活，這是詩歌創作的重要課題之一。讀了發表在一九七四年《黑龍江文藝》上的三首小敘事詩：《紅珍》、《鹽的故事》、《鐵大嫂》很受啓發。這三首詩之所以寫得較好，達到了一定的深度，正是努力學習樣板戲的結果，它有力地說明：敘事詩只有學習樣板戲，才能充分地發揮它的戰鬥作用。」

31日　《光明日報》刊出聞哨《學習革命樣板戲的豐碩成果——談小靳莊詩歌創作》、申文鍾《天地新春我們開——評〈小靳莊詩歌選〉》等文。申文鍾說：「小靳莊社員寫詩的目的非常明確，就是爲了打擊敵人，教育群眾，推動革命和生產的發展。他們的詩歌創作能夠緊密配合政治形勢，迅速地反映現實鬥爭生活，爲抓革命、促生產服務。《小靳莊詩歌選》中的一百多首詩歌，實際上就是小靳莊人民近年來戰鬥歷程的一個縮影，生動地反映了小靳莊人民的前進腳步。這就是詩集的第一個鮮明的時代特徵。」

3月　《安徽文藝》1975年3月號刊出女民歌手殷光蘭《紅芳》、女民歌手姜秀珍《文藝宣傳隊進山村》、郭瑞年《貧管組長》等詩。

3月　《廣東文藝》1975年第3期刊出符啓文《莎烏娜上北京》、柯原《女炮班》等詩和《戰歌聲聲震南海——廣州部隊某部八連兵歌選》。

3月　《河南文藝》1975年第2期刊出王峰山《閃亮的海螺》、李嚴《喜報先由我們寫》等詩，《新詩必須向革命樣板戲學習》欄刊出開封市人民武裝部通訊組的文章《新詩要努力反映重大題材》。

3月　《湖北文藝》1975年第2期刊出劉益善《高舉無產階級專政的旗幟前進》等詩和詩輯《鋼花燦爛——鄂城鋼鐵廠工人詩選》、《廣闊天地出詩篇——女作者專頁》及鄂城鋼鐵廠工人理論組的文章《滿廠鋼花滿廠詩——鄂城鋼鐵廠開展群眾性詩歌創作活動的幾點體會》。

3月　《吉林文藝》1975年3月號刊出《公社賽詩會》，刊有黨委書記張運福《大鬥！大幹！快上！》、社員高愛山《社員讀了馬列書》等詩。該刊1975年4月號刊出國營東光無線電器材廠工人業餘文藝創作小組的文章《進軍的

戰鼓 衝鋒的號角——談〈吉林文藝〉發表的兩組農民詩歌》。文章說：「《吉林文藝》一、三月號發表的《擂鼓集》和《公社賽詩會》就是選自農村賽詩會的兩組以農業學大寨為題材的農民詩歌。這些詩歌，短小精悍，質樸無華，戰鬥性強，具有濃鬱的生活氣息，鮮明的時代特色，生動地反映了批林批孔運動給人們精神面貌帶來的深刻變化和廣大貧下中農在農業學大寨中戰天鬥地、改造山河的偉大鬥爭。這些詩歌，篇篇洋溢著豪邁的革命激情，句句迸發著熾烈的戰鬥火花。」

　　3 月　《江蘇文藝》1975 年第 2 期刊出孫結綠《投入摧毀舊世界的鬥爭》、解放軍某部戰士嵇亦工《軍民齊心築長城》、如東縣上山下鄉知識青年馮新民《閘隊長》等詩。

　　3 月　《江西文藝》1975 年第 2 期刊出工人陳小平《農村在召喚》、工人熊光炯《高爐頌》等詩。

　　3 月　《遼寧文藝》1975 年第 3 期刊出《「鞍鋼憲法」照鋼城——鞍山工人詩歌選》、《自力更生繪新圖——抗震救災第一線牆報詩選》。

　　3 月　《內蒙古文藝》1975 年第 2 期刊出畢力格太《山村新一代》、張贊廷《噴綠的芒赫》、查幹《紅楓之歌》等詩。

　　3 月　《四川文藝》1975 年 3 月號刊出工人余新慶《鋼鐵短歌》、解放軍馬安信《寫在野營路上》、工人劉濱《翻砂工房聽憲法》等詩和尹在勤的文章《詩應該有那麼一股勁——讀鋼城組詩〈創業之歌〉》。

　　3 月　《武漢文藝》1975 年第 2 期刊出工人胡發雲的長詩《新的進軍》和詩輯《人大東風催春潮》，有工人李聲高《列車向著北京開》、工人高伐林《鋼廠新人》等詩。

　　3 月　《朝霞叢刊·戰地春秋》刊出袁航、余惕君的詩《團結勝利曲》。

　　3 月　馬生海的詩集《赤腳醫生的歌》由山西人民出版社出版。收有《再讀〈共產黨宣言〉》、《赤腳醫生一雙腳》、《深山採藥》等詩。該書《內容說明》說：「這本詩集共收入短詩四十一首。都是反映農村赤腳醫生的成長和其鬥爭生活的，是一部社會主義新生事物和毛主席醫療衛生路線的頌歌。作者馬生海同志本人就是個農村赤腳醫生，他在救死扶傷，英勇戰鬥的同時，又以筆作刀槍，寫了不少戰鬥的詩篇。收入這個集子的只是作者去年詩作中的一部分。這些詩篇，主題鮮明，風格質樸，既有高昂的戰鬥激情，又有濃鬱的生活氣息。特向廣大讀者推薦。」

3月　馬緒英的詩集《前哨春曲》由江蘇人民出版社出版。作品分爲《浪拍小島》、《新唱好八連》等6輯，收《開完批判會》、《戰士愛吹衝鋒號》、《光榮門》、《天安門前慢步走》等詩64首。

　　馬緒英，1935年3月7日生於江蘇泗陽。1956年參軍，歷任戰士、班長、排長、指導員、幹事。1978年轉業到《青春》編輯任編輯。1958年開始新詩寫作。

3月　任海鷹的詩集《春滿西沙》由北京人民出版社出版。作品分爲《北京，在西沙戰士心上》、《西沙戰火》等5輯，收《祖國，你溫暖著水兵的心窩》、《西沙燈塔》、《緊急出航》、《海島荔枝紅》等詩46首。

　　任海鷹，原名任慶澤，1941年5月30日生於天津寶坻。1961年畢業於天津師範專科學校中文系，同年入伍，1984年到海軍後勤學院任教。1963年開始發表新詩，出版的詩集還有《大海琴聲》（1979）。

3月　鞍山市文藝創作組編的詩集《陽光燦爛照鋼城——紀念鞍鋼憲法發表十五週年》由遼寧人民出版社出版，收霍滿生《毛主席揮手指方向》、王荊岩《鋼城三月春風吹》、董俊生《新支書》等詩71首，分爲《頌歌聲聲獻給黨》、《鞍鋼憲法放光輝》、《工人階級頂天立》等5輯。

1975年4月

1日　《人民日報》和《紅旗》雜誌1975年第4期發表張春橋的文章《論對資產階級的全面專政》。

1日　《解放軍文藝》1975年4月號刊出紀學《新兵》、王滿夷《書記的電話》、元輝《幹校春早》、紀鵬《北疆軍民團結歌》、楊星火《哨所理論家》等詩。

5日　《雲南文藝》1975年第2期刊出解放軍某部王賢良《金沙石洞》、西雙版納農墾分局知青業餘宣傳隊集體創作《前進！革命的知識青年》等詩和〇二七一部隊供稿的《戰士詩選》、昆明鐵路分局供稿的《鐵路工人詩選》。

6日　《解放日報》刊出中華造船廠路鴻的詩《出征》。

6日　《文匯報》刊出姜金城的詩《衝向鬥爭的前沿》。

8日　流沙河作詩《喚兒起床》。此詩收《流沙河詩集》，上海文藝出版社1982年12月出版。

13 日　《陝西日報》刊出報導《賽詩會上》。報導說:「這是春節前的一個夜晚,車站口醫藥門市部裏,燈火明亮,掌聲不斷。由政治夜校舉辦的賽詩會開始了。從領導到群眾,男女老少,一個個上前高聲朗誦。他們用自己創作的詩篇,熱情歌頌無產階級文化大革命和批林批孔運動的偉大成果,讚揚門市部的新人新事新風尚,表達自己的決心和行動」。

14 日　《安徽日報》刊出該報通訊員潘卓夫、苗務寅的報導《頌歌獻給新時代——蚌埠工人迎春賽詩會活動側記》。報導說:「最近,蚌埠市總工會、團市委和市文化局,在全市廣大職工中,開展了一次規模空前的迎春賽詩活動。全市工業、交通、財貿戰線的工人和幹部,遵照毛主席關於『無產階級必須在上層建築其中包括各個文化領域中對資產階級實行全面的專政』的偉大教導,以小靳莊為榜樣,揮筆言志,登臺賽詩,引吭高歌。他們以『篇篇帶著機油味』的詩篇,滿腔熱情地歌頌毛主席,歌頌黨,歌頌新生事物,以『句句猶如排炮開』的詩句,憤怒批判林彪反革命的修正主義路線和孔孟之道。用馬克思主義、列寧主義、毛澤東思想佔領職工業餘思想文化陣地。」

15 日　《河北文藝》1975 年第 4 期刊出田牧《喜看樣板戲》、雪杉《新大學》、逢陽《出診》、峭岩《戰鬥前夜》等詩和工農兵學員伍祖平《他們在思想文化陣地上作戰——張莊大隊學習小靳莊經驗運用文藝形式批林批孔的調查》、棗強縣肖張公社文藝評論組《公社詩意濃　新曲壯山河——喜讀詩集〈公社新曲〉》等文。

17 日　《黑龍江日報》刊出吳振芳的報導《家庭賽詩會》。報導說:「一天緊張的勞動結束了。傍晚,人們向屯中的三間房走去,那就是方正縣沿江二隊婦女隊長李躍芹的家。黨支部書記和社員群眾仨仨倆倆,高高興興地去參加李躍芹的『家庭賽詩會』。」「不大會兒,李躍芹家裏炕上地下,屋裏屋外,就擠滿了人。」「賽詩會開始了,李躍芹首先朗誦了一首:『毛澤東思想傳萬家,小靳莊經驗開紅花。家庭舉行賽詩會,社會主義新風把根扎。』一陣熱烈的掌聲過後,識字不多的李躍芹爸爸也朗誦了一首:『無產階級專政是法寶,時時刻刻離不了,鎮壓敵人保護人民,鐵打的江山萬年牢。』接著大哥、大嫂、二哥、二嫂和躍芹的妹妹,都分別朗誦了自己創作的詩歌,六歲的小弟弟也連蹦帶跳地跑到屋地中間,朗誦了一首他大哥教給他的新兒歌:『紅孩子,心向黨,批林批孔上戰場,打倒林彪孔老二,紅色江山萬年長。』他們用詩歌批判林彪『克己復禮』的反動罪行,熱情歌頌毛主席無產階級革命路線的偉大勝利。」

20日　《朝霞》1975年第4期刊出劉希濤《把鐵拳攥得更緊！——夜讀〈國家與革命〉》、謝其規《光輝的便條》、李瑛《鑽石及其他》、鄭成義《茶山新歌》等詩。

23日　《福建日報》刊出武平縣報導組的報導《貧下中農登詩壇　革命生產幹勁添——湘坑大隊積極開展群眾性詩歌創作活動》。報導說：「武平縣桃溪公社湘坑大隊黨支部努力開展群眾性詩歌創作活動，運用詩歌這個武器，批判林彪效法孔老二『克己復禮』的反動綱領，批判浸透孔孟之道毒汁的《三字經》、《女兒經》、《增廣賢文》。據不完全統計，幾個月來全大隊共創作詩歌二千二百多首。戰鬥的詩篇，提高了社員群眾對加強無產階級專政的認識，激勵著社員群眾大幹快上的鬥志。去多以來，這個大隊掀起了大搞農田基本建設高潮，幹部群眾團結戰鬥，革命生產形勢越來越好。」

23日　《文匯報》刊出采羅的詩《大路戰歌——寫在千里鐵道線上》和寧宇的文章《擦亮詩歌的槍刺》。文章說：「『「應景」作品太粗糙，沒看頭！』有一部分人，對配合形勢的詩，是這樣議論的。也有一部分詩歌作者，不願意寫這類詩。他們刻意追求的，是什麼『永恒的題材』，『美麗的語彙』，『深幽的意境』，『優美的抒情』。他們不願意唱『大江東去』，欣賞的是『小橋流水』。他們看不到廣大工農兵讀者和現實階級鬥爭的需要。他們忘了詩歌創作同一切革命文藝創作一樣，是『服從黨在一定革命時期內所規定的革命任務』，『作為團結人民、教育人民、打擊敵人、消滅敵人的有力的武器』。」「無產階級革命的詩歌，決不是那種鑲金嵌銀、塗漆掛珠的象牙寶刀，而是剛從爐火中跳出，在鐵與砧上錘打出來的槍刺。這樣的詩歌，決不會有那種『風花雪月』的公子哥兒們的情調；決不會有那種玩弄詞藻，空泛浮淺的詩意；也決不是那種外表雖經過打扮，但骨子裏仍然是『小橋流水』的田園詩、牧歌。要知道，象牙寶刀只能掛在牆上供少數人觀賞，而不能做進攻的武器，是割不斷資產階級的頸脖的。只有錘打了並且磨快了的槍刺，才有可能致敵人於死命。當然，並不是說，槍刺一出爐，就是很好的武器了。它還要淬火、鎧槽、磨礪、擦亮，要經過精心的加工。然後，它的鋒芒，才能使敵人膽寒，它的尖刃，在衝殺中才顯得犀利無比，所向無敵！」

25日　《黑龍江文藝》1975年第4期刊出兵團某部蔣巍《女推土機手》、程剛《大海來信》、于宗信《征途頌》等詩。

27日　《文匯報》刊出胡笳《車過大慶站》、上海鐵路局三工段陳祖言《「鐵人」的大軍——寫在火熱的鐵道線上》等詩。

29 日　《人民日報》刊出長江航運公司碼頭工人黃聲笑（黃聲孝）的詩《打開夔門放木排》。

4 月　《安徽文藝》1975 年 4 月號刊出萬文藝《農民畫家》、上山下鄉知識青年蔣維揚《「陣陣到」》、解放軍某部楊德祥《新綠》等詩。

4 月　《廣東文藝》1975 年第 4 期刊出廣州材料試驗機廠陳忠幹《工人大學之歌》、解放軍紀鵬《高原女民兵》、黃煥新《護林員》等詩和李如倫的文章《抒情、造境、典型化——〈護林員〉讀後感》。

4 月　《吉林文藝》1975 年 4 月號刊出李占學《珍貴的紀念》、張滿隆《故鄉行》等詩和國營東光無線電器材廠工人業餘文藝創作小組的文章《進軍的戰鼓　衝鋒的號角——談〈吉林文藝〉發表的兩組農民詩歌》。

4 月　《遼寧文藝》1975 年第 4 期刊出曉凡的詩報告《在震中地區》和張德振等《人民自有回天力——抗震救災第一線牆報詩選》。

4 月　《四川文藝》1975 年 4 月號刊出吳琪拉達《幸福的光輝》、里沙《飛車過鋼城》、冉莊《回山村》等詩和龔文兵《手舞彩練唱頌歌——喜讀鐵道兵詩集〈彩練當空〉》、前鋒無線電儀器廠工人文藝評論組《高唱戰歌創新業——讀〈創業之歌〉》等文。

4 月　《湘江文藝》1975 年第 2 期刊出龍燕怡、黃亞鈞等《為鞏固無產階級專政而戰》歌詞、詩歌 9 首和聶鑫森《磨刀工之歌》等詩。

4 月　《新疆文藝》1975 年第 2 期刊出楊牧《大幹號子》、陳浩《咱社的大學生回來啦》、郭維東《鑽工之歌》等詩。

4 月　秦裕權的長詩《高山頂上一小鷹》由廣西人民出版社出版。

4 月　湖南人民出版社編的《工農攜手戰湘黔——湘黔鐵路工地詩歌選》由該出版社出版。

4 月　詩集《公社日子萬年春》由河北人民出版社出版。

4 月　王慎行等著的《山花紅似火——工農兵詩集》由陝西人民出版社出版。

4 月　劉志清的詩集《紅牧歌》由甘肅人民出版社編輯出版。收《滿懷激情唱讚歌》、《毛主席發給我一杆槍》、《千年荒灘變綠洲》等詩 54 首，有編者《出版說明》。《出版說明》說：「這本詩集選編了農民作者劉志清同志的詩歌創作五十四首。作者是放牛娃出身，在舊社會受盡了地主階級的殘酷壓迫。解放後，懷著對黨和毛主席無限熱愛的階級深情，刻苦學習革命文化，掃了

盲，識了字，並在黨的關懷、培養下，成為一個革命的文藝戰士。一九五五年以來，他在三大革命鬥爭的實踐中，寫了一千多首詩歌，以飽滿的革命激情，歌頌毛主席和共產黨的英明領導，歌頌毛主席革命路線的偉大勝利，歌頌無產階級文化大革命、批林批孔運動和社會主義的新生事物，抒發了廣大貧下中農走社會主義道路的堅強信念，描繪了貧下中農戰天鬥地改造山河的豪情壯志。這些詩篇充滿著無產階級的革命精神，有鮮明的時代特徵和強烈的戰鬥性，是對林彪、孔老二之流『克己復禮』的反動綱領和『上智下愚』反動謬論的有力批判。作品思想鮮明，感情真摯，有濃鬱的生活氣息，語言簡練樸實。」

　　　　劉志清，1939 年 2 月 3 日生於甘肅禮縣。1952 年參加農民夜校掃盲，1955 年開始業餘文學創作，1972 年到禮縣文化館工作，1999年退休。

　　4 月　莫少雲的詩集《火熱的連隊》由廣西人民出版社出版。作品分為《火熱的連隊》、《銅牆鐵壁》等 4 輯，收《哨所怒火》、《挖地道》、《會戰新油田》、《深山小廠》等詩 52 首。該書《內容提要》說：「作者以飽滿的政治熱情，描寫了批林批孔的偉大鬥爭，歌頌了工農兵在毛主席革命路線指引下闊步前進的戰鬥英姿和英雄業績。作品大都寫得情深意新，形象鮮明，語言質樸，生動上口，具有較濃厚的生活氣息。」

　　　　莫少雲，1942 年 7 月 2 日生於廣西平樂。1962 年廣西桂林師院畢業後參軍，歷任文書、班長、報紙編輯，1984 年到廣州花城出版社工作。1964 年開始發表新詩，出版的詩集還有《彩色的小雨》（1986）、《千般情緣》（1990）、《妙齡時光》（1990）、《寂寞滋味》（1991）、《禪味人生》（1994）等。

　　4 月　時永福的詩集《時代的洪流——獻給無產階級文化大革命的歌》由北京人民出版社出版。收《讚歌獻給毛主席》、《贊革命造反派的「脾氣」》、《大寨山水甲天下》、《白族兒女上大學》等詩 47 首。

　　4 月　廣西人民出版社編的詩集《邊防寄語》由該出版社出版。作品分為《明燈頌》、《戰鬥的前哨》等 5 輯，收章明《當毛主席出現在主席臺的時候》、曾凡華《哨所批判會》、姚成友《團長的背包》、黃子平《紅嶺割膠班》等詩 79 首，有《編後》。《編後》說：「在毛主席的革命文藝路線指引下，廣州部隊的業餘作者和專業作者，懷著對黨和毛主席的熱愛，對祖國和人民的

熱愛，創作了不少充滿生活氣息和革命激情的詩篇。這本詩集，共收短詩七十九首。作者努力學習革命樣板戲的創作經驗，運用革命的現實主義和革命的浪漫主義相結合的創作方法，從不同的角度和生活側面，熱情歌頌了偉大領袖毛主席，歌頌了毛主席革命路線的偉大勝利，反映了無產階級文化大革命和批林批孔運動給部隊帶來的新風貌。」

4 月　宜昌地區《長陽山歌》編輯組編的《長陽山歌》由湖北人民出版社出版。作品分為《曲曲頌歌飛北京》、《批林批孔鏟修根》等 4 輯，收李建英《幸福全靠毛主席》、姚德進《騙子怎能把我騙》、習久蘭《大寨紅旗高山插》等山歌 100 首，有編者《前言》。《前言》說：「長陽縣的革命山歌活動是在無產階級文化大革命運動中發展起來的。不打鼓，不敲鑼，邊生產，邊唱歌，戰鬥性強，易記易學。有獨唱、對唱、合唱、重唱，一人唱眾人合。形式多樣，生動活潑。曲牌豐富，高亢樸實，優美動聽。群眾喜聞樂唱，自編互教，蔚然成風。」「革命山歌的作者非常廣泛，有農民、工人、解放軍戰士、下鄉知識青年、學生、教師以及各級領導幹部。他們創作了大量的新山歌。這本山歌集，就是在群眾創作的大量作品中選出來的，並附錄了四首曲子。」

4 月　詩集《春光爛漫》由江蘇人民出版社出版。收黎汝清《韶山頌》、馮亦同《接過這把鍬》、葉慶瑞《工廠大學》、宮璽《空中小將歌》等詩 90 首，有《編後》。《編後》說：「詩集中的大部分作者都是戰鬥在三大革命運動第一線的工農兵，同時也選用了一些專業作者的作品。他們在鬥爭中奮發向前，歌唱中鬥志昂揚，作品充滿了對黨和毛主席的濃厚感情，充滿了濃鬱的時代戰鬥生活氣息，注意表現、刻畫人的精神面貌，從題材到內容，詩展新畫，蓬勃興旺。」

4 月　上海人民出版社編的《上海新民歌選》由該出版社出版。作品分為《面對太陽唱頌歌》、《敢反潮流敢革命》等 5 輯，收《毛主席掌舵永向前》、《革命造反歌》、《新生事物賽春筍》、《我盼臺灣早解放》等民歌 147 首。

4 月　甘肅人民出版社編的《戰鼓集——批林批孔詩選》由該出版社出版。收有吳晨旭《北京鐘聲》、工人傅金城《批林批孔戰歌》、師日新《牧民的控訴》、知識青年林染《上山下鄉就是好》等詩。

1975 年 5 月

1 日　《解放軍文藝》1975 年 5 月號刊出曾凡華《金邊啊，回到了人民手

中》、石灣《春到金邊》、發電司機張志民《友誼暖在心窩裏》、范崢嶸《致第三世界戰友》、李勁《小靳莊之花連隊開》、周鶴《兩代雄鷹》等詩。

3日　《解放日報》刊出詩輯《壯志譜出大幹曲》和上海石油煤炭公司油輪運輸隊袁軍《寄自大海上的問候》等詩。

5日　經新疆生產建設兵團批准，艾青赴京治眼病，8日到達北京，住妹妹蔣希寧家。艾青 17 日致高瑛信：「我於五日上車，八日到京，一路平安。到希寧家，正遇上她家從青海來的客人。住在對面那間小屋的主人外出了，我就住在那間小屋裏。希寧幫人家看一個一歲的小女孩（日託），每天都得抱孩子。一放下就哭。」（葉錦編著《艾青年譜長編》，人民文學出版社 2010 年 4 月出版）

　　艾青，原名蔣海澄，1910 年 3 月 27 日生於浙江金華。1928 年初中畢業，考入杭州國立西湖藝術學院繪畫系學習。翌年去法國，自學繪畫。1932 年回國，在上海加入中國左翼美術家聯盟，並參與組織春地畫會，7 月被捕入獄。1935 年出獄。1936 年出版詩集《大堰河》。1937 年抗戰爆發後，從上海到武漢，又去臨汾、西安、桂林等地，先後任山西民族革命大學教員、陝西抗日藝術隊隊長、《廣西日報》副刊《南方》編輯等職。1939 年出版詩集《北方》、《他死在第二次》。1940 年到重慶，任育才學校文學系主任，先後又出版詩集《向太陽》（1940）、《曠野》（1940）、《火把》（1941）及詩論集《詩論》（1941）。1941 年到延安，被選爲文藝界抗敵協會延安分會理事、陝甘寧邊區參議會參議員，並主編《詩刊》。1942 年參加延安文藝座談會。又先後出版詩集《黎明的通知》（1943）、《反法西斯》（1943）、《吳滿有》（1943）、《雪裏鑽》（1944）、《獻給鄉村的詩》（1945）。1945 年抗戰勝利到張家口，先後任華北文藝工作團團長、華北聯合大學文藝學院副院長、華北大學第三部副主任。1949 年 2 月隨軍進入北平，任中央美術學院軍代表。參加中華全國文學藝術工作者第一次代表大會，當選爲中國文聯委員。同年 10 月任《人民文學》副主編，1953 年調中國作家協會爲駐會作家。這先後出版詩集《歡呼集》（1950）、《寶石的紅星》（1953）、《黑鰻》（1955）、《海岬上》（1957）等。1958 年錯劃爲右派，先去黑龍江一個林場任副場長，次年到新疆生產建設兵團。1975 年回北京，1978 年起重新開

始發表詩作。1979 年錯案平反，任中國作家協會副主席，又出版詩集《歸來的歌》（1980）、《彩色的詩》（1980）、《雪蓮》（1983）、《艾青短詩選》（1984）、《落葉集》（1987）等。1991 年《艾青全集》5卷出版。1996 年 5 月 5 日在北京病逝。

　　5 日　《文匯報》刊出何維瑩《你好，紅色的山村》、上海鍋爐廠姚鴻恩《工人技術員》等詩。

　　10 日　《北京文藝》1975 年第 3 期刊出張永枚《工人歌》、胡宗永《政治夜校讀馬列》等詩和宣武區業餘文藝評論組的文章《滿腔激情譜詩篇——贊〈紅星新歌〉》。

　　10 日　《天津文藝》1975 年第 3 期刊出天津拖拉機廠工人曹東《「鐵牛城」的早晨》、陳官煊《勞動登記簿》等詩和五一製本廠工人宋履進《時代精神譜新篇——評馮景元的幾首抒情詩》等文。

　　11 日　《光明日報》刊出《毛澤東思想照胸懷——北京新華印刷廠工人詩選》。

　　15 日　《甘肅文藝》1975 年第 3 期刊出解放軍某部謝永清《夜讀》、工人姚學禮《理論尖兵》、劉志清《貧農女兒登講臺》等詩。

　　15 日　《廣西文藝》1975 年第 3 期刊出《南寧市鑄造廠詩歌選》、《紅水河畔新歌臺》新民歌 23 首和包玉堂《我又來到北京城》、海代泉《扎根點》等詩。

　　15 日　《河北文藝》1975 年第 5 期刊出劉國良《鋼》、于宗信《礦山老將》、姚煥吉《流動紅旗》、肖振榮《金鳳凰贊》等詩和開灤工人歌今《沸騰的煤海詩潮湧——讀詩集〈煤海春潮〉的一點感想》、江向東《無產階級專政的頌歌——讀詩集〈西柏坡頌〉》等文；以《廣闊天地歌聲高》為總題刊出知識青年楊多蘄《白楊贊》、女知識青年姜敏《海上女民兵》等詩。該刊 1975 年第 12期刊出知識青年裴雁伶的文章《革命激情湧詩篇——讀〈廣闊天地歌聲高〉》。文章說：「《河北文藝》一九七五年五月號刊登的《廣闊天地歌聲高》，是一組反映回鄉下鄉知識青年戰鬥生活的短詩。詩寫的樸實有力，看著帶勁，讀著上口，覺得親切。我們知識青年就是愛讀這樣豪放的詩篇。」「讀著這些基調高昂、情真意切的詩，使我們認識到：火熱的生活激起革命的豪情，革命的豪情又會湧出戰鬥的詩篇。不熱愛廣闊天地，不瞭解我們知識青年的心，是根本寫不出這樣詩句的。」

18日　《貴州日報》刊出盧惠龍、吳厚炎的文章《詩歌要成爲無產階級專政的武器——學習小靳莊詩歌創作的體會》。

18日　《文匯報》刊出徐如麒《送戲上海島》等詩。

20日　《雲南日報》刊出吳然《新詩創作學習革命樣板戲的新成果——喜讀〈小靳莊詩歌選〉》、戴文翰《時代的號角　戰鬥的詩篇——讀小靳莊社員的詩歌》等文。吳然說：「小靳莊詩歌創作活動，是在大唱革命樣板戲的同時開展起來的。在小靳莊十件新事中，『大唱革命樣板戲』和『開展群眾性詩歌創作活動』，是互爲聯繫的兩件事。在小靳莊，田間、場院、飼養棚、擺渡口、菜園、磨房，從早到晚，革命樣板戲的歌聲不絕。幹部唱、社員唱，六、七歲的娃娃，七、八十歲的老人，都會唱。革命樣板戲的大普及，帶動了詩歌創作活動的大開展。正是這些大唱革命樣板戲的人們，紛紛拿起筆來，成了詩歌創作的積極分子。去年一年中，他們創作了二千多首革命詩歌。田頭、路旁，水利工地，林立著他們的詩專欄；炕頭、場院、批判會上，都是他們賽詩的場地。群眾性詩歌創作的這種動人情景，和大唱革命樣板戲的熱烈氣氛是多麼一致啊！它生動地說明了革命樣板戲與新詩創作的直接關係。」

20日　《福建文藝》1975年第3期刊出俞兆平《偉大的進軍》、邱濱玲《一代新人》、陳文和《工地詩抄》等詩。

20日　《朝霞》1975年第5期刊出仇學寶、寧宇等的詩《把爐火燒得通紅》和上海電機廠五一工大文科班的文章《詩歌應是進攻的號角——從〈朝霞〉第三期和第四期的詩歌所想到的》。1977年9月《安徽文藝》1977年第9期刊出安徽師大中文系理論組的文章《張春橋黑「思想」的藝術圖解——斥反動幫詩〈把爐火燒得通紅〉》。文章說：「一九七五年春，『四人幫』的狗頭軍師、老特務張春橋在全國學習無產階級專政理論之際，拋出了一篇反黨黑文《論對資產階級的全面專政》，妄圖用所謂張春橋『思想』來代替馬列主義、毛澤東思想。霎時間，一股鼓吹所謂張春橋『思想』的黑風從『四人幫』及其黨羽那裡越刮越猛。『四人幫』一面指使人在理論上爲它拼湊論據，作注腳；一面又授意炮製文藝作品，把它加以形象化、藝術化。由張春橋唆使心腹竄到上海，授意炮製的黑詩《把爐火燒得通紅》（見《朝霞》一九七五年第五期），正是這樣一幅張春橋『思想』的藝術圖解。」

22日　《寧夏日報》刊出該報通訊員的報導《開展群眾性詩歌創作活動——盤河大隊黨支部注意發揮革命文藝的戰鬥作用》。

23 日　陝西省淳化縣委和縣革委會有關部門在潤鎮公社召開「紀念毛主席《講話》發表三十三週年，進一步推廣小靳莊經驗」現場會，並舉辦開展小靳莊活動的實物陳列。其中有十四個大隊的詩選十六本，部分生產隊的詩選二十餘本，個人詩選一百餘本，共選詩歌兩千多首。（淳化縣文教局、團縣委、縣婦聯聯合調查組《社會主義思想紅花盛開——記淳化縣潤鎮公社展開小靳莊活動情況》，1975 年 7 月 1 日《群眾文化通訊》第 9 號）

24 日　《西藏日報》刊出駐藏空軍某部報導組的報導《用毛澤東思想佔領連隊思想文化陣地——駐藏空軍某部指揮連向小靳莊貧下中農學習，開展寫詩賽詩活動》。報導說：「指揮連的寫詩、賽詩活動，是在學習無產階級專政理論中發展起來的。剛開始時，有些同志對這一活動認識不足，認爲『大老粗』不能寫詩歌，存在怕寫不好別人笑話的思想顧慮。針對這種思想，黨支部領導大家深入學習毛主席關於理論問題的重要指示，不斷提高大家抓意識形態領域裏階級鬥爭的自覺性。指戰員們狠批『上智下愚』的唯心史觀，認識不斷提高。幹部戰士以筆作刀槍，決心用毛澤東思想佔領連隊思想文化陣地，在意識形態領域對資產階級實行全面專政。戰士李文藝在詩歌中寫道：『上智下愚不可信，人民群眾是英雄，上層建築要佔領，革命戰士打先鋒』。共產黨員、飼養員冷吉祥，入伍前沒上幾年學，在學習無產階級專政理論中，他克服文化低的困難，積極進行創作，寫出了熱情洋溢的詩篇：『餵豬也是幹革命，以苦爲樂最光榮，艱苦奮鬥爲人民，繼續革命永向前。』在全連第一次賽詩會上，連長、指導員帶頭朗誦了自己創作的詩歌，其他同志也不甘落後，賽詩會開成了革命理論的學習會，對林彪、孔老二的批判會。同志們說：『賽詩會就是好，比學趕幫掀高潮。錯誤思想要鬥掉，革命思想樹得牢』。」

25 日　《解放日報》刊出詩歌專輯，刊有國際電影院劉希濤《紅旗鼓角捲驚雷》、朱金晨《工地放映員》、趙麗宏《在入海口》等詩。

25 日　《黑龍江文藝》1975 年第 5 期刊出宋歌《農村畫展》、王荊岩《澆鑄車間訪老雷》、范震威《石油的脈搏》等詩。

27 日　《青海日報》刊出該報通訊員前進、正策、耀先的報導《新人寫新詩　新詩育新人——記五八四七部隊十一連群眾性詩歌創作活動》。報導說：「一走進中國人民解放軍五八四七部隊十一連，就彷彿來到了詩歌之鄉：牆上寫著詩，黑板上登著詩，批判會上讀著詩，賽詩會上念著詩，施工勞動中唱著詩；戰士們施工回來，就三三兩兩地在一起寫詩、詠詩、評詩、改詩。

這使得整個連隊呈現出一派『團結、緊張、嚴肅、活潑』的生動景象。」「從幹部到戰士，人人揮筆寫詩，這在十一連已經蔚成風氣。他們用詩歌當金鼓，滿腔熱情地歌頌毛主席的無產階級革命路線，歌頌無產階級文化大革命和批林批孔運動；他們以詩歌為武器，批判林彪的反革命修正主義路線和孔孟之道，為鞏固無產階級專政英勇奮鬥。一年來，他們召開的賽詩會達數十次，創作的戰鬥詩篇近七百首，其中一些優秀的詩歌已陸續在報刊上發表。」

30 日　《光明日報》刊出《光明日報》通訊員的報導《詩篇抒發鋼鐵志戰士攀登理論山——記駐浙江某部防化連學習無產階級專政理論賽詩會》。報導說：「最近，人民解放軍駐浙江某部防化連舉行了一次學習無產階級專政理論賽詩會。到會的不僅有全連幹部、戰士，還有部隊領導機關的負責同志和兄弟連隊的代表。」「毛主席關於理論問題的重要指示發表後，防化連立即掀起了學習熱潮。每天晚上，俱樂部、課堂、宿舍燈火通明，戰士們認真讀書，熱烈討論。飯堂裏、教室裏、大批判專欄裏，貼滿了學習的心得體會。」「現在，革命詩歌已經成了防化連指戰員手中的戰鬥武器。批林批孔的烈火燃起後，防化連的幹部、戰士曾集體創作了一首《批林批孔當闖將》的歌曲。這首歌已成為全國廣大工農兵參加上層建築領域革命的戰歌。一年來，指戰員們戰歌天天唱，鬥志日日長，他們通過學習小靳莊的經驗，詩歌創作活動開展得更加活躍。去年，全連創作詩歌五、六百首，有幾十篇作品被報刊選用。今年，在學習無產階級專政理論的熱潮中，他們又運用詩歌表達了學習毛主席關於理論問題的重要指示的心得體會，表示要堅持在無產階級專政下繼續革命。」

30 日　《人民日報》刊出《小靳莊兒童詩畫選》。

5 月　穆旦作詩《蒼蠅》。此詩初刊 1980 年 6 月 10 日香港《新晚報》，收《穆旦詩全集》，中國文學出版社 1996 年 9 月出版。全集編者注：「此詩大約寫於 1975 年 5 月或 6 月，係詩人在 1975 年 6 月 25 日信中抄寄給詩友杜運燮的。信中寫有：『《蒼蠅》是戲作……我忽然在一個上午看到蒼蠅飛，便寫出這篇來。』」

　　　　穆旦，原名查良錚。祖籍浙江海寧，1918 年 4 月 5 日生於天津。
　　　1929 年入南開學校讀書。1935 年考入清華大學外文系。抗戰爆發
　　　後，隨學校去昆明，併入西南聯合大學。1940 年畢業，留校任教。
　　　1942 年曾在緬甸抗日戰場任翻譯，此後多次變動工作。先後出版詩

集《探險隊》（1945）、《穆旦詩集》（1947）、《旗》（1948）。1948 年
去美國留學，在芝加哥大學讀英國文學。1953 年回國，任南開大學
外文系副教授。教學之餘，將全部精力用於外國詩歌的翻譯，先後
出版普希金、拜倫等詩人的作品多種。1958 年錯定為「歷史反革
命」，下放到圖書館工作。「文化大革命」中仍堅持詩歌翻譯和寫作。
1977 年 2 月 26 日在天津病逝。1979 年錯案平反。1986 年出版《穆
旦詩選》。1996 年《穆旦詩全集》出版。

5 月　　天津人民出版社編輯、出版的《今朝》文學叢刊第 1 輯刊出魯沂
《今朝頌》、王榕樹《數風流人物，還看今朝》等詩和《小靳莊社員談詩歌創
作》、李鈞《詩壇新花放異彩——學習〈小靳莊詩歌選〉札記》等文。

5 月　　《安徽文藝》1975 年 5 月號刊出《鋼鐵畫廊——馬鞍山市詩歌小
輯》、《煤海詩潮——淮南市詩歌小輯》等詩輯和何炳章的文章《青春頌歌
——讀江錫銓的〈我的歌獻給淮北人民〉》。

5 月　　《廣東文藝》1975 年第 5 期刊出《石油工人聽黨話——茂名石油公
司工地詩選》和韋丘《天連五嶺銀鋤落》、趙元瑜《海上「文化船」》等詩。

5 月　　《河南文藝》1975 年第 3 期刊出王綏青、李洪程的長篇敘事詩《鬥
天圖》和龔萌的文章《上層建築領域裏紮營盤——讀〈我爲祖國造鐵牛〉》，《新
詩必須向革命樣板戲學習》欄刊出詩學班的文章《抒情短詩如何運用「三突
出」的創作原則》。

5 月　　《湖北文藝》1975 年第 3 期刊出工農兵學員董宏猷、趙國泰、張永
柱《銀色的書籤——寫在學習無產階級專政理論的熱潮中》和張良火《萬道
金光照舞臺——紀念〈在延安文藝座談會上的講話〉發表三十三週年》、武漢
鋼絲繩廠工人高伐林《組長的難題本》等詩及詩輯《大慶紅旗舞東風》。

5 月　　《江蘇文藝》1975 年第 3 期刊出《大慶東風催征帆——常州市工人
詩輯》和解放軍某部賀東久《還要鑄刀槍》、徐榮街《狂飆曲》等詩。

5 月　　《江西文藝》1975 年第 3 期刊出工人胡平《春雷頌——獻給偉大的
無產階級文化大革命》、工人曾廣瑞《討孔臺前剝畫皮》、工人陳安安《喜送
江南煤》等詩。

5 月　　《遼寧文藝》1975 年第 5 期刊出宋烈《戰鬥的山村》等詩和解放軍
空軍某部李克白等《新的進軍——學習無產階級專政理論詩輯》。

5 月　　《內蒙古文藝》1975 年第 3 期刊出烏吉斯古冷《上車之前》、戈非

《攻讀》、于宗信《天車工贊》、紀鵬《北疆前哨》、時家翎《寄自大寨的詩》等詩。

5月 《四川文藝》1975年5月號刊出《進攻的炮聲——歌頌無產階級文化大革命詩選》，刊有胡笛《在中南海門前》、女工徐慧《紅衛兵進行曲》、梁上泉《寫在長征隊的隊旗上》、解放軍任耀庭《戰鬥的螺號》等詩。

5月 《武漢文藝》1975年第3期刊出巴蘭《煤海新歌》、工人董宏量《寄大慶戰友》、彭仲道《大學生回來啦》等詩和洪進的文章《工農兵是文藝的主人——從工人詩作者黃聲笑的成長談起》。文章說：「無產階級文化大革命以來，在革命樣板戲的鼓舞和帶動下，廣大工農兵業餘作者寫了許多反映三大革命鬥爭的文藝作品。可是有的人卻認為工農兵寫的作品『質量不高』。如何看待工農兵作品的質量，實際上還是一個承認不承認工農兵是文藝的主人的問題。黃聲笑同志的成長過程中也發生過這類問題。在文藝黑線占統治地位的時候，有的人認為黃聲笑的詩是『政治口號，毫無詩味。』工人們卻是高度讚揚他的詩『說的是咱工人的心裏話』，『好得很！』為什麼會產生如此截然不同的評價呢？這是因為文藝作品的質量具有鮮明的階級性，不同的階級評論文藝作品有不同的政治標準和藝術標準，並且總是把政治標準放在第一位。黃聲笑的詩是工人的詩，詩中確實找不到有些人所追求的『小橋流水』的意境、『吟風弄月』的情趣、華麗深奧的詞句、典雅纖細的風格，因而資產階級以及受文藝黑線毒害很深的人感到『毫無詩味』是不足為奇的。」

5月 陸北威等著的《春花集——工農兵詩選》由廣東人民出版社出版。

5月 詩集《校園春色——教育革命詩頌》由上海人民出版社出版。

5月 瞿琮的詩集《可愛的連隊》由北京人民出版社出版。收《札西的批判稿》、《連隊的鐘》、《七月荔枝紅》、《向韶山》等詩61首，有《我愛紅旗我愛黨》詩1首代序。

> 瞿琮，1944年7月5日生於四川廣安。1962年參軍，1965年調入廣州軍區創作組任專業作家。1970年起，任戰士歌舞團創作員、創作組長、創編室主任、藝術指導。1962年開始新詩寫作，出版的詩集還有《紅纓似火》（1976）、《春滿洞庭》（1976）、《霹靂頌》（1977）、《花的情思》（1980）、《十行抒情詩》（1988）、《日月之戀》（1991）等。

5月 《春花爛漫——歌頌社會主義新生事物詩選》由黑龍江人民出版社

出版。作品分爲《理論隊伍勢澎湃》、《教育戰線紅花開》、《廣闊天地新一代》
等 8 輯，收哈爾濱偉建機器廠張貴祥《咱工段出了理論家》、魯丁《楊師傅登
上講臺》、李言有《赤腳醫生贊》、李風清《紅旗代代有人擎》等詩 71 首。當
時的文章說：「黑龍江人民出版社最近出版的詩集《春花爛漫》，及時地配合
了當前無產階級專政理論的學習，爲扶植和發展新生事物，做出了有益的貢
獻。」「這本詩集共收七十一首短詩，從不同角度、在不同程度上反映了我國
無產階級文化大革命以來出現的社會主義新生事物。作者大多數是戰鬥在三
大革命鬥爭第一線的工人、社員、兵團戰士、幹部等。這些作者像他們謳歌
的新生事物一樣，是文化大革命以來湧現出來的文藝新兵。他們朝氣蓬勃、
熱情洋溢，以革命戰士之筆，抒革命戰士之情。」（甘雨澤《新生事物之花紅
爛漫——評詩集〈春花爛漫〉》，1975 年 9 月 22 日《黑龍江日報》）

　　5 月　　大連第二發電廠工會編印的《電廠工人詩歌選》（第一集）印行。
收工人丁立文《祖國無限好》、工人李朝章《工人登上賽詩臺》、工人張連發
《批得林孔臭萬年》等詩 94 首，有編者《前言》。《前言》說：「我廠貫徹落
實省、市委和廠黨委關於學習『小靳莊經驗』的指示精神以來，全廠上下積
極開展了寫詩賽詩等群眾活動。」「爲紀念毛主席的《在延安文藝座談會上的
講話》發表三十三週年，我們特從各單位群眾賽詩會上朗誦的詩歌中選輯了
一部分，彙編爲《電廠工人詩歌選》，做爲獻給毛主席的《在延安文藝座談會
上的講話》發表三十三週年這個光輝日的一件禮物。」

　　5 月　　桂林地區桂林文藝編輯組編印的《灘江浪花——工農兵詩選》印
行，爲「桂林文藝叢書」之一。收工人孫如容《勝利的讚歌》、黃河清《一步
一曲幸福歌》、桂林軍分區戰士伍家文《操場批判會》等詩 74 首（組），有編
者《內容提要》。《內容提要》說：「在毛主席無產階級革命文藝路線的指引下，
我地區一支以工農兵爲主體的無產階級文藝創作隊伍正在形成，群眾性的文
藝創作活動蓬勃開展。爲了紀念毛主席《在延安文藝座談會上的講話》發表
三十三週年，進一步繁榮地區文藝創作活動，推動社會主義革命和社會主義
建設向前發展，我們選編了這個詩歌集子。」

　　5 月　　中共綏陽縣委宣傳部編的詩集《噴泉集——工農兵詩集》由貴州
人民出版社出版。收李天全《歌潮滾滾迎日升》、趙強《燒蜜女工討林賊》、
李發模《演出》、崔笛揚《噴泉》等詩 86 首，有編者《前言》。《前言》說：「無
產階級文化大革命以來，特別是批林批孔運動以來，我縣廣大工農兵在毛主

席的革命文藝路線指引下，認真學習革命樣板戲的創作經驗，積極開展無產階級文藝革命，群眾性的詩歌創作活動蓬勃發展。大部分區、社、大隊都選編和油印了詩歌專集，還有許多詩歌發表在詩傳單、牆報、黑板報和賽詩會、朗誦會上。」「爲了更好地貫徹執行毛主席的革命文藝路線，努力繁榮社會主義文藝創作，我們在縣委的直接領導和貴州人民出版社的具體幫助下，成立了由領導、業餘作者和專業人員三結合的編選小組，深入社、隊和廣大群眾一起編選了這本《噴泉集》。詩集裏還適當收進了我縣在外地工作的部分業餘作者的詩歌。」

5月　《搶修遼渾太受震堤防大會戰戰地詩歌選》由旅大市基幹民兵師政治部印行。收有新金縣民兵團《毛主席恩情傳萬輩》、大連工學院民兵團三營十連二排《火線上黨課》、遼寧師範學院民兵團數學系一連二排《民兵戰士一聲吼》等詩，有編者《前言》。《前言》講：「根據省委的指示，我市組織了一支兩萬三千多人的基幹民兵師，參加搶修遼河、渾河、太子河受震堤防大會戰。經過一個多月的艱苦奮戰，於五月七日提前保質保量超額完成了省裏交給的營口、海城兩地的會戰任務。」「會戰中，民兵指戰員以無產階級專政理論爲指南，一手握鍬把，一手寫詩作畫，全師共創作詩歌二萬二千多首，這些詩歌，充滿著革命的戰鬥激情，富有濃厚的生活氣息。它再現了兵民團結奮戰的火熱鬥爭生活，表現了民兵指戰員高昂的革命鬥志和氣吞山河的英雄氣概，歌頌了毛主席革命路線的偉大勝利，反映了社會主義制度的無比優越。」

5月　《永保江山萬年紅——旅順玻璃廠工人詩歌選》由遼寧人民出版社出版，爲「工農兵文學創作叢書」之一。作品分爲《毛主席萬萬歲》、《歷史車輪永向前》等4輯，收工人荊鴻《毛主席指揮咱唱歌》、廠工會主任高玉石《文化大革命就是好》、工人創作組《爐前新手》等詩86首，有遼寧大學中文系工農兵學員等《戰鬥的詩篇——旅順玻璃廠工人詩歌創作的調查》。《調查》說：「在旅順玻璃廠，一排排革命大批判的板報上寫滿了玻璃工人創作的詩歌，廣播喇叭裏，播送的是批林批孔的詩歌，車間、班組的批判會上，也可以聽到工人們激昂有力的詩句。這些詩歌充滿著戰鬥激情，它是批林批孔的有力武器，是三大革命運動的戰鬥詩篇。」

5月　大眾日報編輯部編印的詩文集《〈戰地〉副刊作品選》印行。收戰士徐淙泉《海島的節日》、紀宇《陣地》、工人郭廓《大幹快上譜新篇》等詩27首。書前編者說：「本書收集的是一年多來《大眾日報》『戰地』副刊發表

的較好的短篇小說、散文、特寫、報告文學二十四篇，詩歌二十七首。」「本書作者，多是無產階級文化大革命中湧現出來的工農兵業餘作者。他們朝氣勃勃，激情滿懷，認真學習革命樣板戲的創作經驗，滿腔熱情地塑造工農兵英雄人物，做出了一些成績。」

5 月 天津市群眾歌詠活動辦公室、天津群眾藝術館合編的《天地新春我們開——小靳莊社員詩歌譜曲選》由天津人民出版社出版。收為大隊黨支部書記王作山《給毛主席唱支豐收歌》、一隊副隊長王新民《批判會上一隻斗》等詩譜曲 51 首。

1975 年 6 月

1 日 《解放軍文藝》1975 年 6 月號刊出戰士曉波《越南南方的春雷》、喻曉《望南方》、峭岩《戰鬥的旗》、莫少雲《激情如火獻詩篇》、戰士劉曉濱《戰友》、戰士鄧海南《槍》、戰士李小雨《我的陣地》等詩和編者隨筆《努力創作反映當前部隊生活的戰鬥詩篇》。編者隨筆說：「在毛主席《在延安文藝座談會上的講話》的光輝照耀下，在革命樣板戲創作經驗的帶動和小靳莊群眾詩歌創作活動的鼓舞下，革命詩歌——作為意識形態領域裏對資產階級實行全面專政的戰鬥武器之一，已越來越為廣大指戰員所掌握。特別是在毛主席關於理論問題的重要指示發表以後，廣大指戰員對運用文藝武器佔領思想文化陣地的認識更高了，為革命而寫作的自覺性更強了，群眾性的寫詩、賽詩活動，開展得日益普遍和深入。尤其是許多過去接觸文藝不多的年輕戰士和基層指揮員，也都懷著反修、防修為鞏固無產階級專政而戰的壯志豪情，紛紛拿起筆來，利用業餘時間，積極鑽研，寫出了許多詩篇。過去我們曾陸續發表了一些他們所寫的詩作，本期我們又集中刊載了他們所寫的反映自己戰鬥生活的短詩。」

5 日 《雲南文藝》1975 年第 3 期刊出個舊市朝陽木器廠供稿的《工人詩選》和車凱《閃光的歲月》、張永權《革命造反姑娘》等詩和李從宗的文章《為鞏固無產階級專政寫好政治抒情詩》。

8 日 《光明日報》刊出錢光培的文章《充分發揮詩歌的戰鬥作用——向歐仁·鮑狄埃學習》。

8 日 《文匯報》刊出松江縣新五公社戚久芳《戰友》、解放軍某部童嘉通《司令員的鎬頭》等詩。

12日　《山西日報》刊出定襄縣宏道公社業餘文藝創作組、山西大學中文系七三級赴宏道分隊的文章《繼續革命的戰鼓——評我省工農兵詩選〈征途號角〉》。

15日　《文匯報》刊出詩輯《革命要鋼我們煉》和紀宇《熔爐頌》等詩。

15日　《河北文藝》1975年第6期以《上層建築譜新歌》為總題刊出郭寶臣《公社新歌》、雪杉《流動書店》等詩；以《戰天鬥地學大寨》為總題刊出劉元章《工地大學》、何理《牽龍歌》等詩。

18日　《解放日報》刊出寶山縣劉行公社知識青年蔣紅的文章《廣闊天地新歌傳——詩集〈大汗歌〉讀後》。

20日　《朝霞》1975年第6期刊出潘復林《校園廣闊天地新——贊函授大學》、胡永槐《煉鋼工——大學生》等詩。

20日　《思想戰線》1975年第3期刊出孫官生的《馬蹄達達一串花——個舊市保和公社群眾性詩歌創作活動的調查》和《編後：「赤腳詩人」萬歲！》。編後說：「戶縣農民畫，上海、旅大工人畫，小靳莊詩歌……的偉大意義，不僅在於它們反映了火熱的現實鬥爭生活，推動了當前的革命，而且更在於通過幼芽看大樹，展示了消滅體力勞動和腦力勞動差別的共產主義遠景。」「本刊《馬蹄達達一串花》一文所介紹的個舊市保和公社群眾性詩歌創作活動，正屬於這種類型的新事物、充滿無限生命力的幼芽。無產階級專政的理論武裝了保和公社的勞動群眾，三大革命運動的實踐孕育了他們的詩歌，文武兩條戰線的鬥爭造就了一批具有嶄新面貌的詩歌作者——『赤腳詩人』。」「這是一批新人。他們雖為『赤腳』，而能詩，雖能詩，而堅持『赤腳』。他們邁開雄健的赤腳，馳騁在創造世界的舞臺上，既是物質資料的生產者，又是精神財富的創造者。赤腳，說明他們想都沒有想過要把詩歌同勞動對立起來；赤腳，說明他們扎根在最深厚的土壤裏。赤腳，使他們同躲在象牙之塔裏的舊式詩人劃清了界限；赤腳，也使他們同至今仍在相當大程度上與體力勞動相脫離的專業文藝工作者區別開來。」

21日　張光年到留守處看結論。張光年1975年6月19～30日日記：「二十一日上午八時半，應邀到留守處看結論。中央專案組一辦李某出示結論稿，說明這一批問題的解決，是經過黨中央討論、毛主席批准的。結論是專案組寫的，如有意見，合理的可以修改。我細看了兩遍，覺得最後一段的總結：『張光年同志的問題屬於人民內部矛盾，現在審查結束，應即恢復組織生活，發

還扣發的全部工資，工作由原文化部留守處安排。』以及問題的定性『嚴重路線錯誤』，都反映了黨中央的精神。其他文字內容和提法，有些值得商酌，幾句話說不清楚；怕再往返周折，拖延時日，使孩子們失望。想了一下，終於簽了字，寫了『同意結論』四字。同來的另一老軍人說了幾句有關安排工作之類的話。許翰如同志看了結論（他代表幹校領導小組參加），未發表意見。李宣佈從現在起審查結束，前後經過半小時，問題總算告一段落了。」（《向陽日記》，上海遠東出版社 2004 年 5 月出版）

22 日 《解放日報》以《鋼城鑼鼓多多敲》爲總題刊出陸萍《報喜》、鄭成義《老突擊隊員》等詩。

24 日 《人民日報》刊出該報通訊員的報導《冶金部五‧七幹校舉行賽詩會》。報導說：「冶金部五‧七幹校部分學員，利用勞動和學習的間隙，開展革命詩歌創作活動，舉行了賽詩會。在這些戰鬥的詩篇裏，五‧七戰士們滿懷著對黨、對偉大領袖毛主席的熱愛，熱情歌頌光輝的《五‧七指示》，抒發堅持五‧七道路的戰鬥豪情。表示要在下放勞動中學好無產階級專政的理論，深入批林批孔，認真改造世界觀。這種賽詩會，既是宣傳《五‧七指示》的文藝宣傳會，又是五‧七戰士們的思想交流會，生動活潑，富有教育意義。」

25 日 《人民日報》刊出向明的詩《世上無難事，只要敢登攀——獻給登山隊的歌》和北京第一機床廠王恩宇的文章《喜讀詩集〈我爲祖國造鐵牛〉》。

25 日 《黑龍江文藝》1975 年第 6 期刊出謝文利《爐前風雲》、曲有源《寫在集體戶的牆報上》等詩。

29 日 《解放日報》刊出詩輯《是黨給咱回天力》和吳辰旭的詩《黨旗頌》。

29 日 《文匯報》刊出季渺海《我們心中的樓——寫在黨的「一大」會址紀念館》等詩。

6 月 龔舒婷（舒婷）作詩《船》。此詩初刊《福建文藝》1980 年第 1 期；收詩集《雙桅船》，上海文藝出版社 1982 年 2 月出版。

6 月 《安徽文藝》1975 年 6 月號刊出姜義田《火紅的朝霞》、苗振亞《進山第一夜》等詩和童本清的文章《陣陣春風撲面來——喜讀新兒歌集〈長大接好革命班〉》。

6 月 《廣東文藝》1975 年第 6 期刊出工人鄭世流《五指山的歌》、工人桂漢標《老採購員》等詩。

6 月 《吉林文藝》1975 年 5～6 月號刊出工人鍾起福《我捧起〈鞍鋼憲

法〉》、于宗信《大慶剪影》、陳玉坤《夜宿杏花村》等詩和陳日朋的文章《戰鬥的生活戰鬥的歌——喜讀汽車工人的詩》。

6月　《江蘇文藝》1975年第4期刊出《銀線橫空誦新詩——南京電線電纜廠賽詩會詩選》和江浦縣紅旗大隊知識青年周吉士《紅花抒懷》等詩。

6月　《遼寧文藝》1975年第6期刊出解放軍某部管志初《戰士的心，飛向越南南方》、李瑛《反霸戰歌》等詩和《千里長堤戰旗紅——遼河、渾河、太子河大堤工地牆報詩選》。

6月　《四川文藝》1975年6月號刊出馬德泰《煤海壯歌》、任正平《寫在創業者的日記上》、劉力《老突擊隊員》等詩。

6月　《湘江文藝》1975年第3期刊出鄧存健、左宗華等《為鞏固無產階級專政而戰》詩3首和余次安、姚克蓮等《工業農業跨駿馬》詩7首。

6月　《新疆文藝》1975年第3期刊出工人濱之《萬家燈火　萬戶書聲》、解放軍宋紹明《風雪戰歌》、工人張紅軍《政治夜校》等詩。

6月　上海人民出版社出版的《朝霞文藝叢刊・序曲》刊出《努力反映文化大革命的鬥爭生活》徵文選，刊有孫紹振、劉登翰的長詩《狂飆頌歌》和路鴻《列車飛向北京》、王亞法《奔騰的火車頭》詩2首。

6月　雷抒雁的詩集《沙海軍歌》由北京人民出版社出版。作品分為《衝鋒號角》、《沙海練兵》等4輯，收《我們這個班》、《激戰前夜》、《火熱的歌》、《雲嶺錘聲》等詩53首。

　　雷抒雁，1942年8月14日生於陝西涇陽。1967年畢業於西北大學中文系，之後去寧夏接受再教育。1970年參軍，1972年調到解放軍文藝社。1982年轉業到地方，在工人出版社、魯迅文學院工作。出版的詩集還有《小草在歌唱》（1980）、《雲雀》（1982）、《父母之河》（1984）、《掌上的心》（1990）、《踏塵而過》（1996）等。2013年2月14日在北京病逝。

6月　李幼容的詩集《天山野營曲》由新疆人民出版社出版。收《毛主席批示到天山》、《連長達吾提》、《野營來到帕哈太克里》、《雪原練兵》等詩19首，有作者《後記》。《後記》說：「偉大領袖毛主席關於『野營訓練』的光輝批示，是毛主席革命路線的重要組成部分，是對林彪推行的資產階級建軍路線的有力批判，是我軍建設的指路明燈。」「新疆部隊某部八連，就是光榮地直接得到毛主席這一偉大批示的其中一個單位。我懷著學習與受教育的決

心來到了這裡，和這個有著光榮戰史的英雄部隊生活了一段時間，而後又到其它部隊進行了野營拉練。天山巴音溝的營建、伊犁河谷的宿營……那些多彩的戰鬥生活，常常引起我幸福的追憶。在那野營的征途上，和各族戰士、社員一齊學唱《國際歌》、《三大紀律八項注意》歌；一齊憤怒批判賣國賊林彪的反革命罪行……這些激動人心的場景，至今仍舊躍然眼前。英雄的風貌，戰鬥的豪情，一直激動著我的心，使我的思潮久久難以平息！收在這裡的小詩，便是那段生活中的一些不成熟的習作，試圖以革命樣板戲的創作為榜樣，從不同側面反映新疆部隊堅決貫徹執行毛主席光輝批示的戰鬥形象。」

　　李幼容，1935 年生，山東郯城人。1955 年入濟南銀行學校讀書，後轉入長春工業計劃經濟學校學習，畢業後分配到冶金部第八冶金建設公司一公司工作。1961 年至 1977 年在新疆軍區生產建設兵團文工團任創作員，以後調任中國人民解放軍國防科委文工團創作員。出版的詩集還有《春華初集》（與人合著，1958）、《天山進行曲》（1975）。

　　6月　劉國良的詩集《海上漁歌》由黑龍江人民出版社出版。作品分為《東風汛》、《漁工曲》等 4 輯，收《海上漁歌》、《書記上船來》、《貧漁會》、《螺號篇》等詩 40 首。

　　劉國良，1938 年生，山東昌樂人。1964 年鄭州大學中文系畢業，在天津人民出版社、百花文藝出版社工作。出版的詩集還有《柳笛》（1978）、《海河詩箋》（1979）等。

　　6月　劉秀山的詩集《金色的早晨》由內蒙古人民出版社出版。收《歌聲飛向天安門》、《腳手架》、《咱為革命來煉焦》等詩 51 首。該書《內容提要》說：「這本短詩集，是一位文化大革命中湧現的青年工人作者創作的。詩篇以火熱的革命激情，從不同側面歌頌了鋼鐵新一代在毛澤東思想哺育下鍛鍊成長；表達了他們誓作無產階級革命接班人的堅定信念；謳歌了他們豐富多彩的鬥爭生活。有一定藝術感染力。」

　　6月　泉聲的詩集《十月的公社》由吉林人民出版社出版。作品分為《心中的太陽就是您》、《春光燦爛》等 4 輯，收《如火的紅旗》、《聽文件》、《蹲點的老書記》、《鐵牛的故事》等詩 32 首。

　　泉聲，原名呂樹昆，1939 年 1 月 21 日生于吉林德惠。1960 年吉林省四平師專中文科畢業後在四平地區戲劇創作室工作，1978 年調至吉林省戲劇創作評論室。1957 年開始發表新詩。

6月　任彥芳的長詩《鑽塔上的青春》由人民文學出版社出版。全詩共17章，有《序詩》1首。謝冕講：「最近出版的長篇敘事詩《鑽塔上的青春》（任彥芳著，人民文學出版社出版）就是在及時反映生活中的重大題材，發揮詩歌戰鬥作用方面做得較好的一部作品。」「《鑽塔上的青春》是反映石油戰線上一支女子鑽井隊成長過程和鬥爭生活的作品。打開詩卷，迎面撲來的是石油會戰工地熾熱的氣浪，是『石油工人一聲吼，地球也要抖三抖』的豪壯的音律。那是本世紀七十年代的第一個春天，堅冰初化的北國平原，滿載著鑽機、鑽杆的汽車在煙塵中滾動，無數飛轉的鑽頭呼嘯著衝向地心巖層。我們從這個場景聽到了祖國堅實的前進的腳步聲。長詩通過對女子鑽井隊這一新生事物誕生和成長的描寫，向我們展示了一幅嶄新的生活圖畫。」（《敘事詩創作的新收穫——評〈鑽塔上的青春〉》，1975年11月1日《光明日報》）

6月　廈門大學中文系七二級工農兵學員編的詩集《繁花滿枝》由福建人民出版社出版。收有南平鋼廠工人姚挺《喜訊化春風》、上杭古田公社知識青年林祁《山村畫展》和劉登翰、孫紹振《春風萬里》等詩，有編者《前言》。《前言》講：「《繁花滿枝》這本詩歌集，是『三結合』編書的產物。它著重歌頌『四屆人大』的勝利召開，歌頌偉大的無產階級文化大革命和批林批孔運動，歌頌社會主義的新生事物，也選進了批林批孔運動中新創作的部分兒歌。」「在社會主義文藝創作的大好形勢下，我們和省人民出版社文藝組的同志，為了投身到這一群眾性的創作運動中去，向工農兵學習，出好書快出書，當好革命的促進派，和工農兵業餘作者一道，組成三結合的編書小組，進行《繁花滿枝》的選編工作。實踐證明，三結合編書，是對我們進行毛主席文藝路線教育的好方法，是我們向工農兵學習的好機會，也是我們大學文科和出版部門實行『開門辦學』、『開門辦社』的好形式。」

6月　上海人民出版社編的敘事詩集《焊花朵朵》由該出版社出版。收袁金康《雛鷹展翅》、路鴻《銀光閃閃的大軸》、錢國梁《藍天上的焊花》、袁軍《遠航的海燕》等詩11首。該書《內容提要》說：「這本詩集編選了造船工業題材的小敘事詩十一篇。」「這些作品，以黨的基本路線為綱，運用革命現實主義和革命浪漫主義相結合的創作方法，塑造了造船工業戰線上無產階級的英雄形象和革命接班人的形象。在詩歌向革命樣板戲學習方面，作了可喜的探索與努力。」「作者大部分是造船工人。這些詩，就像他們身邊的焊花一樣，輝映著祖國戰鬥的春天！」

6月 紅星中朝友好人民公社編的詩集《紅星新歌》由人民文學出版社出版。收姚鳳鳴《讚歌唱給毛主席》、姜連明《把孔孟之道全埋葬》、長青《贊農民女畫家》、高綱銘《犁刀寫下詩萬篇》等詩 70 餘首，有《人民日報》短評《一個好經驗》代序。短評說：「紅星中朝友好人民公社採取多種形式，組織和動員群眾，開展批林批孔運動，用社會主義佔領農村的思想文化陣地，這件事辦得好。他們的經驗可供參考。」

6月 貴州人民出版社編的詩集《火紅的戰旗》由該出版社出版。收鄭德明《千里祝福毛主席》、漆春生《漫天紅雲迎新春》、社員吳仲華《社員登上批判臺》、解放軍戰士謝德明《戰士都是批判家》等詩 99 首。

6月 湖北人民出版社編輯的詩集《明燈照萬代》由該出版社出版，收趙志飛《唱不完的頌歌獻給黨》、熊召政《獻給祖國的歌》、胡發雲《工人階級的腳步》、呂純良《支書夜寫批判稿》等詩 63 首。

6月 天津人民出版社編輯的詩集《前進頌歌》由該出版社出版。收寶坻縣小靳莊大隊老貧農魏文中《歌頌偉大領袖毛主席》、天津站老工人張萬山《工人階級頂天立地》、大港油田女工張華《油田鐵姑娘》、李鈞《城市民兵》等詩 50 首，有編者《後記》。《後記》說：「在中華人民共和國國慶二十五週年前夕，我們同天津市工農兵業餘作者一起編選了這本詩集。」「這個集子所收入的都是天津市工農兵業餘作者為紀念國慶二十五週年所創作的作品，他們以滿腔革命豪情，歌頌偉大領袖毛主席，歌頌黨；歌頌全國人民在毛主席的『團結勝利』路線指引下的大團結；歌頌社會主義祖國在黨中央和毛主席的領導下，二十五年來所取得的偉大勝利，歌頌無產階級文化大革命的偉大勝利和當前所進行的批林批孔運動。」

6月 人民教育出版社編的詩集《天地新春我們開》由該出版社出版。作品分為《毛澤東思想指航程》、《繼續革命鬥志高》等 4 輯，收山西省昔陽縣大寨大隊郭鳳蓮《毛主席是紅太陽》、天津市寶坻縣小靳莊大隊王民《老貧農怒斥賊林彪》、浙江省吳興縣李蘇卿《新書記的床》等詩 71 首，有編者《編後記》。《編後記》說：「在國內外一派大好形勢下，在全國人民認真學習毛主席關於理論問題的重要指示的熱潮中，我們懷著非常喜悅的心情，把這本工農兵詩歌選集推薦給各地中小學師生。」「讓我們共同從中學習工農兵的好思想、好作風，學習為群眾喜聞樂見的、生動活潑的語言藝術。希望這個集子的出版，對各地中小學開展兒歌寫作活動能起到促進作用。」

6月　烏審召公社編輯組編的《烏審召牧民詩選》由內蒙古人民出版社出版，川之、王進璞譯。收齊·哈斯勞《毛主席恩情大無邊》、查幹呼《戈壁灘上的團結花》、嘎拉桑敖日布《沙海的主人》、哈斯戈壁《紅色女民兵》等詩30餘首。該書《內容提要》說：「本書選編烏審召公社牧民創作的詩歌35首。這些詩歌，熱情歌頌了偉大領袖毛主席、偉大的中國共產黨，謳歌了文化大革命中湧現的新生事物，反映了烏審召人民在毛主席革命路線指引下，改造沙漠取得的光輝勝利。這些革命的詩篇，是對林彪誣衊少數民族勞動人民的一個有力的回擊。」

6月　《友誼的彩虹》編輯小組編的《友誼的彩虹──坦贊鐵路工地詩歌選》由人民文學出版社出版。收楊世海《誓言》、宋世新《「紅旗」鏟運歌》、張志民《友誼暖在心窩裏》、劉英林《一根銀線連北京》等詩53首，有編者《前言》。《前言》說：「數年以來，我國援建坦贊鐵路的職工，滿懷無產階級國際主義的豪情，在勞動之餘，揮筆寫下大量的詩歌，歌頌了毛主席革命外交路線的偉大勝利，歌頌了中、坦、贊人民團結戰鬥的革命友誼，歌頌了坦、贊人民勤勞勇敢的優秀品質，反映了鐵路工地轟轟烈烈的鬥爭生活。這本詩歌選集，就是在這個基礎上編選出來的。」「這些詩歌的作者，大多數是工人。他們在援外的工作崗位上，開展業餘詩歌創作活動，再次痛擊了劉少奇、林彪所販賣的『上智下愚』一類反動邪說，為無產階級佔領文藝陣地貢獻了力量。」當時的評介說：「如果說，被坦桑尼亞和贊比亞兩國人民稱譽為『友誼路』的坦贊鐵路是中、坦、贊人民友誼的結晶，那麼，坦贊鐵路工地的詩歌選集《友誼的彩虹》（人民文學出版社出版），就是為這一偉大友誼而唱的一曲動人的讚歌。」「這本集子的幾十首作品，有抒情，有敘事；有的有民謠風，有的有兒歌味；有的運用『信天遊』的式樣，有的採取『樓梯式』的排列。但是，在多樣的形式中又有著統一的風格，這就是明朗、清新，樸素、自然。沒有矯揉造作的雕琢，看不到晦澀古奧的詞藻。讀起來都還能琅琅上口，音韻和諧。這也許是工農兵業餘作者詩風的本色吧。」（洪毅達《國際主義精神的讚歌──讀坦贊鐵路工地詩歌選集〈友誼的彩虹〉》，1976年7月10日《詩刊》1976年7月號）

1975年7月

1日　《解放軍文藝》1975年7月號刊出陳良運《連心橋》、王石祥《光

輝的遵義城》、師日新《幸福泉》、鄭成義《大幹圖》、時永福《「登山」歌》、張廓《讀〈國家與革命〉》、葉延濱《「實戰演習」》等詩。

6 日　《光明日報》刊出北京紅星公社文學評論組的文章《公社泥土香——讀束鹿縣詩集〈公社新曲〉》。

6 日　《解放日報》刊出上海煉油廠吳永進的詩《寫在「爭氣塔」上》。

7 日　《吉林日報》刊出湯景山、王中忱的文章《爲工農兵賽詩會叫好》。文章說：「我們爲工農兵賽詩會叫好，因爲它是工農兵登上文藝舞臺，佔領思想文化陣地，鞏固無產階級專政的有力措施。」「我們爲工農兵賽詩會叫好，因爲工農兵賽詩會上的詩，橫掃了幾千年來舊詩壇上的種種陳腔濫調，衝破了舊詩詞條條框框的種種束縛，一掃那些地主資產階級騷人墨客的無病呻吟、矯揉造作和那些什麼『風花雪月』、『小橋流水』的軟綿綿情調。」「我們爲工農兵賽詩會叫好，因爲工農兵賽詩會上的詩，是身經百戰的戰士所寫出來的。」

10 日　《北京文藝》1975 年第 4 期刊出王恩宇《祝捷歌》、李小雨《向你們歡呼勝利——寄柬埔寨戰友》、顧城《入伍》、李學鰲《燈火頌》等詩。

10 日　《天津文藝》1975 年第 4 期刊出《大幹戰歌遍車間——天津第一棉紡織廠車間賽詩會詩選》和馮景元《這裡是前線》、南開大學解放軍學員呂光生《我們的隊伍向太陽》等詩。

13 日　《光明日報》刊出《大慶工人詩選》。

13 日　《文匯報》刊出彥之的文章《詩歌要戰鬥》。

14 日　毛澤東書面談話：「黨的文藝政策應該調整一下，一年、兩年、三年，逐步逐步擴大文藝節目。缺少詩歌，缺少小說，缺少散文，缺少文藝評論。」「對於作家，要懲前毖後、治病救人，如果不是暗藏的有嚴重反革命行爲的反革命分子，就要幫助。」「魯迅那時被攻擊，有胡適、創造社、太陽社、新月社、國民黨。魯迅在的話，不會贊成把周揚這些人長期關起來。脫離群眾。」「已經有了《紅樓夢》、《水滸》，發行了。不能急，一、兩年之內逐步活躍起來，三年、四年、五年也好嘛。」「我們怕什麼？一九五七年右派猖狂進攻，我們把他們罵我們的話登在報上，最後還是被我們打退了。」「文藝問題是思想問題，但是不能急，人民不看到材料，就無法評論。」

15 日　《廣西文藝》1975 年第 4 期刊出《鐵人鋼馬齊奔騰》詩 15 首、《擎起高爐繪彩虹——河池地區雅脈鋼鐵廠詩歌選》和莎紅《馬馱醫院》、宜山縣插隊知識青年聶震寧《警鐘長鳴江山紅》等詩。

15日　《河北文藝》1975年第7期刊出《安平縣南王莊大隊民歌選》和逢陽的詩《偉大的進軍》。

17日　《新疆日報》刊出烏魯木齊縣人民廣播站通訊員學習班的報導《火熱的鬥爭戰鬥的詩篇——先鋒大隊群眾性業餘詩歌創作活動介紹》。

20日　《貴州日報》刊出中共綏陽縣委通訊組崔笛揚、唐興義的報導《繁榮業餘文藝創作　佔領農村文化陣地——記綏陽縣群眾性的業餘詩歌創作》和中共銅仁地委宣傳部駐茶寨公社宣傳組、該報記者的報導《詩歌朗朗情滿懷——記江口縣茶寨公社黎家寨生產隊的一次賽詩會》。崔笛揚、唐興義的報導說：「無產階級文化大革命以來，特別是在批林批孔運動中，中共綏陽縣委認真學習小靳莊的經驗，切實加強黨的領導，狠抓意識形態領域裏的階級鬥爭，大力開展群眾性的詩歌創作活動。幾年來，廣大群眾共寫出一萬多首革命詩歌，其中有二百六十多首被報刊選用。貴州人民出版社還出版了這個縣的詩歌專集——《噴泉集》。這些革命詩歌，主題鮮明，富有濃厚的生活氣息，發揮了革命文藝『團結人民、教育人民、打擊敵人、消滅敵人』的戰鬥作用。」

20日　《福建文藝》1975年第4期刊出柯原《古田行》、朱金晨《城市民兵贊》、朱谷忠《畫廊與戲臺》等詩。

20日　《朝霞》1975年第7期刊出柯原《紅井》、趙麗宏《勝利的渡口》、路鴻《雨中誓師會》等詩。

25日　毛澤東在電影《創業》編劇張天民的來信上批示：「此片無大錯，建議通過發行。不要求全責備，而且罪名有十條之多，太過分了，不利調整黨的文藝政策。」毛澤東批示下達後，《創業》得以重新放映。

25日　《內蒙古日報》刊出二冶機電公司工人業餘創作組的文章《戰鬥的詩篇——讀包頭工人詩選〈鋼城飛花〉》。

25日　《黑龍江文藝》1975年第7期刊出叢者征《奮鬥之歌——讀〈共產黨宣言〉》、謝文利《爐旁支委會》、龍彼德《記錄牌》、鮑雨冰《戰旗》等詩。

26日　《青海日報》刊出報導《用革命詩歌佔領思想文化陣地——記某部三機連十年來開展群眾性寫詩賽詩活動》。

27日　《解放日報》刊出大興中學曹驥《一杆紅旗頂天插——贊工宣隊員》等詩。

27日　《文匯報》刊出龔詠燕的詩《熔爐——贊鋼廠理論小組》。

31日　《人民日報》刊出北京永定機械廠張寶申《鋼釬頌》等詩和報導《熱情洋溢的賽詩會》。

7 月　　張建中（林莽）作詩《盲人》。此詩收詩集《我流過這片土地》，新華出版社 1994 年 10 月出版。

7 月　　《安徽文藝》1975 年 7 月號刊出龍彼德《韶山抒情》、李發模《遵義紅旗》、紀宇《一份思想彙報》等詩。

7 月　　《廣東文藝》1975 年第 7 期刊出《紅花開遍馬安山──煤礦工人的歌聲》和工人羅銘恩《「特別礦工」》、譚日超《礦山詩草》、解放軍瞿琮《普通黨員》等詩。

7 月　　《河南文藝》1975 年第 4 期刊出鄭州市工農兵詩歌創作學習班的組詩《花園口新歌》和施平的文章《新的隊伍‧新的思想‧新的步伐》。文章說：「今年四月，在市委宣傳部的直接領導下，鄭州市組織了一批以工農兵作者為主的三結合創作小分隊，奔赴花園口公社，與貧下中農同吃，同住，同勞動，同學習，同批判。在深入生活的過程中，他們遵照毛主席『學習馬克思主義和學習社會』的偉大教導，狠抓創作方向和創作思想，結合農村現實的階級鬥爭，認真學習無產階級專政的理論，努力改造世界觀，批判文藝領域裏形形色色的資產階級法權和『創作私有』觀念，樹立為鞏固無產階級專政而創作的思想；在創作過程中，他們強調在正確路線指導下，經過反覆的藝術實踐，不斷提高工農兵作者認識生活、正確反映生活的能力，而不只著眼於一首詩、一本書的成敗。因此，他們能夠充分發揮集體的智慧和力量，努力從為無產階級專政服務的高度來進行提煉、加工和製作。」「這樣『三結合』的創作小分隊，深入火熱的鬥爭生活，用無產階級專政的理論改造思想，改造文藝隊伍，改造自己作品的面貌，努力學習革命樣板戲的創作經驗，方向是正確的，創作思想是對頭的，方法也是好的。這是一支新的革命文藝隊伍，從一個新的思想高度、邁出的新的步伐。我們不僅要為他們的作品叫好，更要為他們的成長，為他們的戰鬥大聲叫好。」

7 月　　《湖北文藝》1975 年第 4 期刊出武鋼工人王維洲《頌歌──獻給偉大的黨》、武鋼工人董宏量《宣誓》、工人陳齡《戰鼓三通》等詩。

7 月　　《吉林文藝》1975 年 7 月號刊出沈仁康《井岡山歌》、錢璞《延安精神放光芒》、戚積廣《汽笛聲聲》、程剛《山村燈火》等詩和吉林師大中文系七三級教育革命小分隊的文章《運用詩歌武器為鞏固無產階級專政服務──記遼源礦務局西安礦群眾性賽詩活動》。

7 月　　《江蘇文藝》1975 年第 5 期刊出《詩情湧如大江潮──海門縣中興

大隊賽詩會詩選》並編者按和南京化工研究所工人吳野《戰鬥堡壘》、閻志民《青春的列車飛馳向前──獻給黨的一支火紅戰歌》等詩。編者按：「在本刊第一期，我們曾推薦過常熟縣斜橋大隊的農民詩一束，引起讀者強烈反響。這裡，我們懷著同樣興奮的心情，向廣大讀者推薦我省農業學大寨先進單位──海門縣中興大隊賽詩會的部分詩作。在無產階級專政理論指引下，中興大隊的幹部、社員『讓思想衝破牢籠』，用匕首、投槍般的詩句，向資產階級法權思想挑戰！賽詩會期間，出席省詩歌座談會的業餘和專業詩歌作者，專門到中興大隊參觀學習並參加了賽詩活動。他們在文藝為工農兵服務的金光大道上，又邁出了可喜的一步，值得提倡，值得推薦。」

7月　《江西文藝》1975年第4期刊出《爐火煉得詩句紅──江西手扶拖拉機廠工人詩選》和解放軍彭齡《水兵的扁擔》、萬斌生《鐵的手腕──獻給無產階級專政的歌》等詩。

7月　《遼寧文藝》1975年第7期以《在黨旗下團結前進》為總題刊出朝鮮族金蒼大《黨啊，您是燦爛的太陽》、社員霍滿生《寫詩先唱毛主席》、鐵路工人田永元《新書記的「辦公樓」》等詩。

7月　《內蒙古文藝》1975年第4期刊出《榆林新歌──呼市郊區榆林公社賽詩會詩選》和木林《草原新曲》、尹軍《巴黎公社抒懷》等詩。

7月　《四川文藝》1975年7月號《號角聲聲──學習無產階級專政理論詩傳單》欄刊出余廣《打掉資產階級的土圍子》、徐康《小靳莊的春風》、張新泉《火紅的征途》等詩。

7月　《武漢文藝》1975年第4期刊出《鋼鐵工業要快上──第一冶金建設公司職工賽詩會詩選》和張良火《韶山紅日照千秋》、鐵道兵謝克強《築路歌》、解放軍張雅歌《炮陣地》等詩。

7月　朱述新、杜志民的詩集《火紅的山丹》由人民文學出版社出版。

7月　徐州礦務局政治部宣傳處編印的詩集《礦工戰歌》印行，為徐州礦工業餘文藝創作選之一。

7月　九江地區文藝站編的詩集《廬山風雲》由江西人民出版社出版。

7月　黃聲笑（黃聲孝）的詩集《挑山擔海跟黨走》由人民文學出版社出版。收《我親眼見到毛主席》、《我是一個裝卸工》、《碼頭就是戰場》、《劈風斬浪送棟樑》等詩36首，後附《腳踩風浪抒豪情》文1篇。該書《內容說明》說：「這本詩集主要選收黃聲笑同志文化大革命以來所寫的詩歌共三十六

首。其中還包括作者 1958 年到文化大革命以前所寫的一些代表作。作者是碼頭工人。這些詩，抒發了對偉大領袖毛主席、對中國共產黨和對社會主義制度的無比熱愛；歌頌了史無前例的無產階級文化大革命和偉大的批林批孔運動；描繪了長江兩岸面貌和碼頭工人生活的今昔對比。這些詩，氣勢高亢，格調昂揚，語言精錬，洋溢著工人階級的壯志豪情。」黃聲笑《腳踩風浪抒豪情》說：「黨的八屆十中全會以後，特別是經過無產階級文化大革命，我進一步明確了詩歌是階級鬥爭、路線鬥爭的武器。我想把詩變爲革命的烈火，將一小撮階級敵人燒毀；把詩變爲鋒利的刀劍，把私有制和私有觀念的根根鬚鬚斬掉；把詩變爲千鈞雷霆，擊垮帝修反的魔鬼宮殿；把詩變爲萬里春風，迎來共產主義的陽光普照。哪裡有激烈複雜的階級鬥爭、路線鬥爭，就在哪裡揮筆上陣。」當時的評論說：「一九七五年由人民文學出版社出版的詩集《挑山擔海跟黨走》選收了黃聲笑同志一九五八年到一九七四年的三十六首詩，其中，有長達九百多行的，也有短到四行的。作者用飽含深情的筆觸表達了對毛主席、對黨、對社會主義的無比熱愛，抒發了無產階級英雄的豪情壯志，歌頌了文化大革命和批林批孔運動的偉大勝利。三十六首詩中，有二十七首是在文化大革命中創作的。正是這場偉大的史無前例的革命，提高了詩人階級鬥爭路線鬥爭的覺悟，豐富了詩人的創作源泉，使他的歌喉更嘹亮了，筆鋒更銳利了。『毛主席給我一枝筆，握在手中撐天地，日捲風浪寫英雄，夜磨筆尖斬狐狸。』可以說，這正是黃聲笑同志詩作的一個總概括。」（劉家林、張金海《峽江戰歌逐浪高——喜讀黃聲笑同志的詩集〈挑山擔海跟黨走〉》，1976 年 3 月 6 日《武漢大學學報》1976 年第 2 期）

7 月　紀鵬的詩集《塞上詩箋》由內蒙古人民出版社出版。作品分爲《北疆前哨》、《草原朝霞》等 3 輯，收《邊防巡邏》、《雪原飛騎》、《錫林浩特抒情》、《給包鋼的煉焦工》等詩 59 首。

7 月　李健葆的詩集《碧海紅哨》由山東人民出版社出版。收《哨所抒情》、《島上「天安門」》、《我站在浪峰山上》、《夫妻炮手》等詩 43 首。

　　李健葆，1935 年 7 月 21 日生於江蘇江陰。1952 年參軍，1964年到濟南軍區政治部前衛報社任編輯，1975 年任濟南軍區政治部文化部副處長。1981 年到山東省委宣傳部工作。1987 年調到山東藝術學院，後曾任院長。出版的詩集還有《奔騰的馬蹄》（1983）。

7 月　李瑛的詩集《北疆紅似火》由人民文學出版社出版。作品分爲《鋼

鐵邊防》、《日照草原》等 4 輯，收《邊境線上》、《亮晶晶光閃閃的小河水》、《林中黎明》、《小搖車》等詩 47 首。該書《內容說明》說：「這是作者的一本新作」。「作者滿懷革命激情，集中地歌頌了偉大祖國東北邊境地區各族人民和解放軍戰士，在毛主席革命路線指引下，在無產階級文化大革命和批林批孔運動中，精神面貌所發生的深刻變化；熱情地讚美了他們的新思想、新感情，以及那裡所湧現的社會主義新事物、新風貌；詩中傾注了對毛主席、對黨、對社會主義祖國的深沉的愛和對蘇修社會帝國主義的無比仇恨。」「這些詩有強烈的時代色彩和深摯的感情，詩情濃鬱，語言生動、形象。」當時的評介說：「我們偉大社會主義祖國的北部邊疆，與蘇修叛徒集團統治下的土地僅一水之隔，卻如同隔著一天、一地。這面是明燦燦的陽光，在馬克思主義、列寧主義、毛澤東思想的大旗下，反帝、反修、反霸的邊防如鐵似鋼，各族人民在無產階級專政下繼續革命的戰歌嘹亮，草原上、林海中，社會主義新生事物茁壯成長……。他們那面是暗沉沉的烏雲。蘇修叛徒集團推行修正主義路線，改變了十月革命紅旗的顏色，在那裡，社會主義和列寧學說被『踏爛在戰馬的蹄窩』。軍馬廄、鐵絲網代替了村鎮的『炊煙、雞啼、燈火』，槍眼和炮口代替了『親切的笑和歡樂的歌』……。鮮明的對比，強烈的愛憎，用飽蘸無產階級革命激情的詩筆，觸及時事，觸及國際國內階級鬥爭和路線鬥爭的大事，抒發革命人民反修防修的戰鬥情懷，是《北疆紅似火》（李瑛著，人民文學出版社出版）這本短詩集的一個特色。」（解放軍某部史鐘《〈北疆紅似火〉》，1976 年 1 月 22 日《人民日報》）

　　7 月　李幼容的詩集《天山進行曲》由人民文學出版社出版。收「亞夏，毛主席」、《團結花盛開》、《新書記蹲點》、《天山進行曲》等詩 48 首，有《天山一曲獻給黨》詩 1 首代後記。當時的評論說：「最近，我們讀到了人民文學出版社出版的李幼容同志的詩集——《天山進行曲》，感到這是一支為雄偉壯麗的天山，為英雄的邊疆兒女奏出的新曲，是無產階級文化大革命的及時雨在新疆詩壇上澆灌出的一簇新花。」「這本詩集，好就好在一個『新』字上。作者以飽滿的革命熱情，歌頌了波瀾壯闊的無產階級文化大革命和批林批孔運動，讚美了如雨後春筍般湧現的社會主義新生事物，揭示了經過文化大革命戰鬥洗禮的工農兵崇高的思想境界和革命風貌。讀起來，確實使人感到有那麼一股勁，那麼一股革命熱情。」（烏魯木齊市東風鍋爐廠工人評論組《喜看天山奏新曲——讀詩集〈天山進行曲〉》，1976 年 3 月《新疆文藝》1976 年第 2 期）

　　7月　　王綏青、李洪程的長詩《鬥天圖》由人民文學出版社出版。長詩共 22 章，有《序詩‧大渠行》。當時的評論說：「氣勢磅礴、波瀾壯闊的農業學大寨運動爲文學藝術提供了豐富的創作源泉，開拓了一個新的廣闊天地。長篇敘事詩《鬥天圖》就是在學大寨的沃土上盛開的一朵光彩照人的鮮花。」「《鬥天圖》通過對太行山區一個小山村望水溝的貧下中農修建愚公渠的描寫，概括了我國農業學大寨的歷程。作品緊扣著『水』這一中心，寫望水溝貧下中農解放前缺水的苦難和鬥爭，農業社時期無法徹底改變山區缺水面貌的焦慮和希望，人民公社化以後爲修建愚公渠所作的艱苦卓絕的鬥爭，以及他們的堅定信念和鬥爭歡樂。從而，給我們展示了貧下中農戰天鬥地、重新安排河山的壯舉，記錄了無產階級不斷戰勝資產階級反抗、社會主義不斷粉碎資本主義復辟的進軍步伐。」「《鬥天圖》在藝術上、在詩歌形式的運用上，也有它的獨到之處。」「在長詩中，表現人物的精神面貌、內心世界，始終是作者全力貫注的中心。詩中把敘事與抒情結合起來，因而形成了塑造人物方面自身的特點。」「長詩《鬥天圖》在藝術上的另一個特色是對詩歌民族化的探索。長詩摒棄了一切洋八股、洋調子，在民歌和古典詩詞的基礎上形成了自己的新詩風，很有中國氣派和中國作風。」「長詩三言、四言、五言、七言、九言等錯綜複雜的組合，形成了一種富有音樂性的韻律和宛轉流暢的節奏。」「在語言上，長詩作者是下了一番功夫的，因而它集中、凝煉、警闢，往往在極其簡短的語句中包容著極爲豐富的生活內容。……當然，長詩的某些詞句，似過雅了一點，是否可通俗一點呢？」（安國梁《壯志敢教山河移──讀長詩〈鬥天圖〉》，1976 年 1 月《河南文藝》1976 年第 1 期）

　　　　王綏青，原名王玉璽，1936 年 6 月 12 日生於河南汲縣。1957年考入內蒙古大學中文系，1962 年畢業留校任教。1970 年調回家鄉，歷任縣創作組長、縣政協副主席、新鄉地區文聯主席等職。1986年任河南省文聯專業作家，1991 年任《莽原》雜誌主編。1955 年開始發表新詩，出版的詩集還有《天涯採英》（1985）、《天野海郊集》（1993）、《天風海韻》（1999）、《天高地廣集》（2003）等。

　　　　李洪程，1938 年生，河南衛輝人。

　　7月　　詩集《春滿車間》由人民文學出版社出版。收北京第三棉紡織廠陳滿平《賽詩會上》、首鋼王德祥《紅心飛向中南海》、北京第一機床廠王恩宇《出征曲》、北京美術紅燈廠寇宗鄂《特藝工人的歌》等詩 24 首。該書《內

容說明》說：「在毛主席關於理論問題重要指示的指引下，在黨的十屆二中全會和四屆人大提出的戰鬥任務鼓舞下，首都工人階級意氣風發、鬥志昂揚，認真學習馬克思列寧主義關於無產階級專政的理論，抓革命促生產的勁頭越來越大。為了抒發戰鬥豪情，他們創作了大量詩歌，並多次召開賽詩會。北京市勞動人民文化宮編選的這本小冊子，選了賽詩會上的二十三首詩作。詩中充滿著革命的豪情。」

　　7月　《洪流集》編創組編的《洪流集——工農兵詩選》由人民文學出版社出版。收解放軍某部李武兵《「人大」代表上北京》、解放軍某部韓作榮《熊熊的篝火》、綏陽縣李發模《演出》、新疆生產建設部隊楊牧《大老郭——一團火》等詩 59 首，有《洪流集》編創組《前言》。《前言》說：「這本詩集就是由中國人民解放軍五七六五部隊業餘文藝創作骨幹和人民文學出版社的編輯人員組成的三結合編創組，從全國各地工農兵寄給出版社的稿件中選編的。我們中間大部分同志從來沒有做過編輯工作，沒有選稿、加工等方面的經驗；在毛主席革命文藝路線指引下，我們邊學邊幹，把編創組設在三大革命鬥爭第一線，得到廣大工農兵作者的熱情鼓勵和幫助，使我們能夠在三個月時間內閱讀和處理了幾百部稿件，從幾千首詩中選出這些作品，完成了本書的編選工作。這本詩集全部是從來稿中選編的，從主題的確定，到看、選、編、改、創，每一步都經過集體研究決定，力爭做到精益求精。通過編選的實踐，我們深刻體會到三結合搞編創工作，是全心全意依靠工農兵搞好出版戰線革命、培養工農兵業餘文藝隊伍、促進編輯人員思想革命化的重要途徑，有利於繁榮社會主義文藝創作，落實毛主席的革命文藝路線，用馬克思主義佔領文藝領域，對資產階級實行全面專政。」

　　7月　霞浦縣文化館編的《紅日照霞山——霞浦縣詩歌創作選》由福建人民出版社出版。收有雷雙勳《頌歌同唱紅太陽》、俞兆平《時代的號角》、紀學文《批林批孔反覆辟》等詩，有福建人民出版社文藝組《前言》。《前言》講：「《紅日照霞山》裏的作品，是由霞浦縣文化館從近年來刻印的《群眾創作》中挑選出來的。這些詩歌，有工農兵對毛主席、共產黨的由衷歌頌，有滿懷激情對學習無產階級專政理論、批林批孔運動的生動描繪，有對文化大革命以來新生事物的讚美……這些作品，從一個縣的角度，集中地反映了我們偉大社會主義時代的風貌。它是霞浦勞動人民向資本主義，向劉少奇、林彪修正主義路線，向孔孟之道進攻的號角，也是勞動群眾共產主義熱情高漲

的寫照。這些詩作，具有人民群眾喜聞樂見的形式，以及鮮明、質樸、生活氣息濃厚、戰鬥性強的特點。但是，由於這些還是文藝革命進程中的作品，難免不成熟，或有缺點，尚希望讀者批評、指正。」孫紹振講：「這是一本頗有生氣的詩集，是霞浦縣文化館從他們油印的雙周刊《群眾創作》中選出來的較好的作品。」「選入這個詩集中的作品，其共同特色是能以強烈的政治熱情，把握住現實鬥爭的重大主題。不論是在較長的政治抒情詩或者比較短小的新民歌中，這個特點都表現得比較顯著。」（《群眾詩歌創作的可喜收穫──讀〈紅日照霞山〉》，1976 年 3 月 20 日《福建文藝》1976 年第 2 期）

　　7 月　《進攻的炮聲》三結合編輯組編的詩集《進攻的炮聲》由四川人民出版社出版。收有胡笳《在中南海門前》、女工徐慧《紅衛兵進行曲》、梁上泉《寫在長征隊的隊旗上》等詩。當時的評論說：「在深入批判鄧小平反擊右傾翻案風的鬥爭高潮中，讀罷詩集《進攻的炮聲》，文化大革命的崢嶸歲月，又重新浮現眼前。四川人民出版社編輯這本詩集，做了一件很有意義的工作。詩集誕生在去年夏季，正是鄧小平掀起否定文化大革命的逆流，氣焰十分囂張，顯得不可一世之時。《進攻的炮聲》也正是頂逆流，戰惡風的成果。它生動地告訴我們，歌頌無產階級文化大革命，保衛文化大革命的勝利成果，不能不經過嚴峻的鬥爭。為了保衛毛主席的無產階級革命路線，需要進攻的炮聲！」（李昆、王波《喜讀詩集〈進攻的炮聲〉》，1976 年 5 月 20 日《四川大學學報》1976 年第 2 期）

　　7 月　《正是春光──安徽詩歌選》由安徽人民出版社出版。收嚴成志《祖國大地風光無限好》、下鄉知識青年江錫銓《我們的隊伍向太陽》、陶保璽《鋼澆鐵鑄的號召》、楊德祥《綠色的行裝》等詩 108 首。

1975 年 8 月

　　1 日　《解放軍文藝》1975 年 8 月號刊出沈巧耕、梁秉祥、楊星火、淩行正的長詩《洛桑單增頌》和尹在勤《新時代　新詩風──學習〈小靳莊詩歌選〉札記》、雷火《喜看戰友賽詩來──讀〈解放軍文藝〉今年第六期的八組戰士詩》等文。尹在勤說：「小靳莊貧下中農的詩歌，短小，精悍；但是，它們所寫的都是重大題材，重大主題。在寫什麼，怎樣寫，即詩歌要不要及時反映重大的政治鬥爭，要不要為鞏固無產階級專政服務這樣一個重大的原則問題上，給了我們極其寶貴的啟示。它們表明：短詩也能反映重大題材，重

大主題，也能表現階級鬥爭、路線鬥爭，也能起到對資產階級全面專政的號角和戰鼓的作用。」

3日　《吉林日報》刊出韓久有、任玢聲的文章《賽詩與戰鬥》。文章說：「賽詩會是戰場，句句詩就是『炸彈和旗幟』。你聽：『批林怒火衝天燒，看你林賊往哪逃，學了馬列識真假，你有畫皮我有刀。』這如投槍、短劍的戰歌，是革命戰士奮筆批判林賊的戰鬥檄文。工農兵把詩歌當成階級鬥爭的武器，抓革命促生產的號角。他們戰鬥在三大革命第一線，火熱的鬥爭生活孕育了戰鬥的詩篇，反過來，戰鬥的詩歌又激勵廣大群眾為社會主義革命和建設而努力奮戰。請看：『雲擦汗，花添彩，梯田頂上擺詩臺，詩歌一首高一首，駄著梯田上天來。』這首詩，生動地說明了賽詩會的戰鬥作用。賽詩會之所以感染人、教育人、鼓舞人，就是因為它能迅速地配合黨的中心任務，緊跟形勢，反映當前的鬥爭生活。工農兵寫詩、賽詩不為名，不為利，他們是為了戰鬥。他們詩中的高昂氣勢，迸發的豪情，閃爍著文化大革命和批林批孔的思想光彩，寄託著無產階級大幹社會主義的雄心壯志。賽詩會反映出來的新鮮的思想，新鮮的生活，正是我們激烈跳動的時代脈搏。而這些詩歌剛健、清新、樸實、明快等藝術特點，則一掃資產階級低吟淺唱、矯揉造作的陳腐詩風，開一代社會主義新詩風，必然給新詩創作以豐富的滋養。」

3日　《解放日報》刊出解放軍某部楊德祥《戰士的心》、解放軍某部于水《夜行軍》等詩。

4日　《光明日報》刊出廖代謙《政委當兵到咱班》等詩。

5日　《雲南文藝》1975年第4期刊出七五八五部隊、〇二八一部隊供稿的《戰士詩選》，以《紀念紅軍過雲南四十週年》為總題刊出康平《磨刀石》、高洪波《標語牌前》等詩。

14日　毛澤東在談論如何評價《水滸傳》時說：「《水滸》這部書，好就好在投降。做反面教材，使人民都知道投降派。《水滸》只反貪官，不反皇帝。」同日姚文元就此給毛澤東寫信，建議將毛澤東的評論印發政治局在京成員和有關宣傳出版部門。經毛澤東批准，中共中央轉發了毛澤東的談話。8月28日《紅旗》雜誌發表短評《重視對〈水滸〉的評論》；9月4日《人民日報》發表社論《開展對〈水滸〉的評論》。從此，全國開展「評《水滸》運動」。

15日　《河北文藝》1975年第8期以《鋼鐵長城》為總題刊出解放軍某部李鈞《連長和他的讀書筆記》、駐軍某部戰士郁蔥《山間哨所》、駐軍某部劉小放《攀登》等詩。

18 日　《人民日報》刊出空軍某部周鶴《腳底下的雷聲》等詩。

20 日　《朝霞》1975 年第 8 期刊出管強生《火紅年代出英雄——獻給孔憲鳳同志》、陳祖言《衝鋒歌》、錢國梁《對江播》等詩。

24 日　《人民日報》刊出天津市冶金局馮景元的詩《煉鋼人》。

24 日　《文匯報》刊出陸萍《飛巡的腳步——贊紡織廠的老書記》等詩。

29 日　詩人海濤（葉淘）逝世。

　　　海濤，原名顏海濤，筆名海滔、葉淘，1924 年生，山東臨沂人。1943 年考入雲南大學。1945 年在雲南江川中學任教。1947 年任北平《新生報》記者，後在北京輔江中學任教。1948 年到河北遵化，任《冀東日報》編輯、記者。1949 年後到唐山《勞動日報》工作。1957 年錯劃為右派，後曾任唐山文聯輔導部部長、《唐山文藝》編輯。1972 年到唐山陶瓷公司第一瓷廠工作。出版的詩集有《蠶豆花》（1946）、《自從鞭炮放了後》（1946）、《向民主，進軍》（1946）、《飢餓》（1947）、《零下四十度》（1948）、《考驗》（1948）。

31 日　《解放日報》以《延安精神傳萬代》為總題刊出解放軍某部楊德祥《邊疆呵，戰士報到來了！》、解放軍某部田永昌《大隊長的「習慣」》等詩。

8 月　龔舒婷（舒婷）作詩《啊，母親》。此詩初刊 1978 年 12 月 23 日《今天》第 1 期；收詩集《雙桅船》，上海文藝出版社 1982 年 2 月出版。

8 月　《安徽文藝》1975 年 8 月號刊出工人韓立森《將革命進行到底》、吳曉平《工人階級登詩臺》、解放軍某部嵇亦工《第一次站崗》等詩和合鋼公司鄧飛、王潔的文章《奪鋼戰鬥的號角——讀〈鋼鐵畫廊〉等鋼鐵戰線的詩歌》。

8 月　《廣東文藝》1975 年第 8 期刊出解放軍柯原《紅色前哨連》、解放軍任海鷹《千里海防布銀線》、解放軍姚成友《背》等詩。

8 月　《吉林文藝》1975 年 8 月號刊出泉聲《東風在邁著大步》、解放軍某部韓志晨《老團長》、紀鵬《北疆前哨》、解放軍某部葉曉山《第一聲汽笛》等詩。

8 月　《江蘇文藝》1975 年第 6 期刊出南京礦山機械廠郭浩《戰鬥的青春》、解放軍某部宮璽《碑石辭》、解放軍某部馬緒英《湖畔賽詩》、沙白《煉鋼工》等詩。

8 月　《遼寧文藝》1975 年第 8 期刊出岸岡等《寫在令聞糧站的詩》和王荊岩《風火爐前》、解放軍空軍某部李克白《戰士本色》等詩。

8月 《四川文藝》1975 年 8 月號《號角聲聲——學習無產階級專政理論詩傳單》欄刊出工人白楊樹《我們高唱〈國際歌〉》、解放軍宮璽《稱呼問題》、陳官煊《打背包》等詩。

8月 《湘江文藝》1975 年第 4 期刊出高正潤等《爲鞏固無產階級專政而戰》詩 3 首和伍振戈的文章《爲鞏固無產階級專政高唱戰歌》。文章說：《湘江文藝》今年第二、三、四期，在《爲鞏固無產階級專政而戰》的總題下分別刊載了三組不同形式的政治抒情詩。讀著這些詩，一股強烈的戰鬥氣息撲面而來。我們面前，奔騰著「緊握鋼槍，揮舞銀鋤，爲鞏固無產階級專政而戰鬥」的億萬工農兵革命隊伍的「滾滾洪流」；我們眼中，閃爍著「遍佈峻嶺高山」、「灑滿城鎮河川」的「夜校燈光」，「燈下，多少人在看書學習，『對資產階級專政』響在耳邊」；我們聞到了「無產階級專政槍鳴火閃」、「要把舊世界徹底埋葬」的強烈「火藥」味；我們聽到了「中國大地響徹驚天的戰鼓：『萬歲，無產階級專政！』」……這些詩是奮戰在三大革命鬥爭第一線的工農兵業餘作者用無產階級專政理論指導創作的實踐成果，他們在如何使詩歌發揮戰鬥性，爲鞏固無產階級專政大喊大叫方面，作出了可喜的努力。

8月 《新疆文藝》1975 年第 4 期刊出東虹、楊牧《中南海的鐘聲》等詩和《新疆文藝》調查組的《歌滿田野詩滿牆——鄯善縣東風公社二大隊三小隊開展詩歌創作活動情況調查》。調查說：「『歌滿田野詩滿牆，貧下中農心歡暢，文化陣地要佔領，新人新事處處揚。』這是鄯善縣東風公社二大隊三小隊貧下中農對自己蓬勃向上的精神面貌的眞實寫照。」「這個隊在毛主席關於理論問題重要指示的指引下，認眞學習小靳莊經驗，開展了多種多樣的群眾性文化活動，特別是詩歌創作活動搞得有聲有色，生動活潑。僅三個多月來，就舉辦各種賽詩會十四次，出詩歌專欄二十五期，寫出詩歌三百多首，還自編了油印詩選。詩歌，成爲他們『團結人民、教育人民、打擊敵人、消滅敵人』的戰鬥武器，成爲他們在文化領域對資產階級實行全面專政的有力工具。」

8月 路鐵的長詩《一代風華》由天津人民出版社出版。長詩共 12 章，有《序曲》和《尾聲》。該書《內容提要》說：「這是一部敘事長詩。作者以『知識青年到農村去，接受貧下中農的再教育，很有必要』爲題材，以無產階級文化大革命爲背景，以階級鬥爭爲主線，著力塑造了知識青年在農村這個廣闊天地裏茁壯成長的光輝形象，熱情歌頌了無產階級文化大革命和社會主義的新生事物。」「作品的故事情節比較曲折生動，語言充滿了激情。」

8 月　梅紹靜的敘事長詩《蘭珍子》由陝西人民出版社出版。長詩共 7 章，有《引歌》和《尾聲》。該書《出版說明》說：「這是一篇敘事詩。作品描寫的是：下鄉知識青年楊蘭珍，在農村黨組織的教育和培養下，當了『赤腳醫生』，她堅持毛主席的無產階級革命路線，全心全意為貧下中農服務，並在與資產階級思想的鬥爭和階級敵人破壞活動的鬥爭中鍛鍊成長。」當時的評論說：「陝西人民出版社最近出版的敘事詩《蘭珍子》（梅紹靜作），雖然只是一位北京到延安插隊的女知識青年的習作，但透過那紮實細緻的描寫和娓娓親切的敘述，可以清楚地看到在無產階級文化大革命中成長起來的社會主義新生事物具有多麼旺盛的生命力。透過那沾著延河浪花的清秀可愛的詩篇，也可以看到，在毛主席的革命文藝路線的指引下，在革命樣板戲的帶動下，我國社會主義文苑裏，新人、新作不斷湧現的繁榮景象。這對那些否定無產階級文化大革命和文藝革命的偉大功績，妄圖復辟資本主義的右傾翻案風的鼓吹者，是一個迎頭痛擊。」「由於作品描寫的女主人公和作者自己有共同的生活經歷、共同的生活感受，所以，這篇敘事詩不僅寫得清新活潑，而且親切流暢。作品中許多熱烈歡快的詩句，凝聚著北京知識青年對延安山水的熱愛，對英雄的延安人民的無限崇敬，抒發了他們的豪情壯志。《蘭珍子》在表現形式上採用的是陝北民歌體，在語言的運用和錘鍊上，也注意了向民歌學習和從陝北人民革命生活中汲取養料，散發著較濃厚的生活氣息。」（韓望愈《一代新人的讚歌——評敘事詩〈蘭珍子〉》，1976 年 3 月 20 日《人民日報》）

　　梅紹靜，女，1948 年 9 月 7 日生於重慶。1969 年由北京去延安插隊，1971 年在延安地區無線電廠當工人。1978 年入陝西師範大學中文系讀書，1982 年到延安地區文創室工作。1984 年起先後在魯迅文學院、北京大學中文系學習。1989 年到河北秦皇島輸油公司工作。1990 年任《詩刊》編輯。出版的詩集還有《嗩吶聲聲》（1983）、《她就是那個梅》（1986）、《女媧的天空》（1990）。

8 月　賽福鼎的詩集《風暴之歌》由新疆人民出版社出版。收《在領袖像前》、《祖國頌》、《闊步前進》等詩 10 首，有《作者的話》。《作者的話》說：「您手中的這本集子所收的作品，寫於偉大的無產階級文化大革命開始之後。因此，我把它總稱為《風暴之歌》。我的這些作品是否完美地歌頌了『風暴』，倒不盡然。這是由我的寫作水平所決定的。」「我不是作家，而是個文

學愛好者；我也不是藝術家，而是個藝術的酷愛者。這些話我曾在一九五二年的一次文藝工作者會議上講過。我現在仍然要重複這些話。」

　　賽福鼎，維吾爾族，1915 年生於新疆阿圖什。1935 年到蘇聯學習，1937 年回國。1944 年參加新疆「三區革命」，後任新疆聯合政府教育廳廳長。1949 年後，曾任新疆維吾爾自治區人民政府主席、新疆文聯主席等職。出版的詩集還有《賽福鼎詩選》（1999）。2003年 11 月 24 日在北京逝世。

　　8 月　張永枚的詩集《前進集》由北京人民出版社出版。收《彈藥艇上的民兵》、《西沙姑娘》、《井岡泥土》、《前進！革命的火車頭》等詩 31 首。

　　8 月　《春雷集——北京工農兵詩選》由北京人民出版社出版。收房山坨里公社顧夢紅《祖國處處響春雷》、首都鋼鐵公司王德祥《無產階級專政的衛兵》、大興紅星公社長青《樣板戲來到咱鄉下》、北京衛戍區某部張學林《練兵場上殺聲高》等詩 48 首。

　　8 月　廣西壯族自治區革命委員會文藝創作辦公室編的《高歌向太陽——廣西各族新民歌選》由人民文學出版社出版。收瑤族盤美英《瑤家心向毛主席》、廖玉樺《文化大革命就是好》、壯族莎紅《小嚮導》、林玉《水庫像張大唱片》等民歌 200 首，有編者《紅棉朵朵向陽開》代序。代序說：「這本新民歌，是領導、工農兵、專業人員三結合的產物。當從各地徵得部分初稿後，即由工農兵歌手和專業人員組成十多個工作小組，深入到各地、市四十多個縣的部分公社、大隊、廠礦、學校和部隊，一邊召開各種類型的座談會，一邊又訪問了數以百計的民歌手。收集了上千條的意見，補充了幾千首民歌稿。在這個基礎上，又舉辦了各族民歌手學習班，學習了毛主席的《在延安文藝座談會上的講話》，探討新民歌如何『推陳出新』，如何學習運用革命樣板戲的創作原則和創作經驗，對民歌稿進行集體評選。前後歷時九個多月，經過五上五下，才完成了編選工作。」當時的評論說：「無產階級文化大革命以來，在毛主席革命路線的光輝照耀下，祖國詩歌的大海呵，更是春潮澎湃，萬泉噴發。新近由人民文學出版社出版的廣西各族新民歌選《高歌向太陽》，就是浩瀚歌海裏湧起的一束新浪花。」「這些歌，時代精神較強烈，生活氣息較濃厚，地方特色和民族特點也較鮮明，是我區各族人民獻給黨和毛主席的一曲大合唱，是在毛主席革命路線指引下，廣西各族人民為鞏固無產階級專政團結戰鬥的一組彩色畫。」（尚土《歌海裏的新浪花——讀廣

西各族新民歌選〈高歌向太陽〉》，1975 年 11 月 15 日《廣西文藝》1975 年第
6 期）

　　8 月　　祁念東等著的詩集《火紅的戰旗》由陝西人民出版社出版。收祁
念東、顧甫濤《紅衛兵戰旗》，工人高洺《革命青年之歌——寫給上山下鄉的
知識青年戰友》，工農兵學員張春文《赤腳醫生贊》，喻清新《致紅衛兵戰友》
詩 4 首。《出版說明》講：「這本詩集收集了四篇抒情長詩，作者是工人、工
農兵學員和基層工作人員。作品以充沛的革命豪情，熱烈激昂的語言，熱情
歌頌了知識青年上山下鄉、赤腳醫生、紅衛兵等社會主義新生事物，熱情謳
歌了無產階級文化大革命。作品洋溢著對黨對毛主席無比愛戴的無產階級感
情，充滿對舊的傳統觀念堅決鬥爭和爲鞏固無產階級專政而奮鬥的堅定信
念。」當時的評論說：「陝西人民出版社出版的我省幾位年青業餘詩作者的抒
情詩集《火紅的戰旗》，是當年的紅衛兵對無產階級文化大革命唱出的發自內
心的讚歌。它以飽滿的革命激情，藝術地再現了文化大革命的光輝歷史，熱
情地謳歌了文化大革命的偉大勝利。打開這本詩集，感到一股強烈的戰鬥氣
息撲面而來。那一行行熱烈激昂的詩句，把我們又帶回到文化大革命如火如
荼的鬥爭歲月。」（咎澍、張惠、智奇《「出膛的炮彈」——讀詩集〈火紅的
戰旗〉》，1976 年 8 月 22 日《陝西日報》）

　　8 月　　詩集《克拉瑪依戰歌》由新疆人民出版社出版。收瓦力斯江《我
見到了偉大領袖毛主席》、趙天山《油城風光無限好》、秦孟君《採油姑娘的
話》、安定一《油田的春天》等詩 85 首。該書《內容提要》說：「這本詩集，
收編了克拉瑪依石油工人業餘創作的詩歌八十餘首。」「這些詩歌，反映了石
油工人熱愛偉大領袖毛主席、熱愛黨、熱愛社會主義革命和建設的深厚階級
感情，抒發了『石油工人硬骨頭，誓叫石油滾滾流』的豪邁氣概，反映了石
油工人在毛主席革命路線指引下，抓革命，促生產，學大慶，堅持自力更生，
艱苦奮鬥，建設祖國邊疆，鞏固無產階級文化大革命成果的戰鬥生活和精神
面貌。」「這些詩歌，樸實，奔放，充滿戰鬥的激情，有濃厚的油田生活氣息。」

　　8 月　　《祖國的早晨——北京工農兵詩選》由北京人民出版社出版。收北
京美術紅燈廠寇宗鄂《天安門上的紅燈》、趙日升《革命樣板戲到山村》、楊
匡滿《向陽堤》、空軍某部周鶴《站在機場唱祖國》等詩 75 首，有李學鰲《讓
詩歌成爲群眾手裏的尖銳武器——序言》。《序言》說：「我們讀到的這本《祖
國的早晨》，就是繼《北京的歌》之後，北京人民出版社編輯出版的又一本首

都工農兵詩歌選。」「出這樣的詩集，好處的確很多。它不僅可以及時地反映現實革命鬥爭生活，歌頌工、農、兵、學、商各條戰線上的社會主義新生事物，適應現實革命鬥爭的需要，同時，也是培養工農兵詩歌創作隊伍的一種好方法。」「近幾年來，我們的詩歌創作非常興旺。詩歌作者當中，文化大革命和批林批孔以來湧現出的新人占很大比重。在毛主席革命文藝路線指引下，他們一拿起筆來，就把詩歌當做鞏固無產階級專政的武器，衝殺在批判劉少奇、林彪和孔老二的激烈的戰場上，他們朝氣蓬勃地戰鬥在三大革命實踐的第一線，爲革命寫詩，爲戰鬥寫詩，在他們的作品中，充滿著火一樣的戰鬥豪情和崇高的無產階級革命理想。特別是小靳莊的詩歌和西四北小學的兒歌，更爲我們的詩歌增添了新的光彩。學習小靳莊大隊和西四北小學的經驗，運用詩歌這一比較輕便的武器，在意識形態領域裏作戰，歌頌新生事物，批判資產階級，用馬列主義、毛澤東思想佔領城鄉的思想文化陣地，已經蔚然成風。」

1975 年 9 月

1 日　《解放軍文藝》1975 年 9 月號刊出《「抗震救災愛民模範連」詩選》和劉秋群、劉福林、宋協龍的詩輯《抗震救災爲人民——寫在「抗震救災愛民模範連」》及李存葆《合圍》、崔合美《我爲勝利鋪大道》、向明《荔枝花開》、任耀庭《南瓜飯》等詩。

6 日　穆旦致郭保衛信：「奧登說他要寫他那一代人的歷史經驗，就是前人所未遇到過的獨特經驗。我由此引申一下，就是，詩應該寫出『發現底驚異』。你對生活有特別的發現，這發現使你大吃一驚（因爲不同於一般流行的看法，或出乎自己過去的意料之外），於是你把這種驚異之處寫出來，其中或痛苦或喜悅，但寫出之後，你心中如釋重負，擺脫了生活給你的重壓之感，這樣，你就寫成了一首有血有肉的詩，而不是一首不關痛癢的人云亦云的詩。所以，在搜求詩的內容時，必須追究自己的生活，看其中有什麼特別尖銳的感覺，一吐爲快的。然後還得給它以適當的形象，不能抽象說出來。當然，這適當的形象往往隨著內容成形，但往往詩人也得加把想像力，給它穿上好衣裳。所以，最重要的還是內容。注意：別找那種十年以後看來就會過時的內容。這在現在印出來的詩中很明顯，一瞬即逝的內容很多；可是奧登寫的中國抗戰時期的某些詩（如一個士兵的死），也是有時間性的，但由於除了表

面一層意思外，還有深一層的內容，這深一層的內容至今還能感動我們，所以逃過了題材的時間局限性。」（《蛇的誘惑》，珠海出版社 1997 年 4 月出版）

8 日　《文匯報》刊出上鋼三廠、文匯報合編的賽詩會專輯《學習理論促大幹詩情如海鋼成山》。

9 日　穆旦致郭保衛信：「你在鬱悶中搞自己的文字，這確是不錯。如果先給我看，我是很高興給你提供一些意見的。不過你要首先知道，我搞的那種詩，不是現在能通用的。我用一種非實際的標準來議論優缺點，對你未必是有益的。可是我又不會換口徑說話。我喜歡的就是那麼一種，你從聞一多集中也可看到，我和老江老杜幾個人的詩（此外還有一兩個其他人如王佐良等）和其他的一種詩不同。我們這麼寫成一型，好似另一派，也許有人認為是『象牙之塔』，可是我不認為如此，因為我是特別主張要寫出有時代意義的內容。問題是，首先要把自我擴充到時代那麼大，然後再寫自我，這樣寫出的作品就成了時代的作品。這作品和恩格斯所批評的『時代的傳聲筒』不同，因為它是具體的，有血有肉的了。」（《蛇的誘惑》，珠海出版社 1997 年 4 月出版）

10 日　《北京文藝》1975 年第 5 期刊出王恩宇《戰鼓篇》、時永福《爭奪戰》等詩。

10 日　《天津文藝》1975 年第 5 期刊出南開大學工農兵學員范新安《必須有鐵的手腕》、馬晉乾《特殊鋼》、王洪濤《油花怒放》、火華《公社女主任》等詩。

15 日～10 月 19 日　國務院在山西省昔陽縣召開全國農業學大寨會議，討論建設大寨縣等問題。

15 日　《廣西文藝》1975 年第 5 期刊出《大戰石海歌——都安瑤族自治縣戰石海工地詩歌選》和黃家玲《掃街歌》、楊鶴樓《百鍊成鋼》、靈山縣知識青年黃瓊柳《民兵的眼睛》等詩。

15 日　《河北文藝》1975 年第 9 期刊出社員劉章《戰友啊，我們的頭腦要時刻清醒》、陳廣斌《風雷頌》、時永福《槍聲·警鐘·號角》、浪波《紅高梁歌》等詩。

16 日　《解放日報》刊出詩輯《揮舞戰筆評〈水滸〉》。

19 日　毛澤東同意《詩刊》復刊。「一九七五年七月二十日謝革光給紅旗雜誌社的信中寫到，由於各種文藝書刊相繼復刊或創刊，因此《詩刊》的復

刊已成爲廣大群眾熱切盼望的一件事。九月十九日，中共中央政治局常委張春橋將這封信轉報毛澤東。毛澤東在張春橋的報告上批語：『同意。毛澤東　九月十九日』。」（《建國以來毛澤東文稿》第十三冊，中央文獻出版社 1998 年 1月出版）

　　20 日　《福建文藝》1975 年第 5 期刊出俞兆平《新的長征》、上杭上山下鄉女知識青年林祁《養豬姑娘》和劉登翰、孫紹振《伐木者之歌》等詩。

　　20 日　《朝霞》1975 年第 9 期刊出嚴忠喜《書記的鏟鏽刀》、吳永祚《「同志」》等詩。

　　21 日　《文匯報》刊出《登臺怒批投降派──青浦縣農民評〈水滸〉賽詩會詩選》。

　　22 日　《黑龍江日報》刊出甘雨澤的文章《新生事物之花紅爛漫──評詩集〈春花爛漫〉》。

　　22 日　《人民日報》刊出張永枚的詩《井岡風》。

　　23 日　張光年日記：「傍晚小周明來，談起主席批准《詩刊》復刊。」（《向陽日記》，上海遠東出版社 2004 年 5 月出版）

　　25 日　《解放日報》刊出詩輯《毛主席領咱評〈水滸〉》、《狠批宋江投降派》和寧宇《猛揮鋼釺捅殘渣》、徐剛《翠竹園中評〈水滸〉》等詩及江聲、肖波的文章《詩貴在有激情》。文章說：「『滿園春色關不住』。這是今天詩歌園地的一個喜人景象。無產階級文化大革命以後，無數個『小靳莊』開創了一代詩風。多少首激情四溢的好詩誕生於沸騰的車間，豐收的田野，警惕的哨所，真是『不盡詩潮滾滾來』！這些詩觀點鮮明，形象生動，讀了叫人精神振奮，鬥志昂揚。我們從中感受到時代脈搏的起伏跳躍，戰鬥形勢的風雲變幻。捧起它，好像站到了鬥爭的最前列。但是，我們也發現有些詩不是這樣。它政治上沒有錯，藝術上也有某些特點，然而，一讀再讀，總覺得不能打動心弦，不能喚起讀者內心的激情，這也就在一定程度上削弱了它的戰鬥作用。究其原因，是多方面的，但其中一個重要原因，恐怕和作者對所寫的題材，對宣傳的對象缺乏深厚濃烈的無產階級感情有關。因此，要提高作品，首先要錘鍊感情。而感情的孕育和錘鍊，決不是在書齋中反覆吟詠所能做到的，必須投身到火熱的鬥爭中去。俗話說，中流擊水，方知浪花深淺。我們時代的嶄新篇章，不正是從砧上、鐮下、槍刺裏賦就的嗎？」

　　25 日　《黑龍江文藝》1975 年第 8～9 期刊出胡國斌、李風清《攀登》和龍彼德、王貴章《挑戰》等詩。

9 月　郭小川作詩《團泊窪的秋天》，作者注：初稿的初稿，還需要做多次多次的修改，屬於《參考消息》一類，萬勿外傳。此詩初刊《詩刊》1976年 11 月號，收《郭小川詩選》，人民文學出版社 1977 年 12 月出版。

9 月　《安徽文藝》1975 年 9 月號刊出《汽笛歡鳴——合肥市詩歌小輯》和黃東成《「媽媽不當『旁聽生』」》等詩和楊匡漢的文章《誓做當代鮑狄埃》。

9 月　《廣東文藝》1975 年第 9 期刊出《鋼花飛濺——廣鋼工人的詩》和呂雷《讓思想衝破牢籠》、王洪濤《篝火之歌》等詩。

9 月　《河南文藝》1975 年第 5 期以《滿懷豪情迎國慶》為總題刊出張志玉《紅心向北京》等詩，以《戰鬥的鼓點》為總題刊出楊東明《哨兵》、關勁潮《石花》等詩。

9 月　《湖北文藝》1975 年第 5 期刊出黃聲笑（黃聲孝）《千山萬水賀國慶》、工人胡發雲《祖國，在這燃燒的歲月裏》、社員習久蘭《高山寨上老貧農》等詩和詩輯《奪鋼戰歌——武鋼工人詩選》及李華章《為鞏固無產階級專政放歌——喜讀黃聲笑詩集〈挑山擔海跟黨走〉》、許光懋《為鋼鐵大幹快上擂鼓助威——讀組詩〈戰鼓三通〉》、丁永淮《〈公社人〉贊》等文。

9 月　《吉林文藝》1975 年 9 月號刊出洪帆、楊曉光等的組詩《擂響進軍的戰鼓》和杜保平《站在紀念碑前》、吉林師範大學韓志軍《工農兵學員之歌》詩 2 首及駐軍某部戰士張萬晨的文章《把詩壇變成硝煙彌漫的戰場——讀本期發表的傳單詩和政治抒情詩所想到的》。文章說：「本期《吉林文藝》發表的一組傳單詩和兩首政治抒情詩很好，很值得廣大工農兵讀者一誦！這一組傳單詩和兩首政治抒情詩，出自工農兵業餘詩作者之手，來自三大革命鬥爭的第一線，是緊跟時代的步伐，夾著濃鬱的『火藥酸硝』，以嶄新的風貌登上詩壇的。它好就好在，緊密配合當前的火熱鬥爭，有著我們時代的強烈的戰鬥特色。這一組傳單詩和兩首政治抒情詩，衝破思想牢籠，一掃舊詩壇的頹氣，直接表現階級鬥爭和路線鬥爭，表現無產階級對資產階級的全面專政，表現我國上層建築領域的社會主義革命，以火焰般的激情，唱出了無產階級專政的響亮戰歌；以昂揚的筆觸，對資產階級法權觀念進行了有力的鞭撻。這些富有戰鬥性的作品，內容比較豐富，形式不拘一格，筆力相當洗煉，是投槍、匕首，是擲向階級敵人的手榴彈。儘管它們在某些方面還不甚完善，但是，方向對頭，充分發揮了革命詩歌特有的戰鬥作用。在無產階級對資產階級實行全面專政的激烈鬥爭中，我們迫切需要這樣的詩歌！」該刊 1976 年

2月號刊出武培眞的文章《新的一代新的歌——讀〈工農兵學員之歌〉有感》。
文章說：「政治抒情詩《工農兵學員之歌》，爲我們展示了我國教育戰線的新
氣象，是一首毛主席革命教育路線的頌歌，是一支社會主義新生事物的讚歌。」
「這首詩具有強烈的戰鬥性。它是一支射向舊教育制度的投槍，是一聲督促
工農兵學員繼續革命的衝鋒號響。詩中，作者以鋒利的語言對舊教育路線進
行了猛烈的抨擊，控訴舊大學——修正主義的『染缸』對工農子弟的毒害腐
蝕，指出舊學校是資產階級知識分子的樂園，是對無產階級實行專政的工具。
可貴的是，這首詩在滿腔熱情地爲新一代唱讚歌的同時，又用鏗鏘有力的話
語爲工農兵學員敲起了階級鬥爭的警鐘。」

　　9月　《江蘇文藝》1975年第7期刊出南通市工人田抒《永不休戰——緬
懷魯迅，回答今天的戰鬥》、束景南《杏花村歌》、劉希濤《幹校學犁》等詩。

　　9月　《江西文藝》1975年第5期刊出《毛主席指示評〈水滸〉　時刻警
惕投降派》、《永不休戰》、《井岡山頌》等詩輯趙春華《雛鷹》等詩。

　　9月　《遼寧文藝》1975年第9期刊出大虎山機務段工人田永元《沸騰的
鋼鐵運輸線》、撫順石油二廠工人高照斌《油海熱浪》、工人荊鴻《茅屋贊》
等詩。

　　9月　《內蒙古文藝》1975年第5期刊出張之濤《站在無名高地前》、工
人王維章《戰地新人》、郭超《三代兵》等詩。

　　9月　《四川文藝》1975年9月號刊出《氣壯山河——大辦農業詩輯》，
刊有工人任正平《貼在人民公社牆上的口號》、解放軍童嘉通《山村大幹圖》、
女工徐慧《山村牆頭詩》、梁上泉《彝族農民畫家》等詩和吳紅的文章《爲大
辦農業寫讚歌》。該刊1976年第1期刊出楊樺的文章《號角聲聲戰鼓急——
讀〈大辦農業詩輯〉》。文章說：「讀著《四川文藝》去年九、十兩期的《大辦
農業詩輯》，迎面撲來一股戰鬥的熱浪，面前彷彿展現了一幅幅生龍活虎的鬥
爭圖景；耳邊彷彿震響著開山的炮聲和嘹亮的號子聲，把人們帶進了農業學
大寨的火熱鬥爭中。」「這些戰鬥的詩篇的產生，除了作者飽滿的政治熱情外，
不少作者是生活戰鬥在大辦農業第一線的戰士，他們抒發著自己戰鬥的豪
情，沒有矯揉造作的詞句，空洞浮泛的感歎，而是『寫在炮棚』，『寫在山鄉
第一線』，『貼在人民公社牆上的口號』的詩歌；是革命戰士的心聲，火熱鬥
爭的寫照。它們帶著火藥味，泥土味，因而跳動著時代的脈搏。」「詩輯也有
一些不足之處，比如，有的詩生活內容還不夠紮實，顯得空泛一些，表面現
象的描寫多一些；有的節奏感不強，語言較生硬，讀起來不大順口。」

9月　《武漢文藝》1975 年第 5 期刊出武鋼工人李聲高《鋼鐵戰歌》、武鋼工人董宏量《戰平爐》、葉聖華《大別山上一竿旗》、社員習久蘭《泥腿繭手寫新詩》等詩。

9月　孫海浪的長詩《井岡小山鷹》由江西人民出版社出版。

9月　紀宇的詩集《金色的航線》由山東人民出版社出版。作品分爲《韶山頌》、《船臺贊》2 輯，收《井岡山放歌》、《我在批林批孔會上發言》、《船廠大路》、《金色的航線》等詩 31 首。

　　　紀宇，原名蘇積玉，1948 年 5 月 9 日生於山東榮成。1968 年在青島捲煙廠參加工作。1973 年調入青島市文化局，後在青島市文聯、青島市藝術研究所工作。出版的詩集還有《船臺濤聲》（1979）、《風流歌》（1982）、《山海魂》（1987）、《追求六重奏》（1988）、《97 詩韻》（1997）等。

9月　王耀東的詩集《戰旗頌》由江西人民出版社出版。收有《幸福時刻》、《戰旗頌》、《尖刀連人物》等詩，有作者《後記》。《後記》講：「當這本小詩集即將和讀者見面的時候，我的心情是多麼不平靜啊，沒有黨，沒有毛主席，沒有毛主席革命路線的勝利，一個沒有小學畢業的戰士，怎能出詩集呢！」「這個集子，其中有些詩過去在報刊上發表過，這次在收入集子時，又重新做了些修改。這裡面大部分作品還是在文化大革命、批林批孔中寫出來的。它雖然署著我個人的名字，但實際上是集體的創作，這裡面有部隊黨組織、部隊首長和戰友們的血汗，也有編輯同志的辛苦勞動。」

　　　王耀東，原名王德安，1940 年生於山東臨朐。1959 年入伍。歷任戰士、班長、幹事、副科長，山東濰坊群藝館副館長，《鳶都報》及《大風箏》詩刊主編。出版《在歷史的眼睛裏》（1988）、《不流淚的土地》（1994）、《插翅膀的鄉事》（2000）、《北京詩篇》（2009）等詩集。

9月　邢書第的詩集《行軍集》由江西人民出版社出版。作品分爲《黃海晨曲》、《井岡新歌》2 輯，收有《書籤》、《反坦克手之歌》、《軍向井岡行》等詩。

9月　沈巧耕、梁秉祥、楊星火、凌行正合著的長詩《洛桑單增頌》由解放軍文藝社出版。該書《內容提要》說：「這部長詩是歌頌中共中央軍委命名的『愛民模範』洛桑單增的英雄事跡的。」「作品以飽滿的革命熱情，反映

了洛桑單增在黨的培養下，沐浴著馬列主義、毛澤東思想的陽光，從一個農奴到有高度政治覺悟的無產階級戰士的成長過程；讚頌了他經過偉大的無產階級文化大革命和批林批孔運動的鍛鍊，發揚我軍光榮傳統，不爲名，不爲利，不怕苦，不怕死，兢兢業業爲黨爲人民工作的崇高品質，以及多次奮不顧身地搶救戰友和人民生命財產，最後爲搶救溺水兒童而英勇獻身的壯舉。」

9月　敦化林業局製材廠編的詩集《鋸花飛浪》由延邊人民出版社出版。作品分爲《頌歌曲曲》、《炮聲隆隆》等 5 輯，收有黨總支書記張久發《咱和毛主席最親》、工人王寶貴《毛主席指示捧在手》、工會主任盧有信《狠批「天命」論》等詩，有《出版者的話》。《出版者的話》講：「敦化林業局製材廠黨總支在局黨委的領導下，積極開展學習小靳莊活動，十件新事遍地開花，廣大職工用結滿硬繭的大手，寫出了數以千計的戰鬥詩篇。這本《鋸花飛浪》，就是他們從這些詩歌中選編整理的。」

9月　上園公社《上園農民詩選》編輯組編的《上園農民詩選》由遼寧人民出版社出版，收社員朝陽《舉燈人就是毛主席》、下四家子黨支部副書記金寶連《學習馬列主義》、老黨員傅坤廷《批臭最應該》等詩 100 首，分爲《黨的恩情唱不完》、《新生事物百花開》、《批林批孔舉戰旗》、《戰天鬥地學大寨》4 輯，有編者《前言》。《前言》說：「這本詩集，是朝陽地區北票縣上園公社上園大隊幹部和社員群眾寫的。這個大隊黨總支很重視上層建築包括各個文化領域的階級鬥爭。經過無產階級文化大革命和批林批孔運動，尤其是學習小靳莊以後，他們把詩歌當作武器，在田間、工地、夜校、炕頭，到處賽詩寫詩，充分發揮了革命文藝的戰鬥作用。幾年來他們寫詩幾千首，這一百首詩就是從他們發表在黑板報、牆報、油印小報上的詩歌中選出來的。」「這些詩思想深刻，形象生動，戰鬥性強，充滿革命激情。這證明，手撸鋤槍的農民，不僅能種地，而且能寫出好詩。文藝革命的深入發展，把詩歌變成群眾手裏的武器。這些詩歌，讀了使人受到鼓舞和教育。」

9月　中央民族學院編的《少數民族詩歌選》由人民文學出版社出版。收有仁欽道爾吉《牧民見到了毛主席》、工農兵學員力提甫·托乎提《反修防修保邊疆》、解放軍戰士廖玉蘭《壯家女兒穿上綠軍裝》、工人南永前《海蘭江畔頌歌飛》等詩 200 餘首，有《編者的話》。《編者的話》說：「這本詩選，包括了全國五十四個少數民族的詩歌，這一事實，生動地顯示了我國是一個統一的多民族的社會主義國家。值得指出的是，這裡選錄了臺灣省籍高山族

作者的詩歌，這些詩歌反映了高山族同胞盼望臺灣迅速解放、早日回到祖國懷抱的強烈願望。所選的詩歌，不少是工人、社員、解放軍戰士的創作，更多的是工農兵群眾在三大革命鬥爭中集體創作的民歌，專業作者的詩歌也選錄了一些。各族工農兵佔領詩歌陣地，是無產階級在文學藝術領域對資產階級實行全面專政的強有力的表現。」當時的評論說：「這本詩集，具有鮮明的時代特徵，獨特的民族色彩，濃鬱的生活氣息。這是我國各族人民貫徹執行毛主席革命文藝路線，繁榮文藝創作的新成果。」「《少數民族詩歌選》以飽滿的熱情，感人的筆調，縱情歌頌了偉大的黨、偉大的領袖毛主席和毛主席的無產階級革命路線。……這些出自各族人民心坎的歌，寫得熱情洋溢，真切感人，唱出了各族人民熱愛黨和毛主席的共同心聲。」「這本詩集，反映了各族人民以階級鬥爭爲綱，堅持黨的基本路線，貫徹落實毛主席關於學習理論反修防修、安定團結和把國民經濟搞上去等一系列重要指示，自覺爲鞏固無產階級專政而戰鬥的精神面貌和少數民族發生的巨大變化，熱情歌頌了各兄弟民族地區蓬勃發展的社會主義新生事物。」「這本詩集在藝術上也取得了新的收穫，體現了毛主席對新詩發展的指示和魯迅對新詩形式的要求。它們吸取各民族歌謠的豐富營養，閃爍著民間文學的瑰麗色彩，在藝術風格上，活潑清新，語言優美流暢。」（解放軍某部洪信、劉明《喜讀〈少數民族詩歌選〉》，1975 年 12 月 26 日《人民日報》）

1975 年 10 月

1 日　《解放日報》刊出劉鵬春的詩《大江抒懷——獻給我們偉大的祖國》。

1 日　《文匯報》刊出滬東造船廠袁金康《船廠十月》、尹抗美《鋼廠畫廊抒情——寫在新鋼種陳列櫥窗前》等詩。

1 日　《解放軍文藝》1975 年 10 月號刊出《本刊賽詩會》（一），刊有曉波《戰士的筆》、紀學《團長的習慣》等詩。該刊 1976 年 1 月號刊出朱經通、張春溪的文章《〈本刊賽詩會〉讀後》。文章說：「這些詩歌，大都出自我軍基層幹部、戰士之手，取材於部隊火熱的戰鬥生活，具有鮮明的時代特色，力量孕育其中，激情昂揚於外。它們是綻開在吹拂著文化大革命春風的部隊詩壇的束束新花，是激勵戰士們英勇戰鬥的『號角』，衝鋒的『鼓點』，是火紅時代的頌歌，描繪出廣大指戰員的勃發英姿」。

4 日 　郭小川作詩《秋歌》。此詩初刊《湘江文藝》1977 年第 5 期。

5 日 　《解放日報》刊出詩輯《豐收美景繡不盡》、《毛主席揮筆評〈水滸〉》、《鐵拳怒砸投降派》和滬東造船廠居有松《血的教訓記心上》、上海玻璃廠王森《排排浪拳化詩行》等詩。

5 日 　《文匯報》刊出徐剛《潮頭頌》、上海警備區巫建林《向陽院裏花向陽》等詩和石川的文章《琅琅上口——漫談詩歌創作》。文章說：「不要把講究節調、押韻，僅僅看作是形式上的問題，進而認為是『雕蟲小技』而嗤之以鼻。形式與內容相比，自然內容是主要的。但當形式妨礙了內容的表達，革新舊形式，尋找更好的表現形式，就成為十分必要的了。在藝術創作中，內容和形式常常是辯證地統一起來的。光有好的內容而沒有盡可能完美的形式，往往是標語口號式的作品；光有好的形式而缺乏革命的政治內容，常常是無病呻吟、蒼白無力的東西。兩者都是沒有藝術生命力的。」

5 日 　《雲南文藝》1975 年第 5 期刊出國營彌勒東風農場供稿的《農墾工人詩選》、雲南印染廠供稿的《工人詩選》和湯世傑《這個星期天》、陳官煊《出發》等詩。

6 日 　中央專案組到團泊窪宣佈（對郭小川的）審查結果：問題澄清。（見《郭小川年表》，《郭小川全集》第 12 卷，廣西師範大學出版社 2000 年 1 月出版）

9 日 　《人民日報》刊出石灣《陽光與葵花》、馬鞍山鋼鐵公司楊旭輝《寫在火紅的鋼錠上》等詩和江天的文章《順口、有韻、易記、能唱——重讀魯迅有關詩歌的一封信》。文章說：「無產階級文化大革命以來，廣大工農兵群眾中又湧現了一大批新歌手，他們寫了大量的詩歌，熱情歌頌我們偉大的時代，為鞏固無產階級專政而戰鬥，發揮了很好的作用。但是，在修正主義文藝黑線統治時期，詩歌創作發展的步伐並不快。今天，從廣大群眾對詩歌創作的要求來看，目前內容深刻、能唱、能為人們記住和背誦的好詩還是不多。這種情況說明，如何在批判繼承古典詩歌和民歌的基礎上，推陳出新，創造能夠充分表現革命內容，為中國老百姓喜聞樂見的民族形式，在實踐中還有一些問題沒有完全解決。」「魯迅要求詩歌順口、有韻、易記、能唱，這對於我們遵循毛主席指出的方向，進一步發展詩歌創作的問題，很有教益和啓發。詩歌是號角，是投槍，如果不順口，沒有韻，不能唱，記不住，那就會局限在一個較小的圈子裏，不能為廣大群眾所掌握。魯迅當時講詩歌形式問題的

出發點是爲了革命，爲了戰鬥。五四以後，一部分以反帝、反封建爲內容的詩歌，在當時起了積極的作用，但由於它們在形式上受歐化的影響較多，不能爲廣大群眾所掌握，只能局限在一部分小資產階級知識分子的圈子裏；而形形色色的封建復古勢力，則拚命利用內容反動的舊詩爲剝削階級爭奪陣地，鬥爭十分尖銳。魯迅深深有感於此，因而說，詩歌沒有節調，沒有韻，唱不來，記不住，『就不能在人們的腦子裏將舊詩擠出，佔了它的地位。』我們今天提倡順口、有韻、易記、能唱，也正是爲了進一步發揮詩歌的戰鬥作用，讓戰鬥的號角更嘹亮，更好地爲鞏固無產階級專政服務。」

　　12 日　《文匯報》刊出詠燕《必須很好選擇形式》、丁火根《詩歌作者要向新民歌學習》、偉敏《詩中要蘊有歌味》等文和時家翎《寄自大寨的詩》等詩。

　　12 日　《安徽日報》刊出文軍、王術的文章《琅琅上口易記能唱——淺談新詩創作》。

　　15 日　《福建日報》刊出龍海縣革委會沈主英的報導《社員抒豪情　擂鼓學大寨——記石美大隊的一次賽詩會》。

　　15 日　《河北文藝》1975 年第 10 期刊出陶嘉善《書房贊》、周申明《國慶頌歌》、王石祥《今日長征路》、童汝勞《清道工的女兒》等詩。該刊 1976 年第 3 期刊出石家莊水泵廠工人評論組、河北師大中文系一九七四級工農兵學員的文章《短詩也能塑造人物形象——讀〈清道工的女兒〉》。文章說：「我們讀了《清道工的女兒》（載《河北文藝》一九七五年第十期）一詩，感到短小精悍，激人鬥志。詩中紅芳敢於拿起掃帚同舊的傳統觀念決裂的嶄新形象，就像站在了我們的面前。」「有人認爲『短詩不能塑造形象』，這話是不對的。讀了《清道工的女兒》，之所以感到印象深刻，就是因爲它表現了新人的形象。」「總之，這樣有形象的短詩，讀起來順口流暢，聽起來清新悅耳，感染力強。我們願意看這樣的詩篇。如果說有不足的地方，那就是作者在格律、節調上需再努力，以便使人更容易記些。同時也希望《河北文藝》能夠更多地發表一些這樣的短詩。」

　　18 日　《光明日報》刊出北京市海淀區文藝評論組的文章《充分發揮無產階級詩歌的戰鬥作用——學習魯迅關於詩歌的論述》。文章說：「無產階級詩歌充分發揮它的戰鬥作用，當然首先要具有革命的政治內容，要言無產階級之志，抒無產階級之情。但這決非標語、口號所能替代的。正如魯迅所指出，

在詩歌小說中，『填進口號和標語去』，『實際上並非無產文學』。他說：『我們需要的，不是作品後面添上去的口號和矯作的尾巴，而是那全部作品中的真實的生活，生龍活虎的戰鬥，跳動著的脈搏，思想和熱情，等等。』因此，詩歌的革命激情不是產生在『枯藤老樹』下、『小橋流水』邊，而是誕生在革命征途上、鬥爭激流中。只有投入到火熱的鬥爭生活中，去實踐，去觀察，去體驗，才能『不盡詩情滾滾來』。許多革命者原先並不是什麼『詩人』，但是在鬥爭烈火中，點燃了他們的詩情，面對敵人的鐵牢、屠刀，他們吟出了像『砍頭不要緊，只要主義真；殺了夏明翰，自有後來人』那樣使敵人震恐而使人民感奮的不朽詩篇。」

19日　《人民日報》刊出石祥（王石祥）《萬里長征萬里歌》、喻曉《岷山雪》、李小雨《在長征精神鼓舞下──記兩個鐵道兵戰士的話》等詩。

20日　《解放日報》刊出解放軍某部宮璽《長征路》、上海警備區錢鋼《出征──給一位參加過長征的首長》等詩。

20日　《文匯報》刊出《上海鐵路工人賽詩會詩選》和嚴祥炫《魯迅，和我們戰鬥在一起》等詩。

20日　《朝霞》1975年第10期刊出李幼容《壯志伊犁河》、周志俊《扁擔劇團》、鄭成義《金區──木枷》、袁軍《宋江祭晁蓋》等詩。

22日　《文匯報》刊出仇學寶《為開一代詩風而奮鬥》、寧宇《鍥而不捨努力實踐》等文。仇學寶說：「每當我心情激動地坐在臺下，聽著工農兵歌手高聲朗誦他們自己創作的既有飽滿的政治熱情，又有順口、易記、有韻、能唱特點的新民歌的時候，我彷彿又回到了一九五八年大躍進的火紅年代，又想起了偉大領袖毛主席關於詩歌創作發展道路的一系列指示。那時，在毛主席指示的光輝照耀下，全國人民意氣風發，創作了億萬首革命熱情洋溢的新民歌，猶如強勁的東風吹遍了萬里河山，猶如震天的春雷，驚動了全球。我們偉大的祖國，真的成了詩的國家，中華民族成了詩的民族，毛澤東時代成了詩的時代。」「一九五八年新民歌的大量湧現，為開創一代詩風，創造了極好的條件。可是後來不久，劉少奇反革命的修正主義文藝路線，瘋狂反對毛主席的革命文藝路線，拼命扼殺群眾性新民歌的創作。他們咒罵賽詩會是『發昏會』，污蔑新民歌是『知了叫』；喪心病狂地把轟轟烈烈的群眾性詩歌創作運動鎮壓了下去。更惡毒的是，他們以『提高質量』為名，宣揚封、資、修的創作技巧，引誘工農作者朝故紙堆裏鑽，向黃色下流的民間糟粕去『吸取養料』。他們又借著反

對『機器聲』和所謂『拔直喉嚨喊』，鼓吹所謂賞心悅目的優美抒情詩，結果讓那些毫無時代氣息的描寫風花雪月、田園風味的壞詩大批出籠。」「正是由於修正主義文藝路線的干擾，阻礙了詩歌創作沿著毛主席指引的道路健康發展，使毛主席關於詩歌創作的一系列指示不能得到貫徹落實。直到無產階級文化大革命，摧毀了修正文義文藝路線的統治，才使無產階級詩歌創作又生氣勃勃地繁榮起來。特別是在文化大革命中，廣大工農兵用詩歌作刀槍，向修正主義和資產階級反動路線展開了猛烈的進攻，在批林批孔運動和學習無產階級專政理論運動的過程中創作了大量戰鬥性很強的詩歌，發揮極大的戰鬥作用。因此，以黨的基本路線爲綱，密切爲當前政治鬥爭服務，爲新生事物大喊大叫，就成爲文化大革命以來詩歌創作的最顯著的特點。」

25 日　《黑龍江文藝》1975 年第 10 期刊出鮑雨冰《林海大幹歌》、謝文利《捷報頻傳迎國慶》、陸偉然《滿天朝霞是喜報》等詩。

26 日　《解放日報》刊出葉淩良的文章《詩與歌──詩歌漫談之一》。

10 月　郭小川作詩《秋歌》。此詩初刊《詩刊》1976 年 11 月號，收《郭小川詩選》，人民文學出版社 1977 年 12 月出版；詩刊編者注：此詩未注明寫作日期，從詩中的描寫來看，大約寫於一九七五年十月初。

10 月　《安徽文藝》1975 年 10 月號刊出上山下鄉知識青年江錫銓《青春頌》、解放軍某部宮璽《長征路》、孫中明《征程萬里──獻給上山下鄉知識青年》等詩。

10 月　《甘肅文藝》1975 年第 4～5 期刊出知識青年林染《向陽花開》、解放軍某部石武《戰士讀書陽光下》、解放軍某部廖代謙《「特種鋼」》等詩。

10 月　《廣東文藝》1975 年第 10 期刊出柯原《萬里東風征帆疾》、呂世豪《喜慶「十·一」》、胡笳《油海浪花》、廣州軍區瞿琮《赤水河的歌》等詩。

10 月　《吉林文藝》1975 年 10 月號刊出范震威《鋼鐵的喜報》、工人王桂霞《學好理論開心扉》、吳辛《浩蕩的東風》和李廣義、賈志堅《帳篷啊，綠色的帳篷》等詩。

10 月　《江蘇文藝》1975 年第 8 期刊出《鋼城新曲──南京鋼鐵廠詩輯》和周長鐘《爆破手》、憶明珠《紅旗進行曲》、解放軍某部程步濤《連隊信箋》等詩。

10 月　《江西文藝》刊出「紀念紅軍長征勝利四十週年」增刊，刊有張鐵崖《紅軍大刀》、工人左一兵《火紅的進軍路》等詩。

10月　《遼寧文藝》1975年第10期刊出戰士劉福林等《獻給十月的歌》、趙東方等《上山下鄉知識青年詩選》和工人高廣成《船廠風雲》、吳正格《砌竈臺》等詩。

10月　《四川文藝》1975年10月號《氣壯山河——大辦農業詩輯》欄刊出《社員歡唱大幹歌——廣漢縣連山公社社員詩歌選》和工人姜華令《寫在山鄉第一線》、王敦賢《窩棚歌》、藍疆《大幹歌謠》等詩。

10月　《湘江文藝》1975年第5期刊出方忠宇等《頌歌聲聲唱祖國》民歌11首和袁伯霖、鄧存健等《沿著紅軍腳印走——紀念中國工農紅軍長征勝利四十週年》詩15首。

10月　《新疆文藝》1975年第5期刊出王發昌、王存玉《飛翔吧，新疆——獻給新疆維吾爾自治區成立二十週年》和夏冠洲《萬方樂奏有于闐》、奇臺縣五瑪場公社老阿肯努克塔爾汗《爲鞏固無產階級專政歌唱》等詩。

10月　揚州地區革委會文化處編的詩集《春筍集》由江蘇人民出版社出版。

10月　常江的詩集《廬山放歌》由青海人民出版社出版。收《廬山頌》、《光榮的主席臺——獻給中國共產黨第十次全國代表大會》、《社會主義新舞臺——贊革命樣板戲》、《廬山放歌》等詩19首。

　　　　常江，原名成其昌，滿族，1943年1月25日生于吉林舒蘭。1966年畢業於北京地質學院，1967年分配到青海地質局物探隊工作。1984年調回北京，在地質大學任教。1963年開始發表新詩，出版的詩集還有《大山醒來吧》（1979）、《流浪歌》（1993）。

10月　楊德祥的詩集《長江滾滾過哨所》由江蘇人民出版社出版。作品分爲《戰士》、《晨號》等4輯，收《綠色的行裝》、《天安門城樓高又高》、《邊疆呵，戰士報到來了》、《長江滾滾過哨所》等詩50餘首，有《前言》。《前言》說：「這本詩集共選詩五十五首，都是文化大革命以來的新作。作者懷著對黨和毛主席的深厚無產階級感情，努力描繪部隊豐富多彩的戰鬥生活，從各種角度表現刻畫指戰員的革命精神和英雄氣概；熱情歌頌社會主義革命和建設的大好形勢；激情讚美軍民團結戰鬥的動人景象。」「這是作者的第一本詩集。大部分作品抒情性強，想像力豐富，語言流暢、清新。全集有較強烈的時代氣息和生活氣息。是一本具有一定特色的詩集。」

　　　　楊德祥，1943年9月21日生於江蘇丹徒。1962年中專畢業後

參軍，歷任戰士、班長、放映員、宣傳隊長、排長、師部文化幹事。
1971 年調至南京軍區政治部人民前線報社工作，歷任編輯（記者）、
副處長、處長。1987 年轉業，先後在新華日報、江蘇工人報、江蘇
省總工會電視製作中心工作。1966 年開始發表新詩，出版的詩集還
有《鄉音與軍號》（1984）、《尋覓》（1998）、《雷鋒車傳》（1999）、《第
八種色彩》（2001）、《楊德祥朗誦詩選》（2002）等。

　　10 月　《春滿江河——工農兵詩集》由青海人民出版社出版。收常江《廬
山放歌》、工人江河《歷史講壇的主人》、社員李生業《龍江風格是明燈》、李
曉偉《戰士理論家》等詩 45 首。

　　10 月　黔南州文藝工作室編的《朝陽歌——黔南新民歌選集》由貴州人
民出版社出版。收汛河《偉大要數毛澤東》、張顯華《布依山上的赤腳醫生》、
郭俊《騙子陰謀不得逞》等民歌 96 首。

　　10 月　上海人民出版社編輯的詩集《爐火正紅——政治抒情詩》由該出
版社出版，收沙白《征帆萬里》，孫紹振、劉登翰《狂飆頌》，姜金城、朱金
晨《英雄賦》等詩 9 首。該書《內容提要》說：「這本詩集，編選了政治抒情
詩九篇。」「這些詩，熱情地歌唱了無產階級革命，讚美了社會主義的新生事
物。」「這些詩，燃燒著火焰般的激情，閃耀著馬克思主義的批判光芒，較迅
速地配合了無產階級專政理論的學習和鞏固無產階級專政的鬥爭。」「這些
詩，讓思想衝破牢籠，向資產階級展開了進攻！」當時的評論說：「在無產階
級向資產階級進攻的戰場上，人們愛把政治抒情詩的作用，說成『像火焰，
像鼓角，像紅旗，永遠召喚著無產階級不屈的後裔』去戰鬥！這就要求政治
抒情詩深刻地表現現實生活中階級鬥爭和路線鬥爭的重大題材，對『生活中
所發生的一切巨大事件作出反應』（《歐仁·鮑狄埃》，《列寧選集》第 2 卷第
435 頁）。《爐火正紅》（上海人民出版社出版）正是這樣一本比較優秀的政治
抒情詩集。」「《爐火正紅》的作者們十分重視反映文化大革命這一重大的政
治題材。他們『披著時代風雨』，『迎著萬里東風』，以『文化大革命的主人翁』
身份，無比自豪地『把這史詩般的革命歌頌』（《狂飆頌》）。然而，《爐火正紅》
中的大多數作品，並沒有停留在對文化大革命的一般的表面的歌頌，而是以
階級鬥爭為綱，縱觀『橫掃九天，席捲萬里長空，把亂雲如落葉捲入海中』
的文化大革命的戰鬥歷程，在努力揭示文化大革命鬥爭實質的同時，有力揭
露了黨內走資派反對文化大革命，復辟資本主義的反動罪行，深刻表現了社

會主義時期無產階級與走資派鬥爭的某些規律，使人們受到啓發和教育。」(工人周家駿、朱爍淵《把爐火燒得更紅——評政治抒情詩集〈爐火正紅〉》，1976年7月31日《光明日報》)

1975年11月

1日　《光明日報》刊出謝冕的文章《敍事詩創作的新收穫——評〈鑽塔上的青春〉》。

1日　《解放軍文藝》1975年11月號刊出《本刊賽詩會》(二)，刊有王文福《「搶」團長》、鄧海南《叮嚀》、嵇亦工《報房》等詩。1975年12月7日《解放軍報》刊出胡世宗的文章《讓戰鬥的號角吹得更響——〈解放軍文藝〉賽詩會讀後》。文章說：「革命的詩歌，如同武器中的刺刀和手榴彈一樣，輕便，快當，歷來受到革命人民的重視。在毛主席革命文藝路線的指引下，部隊的詩歌創作活動，有著廣泛的群眾基礎和良好的戰鬥傳統。無產階級文化大革命以來，部隊在不斷湧現可歌可泣的英雄業績的同時，創作了大量的熱情洋溢的詩篇。近讀《解放軍文藝》(一九七五年十月號、十一月號)『本刊賽詩會』(一)、(二)上發表的四十七首短詩，就很受鼓舞和啓發。」「『本刊賽詩會』上發表的這些詩作，來自各軍兵種，大部分又是出於戰士和基層幹部之手，題材新鮮，內容豐富，有著濃厚的生活氣息和鮮明的時代特色，從不同的側面，生動地描畫了人民解放軍以階級鬥爭爲綱，堅決貫徹執行毛主席關於學習理論反修防修、安定團結和把國民經濟搞上去等一系列重要指示中嶄新的戰鬥風貌。」「這些詩作毫無矯揉造作之感，是戰士們喜聞樂見的。」「『賽詩會』中的大多數作品，緊扣著偉大時代跳動的脈搏，閃射著革命熔爐耀眼的火光，以生動、美好的詩句，表達了戰士寬廣的胸懷和火熱的感情。」「相比之下，『賽詩會』上也還有一些不夠成熟之作。如有的詩只是錄寫了生活的表象，對於所寫題材本身所含有的本質的東西挖掘得不夠深；有的詩構思也精巧，語句也優美，但思想表達得不夠清晰、準確；有幾首反映訓練生活的詩，意境有些雷同，時代感不強；還有的詩，主題思想和句子都提煉得不夠，因而顯得有些粗糙。」

2日　《解放日報》刊出史良昌的文章《大眾化與戰鬥性——詩歌漫談之二》。

3日　清華大學黨委召開常委擴大會議，傳達毛澤東10月下旬對劉冰等

人來信的一次講話。11 月下旬，根據毛澤東的指示，中共中央在北京召開「打招呼」會議，宣讀了經毛澤東審閱批准的《打招呼的講話要點》。《要點》說：中央認為，清華大學出現的問題是當前兩個階級、兩條道路和兩條路線的鬥爭的反映。這是一股右傾翻案風。從此，「反擊右傾翻案風」運動在全國展開。

5 日　《文匯報》刊出姜彬的文章《創造民族形式的新詩歌》。文章說：「無產階級文化大革命摧毀了修正主義文藝路線的統治，在詩歌創作上湧現出了大批的工農兵作者，寫了不少好的詩歌，特別是革命樣板戲創作的寶貴經驗，將對今後的詩歌創作發生重大的影響。但就目前整個的詩歌創作情況看，思想內容比較深刻，形式上做到能唱、能背、能被人記住的作品還不多，我們的詩歌作者，還不能滿足於現已達到的成就，還要經過很大的努力，才能從內容和形式上創造出都能適應我們這個雄偉豪壯的時代的詩歌來。」

7 日　《文匯報》刊出上海玻璃廠王森的文章《談詩與歌》。

8 日　《光明日報》刊出安徽省肥東縣殷光蘭的文章《談談新民歌創作的一些體會》。

9 日　《解放日報》刊出張叢中《創業者的歌——寫在山區一個知識青年創業隊》等詩和梁祖的文章《詩歌語言的錘鍊——詩歌漫談之三》。

9 日　《文匯報》刊出方強《革命自有接班人》、胡永槐《比手——寫在一次縣委會議上》等詩。

10 日　《北京文藝》1975 年第 6 期刊出《農業學大寨民歌》、《工農兵評〈水滸〉歌謠》和劉章《大寨人引路咱緊跟》、武兆強《高舉長征的紅旗》等詩。

10 日　《天津文藝》1975 年第 6 期刊出王石祥《今日長征路》、董耀章《學習大寨唱大寨》、李學鰲《育苗篇》等詩。

15 日　《廣西文藝》1975 年第 6 期刊出《紅水河畔新歌臺》新民歌 28 首、何津《南海「紅旗渠」》、蘇長仙《貨郎船》等詩和王一桃《學習魯迅　發展新詩》、尚土《歌海裏的新浪花——讀廣西各族新民歌選〈高歌向太陽〉》等文。

15 日　《河北文藝》1975 年第 11 期刊出余揚的文章《創作群眾喜聞樂見的新詩歌》，以《一定要根治海河》為總題刊出堯山壁《大閘放歌》、郭寶臣《鋼鍬頌》等詩。

16 日　《解放日報》刊出《牆頭詩選》和天山街道紙品加工組魏亦瑪的文章《「選材要嚴，開掘要深」——詩歌漫談之四》。

20 日 《福建文藝》1975 年第 6 期刊出《評論〈水滸〉，反修防修——潘洛鐵礦工人賽詩會詩選》和林有霖《評宋江的「替天行道」》、陳文和《「高山紅」》等詩及上杭縣上山下鄉知識青年劉瑞光的文章《寫詩必須深入生活——組詩〈山鄉紀事〉創作體會》。

20 日 《朝霞》1975 年第 11 期刊出「詩歌專輯」，刊有李瑛《向二〇〇〇進軍》，孫紹振、劉登翰《第一線上》，寧宇《水鄉大寨》，李小雨《長征新曲》等詩和中共新五公社黨委、共青團上海市委團刊編輯組《今日水鄉變「詩鄉」公社一派新氣象——松江縣新五公社民歌創作的調查》，成莫愁《努力戰鬥化、民族化、群眾化——剪評〈朝霞〉幾首民歌》等文。當時的評論說：「無產階級的詩歌，應該緊密為現實階級鬥爭服務，成為時代的號角、戰鬥的鼓點。《朝霞》一九七五年第十一期詩歌專輯，在這方面作出了可貴的努力。我們讀著這百十篇詩，強烈感受到時代脈搏在跳動，社會主義在前進。」「《朝霞》詩歌專輯，展示了發生在我們身邊的兩個階級、兩條路線尖銳、激烈的鬥爭。」「我們還高興地看到，詩歌專輯中許多作品對新生事物作了熱情的歌頌。」「詩歌專輯在反映我國人民以階級鬥爭為綱，把國民經濟搞上去的偉大鬥爭方面，也是筆酣墨飽的。」「《朝霞》詩歌專輯還較好地體現了黨的『百花齊放』方針。在詩歌形式方面，既登載了大量、多樣形式（包括『樓梯式』和散文詩）的新詩，體現了以新詩為主體的精神，也發表了一定數量的民歌、兒歌、歌詞，以及幾首舊體詩詞。在作者隊伍方面，既有老、中、青，又是來自五湖四海；既有專業的，又有業餘的；既有長期從事詩歌創作的，也有新近拿起這一武器的。這對於調動專業和工農兵業餘詩歌作者的積極性，促進新詩的發展，都將起著很好的作用。」（江溶《紅霞萬朵映朝陽——評〈朝霞〉詩歌專輯》，1975 年 12 月 13 日《光明日報》）

22 日 《人民日報》刊出殷之光的文章《進一步發揮無產階級詩歌的戰鬥作用——談大力開展詩歌朗誦活動》。文章說：「在毛主席無產階級革命文藝路線的指引下，在學習無產階級專政理論的運動中，工農兵的群眾性詩歌創作，呈現出一片繁榮興旺的喜人景象。現在，在工廠、農村、部隊、商店、學校、街道大院，到處都可以看到革命的戰鬥的詩篇。詩歌已成為廣大勞動人民在三大革命運動中不可缺少的武器和工具。」「革命在發展，時代在前進，怎樣使革命的詩歌發揮更大的戰鬥作用以適應形勢發展的需要呢？實踐證明：通過朗誦是最好的辦法之一。詩歌需要朗誦，就像劇本需要表演、歌曲

需要演唱一樣。詩歌朗誦得好，就會使詩的情節，人物的形象，感情的起伏，語言的節奏，更突出、更鮮明，給人以更深的教育，更大的鼓舞。」

23 日　《光明日報》刊出田間的文章《吹起進軍號》。文章說：「學大寨要學根本，寫詩也要抓生活的本質，抓時代的脈搏。從這個意義上看，『鬥』字是詩字的代名，詩字是『鬥』字的化身。如果這看法不錯，革命的新詩，必然出自一個革命者之手。打鐵先得本身硬，要寫革命詩，先做革命人。」

23 日　《河北日報》刊出灤平縣河沿公社三道灣大隊通訊組的報導《讓詩情化作大寨田──記灤平縣河沿公社農田基本建設工地上一次賽詩會》。報導說：「一個深秋的下午，陽光燦爛，在河沿公社農田基本建設工地上，三百多名建設大寨田的大軍正在戰天鬥地。看呀，老年人不服老，銀鍬揮舞；婦女們『半邊天』各不示弱，比個高低；小夥子推起一座山，汗流浹背，爭奪紅旗。人們正在熱火朝天的大幹，由誰喊道：『來呀，休息了，賽詩會開始！』大家集在了一起，公社書記韓慶玉大步走上土講臺，高聲朗誦，揭開了賽詩會的序幕」。

23 日　《解放日報》刊出雷堅的文章《「大汗」與歌──詩歌漫談之五》。

23 日　《文匯報》刊出蘆芒、谷亨利《一號爐之歌》等詩。

25 日　《文匯報》刊出邢映的文章《讓新詩活在群眾嘴上》。文章說：「好的詩歌，總是印在群眾心裏，活在群眾嘴上的，富有藝術感染力和戰鬥力。」「讓新詩活在群眾的嘴上，就是為了讓新詩能印入群眾的心裏。只有能印在心中的詩，才能活在嘴上；而詩歌能夠活在嘴上，口口相傳，又會更加深入人心，更加發揮它戰鼓和號角的作用。同時，新詩只有它不但內容是革命的，而且形式也是力求完美的，容易記得住，才能達到魯迅所期望的：『在人們的腦子裏將舊詩擠出，佔了它的地位。』所以，無產階級要求新詩須有形式，順口、有韻、易記、能唱，又正是為了讓新詩佔領詩臺！」

25 日　《黑龍江文藝》1975 年第 11 期刊出肖冰《紅日噴薄雲霧開》、宋歌《莊戶詩人》、武兆強《回答考卷》等詩。

28 日　《北京日報》刊出報導《宣傳農業學大寨　賽詩作畫演節目──記前焦家務大隊的群眾文化活動》。

28 日　《人民日報》以《學大寨戰歌》為總題刊出山西昔陽縣文化館梁拉成《更上一層樓》、蒙古族查幹《岱海漁歌》等詩。

30 日　《人民日報》刊出白族曉雪《教育革命贊》、壯族莎紅《馬馱醫院──寫天津醫療隊》等詩。

11月　龔舒婷（舒婷）作詩《贈》、《秋夜送友》、《春夜》。前二首初刊《福建文藝》1980年第1期；均收詩集《雙桅船》，上海文藝出版社1982年2月出版。

11月　《安徽文藝》1975年11月號刊出沈仁康《巍巍井岡山》、解放軍某部葉曉山《爐火正紅》、姜金城《黎明，鑽機隆隆地響》等詩。

11月　《廣東文藝》1975年第11期刊出楊子忱《邊疆的歌》、嚴玉《值班戰鷹》、辛汝忠《風格刀》等詩。

11月　《河南文藝》1975年第6期以《沿著大寨的道路走》爲總題刊出賀寶石《書記散會回縣來》、李清聯《我送鐵牛上戰場》等詩，以《廣闊天地大有作爲》爲總題刊出郟縣廣闊天地大有作爲人民公社周靈芝《在毛主席的光輝批示指引下》等詩。

11月　《湖北文藝》1975年第6期刊出解放軍某部雷子明《韶山，我心中的山》、工人吳作望《鋼鐵工人評〈水滸〉》、李聖強《相逢》、田禾《一位老貧農的話》等詩和《評〈水滸〉批宋江——浠水縣農民詩選》。

11月　《吉林文藝》1975年11月號刊出《守衛祖國滿天霞——駐軍某部戰士短詩選》和韓躍旗《無產階級專政萬歲》、陳玉坤《大會戰圖》、工人馮景元《天車路》等詩及宋遜風的文章《手搖鞭杆唱頌歌——喜讀〈車老板的歌〉》。

11月　《江蘇文藝》1975年第9期刊出詩輯《毛主席號召評〈水滸〉》、《體壇盛開革命花》和揚州紗廠工人王慧琪《沸騰的紗廠》、崔汝先《山鄉新曲》等詩。

11月　《江西文藝》1975年第6期刊出詩輯《評論〈水滸〉 反修防修》和江西大學中文系工農兵學員曾宜富、辛洪啓、劉孟沐的文章《爲文化大革命高唱頌歌——長詩〈春雷頌〉讀後》。

11月　《遼寧文藝》1975年第11期刊出工人孟憲貴等《學會識破投降派——工農兵評〈水滸〉牆報詩選》和呂乃國《遼化建設者之歌》等詩及梁延學的文章《一把鋤頭一支筆　戰天鬥地鑄新詩——讀〈霍滿生詩選〉》。

11月　《內蒙古文藝》1975年第6期刊出賈勳《火紅的楓樹》、查幹《大青山之歌》、文苑《贊工人理論組》等詩。

11月　《四川文藝》1975年11月號刊出葉延濱《鋼廠抒情》、朱金晨《工地呵，我回來了》、唐大同《當我們唱起國際歌的時候》、柯愈勳《「加油」》等詩。

11 月 《武漢文藝》1975 年第 6 期刊出朱健強《打贏政治思想戰》、工人胡發雲《不到長城非好漢》、金宏達《幹校詩抄》、工人高伐林《工人的後代要出征》等詩和長航工人蔡璧申等的《喜讀〈挑山擔海跟黨走〉──長航工人筆談會》。

11 月 牛廣進的詩集《戰士愛唱紅軍歌》由安徽人民出版社出版。收《毛主席掌舵我划船》、《靶場批判會》、《汽車，我的戰馬》、《軍民同學樣板戲》等詩 52 首。

　　　牛廣進，1942 年生於安徽阜陽。參軍曾任安徽省軍區政治部副
　　處長、代處長，轉業後在安徽日報社工作。出版的詩集還有《這方
　　水土》（1998）。

11 月 時永福的詩集《塞上歌》由天津人民出版社出版。作品分為《春滿塞北》、《高歌邊防》2 輯，收《草原兒女歌唱毛主席》、《駝背商店》、《寫在哨所的頌歌》等詩 43 首。該書《內容提要》說：「《春滿塞北》反映了塞北草原的新面貌，尤其是文化大革命後工業、農業、牧業的新發展，詩歌讚頌了塞北人民在毛主席、黨中央的領導下，團結戰鬥所取得的偉大勝利和塞北新的風貌。」「《高歌邊防》是寫塞北邊防戰士生活的詩。作者以飽滿的革命激情抒發了邊防戰士的豪情壯志，反映了他們刻苦學習馬列著作、毛主席著作，積極參加批林批孔運動，以及保衛邊防，建設邊防的戰鬥生活。」「詩歌熱情洋溢、筆調清新，富有塞北的草原特色和邊防戰士的生活氣息。」

11 月 張永枚的詩體小說《椰島少年》由廣東人民出版社出版。作品共 12 篇，有《引子》和《尾聲》。

11 月 中國人民解放軍武漢部隊政治部宣傳部編的詩集《春滿軍營》由湖北人民出版社出版。收戚光武《紅船頌》、武石兵《春滿軍營》、彭仲道《打坦克》、張化《女架線兵》等詩 63 首。

11 月 海龍縣文化館編的《大柳河上彩霞飛──海龍民歌選》由吉林人民出版社出版。作品分為《祖國江山萬年紅》、《紅公社一步一層天》等 3 輯，收縣委宣傳部副部長王守政《萬紫千紅百花開》、老貧農顏士良《「仁義」是把殺人刀》、女社員劉振芝《巧繡公社四季春》、大隊黨支部書記孫國棟《山河不變心不甘》等民歌 57 首，有中共海龍縣委宣傳部《前言》。《前言》說：「在學習無產階級專政的理論和農業學大寨的高潮中，在批林批孔的戰鬥聲浪裏，海龍縣人民積極開展學習小靳莊活動，工農兵登上賽詩臺，高聲朗讀

自己創作的詩篇。」「這些民歌，寫在機臺旁，寫在田間地頭，寫在大柳河的治河工地上。儘管藝術上有些還比較粗糙，但大都充滿革命激情。我們在較短的時間內搜集上來三千多首，經縣文化館的同志作了一些選擇，編成這個小冊子。」

11 月　周至縣文化館編的《富仁公社詩歌選》由陝西人民出版社出版。作品分爲《紅太陽光輝照萬代》、《戰鬥號角震天響》等 4 輯，收有公社黨委書記趙文魁《紅太陽光輝照萬代》、新農大隊社員趙嫺《基本路線天天講》、渭豐大隊社員范志斌《我們爲革命種莊稼》等詩，有中共周至縣委宣傳部、周至縣革委會文教局《前言》。《出版說明》講：「這本詩歌集，選輯了周至縣富仁公社廣大貧下中農和基層幹部的詩作。他們以堅定的無產階級立場，鮮明的無產階級感情，熱烈歌頌黨和毛主席的英明領導，歌頌毛主席的無產階級革命路線，歌頌無產階級文化大革命和社會主義新生事物，歌頌『農業學大寨』的群眾運動。語言生動活潑，風格清新健朗，富於濃厚的泥土氣息和強烈的戰鬥精神。」當時的評論說：「有『詩鄉』之譽的陝西省周至縣富仁公社最近出版了一本《富仁公社詩歌選》（陝西人民出版社出版），爲我們展現出一幅經過無產階級文化大革命戰鬥洗禮的社會主義新農村的生活畫卷。」（西安工人郭海水、徐劍鳴、張紹寬《「筆下譜出戰鬥歌」——讀〈富仁公社詩歌選〉》，1976 年 6 月 5 日《光明日報》）

11 月　共青團河南省委宣傳部編的《廣闊天地新一代——上山下鄉知識青年詩歌集》由河南人民出版社出版，收雲霓《毛主席揮手咱前進》、尚愛雲《堅持鄉村志不移》、魏淑芳《批林批孔新事多》等詩 50 首，有編者《前言》。《前言》說：「這是一本上山下鄉知識青年自己創作的，反映他們戰鬥生活的詩歌集。」「在毛主席關於『農村是一個廣闊的天地，在那裡是可以大有作爲的』和『知識青年到農村去，接受貧下中農的再教育，很有必要』的偉大號召鼓舞下，我省三十六萬上山下鄉知識青年和五百多萬回鄉知識青年，經過無產階級文化大革命的戰鬥洗禮，沐浴著毛澤東思想的燦爛陽光，走上了與工農相結合的道路，朝氣蓬勃地戰鬥在農村三大革命第一線。知識青年上山下鄉的滾滾洪流，譜寫了我國青年運動史上新篇章。」「在批林批孔運動普及、深入、持久發展的大好形勢下，我們選編了《廣闊天地新一代》這本詩歌集，獻給全省廣大上山下鄉知識青年。希望它成爲『團結人民，教育人民，打擊敵人，消滅敵人』的有力武器，成爲掃除『耕餒學祿』等孔孟之道流毒的鐵

掃帚，成爲鼓舞知識青年堅持鄉村偉大勝利，奪取批林批孔更大勝利的戰鼓！」

11 月　江蘇省貧下中農協會、江蘇人民出版社編的《江蘇農民詩歌選》由江蘇人民出版社出版。作品分爲《領航有咱毛主席》、《咱登金梯步步上》等 4 輯，收東海縣李墊公社吳保林《全憑愛黨心一片》、海門縣國強公社姜國華《豐收全靠一個「鬥」》、江都縣宗村公社張玉彩《心頭有杆大寨旗》等詩 150 首，有編者《寫在前面的話》。《寫在前面的話》說：「這本詩選，是在我省各級黨組織和有關部門的關懷下，由省貧協徵稿，組織來自各地的評審代表，與省出版社共同編選而成的。編成初稿後，又在全省農村十幾個基層點上廣泛徵求貧下中農和農村工作同志的意見，在此基礎上又進行了反覆的修改、充實。」「在選編過程中，我們以毛主席的文藝思想爲指針，學習革命樣板戲的創作經驗，力求編選出政治和藝術結合得較好的作品；形式、表現手法上也試圖多樣靈活；在批判地吸收古詩詞的長處，民歌體與新詩結合，精鍊、大體整齊，押韻，能看可誦，『易記，易懂，易唱』等方面作了一些嘗試。」當時的評論說：「由省貧協和省人民出版社選編的《江蘇農民詩歌選》，以充實的思想內容和嶄新的藝術風格，和讀者見面了。這本裝禎[幀]精美的詩集，比較廣泛地搜集了我省貧下中農、社員、農村幹部和知識青年的較爲優秀的詩作，反映了經過無產階級文化大革命和批林批孔運動戰鬥洗禮的廣大貧下中農和社員群眾鬥志昂揚的風姿，對不肯改悔的走資派誣衊文藝戰線『今不如昔』的謬論是個有力的回擊，對工農兵佔領上層建築和深入開展農業學大寨的偉大鬥爭，是很大的鼓舞。」（常熟縣練塘公社文藝評論組、閻武《鶯歌燕舞譜新篇——讀〈江蘇農民詩歌選〉》，1976 年 3 月《江蘇文藝》1976 年第 3 期）

11 月　伊通縣文化局編的《山村盛開大寨花——伊通民歌選》由吉林人民出版社出版。作品分爲《鬥爭哲學是個寶》、《繭手揮筆寫新篇》等 3 輯，收貧農大娘尹桂珍《毛主席恩情比海深》、公社黨委副書記王彥芳《路線對頭要大幹》、社員傅民印《扎根柳》等詩與民歌 66 首，有中共伊通縣委宣傳部《前言》。《前言》說：「偉大的無產階級文化大革命和批林批孔運動，使毛主席親自樹立的大寨這面紅旗，更加鮮豔奪目。我縣人民學大寨趕昔陽，一年上綱要，二年過『黃河』。形勢喜人，人人放歌。廣大群眾、幹部以革命樣板戲爲榜樣，用各種文學形式滿腔熱情地歌頌黨，歌頌偉大領袖毛主席，歌頌

無產階級文化大革命以來出現的社會主義新生事物，歌頌農業學大寨，努力把鞏固無產階級專政的根本任務落實到基層。充分顯示了人民群眾不僅是農業學大寨的闖將，也是文藝陣地上的尖兵。他們積極抓上層建築領域思想革命，他們積極用社會主義思想佔領農村文化陣地。」「為了總結我縣廣大群眾、幹部在農業學大寨運動和在學習、落實小靳莊經驗以來，開展意識形態領域裏的革命所取得的收穫，由縣文化局的同志們從業餘創作的三千多件文學作品中，選出民歌、新詩六十餘首編成這個民歌集。」

11月　工農兵業餘編選小組編的詩集《新花朵朵》由吉林人民出版社出版。收農安縣巴吉壘公社社員王振海《見到了毛主席》、通遼市通用機械廠工人黃錦卿《革命委員會好》、長春拖拉機廠工人趙新祿《為革命樣板戲喝彩》、解放軍某部宋協龍《咱隊的大學生回來了》等詩70首，有編者《後記》。《後記》說：「無產階級文化大革命催開了鮮花朵朵，毛主席的革命路線培育了新芽叢叢。社會主義新生事物，像雨後春筍長遍大地，像春前嫩芽生機無窮。」「新生事物不斷湧現，歌頌新生事物的詩篇不斷湧現，就是《新花朵朵》詩集的編寫，也是一個新生事物在初生。我們工農兵來編寫啊，捺不住心跳響咚咚。粗手厚繭握戰筆，千古以來頭一宗！我們殷切地希望廣大工農兵群眾，像對待新生事物一樣，熱情地扶持她，使她成長，壯大；像對待新生事物一樣，精心地培育她，使她枝茂，葉青。」

11月　虞城縣詩歌創作編輯組編的《虞城農民詩歌選》由河南人民出版社出版，收王莊大隊社員陳起付《山有松柏四季青》、趙橋大隊社員王根禮《馬列著作金光閃》、鄭集大隊黨支部委員鄭保臣《貧下中農上戰場》等詩89首，有編者《後記》。《後記》說：「在批林批孔運動普及、深入、持久發展的大好形勢下，我縣各級黨委認真學習小靳莊的經驗，充分發動群眾，破除迷信，解放思想，開展了群眾性的詩歌創作活動，用社會主義佔領農村思想文化陣地。當前，全縣廣大革命群眾正積極學習關於無產階級專政的理論，進一步提高了在無產階級專政條件下繼續革命的覺悟。他們用革命詩歌，熱情歌頌偉大領袖毛主席，歌頌中國共產黨，歌頌毛主席的革命路線，歌頌無產階級文化大革命，讚揚農業學大寨的先進事跡；並以毛澤東思想為武器，對林彪、孔老二進行了深刻、有力的批判。這對於堅持黨的基本路線，深入批林批孔，限制資產階級法權，推動農業學大寨的群眾運動，發展大好形勢，具有重大作用和深遠意義。」「廣大群眾創作的詩歌，都是三大革命鬥爭的結晶。他們

有感而發，爲戰鬥而寫。這些詩歌主題鮮明，內容豐富，短小精悍，通俗易懂，充滿了強烈的無產階級感情和革命戰鬥精神。讀了使人很受鼓舞。」

1975 年 12 月

1 日　《紅旗》雜誌 1975 年第 12 期發表北京大學、清華大學大批判組的文章《教育革命的方向不容篡改》。

1 日　《解放日報》刊出曉晨的文章《詩歌與口號——詩歌漫談之六》。文章說：「詩歌與口號是兩碼事情，口號不能代替詩歌，這似乎是一個很普通的常識。然而詩歌與口號倒確是有一點相同的地方，那就是都可以用來表達和鼓動人們的感情和意志。吟唱一首革命詩歌，高呼一聲戰鬥口號，都能激勵我們更奮發向前。大概也是由於這一點關係吧，有時我們看到的一些詩歌便類似口號，或口號化了。不信，你將有些詩高聲念念，甚至差不多句句都可加個感歎號而振臂呼喊呢。」「詩歌寫作中的這種傾向應該加以改進。」「口號，是表達人們爲達到奮鬥目標而提出的最簡練明確的語句，它有鼓動性，是我們政治生活中所不可缺少的；但它本身不是藝術品，是沒有文學價值的。而詩歌作爲文藝作品，則必須具有強烈的藝術感染力，要有意境，有構思，有生動的形象，要有詩歌特有的藝術形式和技巧等等。這一切，構成了人們常說的『詩味』，也就是魯迅在一封信中提到過的『詩美』。」

1 日　《解放軍文藝》1975 年 12 月號刊出堯山壁《移山記》、張廓《邊界人家》、張樸夫《草原民兵》、姜金城《月夜巡邏》等詩。

2 日　《人民日報》刊出陝西延安知識青年吳繼宗《接好革命班》、山東滕縣知識青年黃強《豐收歌》等詩。

3 日　張光年日記：「上午到局辦公，得知主席已批准《詞二首》交《詩刊》發表，同感慶幸。爲此《詩刊》要提前於元旦出版。西民同志要我盡力協助這一期的編輯工作。我到編輯部談了學習《詞二首》體會，表示凡要我辦的將全力協助。」（《向陽日記》，上海遠東出版社 2004 年 5 月出版）

4 日　《四川日報》刊出尹在勤的文章《繁榮社會主義新詩創作》。

5 日　《雲南文藝》1975 年第 6 期刊出省建七處供稿的《雲天化工地詩選》、三五二一八部隊供稿的《連隊賽詩會》和昆明市通用機械廠業餘文藝評論組的文章《詩歌創作要爲工農兵著想》；是期還刊出《詩歌畫》增頁，刊有范平《幹字歌》、李天祥《白族人民學大寨》等詩。

　　7日　《解放軍報》刊出胡世宗的文章《讓戰鬥的號角吹得更響——〈解放軍文藝〉賽詩會讀後》。

　　7日　《解放日報》刊出上海矽鋼片廠史玉新《新生事物崛地出》、上海石油化工總廠范墾程《工地演出樣板戲》、上海量具刃具廠鄧秀雄《大學生的試卷——贊「七‧二一」工人大學》等詩和吳歡章的文章《需要更多更好的政治抒情詩——詩歌漫談之七》。文章說：「在各種詩歌樣式中，政治抒情詩是很值得大力提倡的。」「我們應當根據無產階級革命鬥爭的需要，寫出更多更好的政治抒情詩來。但從目前政治抒情詩的創作狀況來看，數量不多，質量也有待於提高，其中主要問題之一是：必須把政治性和藝術性更好地統一起來。」

　　7日　《人民日報》刊出張永權《傣家女兒上大學》、石灣《長征路連五七路》、河北興隆縣溝門子公社劉章《土老師管教育》等詩。

　　8日　《文匯報》刊出《新生事物頌——市工人文化宮賽詩會詩選》、《教育革命之歌——復旦大學賽詩會詩選》和鄭成義《泡桐——贊五‧七幹校》等詩。

　　11日　《光明日報》刊出報導《一代新人的〈理想之歌〉——北大中文系工農兵學員創作的長詩受到熱烈歡迎》。報導說：「一封又一封熱情洋溢的信，從鐵水奔流的十里鋼城、從金浪翻滾的人民公社原野、從巋然屹立的邊防哨所，……彙集到長詩《理想之歌》的作者——北京大學中文系文學專業七二級工農兵學員的面前。寄信的有工人、人民公社社員、戰士和上山下鄉知識青年。那一封封來信，用火熱的語言，暢談《理想之歌》給予他們的教育和鼓舞。一位駐守在反修前哨的解放軍戰士，聽到《理想之歌》的廣播以後，立即去書店買這本詩集，但書已賣完，只好寫信來要求北京大學幫助他找一本。要書的人很多，學員們留的書都送完了，又打印了一批，也很快送光了。」「《理想之歌》的作者們，是怎樣的人呢？他們並不是書香薰陶的『天才』，也不是什麼搖籃裏長大的『神童』。他們從中學畢業以後，沿著毛主席指引的光明大道，到農村、邊疆插隊落戶，在革命的道路上進軍。在這一段崢嶸的歲月裏，是黨，是貧下中農幫助他們『校正著「理想」的航線』，使他們下定決心『要做我們鮮紅的黨旗上一根永不褪色的經緯線』。一九七二年五月，就是這樣一批朝氣蓬勃的革命青年，肩負著階級的重託，從寶塔山下的溝溝岔岔，從內蒙古的廣闊草原，從黑龍江畔的青年新村，來到毛主席的身邊，跨

進了社會主義新型大學的大門，成了一代新型的大學生。他們在學校黨委的領導下，隨著開門辦學的熱浪，又幾次背上背包，奔赴廣闊天地，和工農兵一起，與天鬥，與地鬥，與階級敵人鬥，共同創造無產階級的物質財富和精神財富。在這些日子裏，他們一次又一次地在地畔、炕頭，重溫《在延安文藝座談會上的講話》，批判修正主義文藝路線，改造世界觀，端正文藝觀，堅持實踐毛主席的革命文藝路線。工農兵改天換地的光輝業績和戰鬥風貌，以及光彩照人的革命理想，給他們以巨大的教育和鼓舞，使他們產生了歌頌工農兵，歌頌社會主義新生事物的革命激情。一九七三年暑假，這批學生放棄了休息，揮汗譜寫詩篇；初稿寫成以後，又在開門辦學中到雲南、山西、河北等地，瞭解知識青年的先進事跡，和扎根邊疆的朱克家等同志一起勞動、交談，研討琢磨究竟什麼是青年的理想。就在這種沸騰的生活中，他們孕育了戰鬥的詩篇——《理想之歌》。有個學員談創作體會的時候這樣說：『如果沒有上大學前的插隊實踐，沒有上大學當中開門辦學的生活體驗，而是關在高樓深院裏閉門讀書，那是絕對創作不出《理想之歌》的；即便寫出點什麼東西來，也不可能是無產階級的戰歌！』」

12 日　《寧夏日報》刊出該報通訊員的報導《革命詩花北窪開——固原縣王窪公社北窪大隊詩歌創作活動蓬勃開展》。

13 日　《光明日報》刊出江溶的文章《紅霞萬朵映朝陽——評〈朝霞〉詩歌專輯》。

14 日　《解放日報》刊出彥之的文章《開掘要深——詩歌漫談之八》。

14 日　《文匯報》刊出上海建築機械廠鄭國強《第一線上的火花——贊一個三結合的領導班子》、谷士林《文化大革命成果要保衛》等詩。

14 日　《學習與批判》1975 年第 12 期刊出徐緝熙的文章《讀詩漫評》。

15 日　《河北文藝》1975 年第 12 期刊出王洪濤《大幹歌》、劉蘭松《紅太陽照亮朝梁子》、武兆強《回答考卷》、郁蔥《青春的腳步》等詩和知識青年裴雁伶的文章《革命激情湧詩篇——讀〈廣闊天地歌聲高〉》。

20 日　《朝霞》1975 年第 12 期刊出《教育革命頌——復旦大學中文系賽詩會詩選》，刊有葉茂《教育革命春常在》、王勇軍《贊社會主義新大學》等詩。

25 日　《北京大學學報》1975 年第 6 期刊出柏青的文章《詩歌民族化群眾化的正確道路——論新詩必須在批判地繼承古典詩歌和民歌的基礎上發展》和

北京大學中文系七二級創作班工農兵學員集體創作的長詩《理想之歌》。柏青說:「『五四』以來,以反帝、反封建爲內容的革命新詩在各個歷史階段都曾作出過積極的貢獻,特別是 1942 年,毛主席在延安文藝座談會上發表講話後,詩歌創作在民族化、群眾化方面做了許多有益的嘗試,出現了一些受群眾歡迎的好詩。但是,就總體看來,新詩存在著很大的弱點。由於『五四』時期許多人沒有馬克思主義的批判精神,新詩雖然衝破了舊詩詞格律的束縛,實現了詩體的解放,但又拋棄了古典詩歌和民歌的優良傳統,走上了歐化和散文化的道路。作爲新詩主體的『自由詩』,不但內容上有許多資產階級、小資產階級的情調,而且形式上也往往是滿口學生腔,句子很拖沓,缺乏鮮明的節奏和韻律,詩體也十分繁雜零亂,沒有建立起中國作風、中國氣派的民族形式。這就使它只能局限在知識分子圈子裏,供少數人欣賞,無法深入群眾之中,發揮詩歌應有的戰鬥作用。」「『五四』以來,新詩的這種既脫離民族傳統又脫離群眾的根本弱點,決定它不能成爲新詩發展的基礎。毛主席關於新詩發展道路問題的指示,正是建立在對新詩現狀和歷史的科學分析基礎上的,它本身就是對詩這種弱點的一個批判。至於新詩中的一些好詩,恰恰是或多或少地、自覺不自覺地吸收了民歌和古典詩歌精華的結果。它們值得學習的,也首先是那種在創作實踐中批判的繼承民族傳統,走群眾化道路的精神。」

25 日 《黑龍江文藝》1975 年第 12 期刊出陳國屏《大寨歸來》、王洪濤《油龍放歌》等詩。

26 日 《光明日報》刊出臧克家的詩《〈理想之歌〉讚歌》。臧克家 1976 年 1 月 13 日致黎丁信說:「《讚歌》反映強烈,已接得文友來函二十餘封(雲南的、廣東的、茅公、靖華、冰心……)。王瑤同志今早來信說:『《讚歌》在北大反映強烈。領導及學員皆在談論。除現實意義外,詩的確寫得很有感情,反映了老當益壯的面貌。』」「我已設法去弄一份香港《文匯報》,以頭版六分之一篇幅轉刊此詩,標題:『臧克家賦詩贊理想之歌』——套紅。群眾對我的熱情與期望,可感!這首詩的發表,應歸功於你的敦促與鼓勵,再謝!」(《臧克家全集》第 11 卷,時代文藝出版社 2002 年 12 月出版)

26 日 《人民日報》刊出李學鰲的詩《重回太行滿眼新》和解放軍某部洪信、劉明的文章《喜讀〈少數民族詩歌選〉》。

26 日 《文匯報》刊出復旦大學中文系學員杜連義《哈達獻給毛主席》、上海化工機械廠孫愚《韶山啊,升起金色的太陽》等詩。

26 日　三三〇工程局政治部主編的《三三〇文藝叢刊·偉大指示頌》刊出劉志雲、楊農恩《偉大指示頌》，三三〇工程局文藝宣傳隊《紅太陽照亮萬里長江》，張亨利《我們是工人階級的理論隊伍》等詩。

27 日　《光明日報》刊出尹在勤的文章《萬紫千紅總是春──詩歌風格小議》。

28 日　《解放日報》刊出志國、朝華的文章《構思要新──詩歌漫談之九》。

31 日　新華社訊：「正當全國人民懷著勝利的喜悅，迎接一九七六年來臨的時候，《詩刊》重新出版了。」「偉大領袖毛主席一九六五年寫的兩首詞：《水調歌頭·重上井岡山》、《念奴嬌·鳥兒問答》將在詩刊第一期上發表，這是全國人民政治生活中的大喜事，具有重大的政治意義和現實意義。這兩首詞的發表，必將鼓舞著億萬人民進一步堅持毛主席的革命路線，發揚革命傳統，高舉反修大旗，在繼續革命的征途上昂首闊步地前進。」「重新出版的《詩刊》，以嶄新的面貌出現在工農兵讀者面前。第一期上發表的許多作品，以階級鬥爭為綱，熱情歌頌偉大領袖毛主席，歌頌無產階級文化大革命和社會主義新生事物。其中有長詩選載、政治抒情詩、翻譯詩、兒歌和歌詞、歌曲，題材豐富，形式多樣。」「《詩刊》第一期上，老一輩詩人寫下了新作，青年一代作者也熱情提筆，而更多的作品卻是出自戰鬥在三大革命運動前哨的工農兵之手。這些工農兵的詩歌產生在車間、田頭、哨所，新鮮潑辣，富有濃鬱的生活氣息和強烈的戰鬥性。工農兵登上社會主義詩壇，是無產階級文藝革命的勝利成果，也是新出版的這期詩刊一個的鮮明的特色。《詩刊》將於元旦正式出版、發行。」（1976 年 1 月 1 日《人民日報》）

12 月　郭小川作詩《登九山》。此詩初刊《人民文學》1977 年 1 月號，收《郭小川詩選》，人民文學出版社 1977 年 12 月出版。

12 月　伍立憲（啞默）作詩《慧星》。此詩收詩文集《鄉野的禮物》，貴州民族出版社 1990 年 12 月出版。

12 月　《安徽文藝》1975 年 12 月號刊出工人周志懷《礦工的手》、魏啟平《安慶石油化工廠工地速寫》等詩。

12 月　《廣東文藝》1975 年第 12 期刊出《船靠舵盤帆靠風》民歌 11 首和莫少雲《屯昌詩抄》、堯山壁《定向爆破》等詩及陸典的文章《漫談詩歌創作》。

12 月　《江蘇文藝》1975 年第 10 期刊出《春苗茁壯──九里荒知青農場詩輯》、《傳統歌滿躍進路──南京汽車製造廠詩選》和徐州師範學院農民學

員周廣秀《號角‧鼓點——寫在農業學大寨的熱潮中》、如東縣知識青年馮新民《扎根樹下》等詩。

12月　《遼寧文藝》1975年第12期刊出王荊岩《十月進鋼城》、易仁寰《閃光的畫面》、戰士胡宏偉《戰士在邊疆》等詩。

12月　《四川文藝》1975年12月號刊出陳犀《涼山速寫》、馬安信《幹校春光》、任耀庭《紅軍刀》等詩。

12月　《湘江文藝》1975年第6期刊出瞿軍安等《韶山頌》詩6首、瞿琮等《時刻準備上戰場》詩7首和長沙市部分工廠文藝學習班集體討論，劉國輝執筆的文章《把時代的號角吹得更響——兼談詩歌的形式》。

12月　《新疆文藝》1975年第6期刊出黃秉榮《大寨頌》、劉維鈞《贊昔陽》、解放軍王也《天山南北紅似火》等詩。

12月　唐山市群眾藝術館編的《躍進戰歌》詩報第4期刊出開灤煤礦工人蔡華《爲普及大寨縣同心幹》、郊區農機廠工人田豐《老兵不減當年勇》等詩。

12月　《大慶兒歌》編創組編的《大慶兒歌》由人民文學出版社出版。

12月　承德市革命委員會文化局編的詩集《塞上曲——「工業學大慶」專輯》、《塞上曲——「農業學大寨」專輯》印行。

12月　吉林省林業局政工處編印的詩集《歌滿青山》印行。作品分爲《頌歌獻給黨》、《戰鼓聲聲擂》等6輯，收侯殿有《黨的光輝照心田》、賈志堅《林海濤聲》、孟繁華《演出之後》、李廣義《伐木工人愛青山》等詩103首和豪言壯語90餘條，有《前言》。《前言》說：「爲了進一步地落實毛主席關於學習理論反修防修，安定團結和把國民經濟搞上去的三項重要指示，廣泛深入開展『工業學大慶』、『農業學大寨』的群眾運動，激發廣大群眾大幹社會主義的積極性，加快林業建設的步伐，我們從各單位推薦的詩稿、豪言壯語和我省林區職工在各級報刊上發表的詩作中，編選了《歌滿青山》，作爲內部材料，印發全省林業各企事業單位。」

12月　《革命要鋼我們煉》編輯組編的詩集《革命要鋼我們煉》由人民文學出版社出版。收朱岩《爐臺戰歌》、陳維翰《我們在毛主席身邊煉鋼》、王維章《爐臺上的廣播員》、王德祥《「爭氣鋼」》等詩71首，有編者《前言》。《前言》說：「這本詩集，是由領導、鋼鐵工人和專業編輯人員組成的三結合編輯組，在生產第一線，用較短的時間，從全國所寄來的大量詩稿中編選出

來的。」「這是一本反映我國鋼鐵戰線火熱鬥爭生活的詩集。」「這些來自鬥爭第一線的詩歌，帶著濃烈的爐火味，抒發了鋼鐵工人的豪情壯志，有著強烈的時代氣息。這些經過爐火冶煉、大錘鍛打的詩句，熱情奔放，濃墨重彩，塑造出一代新人的高大形象，體現出工人階級團結一致、一往無前的英雄氣概。」

12 月　詩集《金光道上歌聲高》由河北人民出版社出版。作品分爲《「窮棒子」精神永發揚》、《沿著五億農民的方向走》等 4 輯，收有中共遵化縣委書記原「窮棒子社」社長王國藩《「窮棒子」精神永發揚》、南王莊大隊黨支部書記王玉坤《毛主席「批示」放光芒》、承德縣委副書記肖慶林《毛主席「批示」到山村》等詩。

12 月　湖北人民出版社編輯的詩集《我們是鐵人的戰友》由該出版社出版，收王維洲《頌歌──獻給偉大的黨》、劉益善《高舉無產階級專政的旗幟前進》、黃聲笑《大慶工人送寶來》、高伐林《我們是鐵人的戰友》等詩 62 首。

12 月　大港油田《油海新歌》編輯組編的詩集《油海新歌》由天津人民出版社出版。收梁開旭《唱給心中的紅太陽》、鑽宣《石油工人的話》、薛達清《還是當年那股勁》、戈新《大港新話》等詩 63 首，有編者《編後》。《編後》說：「這本詩集，是在我們大港工人群眾詩歌創作和賽詩會的基礎上編選的。」「在批林批孔運動和學習無產階級專政理論的熱潮中，我們油田也掀起了群眾性的寫詩、賽詩活動。井場、工地，到處擺起了賽詩的擂臺，廣大工人以飽滿的政治熱情，抒發了對偉大領袖毛主席、對黨、對社會主義的無比熱愛；熱情地歌頌了毛主席的無產階級革命路線；抒發了大港工人『學鐵人精神』、『走大慶道路』、自力更生、艱苦奮鬥，早日建成大油田的豪情壯志。」

12 月　內蒙古人民出版社編輯的詩集《戰士的歌》由該出版社出版。收劉小放《西柏坡燈光》、杜志民《軍長下連來當兵》、張贊廷《戰馬，我無言的戰友》、王石祥《塞上軍民》等詩 90 餘首，有編者《編後》。《編後》說：「這本詩集，編選了北京部隊業餘作者近二年來創作的短詩 90 首。作者絕大多數是無產階級文化大革命後湧現的文藝新兵。這些作品，從不同的生活側面，熱情歌頌了偉大領袖毛主席，歌頌了毛主席革命路線的偉大勝利，表達了人民戰士對黨、對祖國和人民的熱愛；反映了部隊經過無產階級文化大革命、批林批孔，在看書學習、路線教育、批判資產階級法權思想、戰備訓練、部隊建設等方面取得的新成果；展現了北疆鋼鐵長城雄偉壯麗的風貌。」

12月　　貴州人民出版社編的詩集《遵義頌》由該出版社出版。收黃邦君《車到遵義站》、葉笛《沐浴在紅樓金光裏》、李發模《波翻浪滾烏江濤》、張克《願做快馬給革命騎》等詩 116 首，有《編者的話》。《編者的話》說：「今年，是我黨召開的具有歷史意義的遵義會議四十週年。遵義會議確立了毛主席在全黨全軍的領導地位，結束了『左』傾機會主義路線的統治，黨才徹底地走上了布爾塞維克化的道路。遵義會議爲我黨的歷史寫下了光輝的一頁。爲了紀念這一重大的節日，我們編輯出版了這本《遵義頌》，藉以表達我省各族人民對黨和毛主席的崇敬心情和無比熱愛。」當時的文章說：「貴州人民出版社爲紀念遵義會議四十週年，編輯出版了詩集《遵義頌》。這本詩集編選的一百餘首詩歌，多半出自工農兵業餘作者之手。作者以飽滿的政治激情，明快的戰鬥風格，從路線鬥爭高度，熱情謳歌遵義會議的光輝勝利，多方面反映了歷史名城遵義翻天覆地的變化，熱情地讚頌了無產階級文化大革命的偉大業績和社會主義新生事物的茁壯成長。」（夏祥鎮《革命豪情動地來——喜讀詩集〈遵義頌〉》，1976 年 8 月 11 日《人民日報》）

多　　牛漢作詩《羽毛》。收詩集《溫泉》，上海文藝出版社 1984 年 5 月出版。

1975 年　　蔡其矯作詩《玉華洞》、《燈塔》、《悲傷》、《勸》、《崇武半島》、《盡量發光》、《夕陽和落葉》、《荒涼的海灘》、《懸崖上的百合花》、《答——》、《淚》、《寄——》。前三首收詩集《祈求》，江蘇人民出版社 1980 年 11 月出版；第四、五首收詩集《生活的歌》，人民文學出版社 1982 年 7 月出版；其餘收《蔡其矯詩選》，人民文學出版社 1997 年 7 月出版。

1975 年　　姜世偉（芒克）作詩《我是風》、《瘦小的姑娘》。詩均收詩集《心事》，《今天》編輯部 1980 年 1 月油印發行。

1975 年　　栗世征（多多）作詩《夏》、《秋》。詩均收《里程——多多詩選》，1988 年 12 月油印發行。

1975 年　　牛漢作詩《鐘聲》。此詩初刊《詩林》1989 年第 3 期；收《牛漢抒情詩選》，青海人民出版社 1989 年 12 月出版。

1975 年　　張永枚的詩報告《西沙之戰》英文版由外文出版社出版。

1975 年　　旅大市文學藝術館、旅大日報社編的《逐浪高——旅大市工農兵詩歌選》印行。

1975 年　　吉林省石油會戰指揮部政治部宣傳處編印的《油田戰歌——

吉林石油工人詩歌選》印行，收甄鳳斌《禮物》、劉治國《石油工人唱讚歌》、李敬良《鐵人頌歌》、孔慶霞《修井女工批宋江》等詩 100 餘首。《內容說明》講：「這本詩歌選，收編了吉林地區石油大會戰以來工人業餘創作的詩歌一百餘首。」「這些詩歌，滿懷革命激情，熱情地歌頌了偉大領袖毛主席，歌頌了毛主席革命路線的偉大勝利，讚揚了無產階級文化大革命中湧現出來的新生事物，反映了經過無產階級文化大革命運動，給吉林省石油戰線帶來的嶄新面貌，表現了石油工人以鐵人王進喜同志為榜樣的革命鬥爭精神。」

　　1975 年　　紅旗造船廠工人業餘哲學社會科學研究所文藝組編印的《造船工人詩選》印行。收鋁製品車間劉芳春《師傅燈下寫詩篇》、船體車間老工人張修富《戳穿「仁義」的畫皮》、銅工車間女工于雪梅《造船工人一雙手》等詩 71 首，有《編者的話》。《編者的話》說：「在毛主席革命路線光輝照耀下，隨著批林批孔運動的普及深入發展，通過學習小靳莊經驗的活動，遵照毛主席關於『我們的文學藝術都是為人民大眾的，首先是為工農兵的，為工農兵而創作，為工農兵所利用的』的教導，我廠掀起了群眾性文藝創作的熱潮。今以詩歌聯賽為主這裡選編了其中的一部分。」

　　70 年代中期　　流沙河作詩《故園九詠》。此詩收《流沙河詩集》，上海文藝出版社 1982 年 12 月出版。

1976 年

1976 年 1 月

1 日　《解放日報》刊出普陀區工人詩歌組《毛主席是咱領航人》、汽車配件修配廠陳晏《毛主席指引革命路》等詩。

1 日　《文匯報》刊出徐剛的詩《我愛井岡山》。

1 日　《詩刊》復刊，詩刊社編輯，人民文學出版社出版。1976 年 1 月號刊出毛澤東《水調歌頭・重上井岡山》、《念奴嬌・鳥兒問答》詞 2 首和首都鋼鐵公司工人評論組《繼續革命　勇攀高峰──讀〈水調歌頭・重上井岡山〉》、成志偉《爲無產階級文化大革命放聲歌唱》等文，還刊有唐運程等《革命高潮滾滾來──農業學大寨民歌選輯》、司徒華楓等《鋼鐵工人評〈水滸〉──貴州省冶金系統賽詩會作品選》和李松濤《深山創業》、黃聲笑（黃聲孝）《大江奔騰浪千層》等組詩。《編者的話》說：「《詩刊》要實現它所擔負的任務，必須以馬克思主義、列寧主義、毛澤東思想爲指導，認眞貫徹執行黨的基本路線，貫徹執行毛主席的無產階級革命文藝路線。它要在廣大工農兵群眾和詩歌作者的大力支持下，通過刊登各種體裁、樣式的詩歌作品，及時反映我國社會主義革命和社會主義建設不斷前進的步伐，反映我國人民在黨的領導下進行革命鬥爭的光榮歷史，反映我國人民革命英雄主義的精神面貌；同時也注意反映世界人民的革命鬥爭。它要充分發揮革命詩歌『團結人民、教育人民、打擊敵人、消滅敵人』的戰鬥作用，爲工農兵服務，爲社會主義服務，爲鞏固和加強無產階級專政服務。」「《詩刊》要堅持黨的『百花齊放，百家爭鳴』和『推陳出新』的方針；堅持革命的現實主義和革命的浪漫主義相結合的創作方法；遵照毛主席關於『詩當然應以新詩爲主體，舊詩可以寫

一些，但是不宜在青年中提倡』的指示，和新詩應在批判地繼承古典詩歌和民歌的基礎上發展的原則，進一步發展詩歌創作，向著『革命的政治內容和盡可能完美的藝術形式的統一』的目標前進。它還要兼登一部分歌曲、歌詞（包括某些戲曲曲調的歌詞）、新民歌，以促進新詩的民族形式的發展。提倡順口、易記、有韻、能唱的新詩，也不排斥只能看而不易記和不能唱的詩。還要刊登一些翻譯外國的詩。同時也有一點詩配畫和插圖。刊物力求辦得新鮮活潑，豐富多彩，富有戰鬥力。」黎之說：「既有了毛澤東的支持，又得到直接當權者的認可，《詩刊》終於出版了。封面仍是毛澤東的手迹，標明 1976年 1 月出版，總號為第 81 號。當拿到這期刊物時，經歷了詩刊五十年代創刊到復刊的朋友們心情是很複雜的。當年在毛澤東支持愛護下創刊，毛並『祝它成長發展』，1966 年又在毛澤東親自發動的文化大革命中停刊，現在又在毛澤東支持下復刊。怎能不令人感慨萬千。但是，不管經歷了多少曲折，《詩刊》又同闊別已久的讀者見面，當然引起編者與讀者久別重逢的歡樂。但是，好景不長，《詩刊》剛出版，就受到當權者的指責，查問為什麼印上總期號。責成身處第一線的葛洛檢討。葛洛是個極認真的人，到處請教，大會小會檢討，總算過關。」「《詩刊》《編者的話》經李季、葛洛、張光年、石西民等人反覆研究、斟酌，寫好後又交姚文元審定。姚閱後召見石西民、李季、葛洛，提出了修改意見。《編者的話》中有這樣一段話：『對於當前的文學創作，凡是符合毛主席所指示的六條標準並具有一定藝術水平的，就要鼓勵，不要求全責備；對其中的缺點和不足，要作科學的分析，以理服人。』姚文元要求刪去，他說：『求全責備』，是對領導說的，編者的話中不必寫。」（《回憶與思考——「周揚一案」……》，2000 年 8 月 22 日《新文學史料》2000 年第 3 期）張光年日記：1975 年 12 月 17 日，「上午八時半到局上班，同李季、葛洛一起商酌修改《編者的話》。李同意我的意見，改掉了葛洛加上的『以工農兵業餘作者為主體的無產階級詩歌創作隊伍』的提法（修改意見最初是小李提出的）。午前還同到石西民處聽取他和許力以的修改意見。」1975 年 12 月 18 日，「上午到局，同葛洛、孟偉哉一起將《編者的話》初步改定。他們及時發稿了。」1976 年 3 月 10 日，「上午葛洛告訴我：因《詩刊》印了（文革前的）總期號及一份學習簡報暴露的問題，昨天下午受到局領導小組批評。他準備下午在編輯部大會上作檢討。」（《向陽日記》，上海遠東出版社 2004 年 5 月出版）

　　1 日　《解放軍文藝》1976 年 1 月號刊出北京師範大學中文系工農兵學員施達宗《世上無難事　只要肯登攀——學習毛主席〈詞二首〉的初步體會》，李元洛《讀魯迅詩論札記》，朱經通、張春溪《〈本刊賽詩會〉讀後》等文和莫少雲《挖塹壕》、雷抒雁《高高的瞭望塔》、曲有源《黨的幹部就要這樣》等詩。

　　2 日　河北省召開工農兵詩歌作者學習座談會。《河北文藝》1976 年第 2 期消息：「新年佳節，偉大領袖毛主席的壯麗詩篇《水調歌頭・重上井岡山》和《念奴嬌・鳥兒問答》公開發表後，省革委文藝組和石家莊市文藝創作辦公室，於一月二日在省會石家莊聯合召開了省會廣大工農兵業餘詩歌作者學習毛主席詞二首座談會。省革委文藝組負責同志主持了會議。參加座談會的有省革委出版發行局、《河北文藝》編輯部、《河北日報》編輯部、河北人民廣播電臺、《石家莊日報》編輯部和工廠、農村、部隊的專業和業餘詩歌作者。」「大家還結合詩歌創作方面的問題暢談了學習體會。同志們一致認為，毛主席詞二首，以高超的藝術表現力，反映了重大的政治題材，達到了革命的政治內容和完美的藝術形式的高度統一；毛主席成功地運用了革命現實主義和革命浪漫主義相結合的創作方法，為發展我國詩歌創作樹立了光輝的榜樣。大家堅定地表示，一定向偉大領袖毛主席學習，發揚『世上無難事，只要肯登攀』的無產階級革命精神，努力攀登詩歌創作的新高峰，不斷加強革命詩歌的戰鬥性，為鞏固無產階級專政擂鼓吹號。漁民詩人李永鴻最近完成了長詩《紅菱傳》，在毛主席光輝詩篇的鼓舞下，他決心再接再厲，創作出更多好作品，為發展社會主義文藝創作作出新貢獻。」

　　4 日　《解放日報》刊出仇學寶《詩韻浩蕩壯東風——歡呼毛主席光輝詩篇發表》、郭浩《中南海書房》等詩。

　　4 日　《人民日報》刊出北京市紅星人民公社姜連明《井岡風雷耳邊響》、臧克家《光焰萬丈照世界》、田間《偉大歷史的新篇》等詩。

　　7 日　《廣東文藝》編輯部召開「毛主席《詞二首》學習座談會」。《廣東文藝》1976 年第 2 期刊出該刊記者的《毛主席〈詞二首〉學習座談會摘記》，說：「本刊編輯部於一月七日約請在廣州市的部分工農兵詩歌作者和專業詩歌工作者舉行毛主席《詞二首》學習座談會。到會同志暢談了對毛主席光輝詩詞偉大深刻的政治思想內容和精湛的藝術手法的學習心得，即席誦詩謳歌毛主席這兩首激動風雷、氣壯山河的詞章的發表。」

8 日　　中共中央副主席、國務院總理、全國政協主席周恩來在北京逝世。

9～13 日　　郭小川作詩《痛悼敬愛的周總理》。此詩初刊《解放軍文藝》1977 年第 1 期，收《郭小川詩選》，人民文學出版社 1977 年 12 月出版。

10 日　　廣西自治區文藝創作辦公室舉行歌頌毛主席詞作發表詩歌朗誦會。到會朗誦的部分作品以《試看天地翻覆》爲題刊於《廣西文藝》1976 年第 2 期。

10 日　　《北京文藝》1976 年第 1 期刊出石灣《吹響進軍的號角》、李瑛《我的祖國》等詩和潘楓的文章《擂時代戰鼓　抒革命豪情——讀〈北京文藝〉1975 年詩歌瑣記》。

10 日　　《天津文藝》1976 年第 1 期刊出《展開鬥天圖》新民歌 16 首和《普及大寨縣歌詞選輯》。

15 日　　《汾水》1976 年第 1 期刊出王文緒《北京鑽天楊禮讚》、董耀章《爆破迷》、孫海生《佔領——記一位工宣隊長》、馬晉乾《校園晨歌》等詩。

15 日　　《河北文藝》1976 年第 1 期刊出詩輯《新生事物讚》和該刊評論員文章《爲社會主義新生事物高唱讚歌》及社員彭辛卯《縣委門前的路》、工人孫桂珍《「巡診」》等詩。

17 日　　《人民日報》刊出梁上泉《井岡山泉》等詩。

19 日　　《人民日報》刊出新華社報導《京津滬群眾性詩歌創作更繁榮》。報導說：「無產階級文化大革命以來，北京市群眾性的詩歌創作蓬勃發展。許多工廠、農村、部隊、學校、商店，詩滿牆，歌嘹亮，寫詩、賽詩、評詩活動成了首都人民經常性的文化活動之一。近幾年來，人民文學出版社、北京人民出版社出版的首都工農兵群眾和專業作者的詩集就有二十多部。這些詩集生動地反映了首都人民在無產階級文化大革命中沿著毛主席革命路線奮勇前進的步伐。」「緊密配合當前三大革命運動的發展，爲現實的階級鬥爭和路線鬥爭服務，是北京市群眾性詩歌創作的一個鮮明特色。近三年多來，北京市勞動人民文化宮組織的工人業餘詩歌創作組和朗誦組，配合各個時期的戰鬥任務創作了大量詩歌，到工廠、學校，舉行了一百四十多場詩歌朗誦會。最近，他們還舉辦了歌頌無產階級文化大革命的詩歌朗誦會，用一首首戰鬥的詩歌回擊教育界的右傾翻案風，保衛無產階級文化大革命的偉大成果。」「批林批孔運動中，天津寶坻縣小靳莊的群眾性詩歌創作活動廣泛深入地開展起來，創作了許多歌頌毛主席，歌頌共產黨，歌頌無產階級文化大革命和批林

批孔運動，歌頌社會主義新生事物的詩歌，發揮了革命詩歌的戰鬥作用。在小靳莊經驗的推動下，天津市的詩歌創作活動蓬勃地開展起來。天津市出版部門從去年以來就出版了《小靳莊詩歌選》、《放聲高唱躍進歌》、《一代風華》、《我們要當小闖將》等多種詩集。這些在群眾性詩歌創作的基礎上挑選出來的作品，無論從思想內容還是藝術形式上，都反映了天津工農兵創作的新水平。」「目前，天津市的工農兵業餘詩歌創作隊伍已有六百多人，其中不少人是文化大革命以來才開始寫詩的。這些工農兵業餘作者在三大革命運動中有著豐富的實踐經驗，他們在各級黨委的領導下，認真看書學習，一邊堅持參加生產勞動，一邊滿腔熱情地從事創作，給天津市的詩歌創作帶來了新的生氣。他們的創作水平不斷提高。去年以來，天津市人民出版社先後舉辦了四期業餘作者學習班，組織他們學習無產階級專政理論，學習毛主席關於文藝創作的論述，批判修正主義文藝路線，交流創作經驗和體會，進一步提高了業餘作者的理論水平和寫作水平。」「無產階級文化大革命以來，上海許多工廠、人民公社、農場、部隊、商店、學校，緊密配合現實鬥爭，舉行賽詩會，印發詩傳單，編詩集，出詩刊，出現了群眾寫詩群眾唱的生動局面。專業詩歌作者也紛紛深入三大革命運動第一線，努力創作歌頌工農兵英雄形象，反映社會主義革命和社會主義建設的作品。上海多次舉行了『歌唱文化大革命新生事物』、『深入學習無產階級專政理論』、『歌頌教育革命』等專題賽詩會，並且把不少詩作譜成曲子，舉辦詩歌演唱會演唱。在群眾性詩歌創作活動蓬勃開展的基礎上，幾年來，上海的報刊和出版社發表和出版了不少工農兵群眾和專業詩歌作者的作品。僅上海人民出版社就先後出版了十五種詩集。最近《朝霞》文藝月刊出版的一期詩歌專輯，就刊載了七十多位詩歌作者的作品。他們當中，有長期從事詩歌創作的，也有新近拿起這一武器的。他們的作品形式多樣，有抒情詩、敘事詩、散文詩，也有民歌、兒歌、歌詞，以及一些舊體詩。」「上海的業餘和專業詩歌作者十分重視詩歌的戰鬥作用，努力用自己的詩歌創作來為無產階級政治服務。他們熱情地歌頌毛主席，歌頌共產黨，歌頌無產階級文化大革命，歌頌社會主義新生事物，使詩歌成為廣大人民在無產階級專政下繼續革命的號角。一九七五年出版的《上海新民歌選》，收集了無產階級文化大革命和批林批孔運動中湧現的民歌一百多首。這些民歌熱情地歌頌了毛主席和共產黨，表達了工農兵群眾誓把無產階級革命進行到底的決心。上山下鄉知識青年和插隊的青年教師創作的詩歌合集《大

汗歌》，熱情地歌頌知識青年上山下鄉運動，也紀錄了他們在廣闊天地裏經風雨、見世面，茁壯成長的戰鬥歷程。一年多前出版的敘事詩集《雛鷹》，努力塑造青年工人和青年幹部的英雄形象，有力地批駁了那種『一代不如一代』的謬論。上海師範大學、復旦大學的師生，在深入批判教育界種種奇談怪論的鬥爭中，也以詩歌作武器，歌頌教育革命的勝利成果，批判修正主義教育路線，對教育界的右傾翻案風作了有力的回擊。」

20日　《福建文藝》1976年第1期刊出貽模《我們的隊伍向太陽》、劉永樂《第一線上的草棚》和劉登翰、孫紹振《爐前曲》等詩及黃後樓《詩歌民族化、大眾化的關鍵》、丁華《詩要順口》等文。黃後樓說：「近日，和一些寫詩的朋友交談詩歌民族化、大眾化問題，大家都認為詩歌創作確是應該努力做到『順口、有韻、易記、能唱』。怎樣才能做到這一點呢？有些同志認為只要在創作過程中按照這個要求一字一句地認真推敲就行了。我覺得，這樣做是必要的；但是還沒有抓住問題的關鍵。」「關鍵在哪裡呢？早在三十多年前，毛主席就明確指出：『許多同志愛說「大眾化」，但是什麼叫做大眾化呢？就是我們的文藝工作者的思想感情和工農兵大眾的思想感情打成一片。』離開了作者在思想感情上和工農兵大眾打成一片，關於詩歌形式問題就找不到正確的答案。」

20日　《人民文學》1976年第1期刊出滿銳等《石油浪滾戰旗紅——大慶詩選》、《征途萬里不歇肩——大寨、昔陽民歌選》和李瑛《迎春歌》、黃聲笑（黃聲孝）《唱了今天唱未來》等詩。

20日　《陝西文藝》1976年第1期刊出《心中要有工農兵——本刊一九七五年十二月邀請部分詩歌作者筆談詩歌創作問題》，刊有張郁《努力把詩歌寫得為群眾喜聞樂見》，谷溪、小蕾《向革命民歌學習》，黨永庵、張宣強《詩貴能唱》，寶成儀表廠震學《心中要有工農兵》等文。

22日　《人民日報》刊出解放軍某部史鐘的評介《〈北疆紅似火〉》。

25日　石家莊市舉行工農兵迎春詩會。《河北文藝》1976年第3期消息：「為了推動群眾性詩歌創作活動的廣泛開展，充分發揮革命詩歌的戰鬥作用，石家莊市文藝創作辦公室乘毛主席發表光輝詩篇詞二首的浩蕩東風，於一月二十五日舉行了工農兵迎春詩會。參加詩會的有來自工廠、農村、部隊的工農兵業餘詩歌作者近二百人。」「參加迎春詩會的廣大工農兵業餘詩歌作者，滿懷革命激情，首先吟誦了新發表的毛主席光輝詩篇《水調歌頭·重上

井岡山》和《念奴嬌・鳥兒問答》，接著，大家朗誦了新近創作的各類詩歌三十二首。這些詩歌熱情歌頌了偉大領袖毛主席，歌頌了無產階級文化大革命，歌頌了各條戰線『到處鶯歌燕舞』的大好形勢和層出不窮的新生事物，批判了資產階級和修正主義，回擊了教育戰線那些右傾翻案的奇談怪論。」

25 日　《人民日報》刊出北京大學中文系七二級創作班工農兵學員集體創作的長詩《理想之歌》。編者按：「《理想之歌》是北京大學中文系部分工農兵學員一九七四年集體創作的政治抒情詩。它反映了廣大知識青年在上山下鄉和教育革命中鍛鍊成長的精神風貌。在當前教育戰線大辯論中，清華、北大等院校的同志一再朗誦、閱讀這首朝氣蓬勃、激情洋溢的詩。這說明，它符合鞏固和發展無產階級文化大革命和教育革命勝利成果這一鬥爭的需要。本報刊登這首詩，以供更多的同志閱讀，並用以回擊教育界右傾翻案風，批駁那種攻擊工農兵學員『質量低』之類的奇談怪論。」

25 日　《黑龍江文藝》1976 年第 1 期刊出滿銳《大慶的路》、宋歌《鐵姑娘》等詩和王貴、宋立人的文章《「咱們管地、管天」——從長勝大隊賽詩會想到的》。

25 日　《雲南文藝》1976 年第 1 期刊出李鑒堯《讀毛主席新詞》、曉雪《紅霞萬朵》、李霽宇《深山小學》、張永權《大寨花開邊疆紅》等詩。

26 日　《光明日報》轉載北京大學中文系七二級創作班工農兵學員集體創作的長詩《理想之歌》。

27 日　《解放日報》轉載北京大學中文系七二級創作班工農兵學員集體創作的長詩《理想之歌》。

27 日　《文匯報》轉載北京大學中文系七二級創作班工農兵學員集體創作的長詩《理想之歌》。

31 日　馮雪峰逝世。

1 月　郭路生（食指）作詩《我不相信這樣的訊息》。此詩收《食指的詩》，人民文學出版社 2000 年 12 月出版。

1 月　牛漢作詩《在哀樂聲中誕生》。收詩集《溫泉》，上海文藝出版社 1984 年 5 月出版。

1 月　《安徽文藝》1976 年 1 月號刊出桂興華《大寨梨》、上山下鄉知識青年蔣維揚《風雪歌》、姚煥吉《油田組歌》等詩和黃季耕的文章《充分發揮詩歌的戰鬥作用——學習魯迅詩論札記》。

1 月　《廣東文藝》1976 年第 1 期刊出譚日超《文藝輕騎進山來》、關振

東《英雄的隊列》、蔡宗周《碧海紅燈》等詩和向明的文章《讓戰鬥的號角更嘹亮》。

1月　《廣西文藝》1976年第1期刊出《戰天鬥地歌滿山——都安瑤族自治縣農業學大寨民歌選》和農冠品《換來瑤山勝江南》、柯熾《雄心征服千條水》等詩。

1月　《河南文藝》1976年第1期刊出詩輯《社會主義新生事物贊》和賀文的文章《爲社會主義新生事物鳴鑼開道》及安國梁的文章《壯志敢教山河移——讀長詩〈鬥天圖〉》。

1月　《湖北文藝》1976年第1期刊出工農兵學員查代文《社會主義大學抒懷》、管用和《大幹歌》、知識青年王慶餘《緊緊追上虎頭山》等詩和工農兵學員趙國泰、周傳普的文章《老歌手唱出新歌聲——喜讀山歌〈高山寨上老貧農〉》。

1月　《吉林文藝》1976年1月號刊出韓躍旗等《滾滾春潮》和解放軍某部單潤民《在百里建渠工地上》、李占學《出陣圖》等詩。

1月　《江西文藝》1976年第1期刊出「詩專號」，以《井岡山頌》爲總題刊出呂雲松《登山路》、陳良運《井岡山上聞炮聲》等詩，以《社會主義新生事物贊》爲總題刊出王不天《書記講課》、郭思儀《掌鞭人》等詩，以《讓戰鬥的號角更加嘹亮——詩歌創作筆談》爲總題刊出劉國偉、朱昌勤《以詩歌爲武器，捍衛文化大革命勝利成果》和楊學貴《學習無產階級專政理論，搞好詩歌創作》、解放軍鍾長鳴《吹響向資產階級進攻的號角》等文。

1月　《遼寧文藝》1976年第1期《千軍萬馬學大寨》欄刊出解放軍空軍某部李克白《戰地硝煙》、葉曉山《磨禿的鐝頭》、工人張寶申《車間春潮》等詩。

1月　《內蒙古文藝》1976年第1期刊出張廓《踏場歸來》、黃東成《沙漠之春》、工人黃河《剝掉宋江的鬼畫皮》、魯非《工人師傅批〈水滸〉》等詩。

1月　《四川文藝》1976年第1期刊出詩輯《普及大寨縣讚歌》和工人徐國志《喜報》、工人鄢家發《霧雨山下鑽井隊》、張新泉《炸灘》等詩和楊樺的文章《號角聲聲戰鼓急——讀〈大辦農業詩輯〉》。

1月　《武漢文藝》1976年第1期《戰鼓咚咚學大寨》欄刊出工農兵學員董宏猷《站在平原望高山》、劉不朽《女拖拉機手》、解放軍謝克強《大寨種》等詩。

1月　《浙江文藝》1976年第1期刊出《歌頌文化大革命、歌頌社會主

新生事物詩傳單》，刊有張新《工廠新歌》、龍彼德《女牧工之歌》、李追深《五‧七幹校一戰士》等詩。

1 月　牛明通的詩集《在紅旗下歌唱》由山東人民出版社出版。

1 月　鄭明東的長詩《接班人抒懷》由湖北人民出版社出版。

1 月　大慶油田文化館編的《大慶凱歌——大慶工人詩選》由黑龍江人民出版社出版。

1 月　新疆軍區生產建設兵團政治部宣傳部編的詩集《軍墾讚歌》由新疆人民出版社出版。

1 月　北京市上山下鄉知識青年函授辦公室印發長詩《理想之歌》。

1 月　詩集《紅星閃耀》由湖南人民出版社出版。收有文哲安《韶河，嘹亮的銀笛》、喻曉《井岡路》、莫少雲《地雷鄉》、峭岩《毛主席健步走南北》等詩。

1 月　山東省革命委員會文化局創作組編的《激浪滾滾——工農兵短詩選》由山東人民出版社出版。收紀宇《毛主席指路萬代走》、工人郭廓《鋼城汽笛》、陳顯榮《開山炮》、欒紀曾《新炮手海燕》等詩 160 餘首。該書《內容提要》說：「本集選編了工農兵作者短詩一百六十六首。有歌頌偉大的黨和偉大領袖毛主席的，有學理論批林批孔、評《水滸》的，有讚揚工業學大慶、農業學大寨的，還有備戰練兵保衛祖國等方面的。它充滿著強烈的時代氣息、濃厚的生活氣息和火熱的階級感情。它朗朗上口，樸實感人。它以鏗鏘的節奏、高亢的音調，描繪了社會主義革命和建設的波瀾壯闊的景象，讀起來確有激浪滾滾之感。」

1 月　遼寧人民出版社編的《陽光普照——防震抗災詩選》由該出版社出版。作品分為《黨的光輝暖人心》、《階級兄弟心連心》等 6 輯，收有隋秀華《毛主席恩情重如山》、空軍某部李克白《把黨的關懷送給災區人民——一個飛行員日記》、民兵張明傑《坐在壩上學馬列》等詩。

1 月　湖南省湘江文藝編輯部、湖南省工農兵文藝編輯部編印的詩論集《詩歌學習》印行。收袁水拍《鼓舞我們戰鬥的宏偉詩篇——學習毛主席詞二首》、江天《順口、有韻、易記、能唱》、成志偉《為無產階級文化大革命放聲歌唱》、葉淩良《詩與歌》等文 33 篇。

1 月　《試看天地翻覆——學習毛主席詞二首》由人民文學出版社出版。收毛澤東《水調歌頭‧重上井岡山》、《念奴嬌‧鳥兒問答》詞 2 首和《世上

無難事　只要肯登攀——〈人民日報〉、〈紅旗〉雜誌、〈解放軍報〉一九七六年元旦社論》、袁水拍《鼓舞我們戰鬥的宏偉詩篇——學習毛主席詞二首》、臧克家《井岡山高望世界——學習毛主席詞二首的一點體會》等文 17 篇。

　　1 月　　紅小兵報社編印的通訊員學習資料《談詩歌創作》印行。收毛澤東《關於詩的一封信》、江天《順口、有韻、易記、能唱——重讀魯迅有關詩歌的一封信》、任犢《來自南海前線的戰歌——讀張永枚同志的詩報告〈西沙之戰〉》、李學鰲《喜讀〈小靳莊詩歌選〉——在一個詩歌座談會上的發言》等文並選登張永枚《西沙之戰》等詩，後附《詩詞基礎知識》、《音韻的一般知識》等。

1976 年 2 月

　　1 日　　《人民日報》刊出張力生的詩《擁軍船》。

　　1 日　　《文匯報》刊出劉火子《新春放歌》、劉國屏《青春閃光——贊一個回山村的工農兵大學生》等詩。

　　1 日　　《解放軍文藝》1976 年 2 月號刊出霍清安《幹校夜讀》、宮璽《長空鐵拳》、何香久《電影船》、崔汝先《出征》、苗得雨《葡萄山電灌圖》等詩和李瑛的長詩《從瀾滄江畔寄北京》。

　　2 日　　中共中央發出 1 號文件：根據毛澤東提議，並經中共中央政治局通過，任命華國鋒爲國務院代總理並主持中央日常工作。

　　3 日　　《解放日報》刊出該報通訊員、記者的報導《千歌萬曲報春來——上海工交系統賽詩會側記》。

　　4 日　　《解放日報》刊出《激浪滔滔報春來——迎春賽詩會詩選》，刊有上棉十九廠李根寶《一江春潮追巨輪》、上海照相機五廠張志誠《化作鋼潮迎春來》等詩。

　　4 日　　《文匯報》刊出該報通訊員的報導《鶯歌燕舞報新春——上海市機電一局工人詩歌創作活動散記》。

　　6 日　　《人民日報》以《學大寨戰歌》爲總題刊出海軍某部柳朗《大寨的種子撒滿西沙》、苗族石太瑞《書記的房》等詩。

　　10 日　　《人民日報》刊出大連紅旗造船廠工人楊庭順《校門口的搏鬥》、山東青島拖拉機廠劉輝考《新的進軍》等詩。

　　10 日　　《天津文藝》1976 年第 2 期刊出《教育革命詩抄》和柴德森《大路

朝陽進幹校》、劉章《走訪深山李家鋪》、王榕樹《草鞋贊》等詩和馮景元的
文章《鋼與詩──學詩隨記》。

15 日　《河北文藝》1976 年第 2 期刊出社員劉章《踏遍青山步新圖》、申
身《看閨女》、韋野《火熱的船臺》、雷抒雁《哨所春早》等詩和興隆社員劉
章《詩中要有風雷聲──學習毛主席詞二首》、王黎《詩歌應是革命的戰鼓》
等文。

17 日　《內蒙古日報》刊出興和縣報導組的報導《文化革命結碩果　興和
處處新歌多──記興和縣的一次賽詩會》。報導說：「就在這個賽詩會上，人
們共寫下了一千多首好詩，近一千人登臺朗誦。革命的詩歌，吹響了偉大的
時代號角，發揮了鼓舞人心的戰鬥作用。」

17 日　《青海日報》刊出青海造紙廠通訊組蔣兆鍾的報導《戰歌聲聲抒豪
情──青海造紙廠一次生動活潑的賽詩會側記》。

20 日　《貴州文藝》1976 年第 1 期以《洪流滾滾》為總題刊出枕木《輝煌
的歲月──一位紅衛兵戰士的歌》、胡康《紅衛兵照片》、汛河《贊無產階級
文化大革命》等詩。

20 日　《朝霞》1976 年第 2 期刊出馬開元《高舉先烈的旗幟，前進！──
寫在人民英雄紀念碑前》、復旦大學中文系工農兵學員杜連義《春光賦》等詩。

22 日　《解放日報》刊出陸建華的文章《以階級鬥爭為綱指導詩歌創作
──詩歌漫談之十》。文章說：「經過無產階級文化大革命和批林批孔運動，
特別是學習無產階級專政理論以來，農業學大寨已經成為農村中最廣泛、
最深刻的革命群眾運動。作為文學的各個品種中最敏銳和最具有強烈鼓動
性的詩歌，這幾年，以農業學大寨為題材的逐漸多起來了，也出現了不少
好作品。這是非常值得歡迎的事情。但是，就目前農業學大寨題材的詩歌看
來，不僅數量上遠遠沒有滿足廣大工農兵讀者的要求，就是在內容上也還有
不足之處：一是少數詩歌無論從意境、格調、情趣上來說，頗近似過去的『田
園詩』。在這些詩中，缺乏火熱的農業學大寨的戰鬥氣氛，呈現在人們眼前的
是什麼柳煙、桃林、穀堆、碧波、輕風、明月……雖然寫了些豐收景象、幸
福生活，但社會主義的農村卻被描繪成超塵脫俗、沒有階級鬥爭的『世外桃
源』。這類詩歌雖然為數甚少，但值得我們警惕。二是不少農業學大寨題材的
詩歌，詩的構思、感情等是好的，但內容大都集中在戰天鬥地、幹部帶頭大
幹苦幹等方面。在這些詩中，常見到的是鬥山鬥水鬥害蟲，堿灘窪地繪新圖；

或是，老支書一馬當先，新幹部奮發向前，等等。因為詩的反映面狹窄，勢必帶來詩的立意相似，構思雷同，甚至連詩句也有重複的。上述兩方面問題的原因雖然是多種多樣的，但是，一個重要的原因，是這些詩歌的作者對大寨的根本經驗認識不足。」

25 日　《黑龍江文藝》1976 年第 2 期刊出紀嘉聖《樣板戲激勵著我們向前》、謝文利《爭光》、王野《送行曲》等詩。

25 日　《雲南文藝》1976 年第 2 期刊出「詩歌專號」，刊有岩峰《依丹上大學》、陳官煊《春花爛漫》、解放軍某部高洪波《殺敵手》、曉雪《新起點》等詩和謝冕《時代需要號角》等文。《編後》說：「在毛主席壯麗詞章的鼓舞下，在我省軍民歡呼、學習毛主席詩詞的熱潮中，我們組織編輯了這期詩歌專號，介紹了我省二十多個民族的革命新民歌；登載了我省各族工農兵、老中青、業餘和專業詩歌作者以及省外作者的部分新作。其中絕大多數的作者是無產階級文化大革命以來湧現出的業餘創作新生力量。這些作品從不同的角度，以多種的形式和風格熱情歌頌偉大領袖毛主席和中國共產黨，熱情歌頌無產階級文化大革命，歌頌社會主義的新生事物，歌頌社會主義革命和建設的大好革命形勢，有力地回擊了右傾翻案風。」

29 日　《解放日報》刊出詩輯《口誅筆伐走資派》和劉希濤《激流之歌——寫在痛擊右傾翻案風的戰鬥中》等詩。

29 日　《人民日報》刊出《朝陽花迎風鬥雪開——朝陽農學院詩選》。

29 日　《文匯報》刊出《回擊右傾翻案風　戰鬥號角衝雲霄——上海市少年兒童賽詩會詩選》。

2 月　《安徽文藝》1976 年 2 月號刊出桂興華《工農兵學員之歌》、閻志民《來自火熱的第一線》等詩。

2 月　《廣東文藝》1976 年第 2 期刊出黃英晃《機耕路》、馮麟煌《寶島處處鬥天歌》、殷勤《塹壕短歌》等詩。

2 月　《吉林文藝》1976 年 2 月號刊出李瑛《站起來的人民》、張廓《閃光的日子》、吳辛《進軍的隊伍》、張滿隆《大寨精神譜新歌》等詩和扶餘油田女子鑽井隊李多娜、姜英，吉林師範大學陳日朋的文章《鑽塔高聳　青春火紅——評〈鑽塔上的青春〉》及武培眞《新的一代新的歌——讀〈工農兵學員之歌〉有感》、王德恒《知識青年成長的頌歌》等文。

2 月　《江蘇文藝》1976 年第 2 期刊出徐榮街《長征精神頌》、馬緒英《新苗頌》、閻志民《波瀾壯闊的進軍》等詩和王長俊《略論詩味》等文。

2月　《遼寧文藝》1976 年第 2 期《社會主義新生事物贊》欄刊出張玉平
《遙寄朝陽農學院》、王荊岩《樣板戲，我盡情爲你歡呼》、西豐社員李維祿
《進校老貧農》等詩。

2月　《青海文藝》1976 年第 1 期刊出杜宗榮《韶山松苗》、戰士劉立波
《紅色家信欄》、王澤群《老工人合唱團》等詩和《戰歌催春——大通縣後子
河公社賽詩會特輯》。該刊 1976 年第 4 期刊出巨邦佐的文章《一行行詩句紅
似火——讀詩歌特輯〈戰歌催春〉》。文章說：「讀《戰歌催春》中的詩，不僅
思想內容具有一定的深度，而且藝術形式也獨具特色。其一，統一的風格和
多樣的詩體相結合。就其形式而論，有歌謠體、自由體、新格律體、『花兒』
體，而這些多種詩體都統一在粗獷、剛健、清新的風格裏。一讀便知，這是
勞動人民的佳作，任何沒落階級的文人們的無病呻吟、淺吟低唱是無法比擬
的。其二，直抒胸臆，不尚雕飾。語言精鍊、明快、鏗鏘。其三、格調高昂、
樂觀。詩作的這種特點，是由高原上勞動人民的那種樸實、豪邁的性格，愛
憎分明的階級立場決定的。魯迅說：『詩須有形式，要易記，易懂，易唱，動
聽，但格式不要太嚴。要有韻，但不必依舊詩韻，只要順口就好。』重溫魯
迅對詩歌的中肯論述，再讀《戰歌催春》，作爲治河造田工地賽詩會上的即興
之作，我以爲這些社員群眾的詩作具備魯迅對詩歌的要求。」

2月　《四川文藝》1976 年第 2 期刊出彭斯遠《工宣隊員的記事簿》、童
嘉通《新生事物贊》、鄔家發《帳篷車間》等詩。

2月　《湘江文藝》1976 年第 1 期刊出劉勇《毛主席領路我登攀》、湖南
師院解放軍學員畢長龍《新的一代》、隆回縣農民胡光曙《好青年》等詩和《在
毛澤東思想哺育下茁壯成長——株洲市青年賽詩會作品選》。

2月　遼寧人民出版社編的詩集《石油之歌》由該出版社出版。

2月　樊楊明等著的詩集《專政大旗高高舉》由安徽人民出版社出版。

2月　韓作榮的詩集《萬山軍號鳴》由黑龍江人民出版社出版。作品分
爲《從邊疆到北京》、《大山的主人》等 3 輯，收《天安門前留影》、《火熱的
工棚》、《山間小路》、《深山潛伏》等詩 45 首，有作者《後記》。該書《內容
介紹》說：「作者是一位解放軍戰士。」「這是作者從幾年來詩作中選編的第
一部抒情短詩集，包括各種題材的詩作 45 首。其中有獻給偉大領袖毛主席和
中國共產黨的頌歌，有表現部隊幹部戰士刻苦攻讀馬列，爲鞏固無產階級專
政抓緊軍事訓練，抓緊戰備施工，以及反映軍民魚水關係等的詩篇。大部分

作品，曾在報刊上發表過；收入本集時，又有所修改。作品風格明快、剛健，構思刻意求新，洋溢著革命戰士繼續革命、勇往直前的如火激情。」作者《後記》說：「這些習作，大都是利用施工間隙、學習訓練之餘，在工地、帳篷和木板房裏，伏在腿上和鋪上寫就的。在翻閱這些詩稿的時候，我面前浮現出工程兵火熱戰鬥生活的壯闊畫面，從江南到塞北，從戈壁、海島到雪山、大河，到處都印滿了工程兵的足跡。是毛主席的革命文藝路線指引著我。是工程兵火熱的鬥爭生活觸動了我，使我在握緊槍桿的同時，也握緊筆桿，努力抒發革命戰士的豪情，爲我們的偉大時代歌唱。」

　　　　韓作榮，1947 年 12 月 16 日生於黑龍江海倫。1969 年參加中國人民解放軍，曾任師政治部幹事。1978 年轉業，到《詩刊》社任編輯。1981 年調入《人民文學》雜誌社，任該刊副主編、主編。出版的詩集還有《北方抒情詩》（1985）、《靜靜的白樺林》（1985）、《裸體》（1988）、《雪季·夢與情歌》（1990）、《瞬間的野菊》（1991）、《韓作榮自選詩》（1995）等。2013 年 11 月 12 日在北京病逝。

　　2 月　瞿琮的詩集《紅纓似火》由廣東人民出版社出版，爲南方詩叢之一。作品分爲《革命故鄉》、《海防前哨》等 3 輯，收《頌歌獻給毛主席》、《北京，在戰士心中》、《高粱紅了的時候》等詩 83 首。

　　2 月　中共松花江地委宣傳部編的《廣積糧戰歌——松花江地區農村新民歌選》由黑龍江人民出版社出版社。作品分爲《頌歌獻給毛主席》、《革命理論指航程》等 4 輯，收木蘭縣木蘭鎮公社聯豐大隊知識青年張喜山《頌歌向著北京唱》、尚志縣尚志鎮公社中興大隊民兵連長朱永清《貧下中農學理論》、呼蘭縣西沈公社西沈大隊社員張立軍《「大老粗」如今拿起筆》等民歌 74 首。

　　2 月　《火紅的年華》編輯組編的《火紅的年華——知識青年詩歌選》由吉林人民出版社出版。收有郭殿文《毛主席揮手我前進》、程剛《黨啊，我們向您宣誓》、王小妮《在列車上》、劉曉波《集體戶來了新戰友》等詩，有編者《後記》。《後記》說：「收集在《火紅的年華》的作品，絕大部分是我省上山下鄉知識青年創作的，他們有些人還是初次學習文藝創作。這些具有鮮明時代特徵，充滿革命激情和濃厚生活氣息的詩歌，又一次給了林彪孔老二鼓吹的『上智下愚』、『天才論』以有力的批判！」當時的評介說：「一輪火紅的朝陽照亮了廣闊的天地，大地上一片勃勃生機……。這是一本知識青年創作的詩歌集《火紅的年華》（吉林人民出版社出版）的封面。這個封面形象地概

括了這本書的意義：在毛主席革命路線的陽光照耀下，在無產階級文化大革命的滾滾洪流中，千千萬萬上山下鄉知識青年在與工農相結合的道路上茁壯成長，取得非常可喜的豐收。這本書就是這豐收麥海裏的一束麥穗。它對鄧小平妄圖否定文化大革命的罪行，是一個有力的回擊。」（路佳宜《〈火紅的年華〉》，1976 年 6 月 1 日《人民日報》）

2 月　中國人民解放軍北京軍區空軍政治部宣傳部編的詩集《凌雲曲》由天津人民出版社出版。收魯野《幸福的回憶》、陳詠慷《戰友》、周鶴《紅旗渠從我心上流過》、靳文華《我愛看銀鷹起飛》等詩 56 首，有編者《後記》。《後記》說：「在偉大的批林批孔運動推動下，在學習無產階級專政理論的熱潮中，我區廣大幹部、戰士，掀起了詩歌創作的熱潮。以滿懷激情，歌頌偉大領袖毛主席，歌頌黨，歌頌祖國，反映了我區部隊加強戰備，準備打仗的沸騰生活。」「這裡所收入的作品，是從我區廣大幹部、戰士創作的大量詩歌中選出的，作者大都是基層幹部和戰士。」

2 月　詩集《南海的濤聲》由廣東人民出版社出版，收章明《當毛主席出現在主席臺的時候》、瞿琮《南海的濤聲》、向明《珍珠曲》等詩 75 首。該書《內容提要》說：「這本詩集，是我省近兩三年來以工農兵業餘作者為主的詩歌新作選集。它們歌頌了偉大領袖毛主席和偉大的中國共產黨，歌頌了毛主席的革命路線，歌頌了無產階級文化大革命和社會主義新生事物；描寫了工業學大慶、農業學大寨和解放軍練兵備戰的火熱的戰鬥生活，揭示了工農兵英雄人物崇高的精神境界，抒寫了無產階級的豪情壯志。它們是無產階級專政下繼續革命的戰鼓，是歌唱社會主義新人新事的頌歌。」

2 月　延安大學中文系編的詩集《延安頌》由陝西人民出版社出版。收有田間《太陽城》、李季《一張桌子的經歷》、解放軍某部廖代謙《老紅軍的禮物》等詩，有《編後記》。尹在勤講：「在批鄧、反擊右傾翻案風的偉大鬥爭中，由延安大學中文系編選的《延安頌》（陝西人民出版社出版）和讀者見面了。詩集中的許多詩篇以飽滿的革命激情，抒寫了毛主席在延安領導我們的黨發展壯大，領導我們的革命事業從勝利走向勝利的光輝史實。」「我們的黨，我們的人民，我們的革命，在偉大領袖毛主席的領導下，就是這樣靠著馬列主義、毛澤東思想，勝利地走過來了！詩集《延安頌》的感人之處，正在於形象而深刻地抒寫了這種精神，淳樸而真切地謳歌了這種精神。這是一種什麼樣的巨大精神力量呵——讓我們驕傲地回答吧：是延安精神！」（《延安精神傳萬代——讀詩集〈延安頌〉》，1976 年 8 月 21 日《光明日報》）

1976 年 3 月

1 日　《紅旗》雜誌 1976 年第 3 期發表初瀾的文章《堅持文藝革命，反擊右傾翻案風》。

1 日　《解放軍文藝》1976 年 3 月號刊出《上到筆桿上的刺刀──回擊右傾翻案風詩傳單》和清華大學工農兵學員李芬榮《抓綱更緊，步伐更齊》、彭齡《跳平臺》、田永昌《風裏浪裏永向前》等詩及聞哨的文章《讀詩隨筆──兼評〈解放軍文藝〉一九七五年部分新詩》。

3 日　中共中央發出《關於學習〈毛主席重要指示〉的通知》，轉發了毛澤東關於「批鄧、反擊右傾翻案風」的多次講話。

6 日　《人民日報》發表北京大學、清華大學大批判組的文章《否定文藝革命是為了復辟資本主義》。

6 日　《武漢大學學報》1976 年第 2 期刊出劉家林、張金海的文章《峽江戰歌逐浪高──喜讀黃聲笑同志的詩集〈挑山擔海跟黨走〉》。

7 日　《解放日報》刊出《歌頌社會主義新生事物　痛擊右傾翻案風──上海婦女賽詩會詩選》。

7 日　《人民日報》刊出《小靳莊婦女反擊右傾翻案風戰歌》，刊有黨支部副書記周克周《紅旗高舉風雷吼》、一隊婦女隊長于芳《媽媽學唱樣板戲》等詩。

7 日　《文匯報》刊出《紡織女工上陣來揮筆痛斥走資派──三八婦女節賽詩會詩選》、《貧下中農登詩臺　重炮猛轟走資派──金山縣紀念三八婦女節詩選》。

10 日　《人民日報》發表社論《翻案不得人心》。

10 日　《詩刊》1976 年 2～3 月號刊出紀宇《風雷之歌──獻給無產階級文化大革命》、賀東久《評〈水滸〉，看路線》、王作山等《小靳莊詩抄》、李學鰲《太行訪友記》等詩和聞哨《新詩創作要向革命樣板戲學習》等文。聞哨說：「塑造無產階級的英雄典型，這是社會主義文藝的根本任務。我們的新詩創作，應該像革命樣板戲那樣，滿腔熱情、千方百計地塑造無產階級的英雄典型，抒發無產階級英雄的壯志豪情。敘事詩創作完全可以根據自己的特點，學習革命樣板戲源於生活、高於生活的經驗；學習它在所有人物中突出正面人物，在正面人物中突出英雄人物，在英雄人物中突出主要英雄人物，同時也寫好各個起陪襯作用方面的經驗；學習它在階級鬥爭、路線鬥爭的風

口浪尖上塑造英雄形象的經驗；學習它充分揭示英雄人物崇高的內心世界的經驗，等等。即使是那種不去具體地描繪人物的行動，不可能完整地鋪排故事情節的抒情詩，也應該用革命樣板戲創作經驗的精神來指導其創作，運用本身特有的抒情手段，突出地表現無產階級英雄人物的豪情壯志，展示英雄人物內心世界的共產主義光輝。革命樣板戲所塑造的楊子榮、李玉和等一系列英雄形象，他們的革命激情、革命理想、革命情操，都是詩歌創作抒發無產階級感情的光輝典範。」

10 日　《北京文藝》1976 年第 3 期刊出紅衛兵楊贊東《方向路線不許扭》、社員漢章《不許翻案搞倒算》、工人耿志勇《毛主席送我上大學》、知識青年郭小聰《我們的家》等詩。

10 日　《天津文藝》1976 年第 3 期刊出《貧下中農不信邪——小靳莊大隊社員反擊右傾翻案風詩歌選》，刊有黨支部書記王作山《激情化作無窮力》、老貧農魏文中《貧下中農不信邪》等詩。

13 日　　北京大學中文系新聞專業舉行「詩批判會」。《詩刊》1976 年 4 月號消息：「三月十三日，北大中文系新聞專業七三級工農兵學員、革命教師和工人師傅，舉行了『詩批判會』。他們以政治抒情詩、小敘事詩、政治諷刺詩等形式，憤怒批判黨內那個不肯改悔的走資派，痛擊教育界的奇談怪論，熱情歌頌社會主義新生事物和教育革命的成果。火一樣的詩句，洋溢著戰鬥的激情。這種批判會，形式生動，戰鬥性強。」

14 日　《人民日報》刊出《毛主席指出金光道——上海機床廠七・二一工人大學詩選》，刊有廠黨委書記張梅華《誰想翻案辦不到》、工人技術員馬金榮《毛主席叫我上講臺》等詩。

15 日　《安徽勞動大學學報》1976 年第 1 期刊出中文系齊杉、齊武的文章《〈理想之歌〉贊》。

15 日　《汾水》1976 年第 2 期以《堅決回擊右傾翻案風》爲總題刊出鈕宇大《新的戰鬥》、張承信《大辯論讚歌》、梁志宏《金鐘長鳴》等詩；以《工農兵賽詩會——新生事物贊》爲總題刊出工人徐若琦《迎新曲——記一位年輕書記》、工人石秀英《師徒並肩上大學》等詩。是期消息：「在反擊右傾翻案風的鬥爭深入發展的大好形勢下，省文藝工作室於最近召開省城部分工農兵詩歌作者及專業文藝工作者會議，暢談文藝革命的大好形勢，批判黨內那個不肯改悔的走資派拋出的『三項指示爲綱』的修正主義綱領，批判攻擊革命樣板戲的種種奇談怪論，堅決回擊右傾翻案風。」

　　15 日　《河北文藝》1976 年第 3 期刊出詩輯《女作者詩頁》、《反擊右傾翻案風》、《開灤歌謠》和吳士餘《鋼水稻花譜新歌——談新民歌中革命現實主義和革命浪漫主義相結合的運用》及石家莊水泵廠工人評論組、河北師大中文系一九七四級工農兵學員《短詩也能塑造人物形象——讀〈清道工的女兒〉》等文。

　　20 日　《人民日報》刊出韓望愈《一代新人的讚歌——評敘事詩〈蘭珍子〉》、舒浩晴《詩歌是戰鬥的——學習魯迅對詩歌創作的論述》等文。

　　20 日　《福建文藝》1976 年第 2 期刊出《驚雷滾滾戰旗揚——回擊右傾翻案風新民歌、牆頭詩選輯》和宋新《開門辦學好》、徐如麒《海島「半邊天」》、陳志銘《女子電工班》等詩及孫紹振的文章《群眾詩歌創作的可喜收穫——讀〈紅日照霞山〉》。

　　20 日　《人民文學》1976 年第 2 期刊出紀戈的文章《詩歌來自鬥爭，鬥爭需要詩歌》和北京大學中文系七三級創作班工農兵學員集體創作《展翅篇》、嚴陣《擂響反修的戰鼓》等詩。紀戈說：「刮右傾翻案風的人說，文化大革命以來這也不好，那也不行了，總之是『今不如昔』。事實給了他們有力的回答。拿詩歌創作來說，現在我們的詩歌不僅數量多，而且質量也越來越高。無產階級文化大革命和批林批孔運動，以空前的廣度和深度激發了我國人民的革命精神。英雄的人民在這場轟轟烈烈的大搏鬥中創造了豐功偉績，新人、新思想、新生事物層出不窮，給了詩歌創作以極大的推動。廣大工農兵群眾紛紛拿起詩歌這個武器投入戰鬥。在地頭、營房、車間的賽詩會、批判會上，在廣播喇叭裏，在黑板報、牆報、油印小報上的詩歌，何止成千累萬！據統計，自一九七二年以來，不到四年的時間裏，全國各地出版的詩集、民歌和兒歌的集子，就有近三百九十種，比文化大革命前每年平均增加一倍多。」

　　20 日　《朝霞》1976 年第 3 期刊出詩輯《新生事物在鬥爭中成長》，刊有宮璽《叱吒風雲》、陳祖言《剪綵的年輕人》等詩。

　　21 日　《解放日報》刊出吳歡章的文章《政治抒情詩的形式——詩歌漫談之十一》。

　　21 日　《人民日報》刊出田間的詩《送鐵牛出征——並記》。記云：「河北撫寧縣的同志，遵照毛主席的教導，堅持黨的基本路線，同洛陽拖拉機研究所以及昔陽、秦皇島等地兄弟單位的科技人員，學習大寨貧下中農的革命精神，自製十二馬力履帶拖拉機，適用於山區。去年秋，有一天，我曾到縣農

具研究所試『騎』之。又一天，我到縣農機廠再『騎』之。第一次是『第二代』的，第二次是『第三代』即加工改制的。一代比一代好。這正是在毛主席革命路線的指引下，在普及大寨縣運動中的一件新生的事物，是文化大革命的一個豐碩成果。新生事物即使是幼芽，也是不可戰勝的力量。工廠是課堂，課堂是工廠，沿著毛主席的革命路線攀，定把高峰上！因作短詩一首」。

25 日　《黑龍江文藝》1976 年第 3 期刊出孟憲鈞《鐵姑娘——總指揮》、龍彼德《上陣》等詩。

25 日　《雲南文藝》1976 年第 3 期刊出北京大學中文系七二級創作班工農兵學員集體創作的長詩《理想之歌》和《努力反映無產階級文化大革命鬥爭生活徵文選刊》專欄，專欄刊有岳文治的詩《景頗山的喜訊——首次招收工農兵學員紀事》。

25 日　《浙江文藝》1976 年第 2 期以《歌頌新生事物　回擊右傾翻案風》為總題刊出謝魯渤《海上畫展》、賀東久《都說她姓「土」》、黃亞洲《深山裏的家》等詩。

30 日　《鄒平文藝》第 10 期刊出「鄒平縣詩歌創作學習班作品專輯」，刊有《黨吹號角衝上陣——反擊右傾翻案風民歌》等。

3 月　郭路生（食指）作詩《敬酒》。此詩收《食指的詩》，人民文學出版社 2000 年 12 月出版。

3 月　穆旦作詩《智慧之歌》、《理智和感情》。《智慧之歌》初刊《詩刊》1980 年 2 月號，收《穆旦詩選》，人民文學出版社 1986 年 1 月出版；《理智和感情》初刊《詩刊》1987 年 2 月號，收《穆旦詩全集》，中國文學出版社 1996 年 9 月出版。

3 月　《安徽文藝》1976 年 3 月號刊出解放軍某部尙宇《虎頭山的聚會》、工人范震威《輸油管之歌》等詩。

3 月　《廣東文藝》1976 年第 3 期刊出工農兵學員陳俊年《炸平擋道山》、鄭南《我是水鄉的赤腳醫生》、工人劉居上《新的高峰我們攀》等詩和工人李福謙等《評〈水滸〉詩抄》。

3 月　《廣西文藝》1976 年第 2 期刊出《回擊右傾翻案風詩抄》，有藍南妮《發起猛烈的反攻》、楊鶴樓《礦山春苗》等詩。

3 月　《河南文藝》1976 年第 2 期刊出詩輯《光輝的詩篇　戰鬥的道路》、《教育革命洪流滾》和《反修防修的戰鬥詩篇——洛陽東方紅拖拉機廠工人業餘作者學習毛主席詞二首座談紀要》、王懷讓《讓詩歌插上翅膀》等文。

3月　《湖北文藝》1976年第2期刊出劉不朽《公社春》、解放軍某部謝克強《測量日誌》、黃陂縣知識青年喻大翔《描春歌》等詩和武漢大學中文系劉家林的文章《爲普及大寨縣運動擂鼓吹號──讀小詩〈緊緊追上虎頭山〉有感》。

3月　《吉林文藝》1976年3月號刊出《今日歡呼孫大聖　只緣妖霧又重來──工農兵反擊右傾翻案風詩選》和曲有源《撒在校園裏的傳單》、李中申《北京車站》等詩。

3月　《江蘇文藝》1976年第3期刊出《大寨花滿江南春──江陰縣華西大隊農民詩選》和韋兆瑞《寫在改山治水工地》、解放軍某部宮璽《叱吒風雲》和常熟縣練塘公社文藝評論組、閻武的文章《鶯歌燕舞譜新篇──讀〈江蘇農民詩歌選〉》。

3月　《江西文藝》1976年第2期刊出鄒鎮《貧下中農的大學生》、解放軍彭齡《茨坪燈火》、朱谷忠《夜話》等詩。

3月　《遼寧文藝》1976年第3期刊出曉凡《火線紀事──寫在朝陽農學院》、岸岡《風雷滾滾戰旗紅──漫步校園大字報棚》、湯煬《上陣》等詩。

3月　《內蒙古文藝》1976年第2期以《詞如明燈照征途》爲總題刊出工人黃河《進軍號和催征鼓──喜讀毛主席詞二首》、解放軍某部火華《在哨所》等詩；以《新生事物贊》爲總題刊出戰士姜強國《重返哨所守邊防》、工農兵學員王曉平《講臺雷聲》等詩。

3月　《四川文藝》1976年第3期刊出《揮汗化長江──眉山縣群眾創作詩選》和解放軍楊澤明《征途新歌》、張小敏《戰場》、葉延濱《「娘家」的郵包》等詩。

3月　《武漢文藝》1976年第2期刊出《武漢六中教育革命詩選》和鐵道兵李武兵《閃光的答卷》、熊召政《老書記》等詩及李菲《小將的回答──喜讀武漢六中教育革命詩選》、古遠清《反修的戰鬥檄文──學習毛主席的詞〈念奴嬌‧鳥兒問答〉》、黃聲笑（黃聲孝）《努力登攀無產階級文藝高峰》等文。

3月　《新疆文藝》1976年第2期刊出工人濱之《歡迎你，毛主席身邊來的新戰友》、周濤《畢業戰歌》等詩和烏魯木齊市東風鍋爐廠工人評論組的文章《喜看天山奏新曲──讀詩集〈天山進行曲〉》。

3月　雲南省農墾總局編的《邊陲花正紅──雲南農墾知識青年詩歌集》由雲南人民出版社出版。

3 月　　井岡山地區群眾藝術館編的詩集《井岡山的春天》由江西人民出版社出版。

3 月　　內蒙古自治區總工會宣傳部《鐵流滾滾》編輯組編的《鐵流滾滾——工人詩選》由內蒙古人民出版社出版。

3 月　　《新春戰歌——工農兵詩選》由河北人民出版社出版。

3 月　　李學鰲的詩集《列車行》由人民文學出版社出版。收《出發》、《列車南去》、《致長江大橋上的哨兵》、《綠色的南疆》等詩 15 首。該書《內容說明》說：「這是作者新創作的一本組詩，共收入作品十五首。」「作者滿懷革命激情，通過列車之行，歌頌了毛主席革命路線，歌頌了欣欣向榮的社會主義祖國，歌頌了社會主義新生事物。透過列車的窗口，可以看到『千里長廊畫中畫，萬里山河豔陽天』。在車廂裏可以看到：奮戰在各條戰線上的英雄人物，聽到汽笛的高歌和祖國一日千里的足音。」「作品的時代色彩鮮明，感情飽滿，語言流暢，適合於朗誦。」

3 月　　李學鰲的詩集《鄉音集》由北京人民出版社出版。收《鄉音》、《每當我印好一幅新地圖的時候》、《印刷工人之歌》、《回北京》等詩 89 首，有作者《後記》。《後記》說：「這本《鄉村[音]集》就是從一九五二年到一九六七年我在學習寫詩的過程中，向同志們遞上的一部分試卷。此次編選，基本上以發表時間為序，並對有的作品作了一些適當修改。」「在編選這個集子的過程中，我把自己的作品又認真看了一下，我感到很慚愧，我沒有把黨和工人階級交給我的任務完成好。但我卻珍惜這些作品。因為它們是在火熱的鬥爭生活中產生的，同時又獻給了火熱的鬥爭生活；雖然不夠成熟，卻是黨幫助我摘掉『半文盲』帽子之後，同工農戰友長期在一起共同戰鬥的產物，它浸透工農戰友們的心血和革命感情，並使我們心連結在一起。我更為珍惜的是，在我創作這些詩歌的過程中，馬列主義、毛澤東思想對我的哺育，毛主席革命文藝路線對我的指引，工農戰友在政治上對我的幫助，使我增長了抵制資產階級文藝黑線的能力，增強了改造世界觀的自覺性。此外，從我的創作實踐中也體會到：文藝創作決不像那些資產階級及政治騙子們所鼓吹的那麼玄虛，什麼需要『特殊的天才』啦，什麼需要『電光石火』般的『靈感』啦……那統統是騙人的鬼話！我們是國家的主人，我們是物質財富的創造者，也是精神財富的創造者。我們只要遵照毛主席的偉大教導，堅持唯物論的認識論，長期深入在三大革命鬥爭生活中，努力學習馬列主義、毛澤東思想，認真改

造世界觀，不斷進行藝術實踐，我們工農兵是可以拿起筆來的，可以寫詩，可以畫畫，可以寫小說，可以編電影，可以寫戲，也可以搞文藝評論！這方面，許多工農兵業餘作者已為我們做出了榜樣，我決心在他們的帶動下，把前進的步子邁得更堅定、更有力、更迅速些。」

3月　夏羊的詩集《山塬春》由甘肅人民出版社出版。收《書記肩掛黃挎包》、《鐵隊長》、《春雷曲》、《宣傳隊員進山來》等詩 51 首，前有序歌《學大寨的戰旗》。該書《內容提要》說：「這本詩集，共收進作者反映『農業學大寨』的短詩五十首。」「這些詩篇，以飽滿的革命激情，歌頌了在毛主席革命路線的指引下，當前社會主義農村蓬勃發展的大好形勢和革命的新生事物，描繪了農村人民公社豐富多采的鬥爭生活，生動地刻劃了奮戰在農村三大革命鬥爭第一線的貧下中農的英雄形象，多側面地展現了他們大幹社會主義的革命精神和英雄氣概。」「作品具有甘肅隴塬山區的生活氣息，內容比較豐富，在藝術上有一定特色，意境較新，形象生動。」

夏羊，原名張伊三，1922 年 10 月 16 日生於甘肅定西。1948 年畢業於西北師範學院，長期從事中學、師專語文教學工作。1980 年兼任定西地區文聯副主席，1987 年兼任主席。1942 年開始發表新詩，出版的詩集還有《呼哨的季風》（1986）、《花串與火石》（散文詩集，1988）、《希望的調色》（1991）等。2006 年逝世。

3月　鄭定友的長篇敘事詩《鐵牛傳》由湖北人民出版社出版。作品共 15 章。該書《內容提要》說：「長篇敘事詩《鐵牛傳》，以一九四六年至解放初期這一段歷史為背景，形象地描述了荊江地區勞動人民在黨的領導下，與國民黨反動派和惡霸地主魚秤鈎英勇鬥爭的故事。長詩以富有特色的鬥爭情節，比較飽滿的革命激情，簡潔樸素的語言，著力刻畫了主要英雄人物牛鋼的成長，塑造了以牛鋼、向政委、金堤、牛爺爺、牛大伯、老漁翁等為代表的無產階級英雄群像；反覆闡明了一條真理：槍桿子裏面出政權，勞動人民要翻身，翻江倒海跟黨走。」

鄭定友，1932 年生，湖北沙市人。1950 年參軍，1970 年復員到沙市柴油機廠當工人，後調入長江航運管理局創編室從事專業創作。出版的詩集還有《火龍山》（1979）、《盼龍嶺》（1982）、《山與海的相思》（1989）等。

3月　遼寧省遼化建廠指揮部政治部編的詩集《創業歌》由遼寧人民出版

社出版，收旅大工人王世才《毛主席圈定我施工》、丹東工人李志義《晝夜不停連軸轉》、解放軍某部戰士郭建《我是一顆螺絲釘》等詩 74 首，有編者《前言》。《前言》說：「太子河畔，藏寶山下，一座現代化大型石油化學纖維聯合企業——遼陽石油化學纖維總廠正在興起。參加遼化工程建設的各路會戰大軍，在毛主席革命路線的指引下，以階級鬥爭爲綱，深入落實毛主席關於學習理論反修防修，安定團結和把國民經濟搞上去的一系列重要指示，艱苦奮鬥，披星戴月，日夜兼程爲祖國新興的化纖工業譜寫了又一曲創業歌。」「飽含革命激情的戰鬥詩篇，來自火熱的鬥爭生活。經過無產階級文化大革命鍛鍊的廣大工農兵以他們在遼化建沒中的切身感受抒發了對偉大領袖毛主席和共產黨的深厚無產階級感情，以無比激奮的心情歌頌了毛主席的無產階級革命路線的光輝勝利。」「《創業歌》是從數以萬計的詩篇中選編出來的部分作品，它雄辯地證明：廣大工農兵不僅是物質財富的創造者，也是精神財富的創造者。它的出版必將鼓舞廣大會戰大軍更高地舉起大慶紅旗奮勇前進！」

3 月　北京市上山下鄉知識青年函授教育辦公室編的《談談〈理想之歌〉》印行，收北京大學中文系七二級創作班工農兵學員集體創作的長詩《理想之歌》和《理想之歌》執筆者之一高紅十《爲實現共產主義理想而登攀》、謝冕《談談〈理想之歌〉》文 2 篇，有編者《說明》。《說明》講：「北京大學中文系七二級創作班工農兵學員集體創作的《理想之歌》是一首朝氣蓬勃、熱情洋溢的政治抒情詩。它反映了廣大知識青年在上山下鄉和教育革命中鍛鍊成長的精神風貌。這首詩的公開發表對當前回擊右傾翻案風、批駁那種攻擊工農兵學員『質量低』之類的奇談怪論，起著積極的戰鬥作用。爲了便於我市廣大上山下鄉知識青年從這首戰鬥的詩篇中吸取力量，進一步樹立長期扎根農村幹革命的宏偉理想，在農業學大寨的群眾運動中作出更大的貢獻，我們除了刊印《理想之歌》和《理想之歌》執筆者之一高紅十同志談她參加《理想之歌》的創作經過和體會外，還特意邀請北京大學中文系的謝冕同志向部分上山下鄉知識青年作了題爲《談談〈理想之歌〉》的輔導報告，現將這份報告稿一併付印，供同志們學習和參考。」

1976 年 4 月

1 日　《解放軍文藝》1976 年 4 月號刊出工人楊景亮《誰搞復辟咱不依》、江榕《登攀歌》、虞文琴《走向明天》等詩。

3日 《光明日報》刊出工人成莫愁的文章《東風報春鶯歌新——讀文化大革命以來的部分新詩歌》。

5日 北京爆發天安門詩歌運動。「1976年4月5日清明節前後，北京數百萬群眾連續幾天彙集於天安門廣場，敬獻花圈和輓聯，張貼、朗誦詩詞與祭文，以表示對周總理的深切悼念，對『四人幫』的憤怒鬥爭。此舉當即在全國引起強烈的共鳴。人們冒著政治上獲罪的危險，進行寫作、張貼、朗誦、記錄和傳抄。許多作品不脛而走，被輾轉抄閱和秘密收藏，用以鼓舞自己為爭取真理與光明而鬥爭。人們習慣稱這些作品為天安門革命詩歌。」（《中國大百科全書‧中國文學》，中國大百科全書出版社 1986 年 11 月出版）

6日 《人民日報》刊出石祥（王石祥）《井岡三月杜鵑紅》、徐剛《魯迅的網籃》等詩。

7日 中共中央政治局通過《中共中央關於華國鋒同志任中共中央第一副主席、國務院總理的決議》和《中共中央關於撤銷鄧小平黨內外一切職務的決議》。

8日 《人民日報》發表該報工農兵通訊員、該報記者的報導《天安門廣場的反革命政治事件》。

8日 黃翔作詩《不 你沒有死去》。此詩收詩集《狂飲不醉的獸形》，1986 年 7 月油印。

10日 《詩刊》1976 年 4 月號刊出小靳莊大隊黨支部《文藝革命不容否定》、馮至《「今不如昔」——復辟倒退的濫調》、尹在勤《試談抒情詩學習革命樣板戲》等文和寇宗鄂《好呵，天翻地覆的大舞臺》、藥汀《山花造反》、梁上泉《歌飛大涼山》、雷抒雁《寫在反修前哨》等詩。尹在勤說：「抒時代之情，還是抒個人之情？抒無產階級之情，還是抒資產階級之情？這歷來是抒情詩領域裏無產階級同資產階級鬥爭的一個焦點。抒情詩領域，不是仙山瓊閣，而是硝煙彌漫的戰場。即使吟詠的是一山一水，一草一木，也必然折射出抒情詩作者的階級屬性，階級感情。我們強調抒情詩學樣板戲的創作經驗，正是強調詩歌作者要深入工農兵群眾，積極投身現實的階級鬥爭，努力改造世界觀，理解工農兵，熟悉工農兵，用無產階級的思想感情佔領抒情詩這個陣地，從而根除形形色色的封資修的藝術觀念和藝術情趣，真正讓社會主義的抒情詩開出新生面。樣板戲的許多唱段，特別是重點核心唱段，為我們的抒情詩展示無產階級的崇高精神境界提供了豐富的經驗，我們要很好地

學習這些經驗,在抒情詩裏把無產階級的思想感情抒得高,抒得深,抒得美,讓這種壯美的無產階級情懷,去強烈地激起廣大工農兵群眾的共鳴。」是期詩訊:「清華大學印刷廠全體職工和半工半讀的工農兵學員一百五十多人,近日召開了詩批判會,怒斥黨內那個不肯改悔的走資派,狠批『三項指示爲綱』的修正主義黑綱領。會上群情激憤,鬥志昂揚,連從來沒有作過詩的六十歲的老工人,也即席作詩,投入戰鬥,他高聲朗讀:『階級鬥爭是總綱,主席教導永不忘,狠揭猛批走資派,紅色江山萬年長。』工人和工農兵學員們的一首首詩歌,像一發發炮彈,對準黨內那個不肯改悔的走資派猛烈轟擊,充分表現了工人階級和工農兵學員堅決回擊右傾翻案風的戰鬥意志和革命精神。」

10 日　《北京文藝》1976 年第 4 期刊出北京大學工農兵學員李興昌《向不肯改悔的走資派開戰》、吳伯雄《大批判的聲浪震山崖》等詩。

10 日　《天津文藝》1976 年第 4 期刊出鄧店大隊社員陳子如《兩個決議好得很》、馮景元《席牆──鋼鐵的陣地》、馬晉乾《這場鬥爭發人省》、賀東久《腳印》等詩。

11 日　《人民日報》刊出張勁草《天安門廣場放歌》、解放軍某部韓作榮《鐵壁銅牆──寫給戰鬥在天安門廣場的首都工人民兵》等詩。

14 日　《人民日報》刊出北京二七機車車輛工廠白世鈞《鐵拳贊》、首都鋼鐵公司郭天民《工人的回答》等詩。

15 日　《河北文藝》1976 年第 4 期以《熱烈歡呼毛主席革命路線的偉大勝利》刊出康澤禮《鐵壁銅牆頌──致首都工人民兵》等詩;以《反擊右傾翻案風》爲總題刊出田間《反擊──批判鄧小平的「三項指示爲綱」》等詩;以《新生事物贊》爲總題刊出韓靜霆《三結合領導班子贊》、戴硯田《喜訊》等詩。

16 日　《文匯報》刊出徐剛《天安門廣場頌》、袁軍《敬禮,英雄的首都工人民兵》等詩和《鋼槍永遠手中握──「南京路上好八連」指戰員歡呼中共中央兩項決議詩選》。

18 日　《解放日報》刊出上海石油化工總廠民兵金洪遠、上海自來水公司民兵毛裕儉《首都的工人民兵戰友,向你們致敬》和東海艦隊董培倫《水兵緊跟毛主席》、馬國征《紅星永照天安門──歡呼粉碎天安門廣場反革命事件的勝利》等詩。

18 日　《文匯報》刊出人民解放軍某部賀東久《寄給首都的詩》、上海汽輪機廠王樹濱《向首都民兵致敬》等詩。

19日 《人民日報》刊出寶雞鐵路分局寶雞機務段制動民兵班《天安門紅旗飄揚在人民心頭》、苗族石太瑞《你們心裏閃耀著中南海的紅燈》等詩。

20日 《貴州文藝》1976年第2期以《堅決擁護毛主席和黨中央的英明決策》為總題刊出公安戰士培貴《英明的決議》、解放軍某部楊松傑《高原哨所春雷鳴》、工人夏志彬《偉大首都更嬌嬈》等詩；以《鋼鐵大軍反復辟》為總題刊出《水城鋼鐵廠賽詩會詩選》；還刊出貴州水城鋼鐵廠政治部的文章《充分發揮詩歌的戰鬥作用》。文章說：「在當前回擊右傾翻案風的偉大鬥爭中，我廠廣大職工和詩歌作者在各級黨委領導下，用詩歌作武器，以階級鬥爭為綱，狠批不肯改悔的走資派鄧小平拋出的『三項指示為綱』修正主義綱領。兩個月來，全廠已創作了三百多首革命詩歌，舉辦了兩次大型賽詩會，熱情歌頌無產階級文化大革命和社會主義新生事物，回擊右傾翻案風。」

20日 《朝霞》1976年第4期刊出申衛《「中央決議」最英明》、紡織工業局葛元興《不許你鄧小平開倒車》、楊槐《崢嶸歲月放歌》、吳永祚《參戰》等詩。

25日 《解放日報》刊出寧宇《紅太陽光輝照耀天安門廣場》、靜安區錦都食品店何國慶《處處聲討鄧小平》、劉希濤《燈下奮書批判稿》等詩。

25日 《人民日報》刊出張永枚的詩《金沙激浪——長征路上寄北京》。

25日 《文匯報》刊出胡永槐《決議說出咱心裏話》、謝其規《造謠者必嚴懲——嚴正警告一小撮反革命造謠家》等詩。

25日 《黑龍江文藝》1976年第4期刊出王野《汽錘》、劉愛萍《戰鬥的報房》等詩。

25日 《雲南文藝》1976年第4期刊出任兆勝的文章《為無產階級文化大革命譜寫壯麗詩篇——談政治抒情詩〈理想之歌〉》和鄧耀澤《高歌挺進》、李霽宇《紅衛兵日記》等詩。

30日 《人民日報》刊出北京第一機床廠王恩宇《首都工人民兵戰歌》、上海基礎工程公司朱金晨《工地號子》、江蘇冶金機修廠工人蔡克霖《「特殊鋼」》等詩。

30日 《浙江師院》1976年第2期刊出《鬥爭不息戰歌不止——文化大革命初期我院紅衛兵戰鬥詩選》，刊有《心中想念毛澤東》、《血戰歌》、《不勝劉鄧誓不還》、《大旗歌》等詩。

30日～5月13日 承德地區文化局創作組舉辦詩歌學習班。《河北文藝》

1976 年第 7 期消息：「爲了歌頌無產階級文化大革命和社會主義新生事物，反擊右傾翻案風，承德地區文化局創作組於一九七六年四月三十日到五月十三日，舉辦了詩歌、民歌創作學習班，共有專業、業餘作者十八人參加。大家認眞學習了毛主席關於文化大革命、反擊右傾翻案風的一系列重要指示，狠批了鄧小平反革命的修正主義路線，暢談了文藝革命的大好形勢，以鐵的事實回擊了鄧小平『今不如昔』的謬論。參加這次學習班的作者，多數是來自工農業第一線的工農兵業餘作者，多數是青年，有些本人就是當年的紅衛兵。他們說：『這是一次反擊右傾翻案風的戰鬥會，使我們進一步懂得了大造革命輿論的重要性。我們要像首都工人民兵那樣戰鬥衝鋒。』在創作中，他們以階級鬥爭爲綱，努力學習革命樣板戲的寶貴經驗，把反映無產階級同黨內走資派的鬥爭作爲一個重要課題，發揚革命的『牛』勁，發揮集體智慧，互相幫助，創作了一批較好的詩歌和民歌作品。」

　　4 月　　龔舒婷（舒婷）作詩《當你從我的窗下走過》。此詩收詩集《雙桅船》，上海文藝出版社 1982 年 2 月出版。

　　4 月　　穆旦作詩《演出》、《城市的街心》、《詩》、《理想》、《聽說我老了》。《演出》初刊《詩刊》1980 年 2 月號；《詩》、《理想》、《聽說我老了》初刊《詩刊》1987 年 2 月號。前二首收《穆旦詩選》，人民文學出版社 1986 年 1 月出版；後三首收《穆旦詩全集》，中國文學出版社 1996 年 9 月出版。

　　4 月　　趙振開（北島）作詩《回答》。此詩初刊 1978 年 12 月 23 日《今天》第 1 期，收詩集《陌生的海灘》，《今天》編輯部 1980 年 4 月油印發行。

　　4 月　　《安徽文藝》1976 年 4 月號以《春風楊柳萬千條——社會主義新生事物贊》爲總題刊出工人邢開山《爐前朗誦會》、閆志民《戰鬥的堡壘》等詩。

　　4 月　　《廣東文藝》1976 年第 4 期刊出詩畫輯《堅決擁護黨中央的決議　憤怒聲討鄧小平的罪行》，刊有農民樊積齡《黨中央決議鼓鬥志》、工農兵學員文捷《致敬！英雄的首都工人民兵》、陳紹偉《天安門上紅旗永高飄》等詩。

　　4 月　　《吉林文藝》1976 年 4 月號刊出任彥芳《頌天安門廣場》、汽車工人趙長鳴《寄首都工人民兵戰友》、顧笑言《山村科學院》、雷抒雁《在北疆密林裏》等詩和《宜將剩勇追窮寇——工農兵反擊右傾翻案風詩選》。

　　4 月　　《江蘇文藝》1976 年第 4 期刊出詩輯《歌頌革命樣板戲　回擊右傾翻案風》、《教育革命驚雷滾》和解放軍某部楊德祥《剪綵》、工人馮景元《大軸》等詩。是期刊出增刊，刊有鄒國平、路樺、李壽生《勝利篇——詩傳單》和常州市工人趙翼如《鐵拳》等詩。

 4月 《遼寧文藝》1976 年第 4 期刊出《工人提筆上陣來——瀋陽機床一廠、撫順石油二廠牆報詩選》、王金圖等《上山下鄉知識青年詩選》和王永葆的文章《在階級鬥爭的火線上放聲歌唱——讀組詩〈火線紀事〉》。

 4月 《青海文藝》1976 年第 2 期刊出北京大學中文系七二級創作班工農兵學員集體創作《理想之歌》、社員胡明顯《堅決把修正主義埋葬》、工農兵學員范新安《一代新馭手》、俞文達《堅決支持新生事物》等詩。

 4月 《四川文藝》1976 年第 4 期刊出《衝鋒的號聲——反擊右傾翻案風詩輯》，刊有工人柯愈勳《戰鼓隆隆》、工人劉濱《寄自工宣隊的報告》、下鄉知識青年吳曉燕《政治夜校響春雷》等詩。

 4月 《湘江文藝》1976 年第 2 期刊出「歌頌無產階級文化大革命　反擊右傾翻案風專輯」，以《偉大的勝利》為總題刊出工人弘征《乘勝進軍》、石太瑞《致英雄的首都工人民兵》等詩，以《進軍的號角》為總題刊出岳立功《盛大的節日》、于沙《戰歌嘹亮》等詩。該刊 1976 年第 3 期刊出楚里的文章《文化大革命的勝利凱歌——喜讀詩輯〈進軍的號角〉》。文章說：「熱情歌頌無產階級文化大革命，努力反映無產階級專政下和黨內走資派的鬥爭，是我們偉大時代賦予社會主義文藝創作的重要課題。詩輯《進軍的號角》，以飽滿的熱情，激越的音調，多樣的形式，明朗的色彩，謳歌了文化大革命如火如荼的鬥爭生活，展現了向走資派鬥爭的風雷激蕩的壯麗畫面，抒發了無產階級堅持革命、反對復辟的壯志豪情，頌揚了這場政治大革命在人類歷史上的偉大意義與深遠影響，使我們感受到跳動著時代的脈搏和階級的心聲。」《湘江文藝》1976 年第 2 期消息：「最近，本刊與湖南人民出版社、《工農兵文藝》編輯部聯合舉辦了詩歌創作學習班。」「參加學習班的作者三十餘人，多數是年輕的工農兵、是無產階級文化大革命和批林批孔鬥爭中湧現的新生力量。他們認真學習了毛主席關於無產階級文化大革命、反擊右傾翻案風的一系列重要指示，學習了毛主席的光輝詩篇《詞二首》和魯迅關於詩歌的重要論述，深刻認識到：詩歌應該成為宣傳馬列主義、毛澤東思想的號角，鞏固無產階級專政的工具。大家以高昂的政治熱情、戰鬥的姿態，在二十天時間裏，寫出了一批歌頌無產階級文化大革命、歌頌社會主義新生事物、回擊右傾翻案風的作品，作為獻給無產階級文化大革命十週年的禮物。」

 4月 詩集《風雷頌》由山西人民出版社出版。

 4月 廣西梧州市總工會編的《毛主席給我一枝筆——梧州市工人詩選》出版。

4 月　昔陽縣文化館編的《昔陽群眾詩歌選》由山西人民出版社出版。

4 月　詩集《校園戰歌》由山西人民出版社出版。

4 月　詩集《戰鼓集》由山東人民出版社出版。

4 月　董耀章的詩集《虎頭山放歌》由上海人民出版社出版。作品分為《虎頭山贊》、《松溪河的歌》2 輯，收《大寨水稻》、《大寨石壩》、《縣委書記的決心書》等詩 50 首。該書《內容提要》說：「這本詩集共收抒情短詩五十首。第一輯《虎頭山贊》，從各個側面展現了我國農業戰線上的一面紅旗——大寨，在毛主席革命路線指引下，學馬列主義，批修正主義，鬥資本主義，幹社會主義，想共產主義的壯麗圖景；第二輯《松溪河的歌》，從不同角度描繪了昔陽和太行山地區廣大貧下中農在黨的領導下，學大寨，大辦農業，為建設大寨縣、普及大寨縣而奮鬥的戰鬥風貌。」「飽滿的政治熱情，強烈的時代精神，樸素明快的筆調，濃鬱的生活氣息，是這本詩集的特點。」出版消息說：「我省作者董耀章同志的詩集《虎頭山放歌》已由上海人民出版社出版。詩集以階級鬥爭為綱，歌頌了大寨、昔陽及太行山區人民大批修正主義，大幹社會主義，大辦農業的壯麗圖景和戰鬥風貌。」（1976 年 9 月 15 日《汾水》1976 年第 5 期）

> 董耀章，1937 年 2 月 17 日生於山西忻州。1957 年太原師範中專畢業後在忻縣師範任教，1959 年到晉北人民出版社任編輯，1961 年在太原新華印刷廠做工會幹事，1963 年後歷任《晉陽文藝》、《火花》雜誌編輯、副主編、主編。1959 年開始發表新詩，出版的詩集還有《金色的山川》（1979）、《彩色的原野》（1982）、《愛的星空》（1995）等。

4 月　賈漫、布林貝赫的長詩《雲霄壯歌》由內蒙古人民出版社出版。長詩共 10 章，有《紀念碑》詩代序。該書《內容提要》說：「孟克達來同志，生前是內蒙古自治區達茂旗白靈廟鎮公社武裝部長，一九七四年×月在一次民兵軍事演習中，為搶救一位漢族民兵，英勇地獻出了生命。這部長詩，以飽滿的革命激情，歌頌了孟克達來，在黨的培養教育下，繼承發揚光榮的革命傳統，不為名，不為利，不怕苦，不怕死，兢兢業業為黨和人民工作的崇高品質；讚揚了他為鞏固無產階級專政，永不停步、永不下鞍的革命精神。」

> 巴·布林貝赫，蒙古族，1928 年 2 月生於內蒙古巴林右旗。1948 年入冀察熱遼聯合大學魯迅文學藝術院學習，翌年結業參加中國人

民解放軍。1958 年轉業到內蒙古大學蒙語系任教,後曾任中國作家協會內蒙古分會副主席。出版的漢譯詩集有《生命的禮花》(1962)、《星群》(1977)、《命運之馬》(1983)、《巴·布林貝赫詩選》(1983)等。2009 年 10 月 11 日逝世。

4 月　李瑛的詩集《站起來的人民》由北京人民出版社出版。作品分為 3 輯,收《致英雄的阿爾巴尼亞》、《獻給越南南方的黎明》、《警惕,戰爭在迫近》、《古蓮新歌》等詩 43 首,有作者《代序》詩 1 首。該書《內容說明》說:「這是一本國際題材的抒情短詩集」。「作者以飽滿的政治熱情,反映了當前國際上的大好形勢,反映了全世界人民、特別是第三世界人民反對美蘇兩個超級大國的鬥爭,和反帝、反殖以及反對各國反動派的鬥爭;熱情歌頌了毛主席關於世界革命、人民戰爭等的偉大思想和對國際形勢的英明論斷;熱情歌頌了毛主席革命外交路線的勝利和我國同第三世界各國人民的友誼和團結。」

4 月　峭岩的詩集《放歌井岡山》由江西人民出版社出版。收《光輝詩篇傳井岡》、《黃洋界小路》、《井岡茶》、《夜訪「老房東」》等詩 55 首。該書《內容提要》說:「本詩集共有詩歌五十餘首。作者通過對井岡山革命舊址和革命遺物的描寫,通過對井岡山人和井岡山的今天的讚頌,滿腔熱情地歌頌了毛主席親自創建的井岡山革命根據地,歌頌了毛主席革命路線的偉大勝利。這些詩歌感情充沛,樸素清新,琅琅上口,富有革命戰鬥性。」

峭岩,原名李進生,1941 年 12 月 26 日生於河北唐山。1959 年入伍,1965 年到北京軍區工程兵任宣傳幹事。1971 年到解放軍畫報社,任編輯、副社長。1990 年任解放軍藝術學院文學系主任。1960 年開始發表新詩,出版的詩集還有《高尚的人》(1977)、《紅星與黑浪》(1980)、《星星,母親的眼睛》(1984)、《綠色的情詩》(1987)、《愛的雙桅帆》(1989)、《浪漫軍旅》(1995)、《一個士兵和一個時代的歌》(1999)等。

4 月　王群生的長詩《火鳳》由人民文學出版社出版。該書《內容說明》說:「這是一部反映抗日戰爭和解放戰爭時期的長篇敘事詩。」「長詩通過減租反霸、土地改革、參軍支前等一系列的鬥爭故事,反映了革命戰爭年代中國農村尖銳複雜的階級鬥爭和路線鬥爭。作品著重刻畫了女主人公火鳳的成長、壯大和為革命事業奮戰犧牲的英雄形象。」「長詩共十九章。結構謹嚴,

語言流暢、有民族形式的特點。作品富有濃厚的革命浪漫主義色彩。」

4 月　　遼寧人民出版社編的詩集《風雷頌——獻給無產階級文化大革命十年》由該出版社出版。收荊鴻《毛主席登上天安門》、田永元《一月風暴的讚歌》、劉秋群《家庭批判會》、王鳴久《萬紫千紅新舞臺》等詩 100 餘首。當時的評論說：「翻開獻給無產階級文化大革命十週年的詩集《風雷頌》（遼寧人民出版社出版），一股濃烈的戰鬥氣息撲面而來。讀著詩集中的百餘篇詩，耳畔彷彿震響著炮打資產階級司令部的隆隆炮聲，眼前好似奔湧著反擊右傾翻案風的滾滾怒濤。」「詩集展現了文化大革命的鬥爭歷程，熱情地歌頌了文化大革命的偉大歷史功績，高度讚美了社會主義的新生事物。」「《風雷頌》的不足之處，是有的篇章，構思不新；有的詩作，句子過長，太散文化；同魯迅提出的新詩要押韻、易記、順口、能唱的要求相比，距離較遠。」（宋緒連《為無產階級文化大革命高唱讚歌——讀詩集〈風雷頌〉》，1976 年 7 月《遼寧文藝》1976 年第 7 期）

4 月　　中國人民解放軍工程兵政治部宣傳部編的詩集《開山集》由廣東人民出版社出版。作品分為《向北京》、《作戰地圖》、《鑽機聲聲》等 6 輯，收喻曉《長安大街》、韓仁長《工地批判會》、韓作榮《熊熊的篝火》、葉文福《北疆巡哨》、楊振江《再映〈智取威虎山〉》等詩 77 首。

4 月　　《十二級颱風刮不倒——小靳莊詩歌選》由人民文學出版社出版。作品分為《老繭手筆下火力猛　舉戰旗反擊翻案風》、《文化大革命開新花　十件新事物放光華》等 4 輯，收王作山《毛主席說出咱心裏話》、王杜《十二級颱風刮不倒》、周福祥《猛轟鄧小平復辟迷》、魏文中《繡得江山紅萬年》等詩 150 餘首和歌曲 4 首，有編者《後記》。《後記》說：「《十二級颱風刮不倒》這本小靳莊詩歌選，是在寶坻縣委、小靳莊大隊黨支部領導下，採用三結合的方式編輯而成的。全書共收詩歌作品 159 首，分四部分，以反擊右傾翻案風的近期作品為主，其中包括四首由作曲者譜成的歌曲，同時也選收了一九七五年以來的部分優秀作品。這些作品都是對鄧小平反革命修正主義路線的有力批判和憤怒聲討，是對文化大革命以來的新生事物的熱烈歌頌。」

4 月　　天津人民出版社編的《小靳莊詩歌選》（第二集）由該出版社出版。作品分為《真理在胸槍在手》、《反修防修戰旗紅》、《紅花碩果滿河山》、《紅旗指路再闖關》4 輯，收黨支部書記王作山《喜讀毛主席詞二首》、鐵姑娘突擊隊隊長王育芳《田間批判會》、紅大嫂郭淑敏《革命理論放光芒》、貧協主

任魏文中《學大寨一步一層天》等詩 150 首，有編者《後記》。《後記》說：「編選入本集的詩歌，是小靳莊貧下中農學習無產階級理論以來，特別是在反擊右傾翻案風這場偉大鬥爭中的新作。這些革命詩歌，充分抒發了小靳莊廣大貧下中農對馬列主義、毛澤東思想的深厚無產階級感情；充分抒發了他們對黨內最大的不肯改悔的走資派鄧小平及其反革命修正主義路線的強烈階級義憤。充分表達了他們誓死捍衛以毛主席為首的黨中央，誓死捍衛毛主席革命路線的堅定信念；充分表達了他們『十二級颱風刮不倒』、『和修正主義專開對頭車』的大無畏的反潮流革命精神。它熱情歌頌了在毛主席革命路線光輝照耀下，經過無產階級文化大革命，在廣大農村普遍湧現並在鬥爭中茁壯成長的社會主義新生事物；真實反映了他們『舉旗抓綱學大寨』，大批資本主義，大幹社會主義的火熱鬥爭生活。」「這些作品不僅感情真摯，旗幟鮮明，剛健有力，具有鮮明的時代特徵和強烈的戰鬥性，而且語言生動，格調清新，形象鮮明，具有濃厚的生活氣息和民族特色。它不愧是在毛主席革命文藝路線的光輝照耀下，開放在我國詩歌園地上，並在鬥爭中日益顯示出強大生命力和時代光彩的鮮豔新花。它為我們廣大業餘和專業文藝工作者樹立了光輝的榜樣。」1976 年 7 月 25 日《北京日報》介紹說：「這本詩集，編選了小靳莊貧下中農學習無產階級專政理論以來，特別是反擊右傾翻案風鬥爭以來的新作。」「大寫革命詩歌，是小靳莊的『十件新事』之一。去年夏季，黨內最大的不肯改悔的走資派鄧小平刮起右傾翻案風，他製造種種奇談怪論，對小靳莊的經驗進行惡毒攻擊。小靳莊的貧下中農用馬列主義、毛澤東思想武裝頭腦，在大隊黨支部領導下，堅決同鄧小平的修正主義路線對著幹，風吹浪打不動搖。這本詩集中的詩歌，就是同修正主義路線對著幹的讚歌。貧下中農在詩歌中充分抒發了對黨和毛主席的深厚無產階級感情，熱情歌頌了農村中湧現的社會主義新生事物，歌頌了農村社會主義革命和社會主義建設事業所取得的偉大成績，憤怒批判了鄧小平的『三項指示為綱』的修正主義綱領以及他所鼓吹的『今不如昔』、『一花獨放』等謬論，表達了『貧下中農不信邪』，『十二級颱風刮不倒』、『和修正主義專開對頭車』的鋼鐵意志。」

4 月　寶坻縣詩歌編輯組的詩集《展開公社新畫卷》由天津人民出版社出版。作品分為《向著太陽唱讚歌》、《學習理論方向明》等 5 輯，收有司家莊黨支部副書記邢燕子《向著太陽唱讚歌》、林亭口公社小靳莊黨支部書記王作山《學習理論方向明》、林亭口公社黨委書記運懷安《展開公社新畫卷》等

詩，有《展開公社新畫卷》編輯小組《編後》。《編後》講：「為了進一步繁榮詩歌創作，我們在縣委的領導下，成立了領導、專業人員和業餘作者三結合的編輯小組，廣泛深入工廠、農村和群眾一起選編。在編選過程中，我們得到了廣大群眾和各級領導的熱情支持和幫助，在此表示感謝！」

　　4月　北京齒輪廠工人理論組、哲學社會科學部文學研究所當代文學組編的《無產階級文化大革命勝利萬歲——詩選（1966～1976）》徵求意見本油印發行。該書《編選說明》說：「今年是偉大領袖毛主席親自發動和領導的無產階級文化大革命十週年。為了慶祝文化大革命的偉大勝利，回擊否定文化大革命和社會主義新生事物的右傾翻案風，反映文化大革命十年來詩歌創作在以革命樣板戲為標誌的文藝革命推動下所取得的可喜收穫，我們從十年來全國省級以上報刊、出版物上選編了這個詩集。」「編選過程中，我們努力遵照毛主席的教導，以階級鬥爭為綱，貫徹政治標準第一，藝術標準第二的原則，力求體現毛主席新詩應在民歌和古典詩歌基礎上向前發展的指示，盡量多選能夠體現這個發展方向的優秀作品；在題材方面，注重選取歌頌無產階級文化大革命和歌頌社會主義新生事物的作品，兼顧歷史題材和其他作品；在作者隊伍方面，優先選取廣大工農兵業餘作者的作品，兼顧專業作者的作品；在時間的連續性、地區的廣泛性、藝術風格的多樣性等方面，也都作了相應的考慮。個別思想和藝術上都好，但有些句子還需要斟酌的作品，先行收錄，待定稿時請作者修改。」「所選作品，以短篇抒情詩為主，少量選用了長篇政治抒情詩和敘事詩，按題材分類編排二冊，約300首。部分備選作品，一併附上，供參考。」

　　4月　天津人民出版社編輯的《新型的農民　嶄新的詩篇——〈小靳莊詩歌選〉評論集》由該出版社出版。收張繼堯《新型的農民　嶄新的詩篇——讀〈小靳莊詩歌選〉》、聞哨《學習革命樣板戲的豐碩成果——談小靳莊詩歌創作》、天津市寶坻縣石橋公社社員張樹桐《詩人就是勞動者　詩歌就是好武器》、新華社記者《喜看詩壇開新篇——記小靳莊大隊群眾性業餘詩歌創作活動》等文19篇。

　　4月　山東師院中文系寫作教研組編印的詩論集《詩歌創作學習》印行。文章分為《讓革命詩歌佔領陣地》、《充分發揮無產階級詩歌的戰鬥作用》等4輯，收江天《順口、有韻、易記、能唱——重讀魯迅有關詩歌的一封信》、北京市海淀區文藝評論組《充分發揮無產階級詩歌的戰鬥作用——學習魯迅關

於詩歌的論述》、陸建華《以階級鬥爭為綱指導詩歌創作》、仇學寶《為開一代詩風而奮鬥》等文 31 篇,附錄《詩歌的基本特點》等 3 篇,有編者《編選說明》。《編選說明》說:「在毛主席革命文藝路線指引下,在毛主席《詞二首》公開發表的巨大鼓舞下,廣大工農兵寫詩、賽詩、評詩的新高潮,更加波瀾壯闊地向前發展。無產階級的革命新詩歌,如何以階級鬥爭為綱,開一代新詩風,進一步實現戰鬥化、民族化、群眾化,充分發揮鞏固無產階級專政的戰鬥武器作用,是偉大時代所提出的重要課題。《詩歌創作學習》就是根據新形勢下的這一學習需要而編選的參考資料。」「編選的內容,包括詩歌專題論述、詩歌作品評介、工農兵詩歌創作情況與經驗體會等方面;而且大多數選自一九七五年以來報刊書籍上新發表的文章。為了便於集中思考問題,選文分四組編排,每組以一篇選文的題目作為總標題,以表明本組的內容重點。最後附錄部分,是幾篇介紹詩歌基礎知識的參考材料。」

4～6月　　蔡其矯作詩《丙辰清明》。此詩初刊《長春》文學月刊 1979年 4 月號,收詩集《祈求》,江蘇人民出版社 1980 年 11 月出版。

1976 年 5 月

1 日　《解放日報》刊出蘇位東《為了共產主義,永遠衝鋒——重讀〈炮打司令部〉》等詩。

1 日　《文匯報》刊出上海市電影工業公司嚴祥炫《十年,輝煌的十年——獻給火紅的五月》等詩。

1 日　《解放軍文藝》1976 年 5 月號刊出時永福《戰鬥的誓言》、雷抒雁《敬禮!天安門廣場的紅旗》、吳辛《毛主席接見紅衛兵》、戰士張全明《走資派的「敢」》、王荊岩《天車工》、張雪杉《煉鋼爐長》等詩和尹在勤的文章《刺刀與詩情——讀詩筆記》。尹在勤說:「反擊右傾翻案風,這是一場關係到黨和國家命運的偉大的鬥爭。革命的戰鬥詩歌,應該衝上前沿,短兵相接;革命的戰鬥的歌手,應該從革命大批判的硝煙中,汲取戰鬥的詩情。」

6 日　孟超逝世。「幹校終於解散了。我和孟超都回了家。孟超只有一個人,只好請了一個胡同裏的老大娘給他做飯。我有時去看看他,他就是一個人在讀『毛選』。他的書全抄光了,就算留下了這一本。有時他拄著拐杖上我家來借小說看,我問:『孟超,你的事有消息麼?』他撅著嘴,搖了搖頭,我也不好再問了。幾天前剛從我那裡借去一本果戈理的短篇集,突然聽到孟超死

了。沒有說他犯了什麼大病。胡同裏那位給他做飯的老大娘，一清早敲他的門，敲不開，只好開了門進去，一看，孟超躺在床上，鼻子流血，死了。那會兒還是『四人幫』當權，幾個朋友只好把他的遺體扛去火化了，他終於見不到『四人幫』倒臺，戴著帽子去見馬克思了。」（樓適夷《憶幹校，懷孟超》，李城外編《向陽情結──文化名人與咸寧（上）》，人民文學出版社 1997 年 12 月出版）

9 日　《南方日報》刊出陳忠幹的文章《頌歌獻給毛主席──讀〈農講所頌詩〉》。

10 日　《詩刊》1976 年 5 月號《熱烈歡呼毛主席黨中央的英明決策，誓把反擊右傾翻案風的鬥爭進行到底》欄刊出王作山等《小靳莊貧下中農的歡呼》、臧克家《八億人民齊怒吼》、田間《寫在金水橋旁》等詩；《無產階級文化大革命萬歲》欄刊出時永福《好呵，紅色的風暴》、王燕生《凱歌飛向毛主席》、韓作榮《狂飆曲》等詩；刊出的文章有遼寧省文化局評論組《堅持社會主義文藝的根本方向》、聞哨《努力表現新的人物新的世界》等。臧克家說：「1976 年『天安門事件』剛發生時，我接到由詩刊社轉來的一封反革命信件，我馬上面交葛洛同志（下午下班時接到，次早 8 時前交出）。過了不幾日，葛洛同志來電話，約我寫『批鄧』詩。在這種形勢下，我不寫不行，就寫了。因為是應付，亂寫一通，寫得甚壞。後來光年告我（『四人幫』專橫時）：『我不贊成發你這首詩，我願意發你的《憶向陽》，但結果編輯部還是發了這首詩，說：你的影響大。』『四人幫』倒了之後（半年前了），我兩次在《詩刊》的座談會上批評《詩刊》『批鄧』不對，同時，我批判了自己。」（臧克家 1977 年 11 月 28 日致馮牧信，《臧克家全集》第 11 卷，時代文藝出版社 2002 年 12 月出版）

10 日　《北京文藝》1976 年第 5 期《堅決擁護中共中央兩個決議！誓把反擊右傾翻案風的偉大鬥爭進行到底！》欄刊出北京特殊鋼廠工人韓勝勳《歡慶的海──歡慶黨中央的兩項決議》、李武兵《英明的決議　戰鬥的號角》等詩。

10 日　《天津文藝》1976 年第 5 期刊出工人臺寶奎《鬥爭頌》、李鵬青《講臺風雲》等詩和馮景元、顏廷奎、唐紹忠、王榕樹的詩劇《烈火不熄》。

12 日　《人民日報》刊出臧克家《向陽湖啊，我深深懷念你》、解放軍某部葉曉山《幹校好》等詩。

14 日　河北省束鹿縣舉行工農兵賽詩會。《河北文藝》1976 年第 7 期消

息：「河北省束鹿縣於一九七六年五月十四日，舉行了一次有一千多人參加的大規模的工農兵賽詩會。在會上朗誦詩的有縣委領導幹部、工人、社員、戰士和革命師生，他們朗誦了自己創作的戰鬥詩篇六十多首。這些詩歌，大都是在批鄧和反擊右傾翻案風的鬥爭中寫的，具有強烈的戰鬥性。這些詩，熱情歌頌毛主席和毛主席的無產階級革命路線，歌頌無產階級文化大革命，歌頌社會主義新生事物。它們像匕首、利劍，狠批了鄧小平，回擊了右傾翻案風。」「對這次賽詩會，縣委領導同志十分重視，親自主持賽詩會，親自登臺朗誦詩作。他們說：賽詩會群眾性廣泛，簡便易行，戰鬥性強，是發動廣大群眾製造革命輿論的有效形式，是階級鬥爭的有力工具。他們決定每年春秋開兩次全縣性大型賽詩會。平時發動廣大工農兵，利用田間、地頭、車間院落等場合，廣泛深入開展賽詩活動，佔領一切思想文化陣地，用革命輿論粉碎反革命輿論，爲鞏固無產階級專政而戰鬥。」

15日　小靳莊舉行熱烈慶祝文化大革命十週年賽詩會。《天津文藝》1976年第6期消息：「在批判鄧小平、反擊右傾翻案風深入發展的大好形勢下，小靳莊大隊於五月十五日晚舉行了『熱烈慶祝文化大革命十週年賽詩會』。會上，從七、八歲的小娃娃，到七十多歲的貧農老大爺、老大娘，一百多人爭相朗誦了新創作的詩歌，群情激昂，意氣風發。他們用小靳莊舊貌變新顏的有力事實，熱情歌頌了文化大革命的偉大勝利；憤怒聲討了黨內不肯改悔的走資派鄧小平搞翻案復辟、開歷史倒車的罪行。他們的詩歌，像一枚枚手雷、一發發炮彈，擊中了黨內走資派的要害，充滿了無產階級徹底革命精神和昂揚的戰鬥氣息，使人增鬥志，添力量。」

15日　《汾水》1976年第3期刊出張天定《反擊戰》、張不代《憤怒的聲討》、鄭寶生《文化大革命就是好》、周所同《進深山》等詩和杜書瀛的文章《沿著毛主席指引的方向前進——學習毛主席關於詩歌創作指示的體會》。文章說：「對於詩歌創作，毛主席歷來十分關心。毛主席不但創作出幾十首光輝詩篇，爲我們提供了學習的典範，而且對詩歌創作作過多次指示，爲詩歌發展指明了前進方向，在《關於詩的一封信》中，毛主席說：『詩當然應以新詩爲主體，舊詩可以寫一些，但是不宜在青年中提倡，因爲這種體裁束縛思想，又不易學。』在一次關於詩歌的談話中，毛主席還進一步指出，新詩創作要『精鍊、大體整齊、押韻』。這就爲在批判繼承民歌和古典詩歌的基礎上發展新詩，提出了具體要求。毛主席這些指示，與魯迅先生關於新詩要順口、有

韻、易記、能唱的意見，是完全一致的。我們必須遵循毛主席指引的方向，學習魯迅先生的重要論述，發展和繁榮社會主義詩歌創作。」

15 日　《河北文藝》1976 年第 5 期以《歌頌文化大革命　反擊右傾翻案風》為總題刊出郁蔥《五月十六日的早晨》、楊恩華《紅衛兵贊》等詩和黃東成《進攻，戰鬥的無產階級》、田間《「窮棒子」山歌》等詩。

15 日　《鄭州大學學報》1976 年第 2 期刊出宗魯、鍾敏的詩《狂飆頌──歌頌無產階級文化大革命勝利十年》。

16 日　《人民日報》發表《人民日報》、《紅旗》雜誌、《解放軍報》編輯部的文章《文化大革命永放光芒──紀念中共中央一九六六年五月十六日〈通知〉十週年》。

16 日　北京舉辦詩歌朗誦演唱會。《詩刊》1976 年 6 月號消息：「為慶祝無產階級文化大革命十年的偉大勝利，深入批判鄧小平反革命的修正主義路線、反擊右傾翻案風，《人民文學》、《北京文藝》和本刊編輯部於五月十六日在北京聯合舉辦了『歌頌文化大革命，反擊右傾翻案風』詩歌朗誦演唱會。」「會上，首先演唱了偉大領袖毛主席的光輝詩篇《水調歌頭・重上井岡山》和《念奴嬌・鳥兒問答》。接著朗誦和演唱了北京廣播學院工農兵學員創作的《〈通知〉頌》、北京大學工農兵學員創作的《展翅篇》、清華大學工農兵學員創作的《北京高原同戰壕》、北京齒輪廠創作的《為保衛毛主席保衛黨中央而戰鬥》、紅星公社社員創作的《文化大革命好》、西四北小學紅小兵創作的《向右傾翻案風猛開炮》、解放軍某部戰士創作的《保衛天安門》等二十多個節目，熱情歌頌了文化大革命的輝煌勝利和社會主義新生事物，表達了全國人民誓把批判鄧小平、反擊右傾翻案風的鬥爭進行到底的堅強意志。」「首都工農兵和業餘、專業文藝工作者千餘人參加了大會。工人、公社社員、解放軍戰士、工農兵學員、紅衛兵、紅小兵以及首都話劇、電影演員和音樂工作者在會上作了朗誦或演唱。」「朗誦演唱會始終洋溢著熱烈戰鬥的氣氛。」

16 日　《人民日報》刊出河北宣化造紙廠工人桑原的詩《迅雷歌──重讀五月十六日〈通知〉》。

16 日　《文匯報》刊出謝其規、陳祖言的詩《春雷第一聲──紀念〈通知〉十週年》。

17 日　《解放日報》刊出章清的詩《寫在火紅的日曆上──紀念中共中央五・一六〈通知〉十週年》。

18日　天津市舉行工農兵賽詩演唱會。《天津文藝》1976年第6期消息：「在隆重紀念中共中央一九六六年五月十六日《通知》十週年，熱烈慶祝文化大革命取得偉大勝利，批判鄧小平、反擊右傾翻案風的新高潮中，我市於五月十八日舉辦了一次工農兵賽詩演唱會。來自全市各條戰線的工人、公社社員、解放軍戰士、幹部、街道婦女、紅衛兵、紅小兵、工農兵學員代表和文藝工作者共二千四百多人參加了這次賽詩演唱會。」「會上，堅持毛主席革命路線、『十二級颱風刮不倒』的農業學大寨先進單位小靳莊貧下中農的代表、天津站、城市民兵、天津駐軍的代表，以及專業和業餘文藝工作者相繼登臺朗誦了自己創作的詩篇。他們熱情洋溢地歌頌了社會主義新生事物，憤怒聲討了黨內最大的不肯改悔的走資派鄧小平的翻案復辟活動，和以鄧小平為總後臺的一小撮階級敵人製造天安門廣場反革命政治事件的罪行，熱情歌頌了英雄的首都工人民兵、人民警察、警衛戰士的光輝事跡。會場內，臺上臺下相互呼應，充滿了團結戰鬥的熱烈氣氛。」「賽詩演唱會最後，由天津市話劇團試驗演出了業餘作者新創作的反映無產階級帶領廣大人民群眾同走資派鬥爭的詩劇《烈火不熄》，受到與會群眾的熱烈歡迎。」

18日　《人民日報》刊出《為毛主席的革命路線來站崗——解放軍某部防化連詩選》。

20日　《福建文藝》1976年第3期以《獻給天安門的歌》為總題刊出張祥康《致首都軍民》等詩；以《文化大革命贊》為總題刊出貽模《盛大節日》、柯原《衝鋒不止》等詩。

20日　《人民文學》1976年第3期以《天安門廣場戰旗紅》為總題刊出天津小靳莊大隊黨支部王杜《鬥爭更覺毛主席親》、解放軍某部李小雨《保衛天安門》等詩和《萬炮齊轟走資派——上海工人賽詩會詩選》。

20日　《四川大學學報》1976年第2期刊出李昆、王波《喜讀詩集〈進攻的炮聲〉》、尹在勤《政治抒情詩及其它——新詩話三則》等文。尹在勤說：「政治抒情詩，是詩與政論的結晶。」「廣義而論，所有的抒情詩，都是政治抒情詩；人們之所以特別標明這個稱號，是因為這種詩歌，往往更強烈地觸及時事，抒寫重大的政治題材，反映重大的政治主題。它有犀利的政論鋒芒，有鮮明的政治色彩。它為鞏固無產階級專政、為革命的新生事物，大喊大叫。然而，它又是詩。它須有詩的激情，詩的意境，詩的語言，詩的節奏。它須有哲理與詩意的水乳交融。所以，這就要求政治抒情詩的做法，在立意的時

候，構思的時候，善於掌握這個辯證法。」「政治抒情詩，是詩歌中一支特別能戰鬥的隊伍。」「在這支隊伍中，有野戰軍，也有游擊隊，有民兵。使用的武器，有大炮，有機關槍，也有步槍，有手榴彈。出動哪支隊伍，使用什麼武器，要因時、因勢、因條件而定。要機智靈活，出奇制勝。野戰軍、大炮、機關槍，有它特有的威力；也絕不可輕視游擊隊、民兵、步槍、手榴彈的作用。須知：『兵民是勝利之本』。所以，這就要求政治抒情詩的做法，既要寫一些放歌式的作品，也要寫一些街頭詩、傳單詩、槍桿詩⋯⋯。」「在當前批鄧、反擊右傾翻案風、追查反革命的新高潮中，讓我們政治抒情詩這支特別能戰鬥的隊伍中的野戰軍、游擊隊、民兵，大炮、機關槍、步槍、手榴彈，都一同衝上戰鬥的前沿吧！」

20 日　《朝霞》1976 年第 5 期刊出長江五金廠陳賢德《批鄧捲起千重浪》、紅小兵龔翔《首都民兵鬥志昂》、鍾志《寫在革命歷史博物館門前》、毛炳甫《戰報》等詩。

22、24 日　　成都市舉行詩歌朗誦演唱會。《詩刊》1976 年 7 月號消息：「為紀念毛主席《在延安文藝座談會上的講話》發表三十四週年，歡呼無產階級文化大革命的偉大勝利，成都市於五月二十二日和二十四日舉行了『文化大革命萬歲』詩歌朗誦演唱會。會上首先吟誦和演唱了毛主席的《水調歌頭・重上井岡山》和《念奴嬌・鳥兒問答》，接著演唱了革命樣板戲選段，朗誦了歌頌無產階級文化大革命，反擊右傾翻案風的革命詩歌。登臺朗誦、演唱的，有勞動模範、工農兵學員、紅小兵，有業餘和專業演員、歌手、詩人。中共四川省委、省革委，中共成都市委、市革委的負責同志出席了大會。」

22、25、26 日　　西寧地區職工舉行歌詠賽詩大會。《青海文藝》1976 年第 3 期消息：「為紀念中共中央一九六六年五月十六日《通知》十週年和毛主席《在延安文藝座談會上的講話》發表三十四週年，省總工會、市總工會、團省委和《青海文藝》編輯部聯合舉辦西寧地區工礦企業職工『反擊右傾翻案風、歌頌無產階級文化大革命歌詠賽詩大會』。」「這次大會，於五月二十二日、二十五日、二十六日在工人文化宮、建工俱樂部連續舉行。來自各個工礦企業的職工六千餘人踴躍參加大會，不少單位的領導同志親自帶隊並參加演出。廣大職工通過大合唱、大聯唱、獨唱、歌舞、詩朗誦、對口詞等多種文藝形式，熱情歌頌無產階級文化大革命，歌頌反擊右傾翻案風鬥爭的偉大勝利，歌頌毛主席革命路線的偉大勝利。」

25日　《文匯報》刊出居有松的詩《文藝舞臺百花開——贊革命樣板戲》。

25日　《黑龍江文藝》1976年第5期刊出范以群《回擊》、工農兵學員馬合省《不許扭》等詩。

25日　《雲南文藝》1976年第5期刊出「紀念無產階級文化大革命十週年、紀念《在延安文藝座談會上的講話》發表三十四週年特刊」，刊有知識青年寧海留《啊！春苗》、昆明鐵路局湯世傑《車站風雲》、康平《崢嶸歲月》等詩。是期詩訊二則：「爲了隆重紀念毛主席《在延安文藝座談會上的講話》發表三十四週年，熱情歌頌偉大領袖毛主席，歌頌毛主席的革命路線，歌頌偉大、光榮、正確的中國共產黨，歌頌無產階級文化大革命和反擊右傾翻案風的偉大勝利，昆明海口水泥廠於五月下旬舉辦了『歌頌文化大革命、反擊右傾翻案風』的詩歌創作學習班。參加學習班的有該廠工人理論小組成員、業餘詩歌作者、各車間的宣傳骨幹共三十餘人。其中女同志占三分之一。」「最近，昆明二中高二年級舉辦了一次『憤怒聲討鄧小平罪行，反擊右傾翻案風』賽詩會。參加賽詩會的有駐該校工宣隊同志和高中二年級的革命師生。」「賽詩會上，大家以詩歌爲武器，滿懷革命激情，歌頌了社會主義的新生事物，歌頌了文化大革命和反擊右傾翻案風的偉大勝利，憤怒聲討了黨內不肯改悔的走資派鄧小平製造天安門反革命政治事件，復辟資本主義的罪行。」

25日　《浙江文藝》1976年第3期刊出詩輯《戰筆怒伐鄧小平　奮勇反擊翻案風》和陳軍、嵇亦工的長詩《紅衛兵戰旗頌》及黃亞洲《那些難忘的夜晚》等詩。

5月　穆旦作詩《春》、《冥想》。《春》收入《穆旦詩選》，人民文學出版社1986年1月出版；《冥想》初刊《詩刊》1987年2月號，收《穆旦詩全集》，中國文學出版社1996年9月出版。

5月　《安徽文藝》1976年5月號刊出嚴陣《向新的高峰登攀》和孫中明、蔣維揚、孔祥梁、劉祖慈《狂飆爲我從天落——無產階級文化大革命頌歌》等詩。

5月　《廣東文藝》1976年第5期以《紀念無產階級文化大革命十週年》爲總題刊出解放軍葉知秋《風雷頌》、陳紹偉《偉大的號令》等詩。

5月　《廣西文藝》1976年第3期刊出楊鶴樓、何達成等《熱烈歡呼毛主席、黨中央英明決策詩抄》7首和包玉堂《東風浩蕩——獻給無產階級文化大革命十週年》、柳州市工人林玉《工宣隊的大旗》等詩。

5 月 《河南文藝》1976 年第 3 期刊出詩輯《堅決反擊右傾翻案風》和洛陽東方紅拖拉機廠工人王天奇、王慶運等的組詩《風雷頌——獻給無產階級文化大革命》。

5 月 《湖北文藝》1976 年第 3 期刊出工人胡發雲《致首都戰友》、華中師範學院中文系七四級工農兵學員集體創作《教育革命進行曲——寫在反擊右傾翻案風的火線上》、雷子明《手握紅纓鞭》、高伐林《一塊犁鐵》等詩。該刊 1976 年第 4 期刊出紀之的文章《高歌猛進——贊〈教育革命進行曲〉》。文章說：「華中師院中文系七四級工農兵學員集體創作的政治抒情詩《教育革命進行曲》（載《湖北文藝》七六年第三期），熱情地歌頌了文化大革命的偉大勝利，表現了廣大工農兵學員對舊的教育制度和對右傾翻案風的鼓吹者鄧小平極大的無產階級義憤，也表現了他們對偉大領袖毛主席、對毛主席革命路線無限熱愛之情。詩作文筆雄渾流利，感情激越酣暢。它是擲向鄧小平的投槍和炸彈，又是教育革命的一曲響亮讚歌。」

5 月 《吉林文藝》1976 年 5 月號刊出海南《火紅的歲月》、萬捷《重讀紅衛兵日記》、吳辛《反擊右傾翻案風詩抄》等詩。

5 月 《江蘇文藝》1976 年第 5 期刊出「歌頌無產階級文化大革命專號」，刊有詩輯《鬥妖驅霧鎮逆流　笑看神州旗更紅》、《崢嶸歲月詩鈔》和楊槐《十年放歌——獻給無產階級文化大革命》等詩。該刊 1976 年第 8 期刊出南京師範學院工農兵學員徐寶成、張中源、黃毓仁的文章《文化大革命的熱情讚歌——讀長篇政治抒情詩〈十年放歌〉》。文章說：「《十年放歌》這首政治抒情詩，不僅理所當然地帶有政論色彩，而且抒發了作者的無產階級革命激情，讀了令人心潮起伏、感情激蕩，從而受到鼓舞，激勵我們『為新世紀的歷史』，再寫壯麗的篇章。末了，要說明的是，如果長詩在文化大革命十年歷史的典型畫面的選擇上更準確些，並更鮮明地更集中地注重落筆在無產階級革命派和走資派的鬥爭這一重大課題上，那麼，一定會使詩歌發揮更有力的戰鬥作用，相信作者在今後的創作上，會作出新的努力。」

5 月 《江西文藝》1976 年第 3 期以《反擊右傾翻案風　歌頌文化大革命》為總題刊出奉新縣渣村中學七六屆高中畢業生集體創作《崢嶸歲月——唱給共大的歌》、江西大學中文系工農兵學員李志強《教育革命的春天》、工人左一兵《革命造反精神贊》等詩。

5 月 《遼寧文藝》1976 年第 5 期刊出胡工《偉大的動員令——〈5·16

通知〕十週年頌》、岸岡《好啊，烈火燃燒的大街》、李秀忠《我站在大字報前》等詩。

5月　《內蒙古文藝》1976年第3期刊出詩輯《歡呼偉大的勝利》、《怒濤集——內蒙古新華印刷廠憤怒聲討右傾翻案風詩集選登》和時永福《草原娘子軍》、郭超《烏蘭牧騎之歌》等詩。

5月　《四川文藝》1976年第5期以《文化大革命讚歌》為總題刊出傅仇《革命，在炮聲中前進！——重讀毛主席〈炮打司令部（我的一張大字報）〉》、申重《一聲通知傳天下——紀念五‧一六〈通知〉十週年》等詩。

5月　《武漢文藝》1976年第3期刊出七四三五廠工人胡發雲《寫在天安門廣場上》、江少川《風雪夜》、武漢支邊青年李瑜《紅衛兵馳騁天山下》等詩和劉明恒、江上春的詩輯《造反歌——文化大革命中的詩傳單》。

5月　《新疆文藝》1976年第3期刊出維吾爾族阿不都吉里力‧吐爾遜《誓死保衛毛主席》、維吾爾族阿布里克里木‧肉孜《向鄧小平宣戰》、章德益《紅衛兵的懷念》等詩。

5月　萬里浪的詩集《黨的頌歌》由江西人民出版社出版。

5月　朱昌勤的長詩《落戶之歌》由江西人民出版社出版。

5月　陳國屛等著的詩集《把爐火燒得通紅》由黑龍江人民出版社出版。

5月　中國人民解放軍89202部隊政治部編的詩集《彩虹曲》由陝西人民出版社出版。

5月　山東新華印刷廠編的《車間飛彩虹——山東新華印刷廠工人詩歌選》由山東人民出版社出版。

5月　《上海少年》編的《進攻的號角——贊社會主義新生事物少年朗誦詩》由上海人民出版社出版。

5月　湖南人民出版社編的詩集《偉大的進軍》由該出版社出版。

5月　李學鰲的詩集《回太行》由北京人民出版社出版。收《重回太行滿眼新》、《爲咱們的大學生唱支歌》、《眼見女兵天上來》、《戰鬥的太行山》等詩20首，有作者《獻給火紅的五月——代序》。《代序》說：「從北京回到太行山四個月了，我的心無時無刻不是處在激動之中。」「四個月來，我在火熱的故鄉草成的這二十首詩稿，沒來得及做更充分的推敲。但它們都是產生於新的人物，新的世界中的，可以聞到一點火藥味兒，看到一些英雄人物的影子。在詩的形式上，也想做點試驗，從民歌、唱詞和古典詩詞中吸收一些

有益的東西；在順口、有韻、易記、能唱等方面做些努力。但這一切，都只是剛剛開始。總的來說，這個集子中的作品，基本上都是『急就』而成的。有些篇章，就像建國初期，我在北京的工廠裏初次學寫革命標語和黑板報那樣，爲了戰鬥，剛剛草成，就拿給貧下中農在地頭上朗誦了，拿給縣社廣播站廣播了，拿給報刊發表了。當地的工農兵戰友們給了我不少鼓勵。現在，把它拿出來，獻給火紅的五月，獻給無產階級文化大革命十年紀念，獻給《在延安文藝座談會上的講話》發表三十四週年，是爲了更好地參加當前正在進行著的反擊右傾翻案風的鬥爭，參加對於修正主義和資產階級的批判！」

5月　梁上泉的詩集《歌飛大涼山》由人民文學出版社出版。作品分爲《涼山新曲》、《長征路上》等4輯，收《火把節之夜》、《我們的赤腳醫生》、《金沙江的浪花》、《阿妹子穿上新工裝》等詩63首。該書《內容說明》說：「這是文化大革命以後作者的一部短詩集。它以充沛的革命熱情，歌唱了我國大、小涼山彝族地區由奴隸社會飛躍進入社會主義社會的新面貌；頌揚了紅軍長征的光榮革命傳統和今天長征路上的新氣象；描畫了這一地區工業建設朝氣蓬勃向前發展的新圖景。這些詩，筆調清新，語言精鍊，富有民族特點和地方特色。」當時的評介說：《歌飛大涼山》「是寫涼山彝族地區革命人民的戰鬥生活的，作者並不片面追求少數民族的風土習俗，而是以階級鬥爭爲綱，飽含革命激情，熱忱歌頌『新的人物，新的世界』，歡呼毛主席革命路線的偉大勝利。《歌飛大涼山》支支歌兒翻新調，聲聲歌唱社會主義涼山的新面貌、新氣象、新人物、新風尚。它是一曲文化大革命的激情讚歌。」（左人《千里涼山分外嬌——讀新詩集〈歌飛大涼山〉》，1976年9月10日《詩刊》1976年9月號）

　　梁上泉，1931年6月28日生於四川達縣。1950年參加中國人民解放軍，1956年出版詩集《喧騰的高原》。1957年轉業到重慶市歌舞劇團任編劇，出版詩集《雲南的雲》（1957）、《寄在巴山蜀水間》（1958）、《山泉集》（1963）等。1982年調重慶市文聯從事專業創作。又出版詩集《多姿多彩多情》（1986）、《梁上泉詩選》（1993）、《六弦琴》（1993）等。

5月　上海市建築工程局工會《建設者的腳印》三結合創作組著的詩集《建設者的腳印》由上海人民出版社出版。收吳涇磚瓦廠洪中斌《八月潮》、基礎工程公司朱金晨《大江賦》等詩8首，有《編後記》。《編後記》說：「革

命是千百萬人民的盛大節日。」「偉大的無產階級文化大革命，使建築工業戰線發生了翻天覆地的變化。從東海之濱到嶺南塞北，到處行進著建設者認真學習無產階級專政理論，大批修正主義，大幹社會主義的戰鬥步伐。千萬支夯歌向陽飛，千萬張喜報鋪征途。從這本詩集裏，可以看出建設者前進的腳印。」「這本詩集的作者，是戰鬥在建築工地上的青年工人，也是無產階級文化大革命中湧現出來的新人。在本書的『三結合』創作過程中，作者以階級鬥爭為綱，學習革命樣板戲的創作經驗，努力描寫重大題材，力求在階級鬥爭和路線鬥爭的矛盾衝突中塑造英雄人物的形象，揭示英雄人物的崇高思想境界。此外，在語言和形式上，也做了一些新的嘗試。」

　　5月　毛澤東同志主辦農民運動講習所舊址紀念館、廣東人民出版社編輯部編的詩集《農講所頌詩——紀念毛澤東同志主辦農民運動講習所五十週年》由廣東人民出版社出版。收向明《革命大學農講所》、韋丘《明燈》、李士非《毛主席和學員在一起》等詩 45 首。當時的評論說：「五十年前毛主席在廣州主辦的農民運動講習所，一直成為革命人民接受階級鬥爭、路線鬥爭和革命傳統教育的課堂。多少人從這裡『帶去真理的光輝、戰鬥的力量！』多少人把瞻仰的心得寫成激情橫溢的詩篇，獻給紅色的農講所，獻給偉大領袖毛主席！最近，由毛澤東同志主辦農民運動講習所舊址紀念館、廣東人民出版社編輯部合編的、即將出版的《農講所頌詩》裏的四十五首詩歌，就是從各個角度，以深厚的無產階級感情歌頌偉大領袖毛主席，歌頌毛澤東思想，歌頌毛主席的革命路線的。」（陳忠幹《頌歌獻給毛主席——讀〈農講所頌詩〉》，1976 年 5 月 9 日《南方日報》）

　　5月　王懷讓等著的詩集《文化大革命頌》由人民文學出版社出版。收王懷讓《毛主席萬歲》、龔益明《紅色暴風雨之歌》、徐真柏《戰鬥的號角》、北京大學中文系七三級創作班工農兵學員集體創作《展翅篇》等詩 9 首。書前《內容說明》說：「今年，是偉大領袖毛主席親自發動和領導的無產階級文化大革命十週年。為了歌頌這場偉大的革命，我們編輯出版這本詩集，集中共收政治抒情詩九首。這些詩，以磅礴的氣勢、澎湃的激情歌頌了偉大的無產階級文化大革命。這些詩的作者，是文化大革命的積極參加者，是戰鬥在三大革命第一線的工農兵和正在大學裏學習、戰鬥的工農兵學員，他們對無產階級文化大革命有著較深的感受和體會。這些詩作生活氣息濃，時代感強烈，具有較強的感染力。」

5 月　懷德縣二十家子公社知識青年、四平師範學院中文系三結合編寫組編寫的《怎樣寫詩歌》由吉林人民出版社出版。書分《詩歌的特點和分類》、《三大革命實踐是詩歌創作的源泉》、《選擇重大題材》、《構思要新穎》等 6 章，有《開頭的話》和《結束語》。《開頭的話》講：「爲了使小靳莊群眾性的詩歌創作活動在我省廣大農村更加蓬勃地開展，我們編寫了這本小冊子，幫助廣大貧下中農和知識青年瞭解一點詩歌寫作知識，以便更好地運用詩歌這個銳利武器，把普及大寨縣的戰鼓擂得更響，爲鞏固無產階級專政而鬥爭。」《結束語》講：「以上談了詩歌寫作中的一般問題，瞭解和掌握這些問題，對詩歌寫作是會有所幫助的。但是要寫好詩歌，還必須進行刻苦的學習和實踐。在寫作實踐中，要認眞地向毛主席詩詞學習，向革命樣板戲學習，向民歌和古今優秀詩歌作品學習，這對寫好詩歌是十分重要的。」

5 月　天津人民出版社編輯的詩論集《詩歌漫談》由該出版社出版，爲「工農兵文藝學習叢書」之一。收江天《順口、有韻、易記、能唱——重讀魯迅有關詩歌的一封信》、殷光蘭《談談新民歌創作的一些體會》、仇學寶《爲開一代詩風而奮鬥》、天津市文化局創評組聞欣《寫詩要想到工農兵》等文 17 篇。

1976 年 6 月

1 日　《人民日報》刊出路佳宜的書評《〈火紅的年華〉》。

1 日　《解放軍文藝》1976 年 6 月號刊出石順義《送連長》、寧宇《一張大字報》、葉延濱《山村喜事》、紀鵬《幹校詩簡》等詩。

5 日　《光明日報》刊出西安工人郭海水、徐劍鳴、張紹寬的文章《「筆下譜出戰鬥歌」——讀〈富仁公社詩歌選〉》。

6 日　《解放日報》刊出季振邦《運動場剪影》、上海市第七建築工程公司張志標《新支書》等詩。

10 日　《詩刊》1976 年 6 月號刊出郭沫若《水調歌頭‧慶祝無產階級文化大革命十週年》、蘇虎棠《火妹子》、狄畔《巍巍賽詩臺》、李松濤《深山創業》等詩。該刊 1976 年 9 月號刊出志宏的文章《可喜的收穫——讀敘事詩〈火妹子〉〈巍巍賽詩臺〉》。文章說：「《詩刊》第六期刊登的《火妹子》《巍巍賽詩臺》是兩首比較好的敘事詩。它緊密配合了當前批鄧、反擊右傾翻案風的偉大鬥爭，描寫了無產階級革命派與黨內走資派的鬥爭，讀後使人受到教育和

鼓舞。」「兩首敘事詩主題鮮明，思想比較深刻。它們選取了無產階級革命派與黨內走資派鬥爭這一重大題材，熱情歌頌了無產階級文化大革命和社會主義新生事物；揭露了走資派的反動實質和醜惡面目；塑造了火妹子、老洪師傅這樣的敢於反潮流、敢於和修正主義路線對著幹的無產階級英雄人物。因而具有鮮明的時代感和強烈的戰鬥性。」

10日　《北京文藝》1976年第6期刊出常安《醫療隊》、胡平開《水上醫生》等詩。

10日　《天津文藝》1976年第6期以《戰鬥的號角　時代的頌歌——贊〈小靳莊詩歌選〉第二集》為總題刊出子幹《在戰鬥中怒放的鮮豔新花》，西郊區社員陳子如《貧下中農的心裏話》，駐津某部張秋華、劉志芳《革命激情從何來》，石格竹《文藝革命的豐碩成果》文4篇。子幹文章說：「正當全國人民熱烈歡呼中共中央兩個決議的發表，掀起批判鄧小平、反擊右傾翻案風、追查反革命運動高潮的時候，《小靳莊詩歌選》第二集出版了。這部詩集，是廣大貧下中農向以鄧小平為總代表的資產階級復辟勢力猛烈反擊的戰歌，是抓革命促生產的凱歌，是社會主義詩歌創作的又一豐碩成果。」

11日　《文匯報》刊出胡永槐《爐長——贊一位工宣隊員》等詩。

12日　《光明日報》刊出李學鰲的文章《勝利都從鬥爭來——喜讀新出版的兩本小靳莊詩歌選》。文章說：「這些詩，不是用普通語言寫成的，而是從貧下中農的心窩裏噴射出來的。」「這些詩，不是蘸著墨水寫成的，而是用火紅的鋼水鐵液鎔鑄成的。」「這些詩，帶給我們的不是一般的音響和韻律，而是戰場上一排排重炮的轟鳴。」「這些詩，是歡呼偉大勝利的讚歌，更是鼓動革命戰士繼續進軍的戰鬥號角。」「讓我們以小靳莊貧下中農為榜樣，投身到批鄧、反擊右傾翻案風鬥爭的新高潮中去，為奪取更大的勝利而放聲歌唱吧！」

13日　《解放日報》刊出上海長風電機廠朱弘強《板車劇團》、上海基礎工程公司朱金晨《電影船》等詩。

14日　《人民日報》刊出鄭成義的詩《廠史展覽館》。

14日　《天津日報》刊出天津警備區戰士信偵《火熱的鬥爭沸騰的生活——喜讀〈小靳莊詩歌選〉第二集》、冶金局馮景元《烈火煉真金　戰鬥出新詩》、劉國喜《戰鬥的詩風更光彩》等文。信偵說：「讀著這部詩集，我們欣喜地看到，在無產階級文化大革命中興起，在偉大的批林批孔運動中

得以更加廣泛、更加深入開展的小靳莊群眾性的詩歌創作活動，經過深入學習無產階級專政理論和評論《水滸》、批判投降派的偉大群眾運動，特別是反擊右傾翻案風的偉大鬥爭，不但進一步得到普及，而且在作品的思想性、藝術性方面也有了提高。這些詩『語言似鋼炮，激情衝九宵』，它已是小靳莊貧下中農，男女老少普遍掌握的武器，發揮了革命文藝『團結人民、教育人民、打擊敵人、消滅敵人』的戰鬥作用。這本集子中選編的九十多名作者的一百五十首詩歌，感情真摯，旗幟鮮明，剛健有力，具有鮮明的時代特徵和強烈的戰鬥性，具有濃厚的生活氣息和獨特的民族特色。」

15 日　《河北文藝》1976 年第 6 期刊出工人肖振榮的詩《講壇——革命大批判禮讚》和詩輯《文化大革命讚歌》、《春苗迎著風雨長》。

20 日　《人民日報》刊出蒙古族查幹的詩《難忘會師延河邊——寫給當年的紅衛兵戰友》。

20 日　《貴州文藝》1976 年第 3 期以《文化大革命讚歌》為總題刊出尹在勤《寫在「一月革命」的故鄉》、吳正國《讚五·一六〈通知〉》、黃志一《寫在革委會成立大會上》等詩。

20 日　《朝霞》1976 年第 6 期刊出劉鵬春《明天》、錢鋼《獻給十年的詩篇》等詩。

23 日　《人民日報》刊出謝冕的文章《同黨內走資派作鬥爭的戰歌——讀小靳莊大隊的兩本新詩》。文章說：「小靳莊大隊兩本新的詩集《十二級颶風刮不倒》（人民文學出版社）、《小靳莊詩歌選》第二集（天津人民出版社），不久前同時出版，及時地配合了深入批判鄧小平、反擊右傾翻案風的鬥爭，為詩歌緊密服務於無產階級政治，在階級鬥爭、路線鬥爭中發揮它號角與戰鼓的作用，提供了生動的範例。」「這兩部詩集的作者，都是戰鬥在農業第一線的小靳莊的共產黨員、共青團員和貧下中農，包括支部書記、生產隊長、社員、民兵、電工、赤腳醫生等。這些鏗鏘有力的詩，出現在批判會上，場院裏，政治夜校，公社的水渠邊。它是詩，但不是刻意『做』出來的，是應革命鬥爭的需要而誕生的。它樸實，不事雕琢，卻有勁，也閃光。作者們是這樣形容自己的詩作的：『一行字跡一把劍』，『一篇詩歌一團火』。這些詩，是捍衛無產階級專政、同走資派作鬥爭的劍與火。」「小靳莊的詩，都是政治詩，是用詩歌形式聲討鄧小平的反動罪行、批判修正主義路線的戰鬥檄文。革命戰爭年代，有槍桿詩，以短小精悍的靈活形式，及時地鼓舞戰士的戰鬥

意志。小靳莊的這些詩，是在聽不見槍炮聲的戰場上、不貼在槍桿上的新時代的『槍桿詩』。這類『槍桿詩』，除了有強烈的鼓動性，還有銳利的批判性，是代表無產階級及廣大革命人民向黨內走資派進行革命大批判的利劍。在兩本詩集中，除了集中地揭露和批判走資派之外，大量的篇幅是用以抒發革命人民與走資派鬥爭的壯志豪情。詩集裏，革命人民的豪言壯語比比皆是，有的則是富有哲理的十分精粹的警句，成爲富有鼓動力量的戰鬥口號。」謝冕講：「1976 年《小靳莊詩選》出版，《人民日報》文藝部袁鷹先生因我曾帶學生在該報實習，又是研究詩歌的，組織我爲該書寫一篇專稿，我答應了。當時的心情是希望迴避特有的宣傳用語，記得發給報社的文題用的是《鞏固無產階級專政的戰歌》，發表時由編輯部改爲此題。中央人民廣播電臺 1976 年 6月 23 日的新聞聯播，播送了《人民日報》發表此文的消息。」（《謝冕編年文集》第 2 卷，北京大學出版社 2012 年 6 月出版）

27 日　《人民日報》刊出李松濤《戰地重逢》、北京永定機械廠張寶申《黨旗下站起新一代》等詩。

28 日　《北京日報》刊出石灣、蔣士枚的文章《革命樣板戲唱詞是新詩的榜樣》。

30 日　《文匯報》刊出《「七一」賽詩會詩選》和時永福的詩《唱給紅船的歌》。

6 月　穆旦作詩《友誼》、《夏》、《有別》。《友誼》初刊《詩刊》1980 年2 月號；三首均收入《穆旦詩選》，人民文學出版社 1986 年 1 月出版。杜運燮說：「每次重讀穆旦謝世前半年多寫的《友誼》一詩，心裏總要湧起一股加深我哀思的暖流。我永遠忘不了當時在山西窰洞裏收閱他抄寄的此詩時的激動心情。」「他在 1976 年 6 月 28 日給我寄來包括《友誼》在內的幾首新作，並在信中解釋說：『《友誼》的第二段著重想到陳蘊珍，第一段著重想到你們。所以可以看到，前者情調是喜，後者是悲。』」「陳蘊珍，即巴金夫人肖珊，她是在昆明西南聯大時和穆旦認識的……穆旦回國後的譯詩工作，受到肖珊的有力支持和幫助。爲此，穆旦一直對她的這份友情特別珍惜。可以想像，肖珊的過早離世，會使他多麼悲痛。」（《穆旦著譯的背後》，見《一個民族已經起來——懷念詩人、翻譯家穆旦》，江蘇人民出版社 1987 年 11 月出版）

6 月　《安徽文藝》1976 年 6 月號以《八億神州旌旗奮——掀起深入批鄧、反擊右傾翻案風、追查反革命的新高潮》爲總題刊出解放軍某部王樹國《擂起深入批鄧的戰鼓》、工人徐志華《新書記的發言》等詩。

6月　《廣東文藝》1976 年第 6 期刊出工人羅雲飛、戰士石金錄等《掀起批鄧鬥爭新高潮》詩 10 首和喬屹《紅衛兵之歌》、工農兵學員徐如麒《氣象哨》等詩。

6月　《吉林文藝》1976 年 6 月號刊出戚積廣《春燕歌》、常安《親人進山村》、陳國屏《出診》等詩。

6月　《江蘇文藝》1976 年第 6 期刊出《青春的火花──沛縣上山下鄉知識青年詩鈔》和馮新民、李莫森《火的歲月──寫在紅衛兵運動中》等詩。

6月　《遼寧文藝》1976 年第 6 期以《醒著的炮口》為總題刊出關鍵《寫在牆上的標語》、大連化物所第三研究室《中流擊水》、解放軍某部劉秋群《節目欄上》等詩。

6月　《青海文藝》1976 年第 3 期刊出常江《十年戰歌──獻給偉大的無產階級文化大革命》、工人江河《階級的歌手》、邢秀玲《耳畔猶聞驚雷吼》、李玉林《炮聲隆隆──紀念〈炮打司令部〉發表十週年》等詩和《青海造紙廠賽詩會選輯》。

6月　《四川文藝》1976 年第 6 期以《文化大革命讚歌》為總題刊出工人馮駿《工人委員》、劉震《彝家愛唱樣板戲》、工人劉成東《長征路上紅衛兵》、沉重《這是第十個年頭》等詩。

6月　《湘江文藝》1976 年第 3 期刊出詩輯《紅心緊連天安門》、《春風催得新苗壯──文化大革命、社會主義新生事物讚歌》、《陽光灑滿五‧七道──省網嶺五七幹校學員詩歌選》和楚里的文章《文化大革命的勝利凱歌──喜讀詩輯〈進軍的號角〉》。

6月　傅金城的詩集《衝鋒號》由甘肅人民出版社出版。

6月　《洪濤頌》編輯組編的詩集《洪濤頌──獻給文化大革命十週年》由宜昌市工人文化宮出版。

6月　紀鵬的詩集《寫在「世界屋脊」上的詩》由西藏人民出版社出版。作品分為《高原新歌》、《雪山哨所》等 4 輯，收有《飛往拉薩》、《高原哨所》、《望果節》等詩。

6月　徐剛的詩集《潮滿大江》由上海人民出版社出版。作品分為《哨所歸來》、《我的大學》等 4 輯，收《戰刀歌》、《校園連著大慶路》、《司機長的路徽》、《別韶山》等詩 48 首。該書《內容提要》說：「這本詩集，共收短詩和政治抒情詩四十八首。」「短詩部分，作者以深切的感受，樸素的筆調，

熱情讚頌了工農兵上大學這一社會主義新生事物，描繪了部隊、農村和鐵路抓革命、促生產、促工作、促戰備的鬥爭風貌。」「政治抒情詩部分，作者滿懷革命激情，以深刻的寓意，有力的筆觸，集中歌頌了毛主席無產階級革命路線的偉大勝利，展現了『戰鬥——才能前進，革命——方有未來』的壯麗圖景，從中可以聽到時代脈搏的跳動，可以看到革命潮頭的奔流。」

　　　　徐剛，1945 年生，上海崇明人。1962 年參軍，1965 年復員。1970 年入北京大學中文系學習，畢業後回崇明任縣委寫作組組長。1976 年到《人民日報》文藝部工作。出版的詩集還有《魯迅》（1977）、《毛澤東之歌》（1978）、《遙遠歌》（1981）、《徐剛九行抒情詩》（1986）等。

　　6月　喻曉的詩集《臺胞的心聲》由人民文學出版社出版。收《想念毛主席》、《參觀人民大會堂臺灣廳》、《老臺胞的回憶》、《再見吧，骨肉親人》等詩 33 首。該書《內容說明》說：「這本詩集反映了臺灣同胞盼望解放、盼望祖國統一的熾烈心情；反映了臺灣同胞熱愛社會主義祖國、熱愛黨、熱愛毛主席的深厚情感；也反映了臺灣同胞為解放臺灣、為祖國統一決心鬥爭到底的革命精神。」「作品感情真摯，語言流暢，有較濃鬱的抒情色彩。」

　　　　喻曉，原名喻元吉，1941 年生於湖南婁底。1961 年入工程兵技術學校學習。曾任工程兵某部技術員、《工程兵報》編輯、《解放軍報》文化處副主編。1965 年開始發表作品，出版的詩集還有《青春與海》（1986）、《翠綠的星》（1989）、《靈之燭》（1992）等。

　　6月　翟葆藝的詩集《列寧——光輝的榜樣》由河南人民出版社出版，收《吃「墨水瓶」》、《十月的炮聲》、《參加義務勞動》等詩23首，有《序詩》。該書《內容說明》說：「無產階級的革命導師列寧，為鞏固無產階級專政、限制資產階級法權，進行了卓有成效的鬥爭，並以自己的模範行動，為我們樹立了光輝的榜樣。」「為了配合無產階級專政理論的學習運動，作者從列寧生平事跡的大量資料中選擇了一些列寧限制資產階級法權的故事。這些故事，雖然只是列寧生活的一些片斷，但卻包含著極其深刻的道理。讀起來感人肺腑，發人深思。」「故事詩共二十三首。形式新穎，語言樸實、簡練。」

　　6月　普陀區工人文化宮詩歌組編的詩集《新花怒放》由上海人民出版社出版。收鄭成義《文化大革命頌》、陸萍《紗廠來的工宣隊員》、趙麗宏《貧下中農管理學校就是好》、季渺海《陽光照亮五‧七道》等詩 62 首，有《為

新生事物放歌》詩代序和《編後》。《編後》說：「本書共選編詩歌六十二首。它們從各個側面歌頌了無產階級文化大革命和批林批孔運動，以飽滿的政治熱情為社會主義新生事物高唱讚歌，有力地痛擊了右傾翻案風，充分反映了我國社會主義革命和社會主義建設蓬勃發展、欣欣向榮的壯美圖景。選詩大多主題鮮明，激情洋溢，通俗易懂，有較濃厚的民歌風味。」「我區詩歌組是上海工人業餘創作隊伍中的一支新兵，這次編輯詩集對我們是一個極好的學習機會，廣大工農業餘作者為鞏固無產階級專政而努力創作的精神，使我們深受教育。」

6月　詩集《戰地黃花》由上海人民出版社出版。收朱金晨《寫在千山萬水間》、陸偉《深情的懷念》、徐如麒《工地短曲》、袁峻《電子工人的歌》等詩 19 組。書前《內容提要》說：「這是本組詩集。作者都是無產階級文化大革命以來，戰鬥在詩歌陣地上的『兒童團』。這些詩，來自火熱的生活，較迅速地反映了學理論，抓路線的鬥爭風貌；展現了工業學大慶，大幹快上的沸騰景象；抒發了工人、戰士、幹校學員、知識青年等團結戰鬥，破除資產階級法權思想，縮小三大差別的豪情壯志。作品大都寫得樸素、清新，詩意較濃，像戰地黃花一樣，充滿了朝氣。」

6月　山東新華印刷廠編的詩集《陣地戰歌》由山東人民出版社出版，收楊清祿《戰鬥的炮火永不停》、孫曉堂《獻給首都民兵》、曲修發《批鄧怒火胸中燒》、楊忠友《打倒翻案復辟狂》等詩 79 首。

夏　牛漢作詩《貝多芬的晚年》。此詩初刊《長安》1984 年第 7 期；收詩集《蚯蚓和羽毛》，人民文學出版社 1986 年 4 月出版。

1976 年 7 月

1日　《解放軍文藝》1976 年 7 月號刊出朱谷忠《頌毛主席的大字報》、王慧騏《萬炮齊轟鄧小平》、瞿琮《渡海演練》、董培倫《潛航之歌》、紀學《拂曉擒敵》、馬林帆《情滿延安》、桑原《中流擊水》、王石祥《前哨新歌》等詩。

2日　《解放日報》刊出東方濤《敬禮，火紅的戰旗！》、長江農場陳齊《勝利全靠黨指揮》等詩。

4日　《文匯報》刊出楊牧的敘事詩《錘》。

10日　《詩刊》1976 年 7 月號刊出牛明通《水擊千里》、章德益《塔里木人》、楊匡滿《登山隊的帳篷》等詩和陸貴山《努力表現無產階級同走資派的

鬥爭》等文。陸貴山說：「寫無產階級同走資派的鬥爭，是社會主義文藝創作的重大課題。革命詩歌要發揮戰鼓和號角的作用，也必須把反映無產階級同走資派的鬥爭，作爲十分重要的任務。」「寫不寫無產階級同走資派的鬥爭，從政治上說，是關係到要不要堅持階級鬥爭，堅持兩條道路、兩條路線的鬥爭，堅持反修防修，把社會主義革命進行到底的問題；從認識論上說，是關係到要不要堅持馬克思主義的反映論的問題；同時也是關係到遵循還是背離文藝創作根本規律的問題。」

10 日　《北京文藝》1976 年第 7 期刊出「詩歌專號」，刊有時永福《擊水頌》、峭岩《寄自邊防哨所》、張學義等《工農兵批鄧大字報詩抄》、李小雨《紅衛兵頌》、臧克家《走在光輝的五・七大道上》、楊煉《知青科研站》等詩和錢光培《談新詩學習革命樣板戲》等文及詩訊《詩歌做刀槍　殺向復辟狂——清華大學詩歌創作如雨後春筍》、《北京衛戍區某部紅五連積極開展寫詩賽詩活動》。《詩刊》1976 年 7 月號詩訊：「《北京文藝》專號的作品編爲四輯：歌頌偉大領袖毛主席，歌頌偉大、光榮、正確的中國共產黨；深入批鄧、反擊右傾翻案風，歌頌無產階級文化大革命；歌頌社會主義新生事物，反映鶯歌燕舞的大好形勢；歌頌在毛主席革命路線指引下，工、農業戰線抓革命、促生產的輝煌成果。共發表七十多名新、老作者的八十多首詩歌以及有關詩歌的評論文章。絕大多數作者是戰鬥在各條戰線的工農兵。」

10 日　《天津文藝》1976 年第 7 期刊出臺寶奎《劈風斬浪向前進》、王樹田《紅梅管天》等詩和《烈火錘鍊八億兵——小靳莊慶祝文化大革命十週年賽詩會詩歌選》。

15 日　《文匯報》刊出趙麗宏的詩《到中流擊水》。

15 日　《汾水》1976 年第 4 期刊出《歌頌無產階級文化大革命徵文》，刊有吳長生《激流之歌》、趙展舒《紅衛兵袖章頌》等詩和朱捷的文章《爲革命創作更多更好的詩歌——學習魯迅關於詩歌的論述》。

15 日　《河北文藝》1976 年第 7 期刊出「詩歌專號」，刊有《頌歌集》、《風雷篇》、《春苗贊》、《新民歌》等欄目，有逢陽《警鐘篇》、駐軍某部劉小放《暴風雨頌》、申身《理論大軍戰猶酣》等詩。《編後》說：「這期詩歌專號，是和修正主義文藝黑線對著幹的產物，是開門辦刊物的一個新的嘗試。參加詩歌專號編輯學習班的二十多名工農兵作者，不僅從組稿、選稿、改稿到定稿的全部編輯過程都親自參加了，有些稿件，還集體進行了創作。不僅專號的計

劃設想徵求了工農兵群眾的意見，稿子編出後，一些重點稿件還召開工農兵群眾座談討論，反覆進行了修改。民歌的初選編輯工作是委託各地區的主管部門代我們做的。所以，這個詩歌專號，是工農兵作者和作者、編輯、群眾『三結合』的成果。」是期詩訊：河北省香河縣劉宋公社張莊大隊，以小靳莊爲榜樣，積極開展寫詩、賽詩活動。兩年來，他們結合現實階級鬥爭和路線鬥爭，緊密配合黨的中心工作，共寫出詩歌三萬多首。上至七、八十歲的老人，下至七、八歲的兒童，都來寫詩，還出現了父子、婆媳、妯娌之間的賽詩活動。他們以階級鬥爭爲綱，充分發揮詩歌的戰鬥作用。在批林批孔鬥爭中，他們用詩歌批判林彪、孔老二的罪行，批判腐朽沒落的意識形態，讚揚社會主義新生事物；在農業學大寨、普及大寨縣的群眾運動中，他們用詩歌批判資本主義，歌頌社會主義；在反擊右傾翻案風鬥爭中，他們寫下了大量批判鄧小平、反擊右傾翻案風的詩歌。他們的詩，充分表達了廣大幹部和群眾反對復辟倒退的革命激情，表達了他們鞏固和發展文化大革命的勝利成果，熱情支持社會主義新生事物，永遠跟著毛主席幹革命的決心。

17 日　《人民日報》刊出嚴陣的詩《擊水篇——紀念毛主席暢遊長江十週年》。

18 日　《解放日報》刊出空軍部隊宮璽《毛主席率領我們鬥風浪》、東海艦隊田永昌《挺進在革命激流中》等詩。

20 日　《福建文藝》1976 年第 4 期刊出《歌頌無產階級文化大革命、歌頌社會主義新生事物徵文專輯》，刊有上杭知識青年陳志銘《最幸福的時刻》、解放軍戰士朱向前《爲文化大革命站崗》、徐如麒《造反派的戰報》、謝春池《函授學員》、解放軍某部楊德祥《礁巖頌》、龍彼德《磨刀辭》等詩。

20 日　《人民文學》1976 年第 4 期刊出于沙《韶山陳列館》、馮景元《炮聲隆》等詩和艾克恩的文章《一首詩歌一團火——喜讀兩本新出版的小靳莊詩歌選》。

20 日　《朝霞》1976 年第 7 期刊出徐剛《在歷史的火車頭上——獻給我們偉大的黨》、崔合美《鐘》、元輝《青春的火花》等詩。

25 日　《黑龍江文藝》1976 年第 7 期刊出張廓《衝鋒——獻給文化大革命十週年》、邢海珍《深情》、王忠範《草原紅鷹》等詩。

25 日　《雲南文藝》1976 年第 6～7 期刊出倪金奎《好啊，革命的大字報》、工人陳學書《炮聲隆隆》等詩。

25日　《浙江文藝》1976年第4期以《火紅的年代　火紅的歌》爲總題刊出文松《寫在火紅的年代》、闕維杭《燃起造反的烈焰——回顧十年前革命大串連的火紅歲月》等詩;以《軍營詩抄》爲總題刊出戰士孫中明《哨所的紅衛兵》、馬緒英《新指導員》等詩。

27日　《人民日報》刊出北京永定機械廠楊俊青《書記的辦公室》等詩。

28日　河北省唐山、豐南一帶發生強烈地震。

31日　《光明日報》刊出工人周家駿、朱爍淵的文章《把爐火燒得更紅——評政治抒情詩集〈爐火正紅〉》。

7月　龔舒婷(舒婷)作詩《相會》。此詩收詩集《雙桅船》,上海文藝出版社1982年2月出版。

7月　穆旦作詩《自己》。此詩初刊《詩刊》1980年2月號,收《穆旦詩全集》,中國文學出版社1996年9月出版。

7月　伍立憲(啞默)作詩《他和我》。此詩收詩文集《鄉野的禮物》,貴州民族出版社1990年12月出版。

7月　《安徽文藝》1976年7月號以《讓思想衝破牢籠——限制資產階級法權戰歌》爲總題刊出工人武澎《一份申請報告》、劉來雲《老政委務農》等詩。

7月　《廣東文藝》1976年第7期刊出解放軍杜佐祥《進軍曲》、工人呂宇《新委員》等詩。

7月　《廣西文藝》1976年第4期刊出肇隆、名濤、少華《瑤山新戶》和柳州市郊區赤腳醫生韋國華《軍號歌》等詩。

7月　《河南文藝》1976年第4期刊出劉福智《紅船頌——獻給黨的五十五週年》、閻豫昌《大道上的歌》等詩和詩輯《戰歌聲聲慶勝利》、《社會主義新生事物贊》。

7月　《湖北文藝》1976年第4期刊出熊召政《獻給七一的歌》、黃聲笑(黃聲孝)《文化革命換新天》、工人吳禮禎《紅旗村裏戰旗紅》、龍彼德《贊油印機》等詩和紀之的文章《高歌猛進——贊〈教育革命進行曲〉》。是期消息:「在紀念『五・一六』通知發表十週年的日子裏,武昌造船廠舉辦了『高歌文化大革命,回擊右傾翻案風』詩歌朗誦會。領導幹部帶頭寫詩,廣大職工爭先恐後登臺朗誦自己創作的詩歌,鬥志昂揚,群情振奮。各分廠、車間也都相繼舉行了詩歌朗誦會,群眾性的詩歌創作活動蓬勃開展。全廠職工創

作詩歌在千首以上。廣大職工的詩歌，熱情歌頌了毛主席的革命路線，歌頌了當前鶯歌燕舞的大好形勢，歌頌了文化大革命的偉大成果，憤怒批判了黨內不肯改悔的走資派鄧小平妄圖顛覆無產階級專政，復辟資本主義的滔天罪行，堅決回擊了右傾翻案風。有的老工人文化低，為了寫好詩，利用休息時間，連續幾晝夜寫作，抒發工人階級的壯志豪情。同志們說：『雄偉船臺戰旗紅，階級鬥爭烈火熊，造船工人齊怒吼，反擊右傾翻案風。』充滿戰鬥激情的詩歌，激勵著船廠職工在批鄧鬥爭中乘勝前進！」

7 月　《吉林文藝》1976 年 7 月號刊出蒙族仁欽道爾吉《天安門的燈》、王磊《奔韶山》、胡世宗《在遵義》等詩。

7 月　《江蘇文藝》1976 年第 7 期刊出鄒國平《一月風暴前夜》、王明貴《當我邁進革委會大門》、龍彼德《韶山車站》等詩。

7 月　《江西文藝》1976 年第 4 期刊出全省詩歌創作學習班集體創作的長詩《炮聲頌──獻給無產階級文化大革命十週年》、組詩《春雨新苗──社會主義新生事物贊》和施平《詩歌作者要為文化大革命高唱讚歌》、江中《火紅歲月的頌歌──長詩〈炮聲頌〉、組詩〈春雨新苗〉讀後》等文。江中的文章說：「在全國人民隆重紀念無產階級文化大革命十週年的前夕，參加全省詩歌創作學習班的工農兵作者，揮灑戰筆，飽蘸革命激情，寫出了一批歌頌無產階級文化大革命和社會主義新生事物的新詩。這些作品主題鮮明，構思新穎，感情熾烈，語言清新，是近年來我省詩歌創作的可喜收穫。本期發表的政治抒情長詩《炮聲頌》和組詩《春雨新苗》，就是其中的一部分。」「長詩《炮聲頌》以階級鬥爭為綱，集中筆墨，著力表現了無產階級與黨內走資派的鬥爭，無情鞭撻了劉少奇、林彪、鄧小平這些資產階級代表人物，反映了這場『無產階級反對資產階級和一切剝削階級的政治大革命』的本質。」「《春雨新苗》是歌頌社會主義新生事物的組詩。近年來，隨著社會主義新生事物在鬥爭中茁壯成長，反映新生事物的詩歌作品也在不斷湧現。在《江西文藝》發表過的這類作品中，大部分是從正面表現新生事物的，其中不少作品是寫得比較好的。但也有一些作品，由於作者對新生事物的本質意義缺乏深刻的理解，因而發掘不深，表現不新。組詩《春雨新苗》的作者們，親身參加了火熱的三大革命鬥爭，對文化大革命有著深厚的感情，對工農兵在文化大革命中的戰鬥生活比較熟悉，所以作品在構思上比較新穎，生活氣息較濃。」

7 月　《遼寧文藝》1976 年第 7 期刊出「詩歌專號」，刊有《千歌萬曲向

黨唱　如今詩人我們當》新民歌 100 首和高曉天《大潮歌》、劉文玉《社會主義大集好》等詩。

7月　《內蒙古文藝》1976 年第 4 期《歌頌文化大革命　反擊右傾翻案風》欄刊出尹軍《朝陽花開香萬里》、解放軍某部郭毅《山村喜看樣板戲》、峭岩《歌唱紅衛兵》等詩。

7月　《四川文藝》1976 年第 7 期以《文化大革命讚歌》為總題刊出昆華《幸福的回憶》、劉徹東《紅色的袖章》、再耕《紅衛兵名冊》等詩。

7月　《武漢文藝》1976 年第 4 期刊出洪源《大江東去——獻給中國共產黨誕生五十五週年紀念日》、解放軍雷子明《在金色的航道上》、劉不朽《縱情放歌大堤口》等詩。

7月　凡路的詩集《山雨欲來風滿樓》由人民文學出版社出版。收《山雨欲來風滿樓》、《古國換新天》、《風波浪裏鬥霸王》等詩 6 首。該書《內容說明》說：「在這些詩中，作者滿懷革命豪情，歌頌了世界上革命在前進的大好形勢；揭露了蘇美兩霸爭奪世界的野心。特別是對於第三世界人民的反帝、反殖、反霸鬥爭，給了熱烈的讚頌。」「作品感情充沛，戰鬥性強。」

7月　胡笳的詩集《油海浪花》由四川人民出版社出版，為四川詩叢之一。作品分為《大慶歌》、《油花賦》等 3 輯，收《車過大慶站》、《北京喜迎大慶油》、《井場風雷》、《油海噴香》等詩 50 首。

　　　　胡笳，1940 年生於四川成都。1960 年肄業於四川財經學院，同　　　年到成都市歌舞劇團任創作員。1981 年任《青年作家》雜誌詩歌組　　　組長。出版的詩集還有《淌淚的琴弦》（與戴安常合著，1980）、《綠　　　水紅帆》（1983）、《彩色的情緒》（1989）等。

7月　李瑛的詩集《進軍集》由人民文學出版社出版。收《向二〇〇〇年進軍》、《迎春歌》、《一個純粹的人的頌歌》、《從瀾滄江畔寄北京》長詩 4 首。書前《內容說明》說：「這是一本政治抒情詩集。在這四首詩中，作者以飽滿的革命熱情，歌頌了我們偉大的祖國、偉大的時代；歌頌了中國人民在中國共產黨和毛主席的英明領導下，勇於攀登世界高峰的英雄氣概；歌頌了知識青年上山下鄉的偉大胸懷；歌頌了雲南各族人民的幸福生活以及對黨、對毛主席的深厚感情；還熱情地歌頌了縣委書記的榜樣——焦裕祿同志。」「詩情澎湃，具有強烈的時代氣息；節奏鮮明、語言鏗鏘，適宜朗誦。」

7月　瞿琮的詩集《春滿洞庭》由湖南人民出版社出版。收《標語牆》、

《寬廣的機耕道》、《訪君山茶園》、《師長的歌》等詩 49 首，有《洞庭歌》詩 1 首代序。

7 月　　振揚的詩集《唱給韶山的歌》由湖南人民出版社出版，收《頌韶山》、《工宣隊員》、《黨的召喚》等詩 55 首，分爲《唱給韶山的歌》、《新人新事滿礦山》、《井架下的戰鬥》3 輯，有著者《後記》。《後記》說：「十年來，我這個在紅旗下長大的青年工人，沐浴著毛澤東思想的陽光雨露，迎著文化大革命的浩蕩東風，走上了文學創作的道路，成了一名文藝新兵。黨給了我一支戰鬥的筆，文化革命的烈火點燃了我熾熱的創作激情。我是多麽渴望能生出十萬雙臂膀，舉起百萬束鮮花，吹呼文化大革命的偉大勝利，歌唱緊跟毛主席在繼續革命的大道上勇往直前、衝鋒陷陣的工農兵英雄形象呵！」「懷著激動的心情，我從十年來寫的習作中編選出這本單薄的小冊子，作爲一件菲薄的禮物，一片赤誠的心意，獻給文化大革命十週年。我希望它化作歌頌文化大革命的大合唱中的一個音符，成爲文藝百花園中的一朵小花。」

　　　　振揚，原名賀振揚，1941 年生於湖南雙豐。1962 年鈾礦地質勘探專業學校畢業到衡陽礦山當工人，同時開始文學創作。1968 年借調到湖南日報文藝組當編輯，1973 年調入湖南省文學藝術工作室從事詩歌創作，後在湖南省文聯工作。

7 月　　石祥（王石祥）、劉薇的《戰鬥的歌——歌詞集》由上海人民出版社出版。收《毛主席是咱領路人》、《文化大革命十年頌歌》、《戰士想的是什麽》等歌詞 75 首，後附《歌詞創作學習札記》。該書《內容提要》說：「這是一本歌詞專集。共收入作者近年來創作的歌詞七十五首。從不同的角度反映了作者對毛主席、對黨、對祖國的熱愛，抒發了革命戰士建設祖國、保衛祖國的豪情壯志。主題鮮明，形象生動，形式多樣，富有強烈的時代氣息。附文《歌詞創作學習札記》，作者從歌詞的選材、構思、語言等方面，介紹了自己創作歌詞的體會，可供歌詞寫作者參考借鑒。」

7 月　　堯山壁、王洪濤、聰聰合著的詩集《山水新歌》由天津人民出版社出版。收堯山壁《大寨田》、王洪濤《平原上的進軍》、聰聰《喜訊飛遍平原》等詩 35 首。

7 月　　章明、瞿琮、郭兆甄合著的《節日的祖國——歌詞一百首》由廣東人民出版社出版，爲南方詩叢之一。收瞿琮《頌歌獻給毛主席》、郭兆甄《毛主席關懷咱山裏人》、章明《千里路上凱歌高》等歌詞 100 首。

7月　鄭州市文化館創作組編的敘事詩集《黃河柳》由河南人民出版社出版。收黃同甫《九女岡》、宋餘三《梧桐寨》、王復興《黃河柳》、陳鐵山《耿勇河的故事》等詩 10 首。

7月　廣西人民出版社編的敘事詩集《笙歌陣陣》由該出版社出版。收李榮貞《笙歌陣陣》、楊軍《阿岩回來了》和彭景宏、黃勇剎、柯熾《根深葉茂》等詩 5 首。

7月　詩集《新綠集》由上海人民出版社出版，爲「上山下鄉知識青年創作叢書」之一。收上海楊代藩《列車前方到達站》、黑龍江龍彼德《書記的勞動手冊》、新疆東虹《大漠春訊》、新疆章德益《塔里木暢想》等詩 21 首（組）。該書《內容提要》說：「這本上山下鄉知識青年的詩集，是從一九七五年的來稿中選編的。」「這些作品，熱情地歌頌了知識青年上山下鄉這一社會主義新生事物，紀錄了知識青年在農村激烈的階級鬥爭和路線鬥爭的風口浪尖茁壯成長的歷程，展現出農業學大寨、普及大寨縣的壯麗畫卷，抒發了在廣闊天地裏的一代新人爲鞏固無產階級專政、縮小三大差別而戰鬥的崇高革命理想和豪情壯志。」「這些詩，感情淳樸，有著比較強烈的時代精神和火熱的生活氣息。」

7月　天津人民出版社編的《展翅篇——天津青年工人詩選》由該出版社出版。收馮景元《爐火熊熊》、唐紹忠《衝天爐》、田宗友《農藥車間書記的話》、楊玉波《友誼歌傳四海水》等詩 46 首。該書《內容提要》說：「這本抒情短詩集子是新人新作：作者是無產階級文化大革命以來和批林批孔運動以來，開始拿起筆桿，用詩歌作爲武器，積極投入在文化領域中對資產階級實行全面專政戰鬥的青年工人；作品充分反映了無產階級文化大革命以來，天津市工業戰線所產生的巨大變化，熱情歌頌了學習無產階級專政理論，深入開展『工業學大慶』運動的大好形勢，熱情歌頌了茁壯成長的社會主義新生事物和新人新事新思想。」「大部分作品具有鮮明的時代特徵和濃厚的生活氣息；格調清新剛鍵，語言琅琅上口。」

1976 年 8 月

1 日　《解放軍文藝》1976 年 8 月號刊出戰士錢巍《衝》、曾凡華《戰報編輯》、瞿琮《坦克手和紅領巾》、英戈《〈炮打司令部〉禮讚》、孟偉哉《新沙皇的「和平」進行曲》等詩。

2 日　《人民日報》刊出《戰士短歌》，刊有廣州部隊某部葉知秋《西沙抗風桐》、鐵道兵某部李小雨《青年指揮員》等詩。

5 日　《人民日報》刊出《地震何足懼，人民定勝天──唐山人民抗震救災戰歌》和時永福的詩《號炮轟鳴，光照千秋──紀念毛主席〈炮打司令部──我的一張大字報〉發表十週年》。

8 日　《解放日報》刊出楊牧《火種》、葉慶瑞《「炮轟隊長」》、解放軍某部楊德祥《哨所有架收音機》等詩。

8 日　《文匯報》刊出周嘉俊的詩《大地，你顫抖吧，我們將征服你！》。

10 日　《詩刊》1976 年 8 月號刊出李小雨等《抗震救災詩傳單》、王鳴久《火紅的戰表──頌〈炮打司令部（我的一張大字報）〉》、嵇亦工《「八‧一八」頌歌》、紀宇《千帆過後評沉舟》等詩和金學迅《充分發揮敘事詩的戰鬥作用》等文。金學迅說：「敘事詩的優點和特點，就是可以通過精鍊的詩歌語言，描述故事情節，設置矛盾衝突，刻劃人物形象。這些特點，正好有利於表現無產階級同走資派的尖銳複雜的階級鬥爭和路線鬥爭，有利於精心塑造高大完美、光彩照人的無產階級英雄典型。從而在現實的革命鬥爭中，充分發揮『團結人民、教育人民、打擊敵人、消滅敵人』的戰鬥作用。」

10 日　《北京文藝》1976 年第 8 期《英雄人民戰震災》欄刊出李學鰲《英雄的人民定勝天》、張壽山《毛主席恩情似海洋》等詩。

10 日　《天津文藝》1976 年第 8 期刊出王榕樹《偉大的號炮》、馮景元《風暴中紀事》等詩和石格竹的文章《評詩劇〈烈火不熄〉》。

11 日　《人民日報》刊出夏祥鎮的文章《革命豪情動地來──喜讀詩集〈遵義頌〉》。

14 日　《人民日報》刊出《英雄的人民不可戰勝──抗震救災詩歌選》。

15 日　《河北文藝》1976 年第 8 期刊出張從海《給書記記工》、宮璽《高原機場》等詩。

17 日　《人民日報》刊出成莫愁《軍包傳》、李道林《金燦燦的日曆》等詩。

20 日　《人民文學》1976 年第 5 期以《抗震戰歌衝雲宵》為總題刊出蔡文祥《車向唐山飛》、李炳天《衝向抗震戰場》等詩和石灣的詩《戰鬥的節日──紀念毛主席接見紅衛兵十週年》。

20 日　《朝霞》1976 年第 8 期刊出詩輯《我們是毛主席的紅衛兵》，刊有成莫愁《戰歌壯》、周濤《送報的姑娘》、李曙白《你好！山村》等詩。

21日　《光明日報》刊出尹在勤的文章《延安精神傳萬代——讀詩集〈延安頌〉》。

21日　《四川日報》刊出陳家貴、勝傑的報導《一首詩歌一門炮　萬炮齊轟鄧小平——記金堂縣玉虹公社永久大隊政治夜校的一次賽詩會》。

22日　《解放日報》刊出恒通路小學戚泉木《人定勝天伏災魔》、錦都食品店何國慶《浦江唐山手攜手》等詩。

22日　《陝西日報》刊出昝澍、張惠、智奇的文章《「出膛的炮彈」——讀詩集〈火紅的戰旗〉》。

22日　《天津日報》刊出新華社記者的報導《詩歌表達淩雲志滿懷豪情歌頌黨——記勸業場街明德里一次居民抗震救災賽詩會》。

25日　《黑龍江文藝》1976年第8期刊出車帥仁《在油印機旁——記一九六六年紅衛兵最難忘的一個夜晚》、蔡文祥《埋地雷》、解放軍某部冉曉光《本色》等詩。

27日　《人民日報》刊出壯族藍陽春《瑤山馬鈴》、鄭成義《小將要大幹》、寇宗鄂《工人民兵歌》等詩。

28日　詩人牧丁在河南鄭州逝世。

　　　　牧丁，原名顧竹淛，1916年3月16日生於江蘇漣水。1940年在成都編輯《詩星》，並出版詩集《未穗集》。1941年起主要在中學、大學從事教育工作，1949年後在北京中央戲劇學院、天津南開大學任教，1957年任教於鄭州大學中文系。

29日　《光明日報》刊出報導《抒戰鬥豪情　誦革命壯志——唐山街頭的一次軍民賽詩會》。報導說：「盛夏八月的一天，在唐山市四眼井街道抗震救災領導小組的帳篷前，一群男女青年和解放軍戰士聚集一起，高聲朗誦自己的詩作，抒發爲奪取抗震救災鬥爭全面勝利而英勇戰鬥的豪情壯志。這是人民解放軍某部八連團支部和四眼井街道團支部聯合召開的一次賽詩會。」

8月　《安徽文藝》1976年8月號刊出解放軍某部宮璽《幹校第一夜》、閻世偉《紅衛兵新歌》等詩和丁鴻元、朱大可的文章《支持新事物　歌唱新一代——讀一九七五年以來〈安徽文藝〉詩歌有感》。

8月　《廣東文藝》1976年第8期刊出蔡宗周《爲革命委員會站崗》、解放軍石祥（王石祥）《戰鬥的海防》、解放軍瞿琮《寄自城下之城》等詩。

8月　《吉林文藝》1976年8月號刊出「詩歌專號」，以《歌唱文化大革

命 反擊右傾翻案風》爲總題刊出程遠《文化大革命捲巨瀾》、趙同倫《鬥倒當代黑宋江》等新民歌，以《跟著毛主席在大風大浪中前進》爲總題刊出王小妮《「八・一八」抒懷》、鄧萬鵬《從集體戶寄向天安門》等詩，以《對準鄧小平開炮》爲總題刊出樊發稼《對準鄧小平，開炮》、王磊《紅小兵》等詩，還刊有范崢嶸、韓躍旗、李樹森的詩報告《勁松之歌》和韓志軍《佔領頌》等詩及陳日朋《號角、響箭及其它——政治抒情詩雜談》等文。

8 月 《江蘇文藝》1976 年第 8 期刊出紀紅《前進！紅衛兵戰旗》、解放軍某部葛遜《紅衛兵在海疆》、閻志民《難忘的日子》等詩和南京師範學院工農兵學員徐寶成、張中源、黃毓仁的文章《文化大革命的熱情讚歌——讀長篇政治抒情詩〈十年放歌〉》。

8 月 《遼寧文藝》1976 年第 8 期刊出龍彼德《慶祝「八・一八」》、戰士劉福林《「八・一八」日記》等詩。

8 月 《青海文藝》1976 年第 4 期刊出江源《革命方知北京近》、盛沛林《高舉黨旗闊步前進》、工人江河《寫在紅衛兵袖標上的詩篇》、張祥康《咱們的理論討論會》等詩和巨邦佐的文章《一行行詩句紅似火——讀詩歌特輯〈戰歌催春〉》。

8 月 《湘江文藝》1976 年第 4 期刊出《敢與走資派對著幹》詩歌、民歌 10 首和顏家文《「我堅決支持你們」》、解放軍元輝《海嘯》、解放軍里沙《警惕樹》等詩。

8 月 中國人民解放軍濟南部隊政治部文化部編的詩集《歌漫征途》由山東人民出版社出版。

8 月 蘇州市工人文化宮工人業餘詩歌創作組編的《獻給文化大革命的歌——工人詩選》出版。

8 月 詩集《征途新歌》由甘肅人民出版社出版。

8 月 任耀庭的詩集《歌從雪山來》由四川人民出版社出版，爲四川詩叢之一。作品分爲《開花的種子》、《最美的詩行》等 3 輯，收《過瀘定橋》、《紅軍墳上的鮮花》、《巡邏兵與紅柳》、《牧場秋色》等詩 52 首。

　　　　任耀庭，1922 年 12 月 8 日生於山東曹縣。1939 年參加八路軍。1956 年入解放軍南京軍事學院學習，1959 年到成都軍區工作。出版的詩集還有《梁山奔來的駿馬》（1985）、《三代劍》（1989）、《馬上歲月》（1993）、《歲月回響》（1997）等。

8月 童嘉通的詩集《邊疆山月》由四川人民出版社出版，爲四川詩叢之一。作品分爲《征程萬里》、《邊疆的山》等 3 輯，收《長征路》、《毛主席揮筆走驚雷》、《海防哨所》、《山村大字報》等詩 56 首。

　　童嘉通，1937 年生於江蘇揚州。出版的詩集還有《金色的巖鷹》
　　（1977）、《回望》（1991）。

8月 詩集《新顏歌》由河南人民出版社出版，收李叔和《廬山松》、王元明《紅旗渠頌歌》、黃同甫《姜大媽》、潘萬堤《紅旗手》等詩 52 首（輯）。

8月 人民文學出版社編輯室編的《學大寨民歌選》由該出版社出版。收李居鵬《萬朵紅花迎春天》、吳碧文《馬列戰刀握手中》、劉志清《燕子河畔批宋江》、鄭克級《誓將山河重安排》等民歌 380 餘首，有編者《編後記》。《編後記》說：「在黨中央發出『全黨動員，大辦農業，爲普及大寨縣奮鬥』的偉大號召後，一個聲勢浩大的『農業學大寨』、普及大寨縣的革命群眾運動正在祖國大地上蓬勃興起。爲了配合普及大寨縣運動的深入開展，把堅持以階級鬥爭爲綱，大批修正主義，大批資本主義，大幹社會主義中湧現出來的新人、新事、新思想、新面貌及時加以反映，我們編輯出版了這部《學大寨民歌選》。」「這部民歌，是由一百廿六個學大寨先進縣收集後推薦給我們的。我們在這個基礎上進行了選編。」

8月 巴馬瑤族自治縣革委會文化局編印的《瑤山紅爛漫——巴馬詩歌選》印行。收民安附中創作組《瑤族人民離不開共產黨》、周厚斌《百里瑤鄉不夜天》、譚宗輝《月夜練兵忙》等詩 100 首，有《編後記》。《編後記》說：「三大革命運動，促進了我縣文藝創作的蓬勃發展，經常給《巴馬文藝》來稿的業餘作者，達四百多人。他們都生活、工作在鬥爭第一線，其作品基本上反映了我縣的面貌。」「爲使文藝創作能更好地起到『團結人民、教育人民、打擊敵人、消滅敵人』，促進三大革命的作用，我們召開了業餘作者座談會，對歷年發表在《巴馬文藝》上的詩歌，進行評選，再經集體討論，有關領導審查，選出一百篇，分爲七類，編成《瑤山紅爛漫——巴馬詩歌選》，出版單行本，作爲我縣各族人民戰鬥歷程的一個紀錄。」

1976 年 9 月

1日 《解放軍文藝》1976 年 9 月號刊出《南京路上好八連戰士詩選》、《小靳莊社員抗震歌》、《抗震火線戰士牆報詩抄》。

5 日　《解放日報》刊出姜金城的詩《寄自抗震救災前線的詩》。

5 日　《人民日報》刊出錢啓賢的詩《大別山新歌》。

9 日　中共中央主席、中共中央軍委主席、全國政協名譽主席毛澤東在北京逝世。

10 日　《詩刊》1976 年 9 月號刊出董存清等《英雄礦工定勝天——開灤煤礦工人抗震戰歌輯錄》、王作山等《地震震不倒革命人——小靳莊抗震鬥爭詩抄》、時永福《抗震英雄譜》、李小雨《震不倒的紅旗》等詩和呂進《需要更多好詩評》、蘭棣之《重視政治鼓動詩的創作》等文。蘭棣之說：「爲了充分發揮詩歌的戰鬥作用，我們應當重視政治鼓動詩的創作。」「政治鼓動詩的特點，就是以當前重大的政治鬥爭、政治事件和迫切的政治任務爲題材，以富於號召力和鼓動性的形式，鼓舞人們投身於現實的階級鬥爭，從而發揮革命詩歌迅速、及時、有力地爲無產階級政治服務的作用。」「政治鼓動詩本身的特點，要求政治鼓動詩要飽和著無產階級的革命激情，跳動著強烈的時代脈搏。要氣勢磅礴，氣吞山河，豪情似火，動人心弦。面對敵人，它尖銳鋒利，擊中要害；爲了加強鼓動力量，有時可以出以漫畫手法。而對人民，則滿腔熱忱，溫暖如火。只有這樣，它才能富於號召力和鼓動性，才能振奮群眾的革命精神，動員和激勵人民投入當前的政治鬥爭。」是期還刊出悼念毛澤東增刊，刊有郭沫若《毛主席永在》、呂玉蘭《我永遠做毛主席的忠誠女兒》等詩。是期詩訊：山西省定襄縣宏道公社是全省聞名的「詩歌之鄉」。在批鄧、反擊右傾翻案風的鬥爭中，公社民兵認眞學習毛主席的重要指示，帶頭寫詩批鄧。他們說：一個民兵戰士，不僅要學會用槍桿子打擊敵人，還要學會用筆桿子同黨內走資派作鬥爭。全公社以民兵作者爲骨幹，以政治夜校、批判專欄爲陣地，掀起了寫詩批鄧的熱潮。幾個月來，宏道鎮十字街心的「宏道民兵詩畫」欄，辦得詩畫並茂，刊登了三百多首批判鄧小平和抒發民兵革命豪情的詩篇。全公社民兵營、連召開批鄧賽詩會五百多次。十八個民兵連的三百三十七塊壁報、專欄共發表詩歌、歌謠、快板詩等五千一百多首。這些詩像鋒利的鳴鏑，集中射向鄧小平；像革命的火炬，燃起了批鄧的熊熊烈火。

10 日　《北京文藝》1976 年第 9 期《批鄧火線譜新篇》欄刊出首鋼電修廠郭天民《批鄧火力增千度》、艾成玉《重槌猛敲批鄧鼓》、時永福《昂首挺立》等詩。

15 日　《汾水》1976 年第 5 期刊出向陽《大寨人懷念毛主席》、王東滿《毛主席永遠和我們在一起》等詩。

15日　《河北文藝》1976年第9期刊出《抗震救災特輯》，刊有堯山壁《不倒的紅旗》、韋野《唐山在前進》、劉章《寫封信兒寄開灤》等詩。

20日　《人民文學》1976年第6期刊出《抗震詩畫》，刊有開灤煤礦馬家溝礦《發揚咱光榮傳統》、申身《開灤呵，我回來了！》、田間《柱石》等詩。

25日　《黑龍江文藝》1976年第9期刊出王紹德《英雄戰歌》、曲有源《寫在崢嶸歲月裏》、宋歌《紅衛兵日記》等詩；是期還刊出特刊，刊有胡國斌《工人階級的誓言》、宋歌《向毛主席莊嚴宣誓》等詩。

25日　《浙江文藝》1976年第5期刊出梁雄《毛主席呀毛主席……》、嵇亦工《毛主席啊，您永遠活在我們心中！》等詩和徐剛的長詩選載《魯迅》。

9月　龔舒婷（舒婷）作詩《中秋夜》。此詩初刊1979年4月1日《今天》第3期；收詩集《雙桅船》，上海文藝出版社1982年2月出版。

9月　郭小川作詩《痛悼偉大的領袖和導師》。此詩初收《郭小川詩選》，人民文學出版社1977年12月出版。該書編者注：「這首詩，是作者生前最後一首詩作，還沒有寫完，作者就不幸逝世了。作者為無產階級謳歌，直到生命的最後一息。」

9月　穆旦作詩《秋》。此詩初刊《詩刊》1980年2月號，收《穆旦詩選》，人民文學出版社1986年1月出版。

9月　《安徽文藝》1976年9月號刊出工人于鵬《沸騰的油海》、解放軍某部紀鵬《幹校詩簡》等詩。

9月　《福建文藝》1976年第5期刊出寧德地區冶煉廠工人黃平生《我們在弔唁大廳宣誓》、工農兵學員徐如麒《毛主席送我上大學》等詩。

9月　《廣東文藝》1976年第9期刊出中山大學工農兵學員陳朝行《敬禮！英雄的唐山人民》等詩和中山大學中文系七三級工農兵學員集體創作，莊志霞、權德毅執筆的長詩《畢業之歌》及童丹的文章《批判資產階級法權的戰歌——喜讀〈畢業之歌〉》。文章說：「《畢業之歌》是中山大學中文系工農兵學員集體創作，由莊志霞、權德毅同志執筆的一首長篇政治抒情詩。作者用火熱的語言，濃烈的感情，朝氣蓬勃的人物形象，『傾訴著對黨的無限忠誠』。在反擊右傾翻案風鬥爭的廣闊歷史背景上，在同鄧小平修正主義路線對著幹的戰逆流鬥爭中，描繪了工農兵學員在教育革命中鍛鍊成長的戰鬥風貌，他們胸懷共產主義理想，勇當批判資產階級法權的尖兵。長詩集中地表達了廣大工農兵學員來自工農、不忘工農，『與工農劃等號，做普通勞動者』的崇高

心願，和把青春獻給偉大共產主義事業的寬闊胸懷，展示了『革命自有後來人，一代更比一代紅』的社會發展圖景，批判了資產階級法權觀念，駁斥了教育界的修正主義奇談怪論，有力地回擊了鄧小平掀起的右傾翻案風，熱情洋溢地歌頌了毛主席教育革命路線的勝利。我們讀後，心情激動，受到了巨大的鼓舞和深刻的教育。」

9 月　《廣西文藝》1976 年第 5 期刊出張化聲《毛主席呵，永生的舵手》、農冠品《繼承領袖志》等詩。

9 月　《貴州文藝》刊出增刊，刊有張克《永遠懷念毛主席》、李發模《我站在毛主席的遺像前》、陶文鵬《紅樓，我們和你一起宣誓》等詩。

9 月　《吉林文藝》1976 年 9 月號刊出曲有源的詩《我們這樣紀念》，以《知識青年詩歌選》爲總題刊出程剛《大道朝陽》、馬麗《集體戶的大批判專欄》等詩。

9 月　《江蘇文藝》1976 年第 9 期刊出《深入批鄧炮聲隆——江寧縣周崗公社批鄧詩選》和南京無線電廠孫龍《毛主席握過咱的手》、何晴波等《十年戰歌歌不斷》等詩。

9 月　《江西文藝》1976 年第 5 期刊出《井岡山兒女懷念大救星》、《紅太陽永遠照安源》、《毛主席，余江人民懷念您》等詩輯。

9 月　《遼寧文藝》1976 年第 9 期刊出曉凡《火線紀事》、工人劉立春《咱爲革命鑄鐵牛》等詩。

9 月　《內蒙古文藝》1976 年第 5 期刊出內蒙古軍區火華《繼志篇》、查幹《永遠記住這一天》、戰士姜強國《毛主席活在戰士的心窩裏》等詩。

9 月　《四川文藝》1976 年第 8～9 期以《文化大革命讚歌》爲總題刊出許傳之《毛主席揮手我前進——寫在一九六六年八月接受毛主席檢閱的時候》、徐康《鬥爭頌》、楊星火《高原紅衛兵》等詩；以《抗震救災　人定勝天》爲總題刊出江瑞成《在平武地震災區》、張新泉《震區帳篷的窗口》等詩。

9 月　《天津文藝》特刊刊出寶坻縣寶家橋大隊下鄉知識青年侯雋《毛主席永遠活在我們心上》、馮景元《毛主席活在咱心窩窩》等詩。

9 月　《武漢文藝》1976 年第 5 期刊出武鋼工人董宏量《快把那爐火燒得通紅》、工人黃聲笑（黃聲孝）《毛主席頌歌唱萬代》、陸耀東《心中的太陽永不落》等詩。

9 月　《新疆文藝》1976 年第 5 期刊出賽福鼎《毛澤東思想永放光芒》、

帕哈太克里貧下中農《世世代代銘記毛主席的恩情》和楊牧、楊樹、濱之《毛澤東，永遠不落的紅太陽》等詩。

9 月　馮景元的詩集《鋼之歌》由天津人民出版社出版，收《抓糧奪鋼頌太陽》、《鋼之歌》、《壓不垮》等詩 33 首，分爲《爐臺贊》、《煉鋼人》、《鋼廠花》3 輯，有著者《後記》。《後記》說：「鋼和我有著特殊的感情。」「提起鋼，我就想到解救我的黨，哺育我的工人階級，培養我的解放軍大學校……，筆下就有了力量，胸中就有了詩情。」「七二年，重新回到工廠，一進鋼廠門，那飛流瀉瀑般的紅鋼，發著光帶著響，帶著文化大革命團結勝利的氣息迎面撲來，眞是令人振奮！在這新的生活裏，我結識了許多當年從三條石走出來的老工人……，我認識了這樣的青年爐長……，我看到了這樣的黨委書記……，」「這些新的人，新的事，和整個時代的戰鬥氣息，匯成一股激流，日夜衝擊著我，感染著我，教育著我，給我鋼的思想、鋼的語言、鋼的氣質，讓我拿起筆來寫鋼之歌，唱爐臺贊，頌煉鋼人！如果說收在集子裏的這些東西，有一點可取的話，那眞正的作者是他們，我這個記錄員卻沒當好。」

　　　馮景元，1941 年生，天津人。

9 月　譚日超的詩集《大沙田放歌》由廣東人民出版社出版，爲南方詩叢之一。作品分爲《山水奇觀》、《竹僚新事》等 3 輯，收《突擊隊進行曲》、《登講臺》、《民兵營長》、《紅色的檔案》等詩 48 首。

　　　譚日超，三人合用筆名。譚學良，1940 年生；陳日生，1939
　　　年生；陳啓超，1938 年生；均生於廣東臺山。出版的詩集還有《望
　　　香港》（1986）。1985 年譚學良逝世，陳日生、陳啓超改署「日超」，
　　　出版詩集《金翅》（1990）。此外，陳日生還出有詩集《遠航》（1995）、
　　　《讚美和懷念》（1998）。

9 月　張慶明、李木生的長詩《雞毛上天歌》（第一部）由河南人民出版社出版，全詩共 30 章。該書《內容說明》說：「這是一部反映農業合作化時期兩個階級、兩條道路、兩條路線鬥爭的敘事長詩。」「長詩以飽滿的革命激情，較濃的詩意，塑造了具有高度階級鬥爭和路線鬥爭覺悟，胸懷廣闊，性格剛毅，帶領廣大社員群眾堅定不移地走社會主義道路的黨支部書記高鐵梁的英雄形象。」「作品主題鮮明，富有較濃厚的生活氣息，語言樸實生動，讀來親切感人。」

9 月　三明鋼鐵廠工人創作、三明鋼鐵廠宣傳科編的詩集《金瀑飛紅

——紀念文化大革命十週年詩歌集》由福建人民出版社出版。作品分為《戰旗火紅》、《茁壯春芽》等 4 輯，收有許建川《全靠領袖毛澤東》、韓紅《火線學理論》、林加植《戰鬥的車刀》等詩。

1976 年 10 月

1 日　《人民日報》刊出孫友田《毛主席永遠在掌舵》、天津寶坻縣小靳莊大隊社員魏文中《毛主席遺志永繼承》等詩。

1 日　《解放軍文藝》1976 年 10 月號刊出詩輯《無盡的懷念　鋼鐵的誓言》，刊有南京路上好八連易天寶《紅旗樹在我心裏》、武漢警備區戰士李偃清《戰士懷念毛主席》等詩。

2～3 日　　北京舉行「毛主席永遠活在我們心中」詩歌朗誦演唱會。《詩刊》1976 年 10 月號消息：在舉國上下沉痛悼念偉大領袖和導師毛主席的日子裏，本刊編輯部於十月二、三日在北京首都劇場舉行了「毛主席永遠活在我們心中」詩歌朗誦演唱會。會上演唱了毛主席的光輝詩篇《水調歌頭·重上井岡山》、《念奴嬌·鳥兒問答》、《憶秦娥·婁山關》、《清平樂·六盤山》；首都工人、社員、戰士、少數民族同志以及話劇、電影演員朗誦了韶山、井岡山、遵義、延安等革命紀念地以及大慶、大寨和各地工農兵寫的詩。同志們懷著對毛主席深厚的無產階級感情朗誦演唱的這些詩歌，反映了各族人民對毛主席的無限熱愛和無比崇敬，讚頌了毛主席在中國革命和世界革命中的豐功偉績，表達了廣大工農兵群眾繼承毛主席遺志，團結在黨中央周圍，把無產階級革命事業進行到底的決心。會上還朗誦了外國同志和朋友悼念毛主席的詩。

3 日　《解放日報》刊出詩輯《毛主席功績千秋唱》。

6 日　王洪文、江青、張春橋、姚文元等人被「隔離審查」。

7 日　中共中央政治局通過關於華國鋒出任中共中央主席和中共中央軍委主席的決定。

8 日　中共中央、全國人大常委會、國務院和中央軍委決定，在北京建立毛澤東主席紀念堂。

10 日　《人民日報》刊出北京化工設備廠工人何玉鎖《手捧金芒果，懷念毛主席》、李幼容《天山兒女永遠懷念毛主席》詩 2 首。

10 日　《詩刊》1976 年 10 月號刊出紀學《緊密團結在以華國鋒同志為首

的黨中央周圍》、雷抒雁《幸福的權利》、李瑛《獻詩——敬獻給偉大的領袖和導師毛主席》、查幹《毛主席的遺志我們來繼承》等詩。

10 日　《北京文藝》1976 年第 10 期刊出工人張策《響起來，悲壯的汽笛！——沉痛悼念偉大的領袖和導師毛主席》、葉曉山《把無產階級革命事業進行到底》、李學鰲《毛主席給我一支筆》、陳詠慷《把紅衛兵的戰歌唱得更響》等詩。

10 日　《湖北文藝》1976 年第 5 期刊出徐遲《詩言志》等文和工人陳齡《光輝永照》、工人黃聲笑（黃聲孝）《永遠歌唱毛主席》等詩。

15 日　《河北文藝》1976 年第 10 期刊出田間《抗震救災詩傳單》、旭宇《火紅的開灤》、肖振榮《鋼鐵的回擊》等詩。

15 日　《天津文藝》1976 年第 9～10 期刊出佟有為《毛澤東思想指引我們走向勝利》、方波濤《手捧黨中央兩項英明決定》等詩和《大震顯英雄——抗震救災詩歌選》。

18 日　中共中央發出《關於王洪文、張春橋、江青、姚文元反黨集團事件的通知》。

18 日　詩人郭小川在安陽去世。郭小川「10 月 12 日赴安陽求治眼疾。」「月中獲知『四人幫』倒臺消息，興奮難以抑制，對親戚表示要回京參加戰鬥。」「10 月 18 日凌晨因吸煙失火窒息，於安陽地委第一招待所去世。」「11 月初遺體在河南安陽火化，11 月 8 日骨灰被接回京。」（見《郭小川年表》，《郭小川全集》第 12 卷，廣西師範大學出版社 2000 年 1 月出版）

20 日　《人民文學》1976 年第 7 期以《八億神州齊歡呼——堅決擁護華國鋒同志為首的黨中央兩項英明決定》為總題刊出首鋼工人王德祥《八億神州齊喊好！》、文武斌《黨的聲音傳四方》等詩；以《毛主席永遠是我們心中的紅太陽》為總題刊出郭沫若《悼念毛主席》、魏巍《沉痛悼念毛主席》、張志民《毛主席永遠和我們在一起》等詩。

21 日　北京 150 萬軍民舉行慶祝遊行，慶祝華國鋒任中共中央主席、中央軍委主席，慶祝粉碎「四人幫」反黨集團篡黨奪權陰謀的偉大勝利。

22 日　《人民日報》刊出徐剛《祖國，在前進！——寫在天安門前的遊行隊伍中》、瀋陽部隊某部胡世宗《今天，人民大眾開心》等詩和詩輯《根除「四害」心歡暢，祖國處處凱歌揚》。

24 日　北京百萬軍民在天安門廣場集會慶祝偉大勝利，華國鋒、葉劍英等出席。

24 日　《解放日報》刊出詩輯《人民和華主席心連心》、《萬炮齊轟「四人幫」》。

24 日　《文匯報》以《縱情歌唱吧，八億人民的心願實現了！》為總題刊出上海汽輪機廠戴巴棣《堅決擁護華主席》、上無二十一廠張東方《一舉打爛「四人幫」》等詩。

25 日　《人民日報》發表《人民日報》、《紅旗》雜誌、《解放軍報》社論《偉大的歷史性勝利》。

29 日　《解放軍報》發表編輯部文章《華國鋒同志是我們黨當之無愧的領袖》。

31 日　《人民日報》刊出蒙古族查幹《黨勝利了，人民勝利了！》等詩。

10 月　龔舒婷（舒婷）作詩《心願》。此詩收詩集《雙桅船》，上海文藝出版社 1982 年 2 月出版。

10 月　張建中（林莽）作詩《生命的對話》。此詩收詩集《我流過這片土地》，新華出版社 1994 年 10 月出版。

10 月　《安徽文藝》1976 年 10 月號《毛主席永遠活在我們心中》欄刊出女民歌手殷光蘭《永遠高唱紅太陽》等詩文。

10 月　《廣東文藝》1976 年第 10 期刊出譚朝陽《革命的盛大節日》、陳登貴《誓繼領袖凌雲志》、上山下鄉知識青年黃子平《紅衛兵的誓言》等詩。

10 月　《河南文藝》1976 年第 5 期刊出詩輯《毛主席的批示永遠指引我們前進》和王鴻生《紅衛兵想念毛主席》等詩。

10 月　《吉林文藝》1976 年 10 月號刊出戚積廣《白玉基石旁的誓言》、張天民《毛主席，文藝戰士永遠懷念您》、蒙族蘇赫巴魯《牧民悼念毛主席》等詩；是期還刊出增刊，刊有工人孫白樺《憤怒聲討「四人幫」》、工人柏建華《勝利了，我們的黨》等詩。

10 月　《江蘇文藝》1976 年第 10 期刊出詩輯《紅日永在心頭照》和徐榮街《偉大導師的足跡》、沙白《魯迅墓前》等詩及陸建華的文章《可喜的第一步——評青年業餘作者鄒國平同志的詩作》。

10 月　《青海文藝》1976 年第 5 期刊出青海省造紙廠工人蔣兆鍾《毛主席永遠活在我們心中》、格桑多傑《毛主席啊不落的紅太陽》、蔡西林《重返杏元村》等詩和傑夫的文章《一代新人的讚歌——讀〈青海文藝〉贊知識青年的詩》；是期還刊出「熱烈慶祝華國鋒同志任中共中央主席、中央軍委主席！

憤怒聲討『四人幫』陰謀篡黨奪權的滔天罪行」詩傳單，刊有青海造紙廠李成安《紙工心向華主席》、李振《對準「四人幫」猛開炮》等詩。

10月　《四川文藝》1976年第10期刊出《各族人民歌頌毛主席》民歌100首和胡笳《紅太陽光輝照耀著我們》、解放軍楊星火《挑擔歌》、吳琪拉達《記在心上》等詩。

10月　《湘江文藝》1976年第5期刊出株洲市工人聶鑫森《在毛主席遺容旁》、王燕生《英明的決定》、長沙市工人駱曉戈《勝利的鑼鼓》等詩。

10月　烏蘭齊日格的兒童詩集《馴馬少年》由上海人民出版社出版。

10月　詩集《毛主席啊，我們永遠懷念您》由山東人民出版社出版。

10月　里沙的詩集《金沙雲霞》由四川人民出版社出版，為「四川詩叢」之一。作品分為《涼山飛花》、《高原噴綠》2輯，收《胸懷百萬兵》、《礦山新書記》、《天安門抒懷》、《帳篷小學》等詩50首。

10月　韋丘的詩集《瀑聲》由廣東人民出版社出版，為「南方詩叢」之一。收《萬歲！毛主席的革命路線！》、《崢嶸歲月，浩蕩春風》、《一道峽谷三條河》、《回茶山》等詩39首。

　　　韋丘，原名黎思強，1923年2月生於廣東廣州。早年從事地下工作，1945年加入東江縱隊。1950年調到省軍區文化部文藝科工作。1955年轉業到廣東省作家協會，歷任《作品》雜誌編輯、編輯部主任、副主編，作協副秘書長、副主席。1942年開始新詩寫作，出版的詩集還有《紅花集》（1959）、《青春和愛情的故事》（1984）、《邁出窗口》（1987）、《丹楓綠夢》（1991）、《粵北關山現代風》（1994）、《解不開的情結》（1997）、《生命樹》（2000）等。2012年7月12日在廣州逝世。

10月　葉曉山的詩集《第一聲汽笛》由天津人民出版社出版。作品分為《瑰麗的藍圖》、《噴彩的畫筆》2輯，收《進山第一站》、《橋頭夜哨》、《鐵道兵的家》、《高山的鷹》等詩53首。該書《內容提要》說：「這是一部抒情短詩集。」「作者以飽滿的激情，生動的筆調，形象地描繪了鐵道兵戰士轉戰南北，為建設祖國，加強戰備，修築鐵路的火熱鬥爭生活；熱情地抒發了鐵道兵戰士胸懷朝陽，敢於登高攀險和移山填谷的豪情壯志。」「作品激情飽滿，格調清新；語言凝煉而流暢，具有濃厚的生活氣息。」

10月　《紅太陽永放光輝》三結合編創小組編的詩集《紅太陽永放光輝》

由廣東人民出版社出版。收西彤《多造好紙印雄文》、沈仁康《南海日出》、海南師專中文科工農兵學員集體創作《高舉紅旗向明天》、趙元瑜《墾荒戰歌代代唱》等詩 21 首，有編者《寫在前面》。《寫在前面》說：「我們懷著極其悲痛的心情，悼念偉大的領袖和導師毛主席！」「我們用發自肺腑的詩篇，歌頌偉大的領袖和導師毛主席！」「在沉痛悼念毛主席的日子裏，爲了歌頌毛主席偉大的革命實踐，反映毛主席在廣東工作過、視察過，以及他作過批示、指示的一些單位，廣大群眾當年在偉大領袖的親切關懷和鼓舞下高歌猛進，如今又化悲痛爲力量，去奪取新的勝利，我們以工農兵業餘作者、領導、編輯人員三結合的方式，創作、編輯成這本詩集。千言萬語，也表達不完我們對偉大領袖毛主席深切的懷念和幸福的回憶。」

10 月　鐵道部第三工程局政治部業餘創作組編的詩集《放歌山水間》由山西人民出版社出版。收路坷《毛主席，您永遠活在我們心中》、張含保《老趙今天離幹校》、劉超倫《咱爲革命住茅屋》等詩 64 首，有鐵道部第三工程局工人創作組《後記》。《後記》說：「正當我們準備發排這本短詩集，歌頌文化大革命和社會主義新生事物，反映築路工人的戰鬥生活，紀念毛主席《在延安文藝座談會上的講話》光輝著作發表三十四週年的時候，突然傳來了我們最敬愛的偉大領袖和導師毛澤東主席與我們永別的噩耗，使我們無比悲痛。」「天大地大不如毛主席的恩情大，河深海深不如毛主席的恩情深。毛主席是我們的大救星，我們的一切都是毛主席給的，毛主席的革命路線是我們的生命線、勝利線、幸福線。我們築路工人就是靠毛主席革命路線的指引，南征北戰，取得新線鐵路建設的一項又一項勝利。《放歌山水間》，就是一本新線鐵路建設工地的詩選，一本毛主席革命路線的頌歌。」

1976 年 11 月

1 日　《解放日報》刊出詩輯《舉國擁護華主席》和仇學寶《華主席，千山萬水團結在您的身旁》、上鋼二廠工人劉希濤《跟著華主席前進》等詩。

1 日　《文匯報》刊出劉火子《好！——盛大節日即景》、駐滬海軍王家林《華主席、黨中央指揮我們戰鬥》等詩。

1 日　《解放軍文藝》1976 年 11 月號刊出張力生《敬禮，以華主席爲首的黨中央》、西彤《黨的旗幟放光輝》、喻曉《歡呼打爛「四人幫」》、趙政民《永遠進擊的偉大戰士——獻給魯迅》等詩。

　　7 日　《人民日報》刊出劉章《毛主席啊，您放心吧！》、光未然（張光年）《革命人民的盛大節日》等詩。當時的評論說：「多年沒有聽到光未然同志歌唱了。真使人高興，前不久，我們在天安門廣場歡樂的人流中，終於發現了他。他給我們高唱了一首《革命人民的盛大節日》（《人民日報》1976 年11 月 7 日）：……粉碎『四人幫』的偉大勝利，帶給人們不可名狀的歡欣鼓舞，顯然使老詩人驟然年青了。這兩節詩，把詩人發自心靈深處的歡悅，寫得多麼平易、真切。『花髮』算得什麼，在『反帝反修反復辟的大進軍』中，人更青春，詩更青春。詩人高唱：『感謝毛主席，感謝文化大革命』；詩人『歡呼全黨愛戴的領袖華國鋒』；詩人回憶五‧七道路上的鬥爭生活，深情地說：『長記同志們熱情的幫助，落隊時扶我一把，迷途時大喝一聲。』這種繼續革命的精神可貴得很。可是，『四人幫』卻對一大批經過文化大革命鍛鍊的老作家、老詩人，進行殘酷的排擠、打擊和迫害！光未然同志這篇《革命人民的盛大節日》，就是對『四人幫』反黨集團罪行的憤怒控訴和有力批判！『我要重新磨煉我的詩筆，歌頌我們偉大的黨，偉大的人民！』」（曾淑《戰鼓動地來——歌頌華主席、聲討「四人幫」詩歌一瞥》，1976 年 12 月《廣東文藝》1976 年第 12 期）

　　7 日　《文匯報》刊出謝其規、江迅《我們心向華主席》和蘆芒《歡呼勁風掃落葉》等詩。

　　9 日　北京航空學院召開詩歌批判會。《詩刊》1976 年 11 月號消息：十一月九日，北京航空學院五系五〇五專業全體學員，滿懷無產階級義憤，以詩歌為武器，對「四人幫」進行了猛烈的批判。會上，全體學員豪情滿懷，爭先恐後，登臺朗誦，憤怒聲討「四人幫」反黨集團。「詩歌如匕首，怒劈『四人幫』。剝去紅畫皮，豺狼顯本相！」一首首烈焰飛騰的詩篇，像一把把鋥亮的匕首，挑去了王張江姚的馬列主義偽裝，露出了他們反革命的真面目；一句句熾熱發燙的詩句，猶如一枚枚呼嘯出膛的炮彈，炸坍了「四人幫」的「土圍子」，擊穿了王張江姚的黑心肝，大長了革命人民的志氣，大滅了「四人幫」的威風。學員們一致表示：要「緊跟領袖華主席，繼續革命志不移！」

　　10 日　《詩刊》1976 年 11 月號刊出賀敬之《中國的十月》、張志民《華主席為我們撐大旗》、郭小川《團泊窪的秋天》等詩和石侃《讓詩的烈火燃燒起來》、燕楓《徹底清算「四人幫」在文藝界的罪行》等文。該刊 1976 年 12 月號刊出錢光培的文章《好呵，中國的十月！——喜讀賀敬之同志的新作》。文

章說：《中國的十月》「這首詩是賀敬之同志用詩歌的形式對於一九七六年十月發生在中國的震撼世界的『歷史事件』所做出的迅速而深刻的『反應』。它深刻地提示了這一偉大歷史事件的性質、意義和它的鬥爭進程。清楚地告訴人們：一九七六年十月在中國所出現的這場『階級大搏鬥』，是『無產階級繼續革命的又一重大戰役』，是『文化大革命新的光輝一頁』；鬥爭的實質，就是：要不要繼承毛主席『生前的遺志』，把無產階級革命進行到底？能不能聽任『四人幫』反黨集團這群害人的蛇蠍去毀滅『我們黨的千秋大業』？鬥爭的結果，是：『我們的黨勝利了！』『毛主席的革命路線勝利了！』中國無產階級『革命的航船』，在經歷了十月的戰鬥之後，由華國鋒同志掌舵，又繼續沿著毛主席的革命路線『揚帆飛躍』了，而且中國的無產階級和革命人民完全有決心，一定要把中國革命的航船一直開到共產主義。」

10 日　《北京文藝》1976 年第 11 期刊出管樺《華主席　我們衷心地向您致敬》、劉章《華主席指引著勝利的航向》等詩。

10 日　《天津文藝》1976 年第 11 期以《旗海歌潮慶勝利》爲總題刊出第二毛紡織廠老工人劉景瑛《華主席，咱們一百個信得過您》、天津師院中文系七四級工農兵學員《四海齊歡唱》等詩。

14 日　《人民日報》刊出解放軍某部許國泰、王曉廉《華主席，請接受三軍戰士的敬禮！》等詩。

15 日　《汾水》1976 年第 6 期刊出羅繼長《毛澤東思想照航程》、蔡潤田《導師頌》、周濤《盛大的節日》、陳廣斌《華主席登上虎頭山》等詩。

15 日　《河北文藝》1976 年第 11 期刊出韋森《歡呼的聲浪》、駐軍某部劉小放《歡慶的鑼鼓》、王玉民《紅太陽光輝照海河》、郁蔥《塞北集體戶》等詩。是期詩訊：承德地區文化局創作組，最近在承德縣舉辦了詩歌創作學習班。參加學習班的有部分縣的工農業餘作者二十七人。學習班開始，全體同志到承德縣朝梁子大隊參加勞動，同幹部和群眾一起學習偉大領袖毛主席一九五五年所寫的朝梁子合作化材料《所謂落後鄉並非一切都落後》一文的光輝按語，並聽了朝梁子大隊村史和兩條路線鬥爭史介紹。全體同志以毛主席光輝按語爲指導思想，大贊毛主席的豐功偉績，歌頌毛主席革命路線的偉大勝利。十月二十一日，當大家聽到華國鋒同志任中共中央主席、中央軍委主席的喜訊和以華國鋒主席爲首的黨中央採取果斷措施，一舉粉碎了王洪文、張春橋、江青、姚文元「四人幫」篡黨奪權的陰謀時，無不歡欣鼓舞，立即進行學習和座談，迅速進行文藝創作，歡慶勝利，聲討「四人幫」。革命鬥爭

的勝利，極大地激發了大家的創作熱情，許多同志通宵達旦，熱情進行創作。他們在一天時間，就寫出詩歌、散文、雜文等文藝作品三十餘件。大家一致表示：一定要最緊密地團結在以華國鋒主席為首的黨中央周圍，緊握筆桿子，堅持以階級鬥爭為綱，堅持黨的基本路線，堅持無產階級專政下的繼續革命，深入揭發批判「四人幫」反黨集團的滔天罪行，為鞏固無產階級專政而戰鬥。

20 日　《人民文學》1976 年第 8 期刊出陳其通《毛澤東思想萬萬年》、北京郵局工人寫作組《送喜報》等詩。

21 日　《解放日報》刊出詩輯《頌歌獻給華主席》。

21 日　《文匯報》刊出報導《華主席領導除「四害」千秋萬代飄紅旗——本報編輯部在上鋼三廠舉行「上海工農兵賽詩會」，各條戰線代表湧上詩臺，吟詩作歌，熱情表達對華主席為我黨領袖我軍統帥的無比幸福心情，熱情歡呼粉碎「四人幫」的偉大勝利》和《上海工農兵賽詩會詩選》。

25 日　《浙江文藝》1976 年第 6 期刊出時永福的長詩選載《毛澤東頌》和姜金城《歡慶之歌》、王英志《人民的火山》等詩。

25～26 日　北京文藝界舉行大型詩歌朗誦演唱會。《詩刊》1976 年 12 月號消息：「為熱烈慶祝華國鋒同志任中共中央主席、中央軍委主席，熱烈慶祝粉碎『四人幫』篡黨奪權陰謀的偉大勝利，首都文藝界於十一月二十五、二十六日舉行了大型詩歌朗誦演唱會。會上，一首首政治抒情詩、敘事詩、兒歌、鑼鼓詞和一曲曲獨唱、合唱，熱情讚頌英明領袖華主席，憤怒聲討惡貫滿盈的『四人幫』。我們聽到大慶工人決心繼承毛主席遺志的有力誓言，聽到大寨人對新勝利的縱情歡呼，感受到三軍戰士對華主席的崇高敬意，也聽到向陽院裏老人、兒童批判『四人幫』的樸素、生動的發言。特別是我們還聽到了郭沫若、光未然、賀敬之、趙樸初等老詩人發自內心的歡呼和繼續革命的心聲。觀眾和演員一起笑，一起恨，一起為我們黨取得這次偉大的歷史性勝利而自豪；臺上臺下，情感交融，鬥志昂揚，氣氛格外活躍。」「這次詩歌朗誦演唱會是由中央廣播電臺文藝部和本刊編輯部聯合主辦的，參加演出的有總政話劇團、歌舞團、二炮文工團，北京部隊歌舞團，中國話劇團，全總文工團，煤礦文工團，鐵路文工團，北京話劇團，中央廣播文工團，中央五·七藝大戲劇學院，北京電視臺少年電視演出隊等文藝團體。」

28 日　《解放日報》刊出詩輯《窮追猛打「四人幫」》。

28 日　《人民日報》刊出何其芳的詩《獻給偉大的領袖毛主席》。何其芳

講：「毛主席逝世後，我寫一首相當長的追悼詩。但這首詩的遭遇不佳。它本
來是《詩刊》約的稿，但當時《詩刊》在『四人幫』統治之下，張春橋直接
控制，又有他們的釘子在編輯部做編輯主任，所以雖然《詩刊》是葛洛（你
還記得魯藝文學系這個同志吧？）負責，他贊成發表我這首詩，結果還是發
表不出來。『四人幫』粉碎後，我想大形勢有了變化，這首詩的命運會也有些
變化吧，我就投稿給《人民日報》。《人民日報》要我在後面增加一段，符合
現在的形勢，倒發表了。但它的倒霉運卻好像還沒有過去，發表出來一看，
被報館編輯改動了十多處。有少數幾處是改得好，或比較好的，但多數地方
都改得不高明。當然，絕大多數都屬於文字問題，格律問題（押韻問題，節
奏問題等等）。從政治上看，都是技術問題，可以不必管他，但有一處我卻覺
得較重要，不是技術問題，就是這首詩的第一部分、第一節第三行，我原來
寫的是：『黃河一點兒也不能比他雄偉』，卻被編輯同志改為『黃河也不能比
他更雄偉』，我原來是把毛主席歌頌得比黃河更雄偉得多，說黃河一點兒也不
能比。編輯同志卻壓低了毛主席，擡高了黃河，說毛主席不過可以與黃河平
起平坐了。我心裏想，難道這個編輯不是共產黨人，而是『黃河黨』人嗎？
不然為什麼不准我歌頌毛主席呢！一笑。」（1976 年 12 月 3 日致宋侃夫信，《何
其芳全集》第 8 卷，河北人民出版社 2000 年 5 月出版）

11 月　　龔舒婷（舒婷）作詩《悼》。此詩收詩集《雙桅船》，上海文藝出
版社 1982 年 2 月出版。

11 月　　穆旦作詩《退稿信》、《黑筆桿頌——贈別「大批判組」》。均收《穆
旦詩全集》，中國文學出版社 1996 年 9 月出版。《黑筆桿頌》有編者注：「此
詩係作者家屬提供的未發表稿，未注明寫作時間，推測為 1976 年 11 月，即與
前一首詩《退稿信》同期。」

11 月　　《安徽文藝》1976 年 11 月號刊出工人鄧飛《華主席揮手除「四害」》、
嚴陣《人民勝利了》、劉祖慈《太陽，正在向我們微笑》等詩。

11 月　　《福建文藝》1976 年第 6 期刊出《紅心永向華主席，萬炮齊轟「四
人幫」》民歌 15 首和俞兆平《神聖的紀念堂》、洪中《華主席登上天安門》、
邱濱玲《激戰前夜》及劉登翰、孫紹振《忽報人間曾伏虎——寫在歷史性勝
利的日子裏》等詩。

11 月　　《廣東文藝》1976 年第 11 期刊出韋丘、歐陽翎、梵楊、韋之、陳
迅、西彤的朗誦詩《勝利之歌》和解放軍雷鐸《難忘的時刻》、解放軍姚成友
《農講所戰士的懷念》等詩。

11 月 《廣西文藝》1976 年第 6 期刊出莎紅《我們歡呼，我們歌唱》、覃建真《壯家想念毛主席》等詩。

11 月 《湖北文藝》1976 年第 6 期刊出黃聲笑（黃聲孝）《奮力猛砸「四人幫」》、管用和《擂鼓曲》、劉不朽《謳歌偉大的歷史性勝利》、熊召政《紅歌臺》、武漢部隊雷子明《歡樂的節日》等詩。

11 月 《江蘇文藝》1976 年第 11 期刊出樊永生《毛主席——我們心中的紅太陽》、孫友田《十月的礦山》等詩。

11 月 《江西文藝》1976 年第 6 期刊出詩輯《縱情歌唱華主席 憤怒批判「四人幫」》、《學習魯迅 永遠進擊》。

11 月 《遼寧文藝》1976 年第 10～11 期刊出解放軍空軍某部李克白《我們勝利了，偉大的無產階級》、戰士王鳴久《永遠保衛毛主席的革命路線》等詩。

11 月 《內蒙古文藝》1976 年第 6 期以《英明的決策 偉大的勝利》爲總題刊出雲照光《熱烈歡呼偉大的勝利》、劉世遠《緊跟華主席向前衝》等詩。

11 月 《四川文藝》1976 年第 11 期刊出工人劉濱《勝利的進軍》、方敬《凱歌一曲獻給黨》、解放軍楊澤明《哈達獻給華主席》、工人王長富《講臺前的懷念》等詩和詩輯《周總理永遠和我們在一起》並編者《前言》。《前言》說：「我們衷心敬愛的周總理，於一九七六年一月八日九時五十七分心臟停止了跳動，和我們永別了！當嚴冬淩晨凜冽的寒風把這巨大的悲慟吹向四面八方時，全國各族同胞和全世界革命人民的心一下子凝凍了，熱淚奔湧而出，哭聲和著寒風呼嘯。成都市所有機關、工廠、學校、大院……馬上昇起半旗，裝點著松柏、素花；大街小巷，到處貼出悼念的詩詞和決心書，越貼越多，鋪滿了牆壁，眞是詩山詞海，一片雪白。如此自發而廣泛的群眾創作運動，如此眞情傾瀉、悲壯激越的詩歌，使我們深受感動。本刊編輯部也紛紛收到這樣的悼念詩詞。爲什麼會這樣？那只能用黨心民心黨員之心來解釋了。但奇怪的是，人民悼念敬愛的親人卻是有罪的，許多寫詩的人不敢寫上自己的名字。我刊當時抄錄編選了這些詩詞，也不能登載；珍藏起來，也像『捏著一團火』一樣。這又是爲什麼？因爲反革命的『四人幫』，他們對我們敬愛的總理恨之入骨。……感謝以華國鋒爲首的黨中央，繼承偉大領袖毛主席遺志，英明果斷，一舉爲我們除了『四害』，……現在我們把珍重保存的廣大群眾悼念周總理的詩詞選擇一部分發表，表示我省人民對敬愛的周總理的永恒懷念！表示對『四人幫』的無限仇恨！」

11 月　《武漢文藝》1976 年第 6 期刊出羅維揚《世代高唱〈東方紅〉》、葉聖華《華主席登上天安門》、解放軍謝克強《紅旗進行曲》等詩。

11 月　大慶政治部文化局編的詩集《大慶兒女心向華主席》印行。

11 月　管用和的詩集《公社大地》由湖北人民出版社出版。收《韶山行》、《山村醫生》、《鐵鎬在叫》、《現場批判會》等詩 46 首。

> 管用和，1937 年 11 月 1 日生於湖北孝感。1954 年畢業於孝感縣師範。1955 年至 1978 年在漢陽縣先後任小學、中學教師，縣文化館館員，縣劇團創作員。1979 年調至武漢市文聯工作。1958 年開始新詩寫作，出版的詩集還有《歡樂的農村》（與國翰合著，1960）、《山寨水鄉集》（與劉不朽合著，1963）、《水鄉風采》（1985）、《露珠集》（1988）等。

11 月　王主玉的長篇敘事詩《雁回嶺》由人民文學出版社出版。長詩共 15 章，有《序詩》和《尾聲》。該書《內容說明》說：「這部長篇敘事詩，寫的是 1958 年軍墾戰士開發北大荒雁回嶺的故事。」「長詩通過開發雁回嶺沼澤地的鬥爭描寫，反映了在大躍進的進程中，兩個階級、兩條路線的鬥爭。歌頌了主人公保持和發揚革命戰爭年代的光榮傳統和在毛主席革命路線指引下繼續革命的精神，以及自力更生，艱苦創業的優秀品質。」「長詩著重刻畫了佟政委、牛大勇、何勝男等英雄人物形象。作品時代氣息濃鬱，語言樸實、通俗。」

> 王主玉，1930 年生，安徽宿縣人。1950 年入南京軍事學院教導團學習，後調中央軍委總參謀部工作。1958 年轉業，曾任《中國農墾》、《紅旗》雜誌、中國少年兒童出版社編輯。1975 年後調北京市社會科學研究所工作。

11 月　文武斌的詩集《大寨戰歌》由中國青年出版社出版。收《毛主席接見大寨人》、《支委會》、《老貧農的話》、《扁擔隊》等詩 61 首，有《「四人幫」越恨咱越愛》序詩 1 首。

> 文武斌，原名文步彪，1942 年 6 月 29 日生於山西文水。1967 年北京大學畢業，1969 年到太原大眾機械廠工作。1977 年調入山西省文聯，出版的詩集還有《春天從遠方歸來》（1983）。1983 年逝世。

11 月　吳珹的長詩《登天頌》由人民體育出版社出版。該書《內容提示》說：「一九七五年五月二十七日，中國登山隊從北坡勝利地登上世界最高峰

——珠穆朗瑪峰，再次創造了人類征服大自然的光輝業跡。《登山頌》就是反映這一歷史性活動的一部長詩。作者通過生動細緻的描寫和熱烈奔放的抒情，不僅為我們再現了攀登珠穆朗瑪峰的基本過程，並且塑造了一個堅決執行黨的路線，胸懷革命大目標，不為名，不為利，不怕苦，不怕死，敢於鬥爭，敢於勝利的無產階級戰鬥集體的形象。全詩如同一幅絢麗的畫卷，展示了經過無產階級文化大革命鍛鍊的中國人民的嶄新容顏和大無畏的英雄氣概。」

　　　　吳城，1936 年 2 月 25 日生於上海崇明。1960 年復旦大學畢業，分配到北京新華社工作。後到河北省安國縣鍛鍊留下任職，1976 年後從事文化工作，曾任河北省文化廳副廳長。1957 年開始發表新詩，出版的還有散文詩集《荷葉上的露珠》（1988）等。

　　11 月　曉雪的詩集《祖國的春天》由雲南人民出版社出版。作品分為 3 輯，收《光輝的道路——獻給黨的第十次全國人民代表大會》、《田間詩歌賽》、《邊疆民兵頌》、《景頗人的歌》等詩 86 首。

　　　　曉雪，原名楊文翰，白族，1935 年 1 月 1 日生於雲南大理。1952 年考入武漢大學中文系，1956 年畢業到雲南省文聯工作。1957 年出版《生活的牧歌——論艾青的詩》。1979 年後，歷任雲南省委宣傳部文藝處處長、省文聯黨組副書記、省作協主席、省文聯副主席。出版的詩集還有《採花節》（1979）、《曉雪詩選》（1983）、《愛》（1991）、《綠葉之歌》（1994）等。2008 年《曉雪選集》出版。

　　11 月　哲里木盟文化局編的《金色的琴弦——哲里木盟民歌選》由吉林人民出版社出版，為「農業學大寨文藝叢書」之一。作品分為《拉起心愛的馬頭琴》、《飛奔的駿馬》等 3 輯，收王磊《拉響我的銀弦和金弦》、布仁巴雅爾《大寨之路》、黃錦卿《衝天爐前評〈水滸〉》等民歌 65 首，有編者《後記》。《後記》說：「『到處鶯歌燕舞』。哲里木盟和祖國各地一樣，形勢大好，無產階級文化大革命給科爾沁草原帶來了深刻的變化。我們從數千首民歌中選編出這本《金色的琴弦》，就是力圖反映和歌頌這個『天地翻覆』的深刻變化。讓金色的琴弦以高亢、激越而又深情的旋律，彈奏出邊疆草原的時代新樂章。」

1976 年 12 月

　　1 日　《文匯報》刊出《頌歌獻給華主席——織毯工人詩選》。

1 日 《解放軍文藝》1976 年 12 月號刊出陳羽彤《韶山行》，謳陽、海笑《歡呼華主席掌大舵》，馬士林《跟著華主席再長征》等詩。

2 日 《解放日報》刊出新華社通訊員的報導《歡呼革命又有了掌舵人——記井岡山軍民的一次賽詩會》。報導說：「華國鋒同志任中共中央主席、中央軍委主席和以華主席爲首的黨中央一舉粉碎『四人幫』的特大喜訊傳到井岡山，人人喜心頭，個個笑開顏。井岡山軍民特意在茨坪毛主席舊居前，舉行了一個歌頌英明領袖華國鋒主席的賽詩會。」

6 日 《詩刊》編輯部邀請部分在京的專業和工農兵業餘詩歌作者召開紀念毛主席《關於詩的一封信》發表二十週年座談會。會議由副主編葛洛主持，臧克家、趙樸初、馮至、賀敬之、李瑛、劉章、張寶申、王恩宇、李學鰲、紀學、胡世宗、謝冕、李小雨等發言。座談會記要刊於《詩刊》1977 年 1 月號。

8 日 《寧夏日報》消息：在舉國上下熱烈慶祝華國鋒同志任中共中央主席、中央軍委主席，熱烈歡呼粉碎「四人幫」反黨集團篡黨奪權陰謀的偉大勝利的大喜日子裏，部分工農兵詩歌業餘作者、專業文藝工作者和紅衛兵代表共二百多人，最近舉行「熱烈慶祝華國鋒同志任中共中央主席、中央軍委主席，熱烈慶祝粉碎『四人幫』反黨集團篡黨奪權陰謀的偉大勝利詩歌朗誦演唱會」，熱烈歡慶我們黨又有了自己的英明領袖華主席，熱烈讚頌以華主席爲首的黨中央粉碎「四人幫」篡黨奪權陰謀的偉大歷史功績，決心在以華主席爲首的黨中央領導下，徹底揭批「四人幫」的滔天罪行，奪取革命和生產的新勝利。

10 日 《詩刊》1976 年 12 月號刊出嚴陣《問蒼茫大地，誰主沉浮？》、陳松葉《偉大的奠基禮》、魏巍《新的長征》等詩和錢光培《好呵，中國的十月！——喜讀賀敬之同志的新作》等文。是期消息：「爲熱烈慶祝華國鋒同志任中共中央主席、中央軍委主席，熱烈慶祝粉碎『四人幫』篡黨奪權陰謀的偉大歷史性勝利，首都文藝界繼十一月二十五、六兩日舉行詩歌朗誦演唱會之後，最近又連續舉行了七場大型詩歌朗誦音樂會。會上，由總政話劇團、歌舞團和中國話劇團、北京話劇團、海政文工團、中央樂團等十五個單位的文藝工作者，演唱了偉大領袖和導師毛主席的光輝詩詞，朗誦了賀敬之等專業和業餘作者的一系列熱情洋溢、戰鬥性強烈的詩篇。這些詩篇，深情頌揚了偉大導師毛主席的豐功偉績，縱情歌頌了華國鋒主席的英明領導，深切地緬懷了

敬愛的周總理，憤怒地聲討了『四人幫』的滔天大罪。會上，還演唱了一系列緊密配合當前鬥爭的歌曲，並朗誦了詩人郭小川的遺作。這些詩篇和歌曲，都引起了觀眾的強烈共鳴和熱烈歡迎。觀看演出的工、農、兵等各方面觀眾，總計達三萬餘人。一些過去受到『四人幫』排斥和打擊的作者的作品和演員的演出，都受到了觀眾的熱情歡迎。」「此次大型詩歌朗誦音樂會，是在各有關團體大力支持下，由本刊編輯部主辦的。」

10日　《北京文藝》1976年第12期《縱情歌頌華主席　憤怒聲討「四人幫」》欄刊出寇宗鄂《華主席率領我們前進》、田間《短歌行──憤怒聲討「四人幫」反黨集團》等詩。

10日　《黑龍江文藝》1976年第10期刊出王野《堅決擁護以華國鋒主席爲首的黨中央》、解放軍戰士霍林寬《邊防哨所的歡呼》等詩。

10日　《天津文藝》1976年第12期刊出戰士康爲兵《華主席畫像捧在手》、子幹《接過魯迅的戰筆》、田間《寄紅箋》等詩。

10～27日　第二次全國農業學大寨會議在北京召開。

12日　《人民日報》刊出孟偉哉的詩《領袖》。

13日　石家莊市舉辦詩歌朗誦演唱會。《河北文藝》1976年第12期消息：爲熱烈慶祝華國鋒同志任中共中央主席、中央軍委主席，熱烈慶祝粉碎「四人幫」篡黨奪權陰謀的偉大勝利，河北省革命委員會文藝組、河北省革命委員會文化局、石家莊地區革命委員會文化局、石家莊市革命委員會文化局和石家莊市文藝創作辦公室，於十二月十三日晚在石家莊市工人文化宮大禮堂，聯合舉辦了詩歌朗誦演唱會。到會的同志縱情歌頌華主席，憤怒聲討「四人幫」，充滿著團結戰鬥的氣氛。

14日　郭小川追悼會舉行。新華社一九七六年十二月十四日訊：「前中國作家協會黨組副書記、中國作家協會秘書長郭小川同志，於一九七六年十月十八不幸逝世，終年五十八歲。」「郭小川同志的追悼會今天下午在北京八寶山革命公墓禮堂舉行。」「國務院副總理王震參加了追悼會。」「追悼會由中共中央組織部負責人王常柏主持，中央組織部負責人高淑蘭致悼詞。悼詞中說：郭小川同志一九三七年九月參加革命工作，同年十一月加入中國共產黨。他熱愛黨、熱愛偉大的領袖和導師毛主席，在長期的革命鬥爭中，認眞學習馬列著作和毛主席著作，積極參加三大革命運動，爲黨做了不少有益的工作。他在文藝戰線工作多年，寫了不少歌頌黨、歌頌革命的好作品。他積極參加

無產階級文化大革命。他曾同『四人幫』作過鬥爭，『四人幫』以莫須有的罪名對他進行排斥和打擊。他熱烈擁護華國鋒同志任中共中央主席、中央軍委主席，熱烈歡呼以華主席爲首的黨中央粉碎王張江姚『四人幫』篡黨奪權陰謀的偉大勝利。」「參加追悼會的還有，中央組織部、文化部、人民日報、光明日報、詩刊社的負責人和群眾代表，以及郭小川同志的生前友好和親屬。」（1976 年 12 月 15 日《人民日報》）韋君宜說：「『四人幫』垮臺之後，我碰見的第一件彆扭的事，是詩人郭小川之死。」「小川之死這件事本身還查不清楚——他好好地睡在招待所被窩裏，怎麼會被自己抽剩的香煙頭點著了自身而活活燒死？——只說我們這些剛剛得到『解放』消息、還沒有『安排』的文藝界朋友，聽到了無不驚訝，痛心。應該追悼他呀！可是這時候，既沒有作家協會，也沒有任何文藝團體（除了那些樣板團）出面來召集追悼會，奔走來奔走去都不成。後來聽說辦成了，憑通知到八寶山入場。我收到這麼一張油印的小條，問我們社其他與他熟悉的人，都說不知道。開會頭一天，我接到馮牧一個電話，說：『人家通知的範圍非常小，只好這樣，咱們分別口頭通知大家，你也通知一些人吧。』我說好。於是見人便講，動員了一車。趕到八寶山一看，滿滿地站著一院子人。不管是作家還是名人，全都站在院子裏，我忙擠進裏邊休息室去看，才知原來只開了一間第六休息室（按八寶山的規矩，一般要開六、七、八，三間，給弔客休息，規格再高點的，增開一、二、三，三間）。今天如此，弔客只好都站在院子裏，在悲哀之上又加了氣憤。」「我聽見站著的弔客們竊竊私議，今天的規格不知怎麼樣，據說特別高，由中央主持……什麼中央人物，當非文藝界所能夠得上。等了一會兒，叫我們排隊進去，站好之後，奏哀樂，然後上去了主持並致悼詞的人。我睞眼看了半天，既看不出是哪位作家，更認不出是哪位首長。是一位三十幾歲的婦女，手拿悼詞，結結巴巴在那裡念。」「誰呀！」「直到會散了，人們往出走了，我這才打聽清楚，原來這位主持會的人，是中共中央組織部副部長，原長辛店鐵路工廠的一位女工。想必是造反成就極大，才能佔據這樣的高位。但是她和郭小川有什麼關係？和詩又有什麼關係呢？『四人幫』垮臺了，她還在做她的官（不過，後來她下臺了），她又著實與文藝及政治方面都聯不上，所以至今我也說不清這位爲死去的小川做結論的女部長的名字。」「如此對待文藝界對一位著名詩人的追悼，這就是『四人幫』剛垮臺時對待我們的姿態。這自然已經比開口就罵黑幫強了很多。但是，不能不使人感到，我們依然比

別人矮一截。」(《思痛錄‧露沙的路》，文化藝術出版社 2003 年 1 月出版)

14 日　《人民日報》刊出郭小川《輝縣好地方》、解放軍廣州部隊某部向明《小島大寨》等詩。

15 日　《河北文藝》1976 年第 12 期刊出田間《永記毛主席教導》、旭宇《歡呼吧，祖國！》、郁蔥《塞上喜訊》等詩。

20 日　《貴州文藝》1976 年第 5～6 期以《頌歌獻給華主席》爲總題刊出胡銳《礦工歡呼華主席》、李發模《慶祝會場》、弋良俊《舉國批鬥「四人幫」》等詩；以《抓綱舉旗奪勝利》爲總題刊出陳學書《車隊正飛馳向前》、黃邦君《山姑娘》等詩。

20 日　《人民文學》1976 年第 9 期刊出陳廣斌《舵手頌》、曉波《華主席向我們揮手》等詩。

21 日　《人民日報》刊出西安冶金機械廠工人金谷的詩《重返延河抒豪情》。

24 日　《西藏日報》消息：最近，由自治區文化局、自治區出版局、西藏廣播事業局聯合舉辦的，有拉薩六個文藝團體參加的熱烈歡呼華國鋒同志任中共中央主席、中央軍委主席和熱烈慶祝粉碎「四人幫」篡黨奪權陰謀的偉大勝利詩歌朗誦演唱會，在廣大工農兵觀衆中引起強烈的反響。他們都爲廣大文藝戰士以各種文藝形式爲華主席高唱讚歌，憤怒批判禍國殃民的「四人幫」，連聲讚好，拍手稱快。

25 日　《文匯報》刊出《千歌萬曲讚頌華主席——南匯縣泥城公社、上海縣馬橋公社熱烈歡呼第二次全國農業學大寨會議召開賽詩演唱會作品選刊》。

25 日　《黑龍江文藝》1976 年第 11～12 期刊出許辛《各族人民心向華主席》、王毅《勝利的歡笑》、堯山壁《西柏坡頌》等詩。

26 日　《解放日報》刊出詩輯《毛主席功績萬代頌》。

12 月　西寧舉辦工農兵詩歌演唱會。《青海文藝》1976 年第 6 期消息：「十二月初旬，青海省總工會、共青團青海省委、青海省婦聯和本刊編輯部，聯合舉辦西寧地區工農兵詩歌演唱會，縱情高歌華國鋒主席爲我黨英明領袖，熱烈歡呼在以華國鋒主席爲首的黨中央領導下一舉粉碎『四人幫』篡黨奪權陰謀所取得的偉大的歷史性勝利。」「在這次詩歌演唱會上，西寧地區工農兵代表，滿懷勝利的喜悅，表演了自己編寫的詩歌、曲藝、舞蹈和活報劇，熱情歌頌華主席，揭露批判『四人幫』，決心把毛主席開創的無產階級革命事業進行到底。」

12 月　穆旦作詩《冬》。初刊《詩刊》1980 年 2 月號，收《穆旦詩選》，人民文學出版社 1986 年 1 月出版。

12 月　《安徽文藝》1976 年 12 月號以《喜歌‧頌歌‧戰歌‧凱歌》為總題刊出江錫銓《紅色的風暴》、工人周志友《煤海的歡呼》、陳所巨《喜訊》等詩。

12 月　《廣東文藝》1976 年第 12 期以《迎偉大的勝利年代　寫火紅的戰鬥詩篇》刊出瞿琮等《千歌萬曲頌太陽》、張天民等《紅心齊向華主席》、顏烈等《南粵高唱大寨歌》、蔡宗周等《大慶紅旗更鮮豔》、洪三泰等《廣闊天地山花爛漫》等詩輯，還刊有曾淑的文章《戰鼓動地來——歌頌華主席、聲討「四人幫」詩歌一瞥》。

12 月　《河南文藝》1976 年第 6 期以《華主席登上天安門》為總題刊出關勁潮《華主席登上天安門》、賈國忠《華主席和咱心連心》等詩。

12 月　《吉林文藝》1976 年 11～12 月號刊出姚業湧《祝捷歌》、朝鮮族南永前《紅心永向華主席》、張滿隆《永遠高唱〈東方紅〉》、吳辛《學大寨戰鼓又擂響》、延邊工人孟繁華《沸騰的邊疆》等詩。

12 月　《江蘇文藝》1976 年第 12 期刊出《讚歌飛向北京城首首獻給華主席》民歌 13 首和劉鵬春《今天》、談寶森《革命洪流奔騰急》、解放軍某部程步濤《噴火兵之歌》等詩。

12 月　《遼寧文藝》1976 年第 12 期刊出曉凡《關於一九七六年》、徐艾《志在農村創大業》等詩。

12 月　《青海文藝》1976 年第 6 期刊出《五嶺共疾奔驚雷，三河呼嘯除「四害」——八四五二六部隊賽詩會選輯》和李振《山高水長頌朝陽》、劉宏亮《崑崙春色今勝昔》等詩。

12 月　《四川文藝》1976 年第 12 期《巴山蜀水歌如潮　紅心永向華主席》欄刊出回鄉知識青年李昌國《華主席是我們知心人》、工人張新泉《寫封信給華主席》等詩。

12 月　《湘江文藝》1976 年第 6 期刊出時永福的長詩《毛澤東頌》和詩輯《熱烈擁護華主席　堅決粉碎「四人幫」》、《毛澤東思想是不落的太陽——紀念偉大的領袖和導師毛主席誕辰八十三週年》。

12 月　詩集《心中的紅太陽》由山西人民出版社出版。

12 月　紀鵬的詩集《花開五‧七路》由山西人民出版社出版。收《踏上

新征途》、《雨夜巡邏》、《青蔥的五・七林》、《支援的農機到山莊》等詩 46 首。該書《內容提要》說:「這是一部反映解放軍五・七戰士生活的短詩集,共四十六首。這些詩描述了五・七幹校學員認真學習馬列主義、毛澤東思想,積極投身階級鬥爭,生產鬥爭,科學實驗三大革命運動等豐富多彩的鬥爭生活,抒發了五・七戰士無限忠於毛主席的革命路線,反修防修,『重新學習』,『接受貧下中農再教育』,認真改造世界觀,堅持在無產階級專政下繼續革命的豪情壯志,也顯示了軍民在五・七大道上攜手前進的戰鬥風貌,熱情地歌頌了毛主席的光輝《五・七指示》。這些詩富有革命激情,風格樸實,生活氣息濃鬱。」

　　12 月　朱吉成、鄭德明、王賢良合著的詩集《雄關放歌》由貴州人民出版社出版。收有朱吉成《站在婁山唱頌歌》、鄭德明《毛澤東思想永遠放光輝》、王賢良《戰士留影天安門》等詩。

　　12 月　中國科學院文學研究所各民族民間文學組編的《山歌高唱學大寨──各民族農業學大寨歌謠選》由人民教育出版社出版。作品分為《毛主席指引金光路》、《學大寨抓根本》等 4 輯,收《毛主席指引大寨路》、《路線正確人管天》、《縣委書記來咱隊》、《引來清泉滿田笑》等民歌 145 首,有編者《後記》。《後記》說:「這個集子里選的作品,主要是去多今春在農業學大寨的新高潮中產生的一些新歌。作者大都是戰鬥在三大革命鬥爭第一線的貧下中農、社隊幹部以及插隊和回鄉的知識青年。這許多閃爍著思想和藝術的才華的詩歌,雄辯地證明:經過無產階級文化大革命和批林批孔,經過學習無產階級專政理論,廣大貧下中農、知識青年不僅是農村兩個階級、兩條道路、兩條路線搏鬥中的闖將和戰天鬥地的英雄,而且他們也是用無產階級思想佔領農村思想文化陣地的主力軍。」「這個集子是早在今年二月編定的,由於王洪文、張春橋、江青、姚文元『四人幫』公然抵制和破壞農業學大寨運動,妄圖砍掉毛主席親自樹立的農業學大寨這面紅旗,他們又控制了宣傳大權,甚至使這樣一本群眾歌謠,也難找到及時出版的機會;現在,『四人幫』篡黨奪權的大陰謀終於敗露了,在這大快人心的日子裏,這個小小的戰鬥歌謠集也可以和讀者見面了。當這個集子出版的時候,我們歡呼以華國鋒同志為首的黨中央粉碎『四人幫』反黨集團的偉大勝利,歡呼毛主席革命路線的偉大勝利。」

　　12 月　詩集《十月凱歌》由山東人民出版社出版,收解放軍某部宋紹明《我們歡呼,我們慶祝》、紀宇《八億人民的心聲》、工人郭廓《跟著華主席乘勝進擊》、牛明通《在紅旗下歌唱》等詩 76 首。

12 月　詩集《頌歌獻給華主席》由山西人民出版社出版。收有王振佳《群星閃爍向北斗》、賀敬之《中國的十月》、王德華《交城人民心向華主席》等詩。

多　牛漢作詩《朋友》。此詩初刊《詩林》1989 年第 3 期；收《牛漢抒情詩選》，青海人民出版社 1989 年 12 月出版。

1976 年　蔡其矯作詩《祈求》、《十月》、《二十年》、《詩》、《請求》、《迎風》、《端午》、《懷念山城》、《愛情和自由》、《迷信》。《祈求》初刊 1979 年 8 月《四五論壇》第 11 期。前五首收詩集《祈求》，江蘇人民出版社 1980 年 11 月出版；《迎風》收詩集《生活的歌》，人民文學出版社 1982 年 7 月出版；其餘收《蔡其矯詩選》，人民文學出版社 1997 年 7 月出版。蔡其矯說：「『文化大革命』中，我被流放在永安農村八年。在公社的果林場，大部分是知識青年，我親眼看見，在封建的包圍中，年輕人連最起碼的權利：談情說愛，都受到嘲笑和攻擊。我一再想起美國詩人惠特曼的那句話：『無論誰如心無同情地走過咫尺道路／便是穿著屍衣在走向自己的墳墓。』在那個年代，一切都不正常，因此我寫：《祈求》」。「夏風、多雨、花的顏色，都是自然現象，有什麼可祈求的？愛情、悲傷、知識、歌聲，都是極普通的人事，無須他人干涉，有什麼可祈求的？這一切都是『反語』，最後一句就把前面所有的『祈求』都推翻！這種方法，我是有心向萊蒙托夫學習的。」（《生活的歌‧自序》，人民文學出版社 1982 年 7 月出版）

　　蔡其矯，1918 年 12 月 12 日生於福建晉江。1926 年隨家遷居印度尼西亞，1929 年回國。1936 年在上海暨南大學附中讀書。1938 年到延安，入魯迅藝術文學院學習。1940 年到華北聯合大學任教，開始新詩創作。1949 年任中央人民政府情報總署東南亞科科長。1953 到中央文學講習所任教，出版詩集《回聲集》（1956）、《濤聲集》（1957）、《回聲續集》（1958）。1957 年去武漢任長江流域規劃辦公室宣傳部長。1958 年到福建作家協會從事專業創作，後曾任該會副主席、名譽主席。又出版詩集《祈求》（1980）、《福建集》（1982）、《迎風》（1984）、《醉石》（1986）、《蔡其矯抒情詩》（1993）、《蔡其矯詩選》（1997）等。2007 年 1 月 3 日在北京病逝。

1976 年　郭路生（食指）作詩《最後一班車》。此詩收《食指的詩》，人民文學出版社 2000 年 12 月出版。

　　1976 年　　　黃翔作詩《火神》。此詩收詩集《狂飲不醉的獸形》，1986 年 7 月油印。

　　1976 年　　　姜世偉（芒克）作詩《風浪》、《日出與勞動》、《茫茫的田野》、《告別——給小平》、《那是一天的早晨——給珊珊》。詩均收詩集《心事》，《今天》編輯部 1980 年 1 月油印發行。

　　1976 年　　　栗世征（多多）作詩《同居》、《教誨》。《同居》收《行禮：詩 38 首》，灕江出版社 1988 年 3 月出版；《教誨》收《里程——多多詩選》，1988 年 12 月油印發行。

　　1976 年　　　穆旦作詩《沉沒》、《停電之後》、《好夢》、《「我」的形成》、《老年的夢囈》、《問》、《神的變形》、《麵包》。《好夢》、《「我」的形成》初刊 1993 年 8 月 25 日香港《大公報》；《老年的夢囈》初刊《詩刊》1994 年 2 月號。前二首收入《穆旦詩選》，人民文學出版社 1986 年 1 月出版；餘均收入《穆旦詩全集》，中國文學出版社 1996 年 9 月出版。

　　1976 年　　　牛漢作詩《反芻》、《忘不掉的習慣》。《反芻》收詩集《溫泉》，上海文藝出版社 1984 年 5 月出版。《忘不掉的習慣》收詩集《蚯蚓和羽毛》，人民文學出版社 1986 年 4 月出版；收《牛漢抒情詩選》（青海人民出版社 1989 年 12 月出版）改題《改不掉的習慣》。

　　1976 年　　　趙振開（北島）作詩《走吧》。此詩初刊 1979 年 4 月 1 日《今天》第 3 期，收詩集《陌生的海灘》，《今天》編輯部 1980 年 4 月油印發行。

人名（作者）索引

A

阿不都吉里力・吐爾遜　197605
阿布里克里木・肉孜　197605
阿　壠　19670317
阿依木　197502

艾成玉　19760910
艾歌延　197205
艾克恩　19760720
艾　青　19670103，19750505
艾　思　19730315，19740315
艾學勤　19670404

安秉全　197405
安定一　197501，197508
安國梁　197601
安靖禎　19670610
安　奎　19730715
安　米　197412
安書金　19730906

岸　岡　197208，197412，197508，197603，197605

B

巴・布林貝赫　197401，197412，197604
巴　蘭　197505

巴　亦　19750103
白鳳昆　19671025
白　樺　196708，196710，196801
白笠筠　19670529，19670701
白清桂　197408
白世鈞　19760414
白　水　19660824
白楊樹　197508
白有林　19660501
白子超　197406

柏建華　197610
柏　青　19751225

班漢隆　197201，19730901

包爾木　19671229
包玉堂　19730701，19730801，197311，197407，19750515，197605
包玉香　197305

鮑雨冰　197212，19740125，19750725，19751025

北　島（見趙振開）

畢長龍　197408，197602
畢惠敏　197412
畢及文　197307
畢力格太　197409，197503

邊　平　197412
邊璽中　197501

卞雪松　19750101
卞永泉　19680108，19681226，19730701

別闖生　197311，197409

濱　之　19660205，197506，197603，197609

冰　夫　19740220

冰　心　19661125，19670509，19680623，19680922

卜照元　197311

布林貝赫（見巴・布林貝赫）

C

采　羅　19750423

蔡璧申　197511
蔡國柱　19661106
蔡　莘　197408，197501，197512
蔡克霖　19760430
蔡其矯　1966，1967，1968，1969，1970，1973，1974，1975，197604，1976
蔡潤田　19761115
蔡文祥　19730901，19740501，19750325，19760820，19760825
蔡西林　197610
蔡杏春　19661112
蔡意達　197401
蔡祖泉　19661001
蔡宗周　197402，197601，197608，197612

曹　東　19750510
曹谷溪　19660401，197205
曹積三　19670523
曹　驥　19750727
曹建林　197306
曹　凱　197412
曹　木　19661121
曹　陽　19661002，197502
曹　瑩　197409
曹忠德　19660827，19660906

查　幹　197306，197405，197503，19751128，197511，19760620，197609，
　　　　19761010，19761031
查幹呼　197506

柴德森　197211，197306，19740510，19760210
柴德新　197312

長　弓　197403
長　青　197506，197508
長　纓　19670216

常　安　19740301，197406，19750101，19750115，19750320，19760610，
　　　　197606
常　程　197405
常　江　19720701，197510，197510，197606
常友寬　19680930
常有青　19671201，19671205

朝　華　19670620，19751228
朝　蘭　19730401
朝　陽　197509

車　凱　19750605
車帥仁　19760825

陳愛雲　197404
陳安安　197505
陳北鷗　196808
陳　兵　19660309
陳策賢　19660301
陳昌華　197407
陳　超　197306
陳傳俊　19750126
陳春江　19740520
陳達光　197404
陳登貴　197610
陳敦德　19660205
陳發松　197308，197404
陳　飛　19660802
陳剛久　19731019
陳官煊　19730422，19740101，197403，19750510，197508，19751005，19760225
陳廣斌　197204，19720501，19750915，19761115，19761220
陳國屏　19660205，19660209，197307，19730901，197407，19751225，197605，
　　　　197606
陳　浩　197504
陳洪芝　19690403
陳　輝　197209

陳家貴　19760821
陳建功　19730510
陳進化　197301
陳景文　197203
陳敬容　19680108
陳　軍　19760525
陳俊年　197603
陳良運　197401，19750701，197601
陳　齡　197507，19761010
陳龍海　19730701
陳滿平　19730510，19740515，197507
陳茂根　19670620
陳茂欣　19740115，19740510，197405
陳夢家　19660903
陳　敏　19740501
陳敏金　197402
陳明華　197212
陳其通　19761120
陳　齊　19760702
陳起付　197511
陳清波　19660312
陳慶常　197412
陳日朋　197506，197602，197608
陳汝海　19670209
陳瑞康　197203
陳三朵　197203
陳　山　19660312
陳紹偉　197306，197604，197605
陳世義　197407
陳松葉　19761210
陳所巨　197612
陳　濤　19660824
陳天義　197502
陳鐵山　197410，197607
陳維翰　197512
陳文和　19660204，19660306，19750520，19751120
陳文騏　197402，197412
陳　犀　197402，197512
陳賢德　19760520

陳顯榮　19660210，197601
陳小平　197503
陳曉華　19681230
陳　雄　196806
陳秀芬　197306
陳秀庭　19660101，19670410，197409，197410
陳學良　197412
陳學書　197305，19760725，19761220
陳學新　19680716
陳　迅　197611
陳延寶　197309
陳延林　19660505
陳　晏　19660213，19671001，19680131，19680418，19680707，19681001，
　　　　19681012，19690409，19731001，19760101
陳永康　197411
陳詠慷　197602，19761010
陳有才　197409
陳雨帆　19731101
陳羽彤　19761201
陳玉坤　197303，197307，197506，197511
陳玉林　19660320
陳寓中　197312
陳運和　197304
陳朝行　197609
陳兆爾　19680210
陳肇雲　19681226
陳禎偉　19660405
陳振奎　19750320
陳志超　19681226
陳志海　19740510
陳志銘　197308，197405，19760320，19760720
陳志澤　197409
陳忠幹　19660515，19660630，19660724，19660820，19660821，19660826，
　　　　19661130，197106，19721119，197312，197412，197502，197504，
　　　　19760509
陳忠國　19740512
陳子如　19760410，19760610
陳祖言　19740320，19740420，19750123，19750427，19750820，19760320，
　　　　19760516

晨　音　　19740701

成莫愁　　19740820，19751120，19760403，19760817，19760820
成志偉　　19760101，197601

程步濤　　197309，19740601，19750101，197510，197612
程　淬　　197406
程地超　　19740805
程　剛　　197402，19740925，197412，19750425，197507，197602，197609
程光銳　　19730101
程　海　　197306
程　力　　197311
程秋榮　　19661226
程逸汝　　19730318
程　遠　　197608

池再生　　19660724

赤　潮　　19670221
赤　葉　　19660105

崇　華　　19670311

楚　里　　197606

錘　紅　　19680701

春　生　　19670501

次　旦　　19670714

聰　聰　　197607

叢者征　　19750725
叢中笑　　19670221

崔常勇　　19740225
崔登雲　　197409

崔笛揚　　197505，19750720
崔合美　　19680425，197205，19720601，197310，197311，19731201，19740301，
　　　　　197404，197412，19750901，19760720
崔銘先　　197207
崔汝先　　197511，19760201
崔　武　　197308
崔星堯　　19740610
崔永慶　　197409

村　人　　197401

D
達斯嘎　　197303

戴巴棣　　19761024
戴仁毅　　19740820
戴文翰　　19750520
戴硯田　　19760415

黨國棟　　197403
黨　花　　19661204
黨永庵　　19660417，19730708，197309，19740320，19760120

德　華　　19680810

鄧存健　　197506，197510
鄧丹心　　197304
鄧德禮　　19740805
鄧　飛　　197508，197611
鄧海南　　19750601，19751101
鄧家源　　19730801
鄧萬鵬　　197608
鄧秀雄　　19751207
鄧耀澤　　196602，19730503，19740605，19760425
鄧友銘　　19681001
鄧玉貴　　197407

狄　畔　　19760610

丁　楓　　197308

杜書瀛　19760515
杜嗣琨　197401
杜顯斌　19741025
杜宣新　197206
杜振永　19740328
杜志民　19720601，19730115，197507，197512
杜宗榮　197602
杜佐祥　197607

多　多（見栗世征）

F
凡　路　19741013，19741124，197607

樊發稼　19661101，197305，197608
樊積齡　197604
樊晉貴　19740524
樊楊明　197602
樊永生　197611

反　修　19670215，19670218

范國華　197501
范建軍　19750116
范墾程　19751207
范立光　197408
范　良　19670215
范培瑾　19670624
范　平　19751205
范新安　19750910，197604
范以群　19760525
范震威　19750525，197510，197603
范嶧嶸　19741220，19750501，197608
范志斌　197511

梵　楊　197307，197310，197611

方波濤　19761015
方存弟　19660405
方　紀　196801，19680322，19691021

方　敬　197611
方　強　19751109
方　殷　196808
方忠宇　197510

房德文　197203，19730601

飛　雪　197307

廢　名　19670904

費洪智　19680310

風　行　19670302

鋒　斌　197411

馮爾光　19740427
馮福寬　19740720
馮　紅　19670510
馮火順　196601010
馮景元　19680525，197310，197403，197411，19750223，19750710，19750824，
　　　　197511，19760210，19760410，197604，19760510，19760614，
　　　　19760720，197607，19760810，197609，197609
馮　駿　197606
馮麟煌　197602
馮新民　197503，197512，197606
馮雪峰　19670103，19670806，196808，19760131
馮亦同　197504
馮永傑　19660901，19671125，19680501，197104，197203
馮　至　19760410

逢　陽　19750415，19750715，19760715

福　庚　197110

符加雷　19660410
符啟文　197408，197503
符　曉　19730408

戈　新　197512
戈振纓　19660110

歌　今　19750515

格桑多傑　197307，197610

葛　祥　197501
葛　玄　19730715
葛　遜　197608
葛元興　19760420

根　子（見岳重）

耿守仁　19740905
耿正元　197410
耿志勇　19760310

工爲農　19700204

公紅忠　19700321

宮　璽　19660110，19660316，19670925，19671001，19671225，19671226，
　　　　197307，19730801，19731015，197408，19741110，197504，197508，
　　　　197508，19751020，197510，19760201，19760320，197603，19760718，
　　　　19760815，197608

龔畿道　197502
龔　萌　197505
龔舒婷　197105，197302，19750109，19750110，197502，197506，197508，
　　　　197511，197604，197607，197609，197610，197611
龔四泉　19670205
龔文兵　197108，197409，197504
龔　翔　19760520
龔益明　197605
龔詠燕　19681226，19691021，19750727

古遠清　197603

谷亨利　19660612，19730910，19740217，19751123

谷士林　19751214
谷　溪　19740720，19760120
谷曉慶　197406
谷正義　197308

顧　城　196809，197106，197107，197207，19750710
顧甫濤　197508
顧　工　19660119，19730310，19730401，197411
顧金祥　19681224
顧　炳　19661226，19670101，19670114，19670208
顧聯第　197409
顧夢紅　197508
顧紹康　19740110，197402，19740310，19740510
顧順章　19680201
顧笑言　197303，197407，197604
顧亞華　19670308

關本滿　196606
關　鍵　197409，197606
關勁潮　197406，197409，197509，197612
關　山　197212
關振東　197601

管　樺　19761110
管強生　19750820
管用和　19660201，197401，197501，197601，197611，197611
管志初　19740825，197506

光　明　196904
光未然（見張光年）

桂漢標　197405，197506
桂興華　197601，197602

郭寶臣　197210，19731115，19750615，19751115
郭才夫　197209
郭　超　19731114，197509，197605
郭成漢　19750220
郭德貴　19661201，19681017
郭殿文　197602

郭鳳蓮　197411，197411，197506
郭　廓　19660310，197310，19740210，197410，19750115，197505，197601
郭海水　19760605
郭　浩　19680630，197501，197508，19760104
郭紅兵　19681005
郭華興　19740701
郭　建　197603
郭金玉　19741110
郭九林　19740801
郭　俊　197510
郭　廓　197612
郭李榮　19670325
郭　樓　197208
郭路生　1967，1967，19680201，196803，196806，196809，19681220，196812，
　　　　1968，196906，196909，196910，197003，19700410，197102，197103，
　　　　1971，197212，1973，197601，197603，1976
郭沫若　19660414，19760610，19761020
郭其柱　197303
郭　銳　19670624
郭瑞年　197503
郭淑敏　197604
郭思儀　197601
郭　松　197211
郭頌東　196808
郭頌今　197402
郭天民　19760414，19760910
郭維東　197504
郭蔚球　19660310
郭小川　19670926，19671118，19680322，19681209，19681226，19690108，
　　　　19690116，19690314，19690423，19690424，19690605，19690612，
　　　　19690614，19700101，19700105，19700220，197010，19710107，
　　　　19711226，197112，197209，197212，19730717，19730817，19740320，
　　　　19740630，19741211，197509，19751004，19751006，197510，197512，
　　　　19760109，197609，19761018，19761110，19761214，19761214
郭小聰　19760310
郭小林　197210，197212，197301，197311，197410
郭　毅　197607
郭圓蓋　19750120
郭　芸　197409

何有斌　19670808
何友彬　197408
何玉清　197311
何玉鎖　197104，197304，19730710，19730910，19740110，19761010
何志雲　197307

和　谷　197411
和執仁　196601

賀寶石　197511
賀東久　197505，19760310，19760325，19760410，19760418
賀敬之　19671214，197110，197209，197209，197302，19761110，197612
賀　莉　19750315
賀明廣　19740315
賀　文　197412，197601
賀羨泉　19660204
賀振揚（見振揚）

很想動　19670217

弘　征　197310，197404，197604

宏　錚　19730915

紅　兵　19661101，19670208，19670222，196801
紅　波　197208
紅海城　19680810
紅尖兵　19671110
紅　浪　19670210
紅　芒　19670208
紅　南　19670710
紅山石　19670330
紅詩兵　19671230
紅　松　19670223
紅頌東　19680828
紅鐵錘　19680115
紅鐵匠　19670928
紅鐵牛　197205
紅藝兵　19670205，19670207
紅　鷹　197307

紅映宇　19670411
紅　雨　197304，19750202
紅陣地　197108

洪　兵　196803
洪　帆　197509
洪　進　197505
洪　軍　19670423
洪三泰　197402，197612
洪爲法　19701116
洪　信　19751226
洪宣斌　19691113
洪　洋　19740305
洪　源　19740505，197607
洪　中　197611
洪中斌　197605

鴻　耶　19670601

侯殿有　197512
侯　雋　197609
侯書良　196904
侯新民　197208

胡　賓　19661101
胡發雲　197401，19740505，197405，197411，197501，197503，197506，
　　　　197509，197511，197605，197605
胡　風　19670103
胡　工　197605
胡光曙　197310，197602
胡廣嶺　19660601
胡國斌　19740325，19750925，19760925
胡宏偉　197512
胡　笳　19730101，197301，197412，19750101，19750105，19750427，197505，
　　　　197507，197510，197607，197610
胡　康　19760220
胡　洛　197404
胡明海　19740407，197406
胡明顯　197604
胡　平　197410，197505

胡平開　　19760610
胡平英　　197404
胡　銳　　19761220
胡上舟　　19730715
胡少春　　197501
胡世宗　　19660401，19670101，19670214，19670615，196708，19671010，
　　　　　　19680425，197203，197205，197208，19730101，197309，19751207，
　　　　　　197607，19761022
胡書千　　19670705
胡天培　　19740418
胡希倫　　197502
胡永槐　　19660121，19660630，19660816，19660901，19660906，19660914，
　　　　　　19670503，197407，19750620，19751109，19760425，19760611
胡曰瑩　　19750116
胡忠軍　　19740601
胡宗永　　19750510

花天文　　197406

華　旦　　197406
華　瑞　　197112
華思理　　197403

黃邦君　　197512，19761220
黃本升　　197209
黃　斌　　197207
黃秉榮　　19660320，197512
黃秉生　　19730329
黃粲兮　　19660405
黃持一　　19740220
黃春庭　　19721202
黃德斌　　19740305
黃東成　　197509，197601，19760515
黃　河　　197205，197601，197603
黃河浪　　197404，197407，19750120
黃河清　　197505
黃後樓　　19760120
黃煥新　　197504
黃火興　　197205，197306

黄季耕　　197601
黄家玲　　19750915
黄金懇　　197404
黄錦卿　　197511
黄君相　　19750301
黄立俊　　197201
黄培德　　19730812
黄　萍　　19690301
黄平生　　197609
黄其星　　19730329
黄　強　　19751202
黄　青　　19660305
黄瓊柳　　19750915
黄榮基　　19680225
黄聲笑　（見黄聲孝）
黄聲孝　　19660101，19660501，197110，197212，197212，19730628，19730701，
　　　　　19740105，197406，197408，197409，19750101，197501，19750429，
　　　　　197507，197509，197512，19760101，19760120，197603，197607，
　　　　　197609，19761010，197611
黄世益　　19660827，19681229，19740721
黄壽才　　19660205，197407
黄同甫　　197409，197607，197608
黄武力　　19670131
黄險峰　　19730329
黄　翔　　1968，19690815，1969，19720924，19760408，1976
黄亞洲　　197109，19730901，197504，19760325，19760525
黄　焰　　197404
黄耀暉　　197501
黄耀生　　197402
黄英晃　　197306，197602
黄鶯谷　　197210，197306
黄勇刹　　197607
黄毓仁　　197608
黄志一　　19760620
黄治堯　　19721202
黄鍾警　　197405
黄鍾平　　197205
黄子平　　197306，197311，197504，197610

灰　娃　（見理召）

慧　英　19680101

火　笛　197502
火　華　197205，197209，197210，197304，197403，197501，19750910，
　　　　197603，197609

霍　紅　19661226
霍林寬　19761210
霍滿生　19660101，197206，197301，197307，197309，197410，197503，
　　　　197507
霍　平　197108
霍啓和　19740419
霍清安　19760201

J

嵇亦工　197501，197503，197508，19751101，19760525，19760810，19760925

紀　戈　19760320
紀　紅　197608
紀　虹　197207，197309
紀嘉聖　19760225
紀　雷　19730304
紀　鵬　19660401，19660426，19670207，19670425，19720801，197209，
　　　　197211，19730201，19730325，197305，197307，197310，19731101，
　　　　197312，197407，19750401，197504，197505，197507，197508，
　　　　19760601，197606，197609，197612
紀　學　19730519，19730601，19750401，19751001，19760701，19761010
紀學文　197507
紀　宇　196812，197212，197306，19731001，19740810，197409，197410，
　　　　19750105，197505，19750615，197507，197509，197601，19760310，
　　　　19760810，197612
紀征民　197305
紀　之　197607

季錦修　19670328
季渺海　19750629，197606
季在春　19660105
季振邦　19740609，19760606
季　仲　197401

繼　槐　197404
繼　英　19660825，19660901

家　銘　19680810

賈愛國　197411
賈國忠　197612
賈來寬　197112
賈　漫　197308，19731114，197604
賈　勳　197204，197210，197511
賈志堅　197510，197512

劍　華　19680818
劍　青　19670930
劍　文　197201

江　歌　197410
江　河（見于有澤）
江　河　197510，197606，197608
江　嵐　197501
江　寧　19740315
江　溶　19751213，19760401
江瑞成　197609
江上春　197605
江少川　197605
江　聲　19740527，19750925
江　濤　19670420
江　天　19680701，19751009，197601，197601，197604，197605
江錫銓　197501，197507，197510，197612
江向東　19750515
江　迅　19750202，19761107
江　源　197608
江　中　197607

姜　彬　19751105
姜鳳臣　196806
姜國華　197511
姜華令　197510
姜建國　19741010

金瑞華　19671218，19691226
金樹良　19670521
金　濤　197501
金同悌　197312
金仝悌　19750223
金曉東　19730205
金旭升　196708
金學迅　19760810
金　炎　19740920
金彥華　197401
金勇勤　19740520
金玉廷　197310
金　眞　19720917

津　湘　197310

錦　河　197410

進軍號　19671110
進　元　19740426

靳文華　197602

荊　鴻　197505，197509，197604
荊慶軍　19740825

井孝全　19671226

景　文　19740524

敬　置　19670825

久　來　197405

居　松　19670928
居有松　19660101，19660105，19660108，19660125，19660327，19660610，
　　　　19660701，19661001，19661001，19661022，19661023，19670701，
　　　　19680101，19680908，19681012，19740720，19740811，19750223，
　　　　19751005，19760525

巨邦佐　197608

俊　傑　197411

K

闕士英　19661001

康朗景　196604
康朗甩　197310
康朗英　19730701
康　平　197402，19750805，19760525
康紹東　19660201
康爲兵　19761210
康澤禮　19760415
康錚才　19740324

科朗傑　19670404

柯　熾　19731201，197601，197607
柯　岩　19671214
柯愈勳　197301，197410，197511，197604
柯　原　197303，197308，19740201，197407，19750120，197503，19750720，
　　　　19750720，197508，197510，19760520
柯仲平　19670721，196809

克　里　196708

孔步餘　197212
孔繁貴　19741110
孔　浩　197207
孔令洲　19670403
孔慶霞　1975
孔祥德　197311
孔祥梁　197605

寇宗鄂　197304，197507，197508，19760410，19760827，19761210

匡　滿（見楊匡滿）

昆　華　197607

L

蘭棣之　　19760910

藍　疆　　197510
藍炯熹　　197308
藍　曼　　197110
藍南妮　　197603
藍陽春　　19760827

浪　波　　197209，197409，19750915

雷　鐸　　197611
雷　火　　19750801
雷　堅　　19751123
雷　屬　　19670223
雷抒雁　　19730201，197304，19730601，197308，19731201，19740120，197408，
　　　　　197409，19750101，197506，19760101，19760215，19760410，197604，
　　　　　19760501，19761010
雷雙勳　　197507
雷子明　　197212，197409，197501，197511，197605，197607，197611

黎德強　　19671201，19671205
黎　靖　　19660301
黎汝清　　197309，197504
黎頌紅　　1966080
黎　徵　　19680425

李柏龍　　197501
李炳天　　19760820
李昌國　　197612
李長江　　197502
李超元　　197302
李朝章　　197505
李成安　　197610
李春成　　19740427
李春林　　197403，197407
李春明　　19660204
李從宗　　19750605
李存葆　　19720501，197310，19741010，19750901

李代生　19660501，197402
李道林　197205，197212，19740705，19760817
李冬娜　197602
李發模　197207，197505，197507，197507，197512，197609，19761220
李方元　197410
李　菲　197603
李芬榮　19760301
李風清　197309，19740725，19750125，197505，19750925
李鳳清　19660305
李福謙　197603
李　改　197405
李根寶　19680918，196809，19760204
李根生　19660610
李耕文　19731120
李廣軍　197403
李廣田　19660719，19660720，19660721，1966080，19660831，196809，
　　　　19681102
李廣義　197210，197405，197411，197510，197512
李廣澤　197308
李桂復　197401
李國勳　19660610
李國章　197406
李洪程　197304，197505，197507
李洪仁　196602
李鴻福　19660828
李華嵐　19670916
李華章　197509
李懷堂　19660929
李懷祥　197202
李惠琴　19681001
李　季　19670509，19671214，19680810，19680922，19690424，19690612，
　　　　197209，197602
李霽宇　19740805，19750205，19760125，19760425
李家榮　197501
李鑒堯　197308，19760125
李建英　197504
李建忠　19681005
李健葆　19660212，197312，197507
李潔新　197409，197410

李今蒲　1974110
李錦華　197203
李錦修　19670114
李　晉　19680830
李　勁　19750501
李敬良　1975
李居鵬　197608
李　鈞　19700428，197108，197112，197204，19720701，197209，197310，
　　　　197505，197506，19750815
李可剛　197411
李克白　197312，197403，197505，197508，197601，197611
李　昆　19760520
李連泰　19740217
李連玉　19680827
李　亮　19661223
李綿善　19740420
李莫森　197606
李木生　197609
李鵬輝　19670622
李鵬青　19760510
李強華　19660201，19671112，197106
李清聯　197501，197511
李晴林　19660401
李秋榮　197409
李榮貞　197305，197607
李如倫　197504
李善餘　197202，197304
李慎明　19740510
李生業　197510
李聲高　197503，197509
李聖強　197409，197511
李士非　197309，197605
李世龍　19740225
李守義　19661001
李壽生　197604
李曙白　19760820
李叔和　197608
李樹堅　197306
李樹森　197608

李樹生　197501
李思法　19680528
李松波　197310，19741205
李松濤　197205，197211，19760101，19760610，19760627
李蘇卿　197506
李天全　197505
李天祥　19751205
李通昌　197309
李同都　197407
李維承　19680731
李維祿　197602
李文成　19681226
李文漢　19661201
李文傑　19741110
李武兵　197306，19740501，19740601，197507，197603，19760510
李希文　19660601
李　湘　19750115
李小雨　19720901，197306，19740501，197406，19740701，19750601，
　　　　19750710，19751019，19751120，19760520，19760710，19760802，
　　　　19760810，19760910
李曉華　197406
李曉偉　197409，197510
李　欣　19730920
李心如　197310
李興昌　19760410
李興仁　197404
李秀忠　197605
李學鰲　19660304，197110，197112，197205，197205，197306，19730910，
　　　　197310，197312，197403，197409，19750316，19750710，197508，
　　　　19751110，19751226，197601，19760310，197603，197603，197605，
　　　　19760612，19760810，19761010
李學忠　19660710
李　嚴　197503
李言有　197505
李偓清　19761001
李耀揚　197501
李　義　197407
李　毅　197305
李益德　197312
李　瑛　19660203，19660223，19660312，19660325，19660801，19661120，

栗世征　19720619，1972，1973，1974，1975，1976

梁秉祥　19750801，197509
梁臣祥　197402
梁德智　197409
梁　冬　19730901
梁海暄　19660701
梁金宇　197409
梁開旭　197512
梁拉成　19751128
梁上泉　19730601，197312，197404，197505，197507，197509，19760117，
　　　　19760410，197605
梁謝成　197410
梁　雄　197310，19760925
梁延學　197511
梁志宏　197205，197208，197408，19760315
梁　祖　19751109

廖代謙　19661008，19661226，19670619，19671004，19720701，19730920，
　　　　19731001，19750804，197510，197602
廖維洲　197205
廖玉樺　197508
廖玉蘭　197509

林柏松　19740525
林德冠　19730805
林鼎安　19750320
林谷良　197207
林　紅　19680419
林　火　19660301
林加植　197609
林　芥（見張建中）
林茂春　197409
林　祁　197308，197404，197506，19750920
林　起　19660105
林　染　197312，197504，197510
林山作　197303
林萬春　197203
林賢治　197405

劉輝考　19760210
劉火子　19761101，19760201
劉吉昌　197205
劉家林　19760306，197603
劉建國　197207
劉建華　197307
劉錦庭　19741006
劉景瑛　19761110
劉居上　197603
劉來雲　197607
劉蘭松　19751215
劉嵐山　196808
劉　力　197506
劉立波　197602
劉立春　197609
劉孟沐　197511
劉　明　19751226
劉明恒　197605
劉鵬春　19740915，19751001，19760620，197612
劉秋群　197208，19750901，197604，197606
劉日亮　197203
劉瑞光　19750120，19751120
劉瑞祥　197408
劉時葉　19670130
劉世友　197208
劉世玉　197211
劉世遠　197611
劉泗川　19660601
劉同毓　19730101
劉　薇　197607
劉維鈞　197512
劉文海　197403
劉文楷　19670501
劉文玉　197301，197303，197501，197607
劉　浙　197210
劉希濤　19671212，19680101，19680103，19680312，19680531，19680918，
　　　　196809，19740512，19740520，19741229，19750420，19750525，
　　　　197509，19760229，19760425，19761101
劉喜廷　19660101

劉小放　19660114，197209，19730715，19740801，19750815，197512，
　　　　 19760715，19761115
劉曉濱　19750601
劉曉波　197602
劉曉東　19750315
劉新華　19690605
劉秀山　197506
劉益善　197503，197512
劉英林　197506
劉永樂　19760120
劉　勇　197602
劉羽升　19730920
劉元章　19750615
劉　雲　197403
劉耘之　197401
劉澤林　197501
劉占雲　19740418
劉湛秋　19660101
劉　章　19660311，19660312，19660405，19660509，197110，197209，
　　　　 19730315，19730408，197305，197308，197401，19740915，1974，
　　　　 19750215，19750915，19751110，19751207，19760210，19760215，
　　　　 19760215，19760915，19761107，19761110
劉　鎮　19660201
劉　震　197606
劉振聲　197409
劉振芝　197511
劉志芳　19760610
劉志清　197207，197312，197504，19750515，197608
劉志雲　19751226
劉治國　1975
劉中魁　197502
劉忠貴　19740108
劉忠義　19660201
劉祖慈　197205，197605，197611

流沙河　196605，19660823，196609，197209，1972，197409，19750408，
　　　　 1975

柳　朗　19760206

龍彼德　197305，197309，19740225，19741220，197502，19750725，197507，
　　　　19750925，197601，19760325，19760720，197607，197607，197607，
　　　　197608
龍冬花　197309
龍燕怡　197504

盧惠龍　19750518
盧嘉林　197405
盧祥耀　197207
盧有信　197509
盧雲生　197312
盧志恒　197203

蘆　旬　19730321
蘆　芒　19751123，19761107

魯　丁　197505
魯　非　197601
魯　楓　19740522
魯　戈　19740225，19750325
魯　海　19680818
魯水泊　19670101
魯天貞　197206
魯　野　197602
魯　沂　197505

陸北威　197505
陸　典　197512
陸鳳林　19740420
陸貴山　19760710
陸建華　19730408，19760222，197604，197610
陸　萍　197205，19731230，19740217，19740320，19740505，19740920，
　　　　19741222，197501，19750622，19750824，197606
陸　榮　197404，197407
陸　偉　197606
陸偉然　197301，197401，19750325，19751025
陸耀東　197609
陸振聲　19661030，19661129，19670427

路　戈　　197401
路　鴻　　19740210，19740920，19750406，197506，197506，19750720
路　樺　　197604
路佳宜　　19760601
路　坷　　197610
路丕業　　19690428
路　遙　　19740720
路　野　　19750105

呂長河　　19740113
呂純良　　197506
呂光生　　19750315，19750710
呂　進　　19760910
呂　雷　　197509
呂　涼　　196710，196812
呂良才　　197410
呂亮耕　　19740930
呂乃國　　197511
呂世豪　　197510
呂　宇　　197501，197607
呂雲松　　196601010，197601

綠　原　　196808

樂紀曾　　19660410，19680101，19680225，19680510，197306，197601

羅成林　　197406
羅繼長　　197411，19761115
羅銘恩　　19680731，19740427，197410，197507
羅順富　　19731111
羅維揚　　197611
羅先明　　197312
羅雲飛　　197606
羅子英　　19720520

螺絲釘　　19670209

駱　文　　19660301
駱曉戈　　197610

M

麻俊華　19660212

馬安信　197502，197503，197512
馬壩青　197312
馬長林　19671229，19680808
馬　達　197304
馬德泰　197506
馬國超　19700113
馬國征　19760418
馬合省　197412，19760525
馬恒祥　196904，197210
馬懷金　19731002，19750101
馬金榮　19760314
馬晉乾　197208，197410，19750910，19760115，19760410
馬開元　19681226，19760220
馬　麗　197609
馬連華　19670101
馬聯玉　19750113
馬林帆　19760701
馬慶傳　19660501
馬榮惠　19671029
馬榕勤　19670620
馬生海　197503
馬勝泉　19670209
馬盛乾　196605
馬士林　197302，197409，19761201
馬思泰　19750201
馬衛平　19750302
馬無繮　19660930
馬緒英　19670725，196708，197209，19730101，19730401，197503，197508，
　　　　197602，19760725
馬英俊　197406

麥　地　19670506，19671001
麥賢得　19660901，196611

滿　銳　19660102，19660205，197203，197208，19740225，19760120，19760125

芒　克（見姜世偉）

毛炳甫　19661013，19740811，19750110，19760520
毛詩龍　197209
毛世英　19680923
毛裕儉　19760418
毛澤東　19750919，19760101，197601，197601
毛震郁　19661015，197409

茅　山　19680425

梅紹靜　197405，197508

孟　超　19670806，196808，19760506
孟繁華　197512，197612
孟慶菲　19740115
孟秋芝　197412
孟　仁　197304
孟偉哉　19760801，19761212
孟憲貴　197511
孟憲鈞　19760325

米　彥　19740515

苗愛雨　1974110
苗　春　197205
苗得雨　19760201
苗紅文　197201
苗務寅　19750414
苗　欣　197301
苗緒法　197407
苗延秀　197203
苗振亞　197506

名　濤　197607

明大勝　19670410
明　朋　19670214
明　竹　19670328

鳴　節　19670624

銘　鑒　19740915
銘　心　19671110

莫邦富　19741225
莫少雲　197207，197303，19730601，197401，19740201，197403，197408，
　　　　197504，19750601，197512，19760101，197601
莫西芬　19660310
莫　瑛　197410

木　林　197507

牧　丁　19760828
牧　犁　197306

穆　旦　197505，19750906，19750909，197603，197604，197605，197606，
　　　　197607，197609，197611，197612，1976
穆木天　197110

N

那　沙　196602

納・賽音朝克圖　196809
納日蘇　197401

南　哨　197405
南永前　197509，197612

倪金奎　19760725
倪梅林　19670116
倪　鷹　19740523
倪志良　19660904

念　東　19670124
念　選　19680818

聶紺弩　196808
聶鑫森　197310，197404，197408，197504，197610
聶震寧　19750715
聶紫霞　19750116

寧海留　19760525
寧　宇　19660504，19670423，196803，19690629，197009，197106，197308，
　　　　19731224，19740210，19740407，19740414，19740419，19740520，
　　　　197406，19741120，19741201，19750220，19750423，19750520，
　　　　19750925，19751022，19751120，19760425，19760601

牛廣進　197205，19720701，197511
牛　漢　196808，19690930，197006，1970，197106，197206，197207，1972，
　　　　197306，197309，197312，1973，197403，197406，197409，197412，
　　　　1974，197512，1975，197601，197606，197612，1976
牛懷東　197206
牛　力　197403
牛明通　197210，19731110，197601，19760710，197612
牛　汀（見牛漢）
牛團全　19660601

鈕宇大　19760315

農冠品　197601，197609

努克塔爾汗　197510

O
謳　陽　197409，19761201

歐陽國斌　196603
歐陽翎　197611

P
潘　笛　19660401
潘　楓　19760110
潘復林　19750620
潘國鈞　197310
潘俊齡　19690419
潘禮和　197407
潘　任　19680630
潘萬堤　197608
潘行受　19660410
潘卓夫　19750414

盤美英　197508

龐連玉　197207
龐　然　19740517
龐向榮　197307
龐壯國　19750225

炮　臺　19670207

培　貴　19760420

裴雁伶　19751215

彭　波　19660201
彭景宏　197401，197607
彭霖山　197407
彭　齡　19740120，197409，19741120，197507，19760301，197603
彭斯遠　197205，197411，197602
彭辛卯　197304，19760115
彭仲道　19740105，197505，197511

澎　澍　197209

蓬　子　19690217

平　凹　197411

萍　之　19731111

普福才　196601

浦雨田　197305

Q
戚光武　197511
戚積廣　197106，197110，197203，197301，19730401，197305，197311，
　　　　197409，197502，197507，197606，197610
戚久芳　19750608
戚泉木　19760822
戚萬忠　19741110
戚英發　197305

戚永芳　19661001，19690402

漆春生　197305，197506

齊·哈斯勞　197506
齊鳳林　19660501
齊國興　197308
齊紅深　197311
齊林戟　19721217
齊明昌　19700628
齊　杉　19760315
齊順東　19681226
齊頌東　19681029
齊　武　19760315
齊星明　19660105
齊振業　19660101

祁念東　19670101，19690101，197508

啓　發　19741205

千　柳　19740515

前　進　19750527

錢　剛　19741020
錢　鋼　19751020，19760620
錢光培　19750608，19760710，19761210
錢國梁　19671225，19681226，19690906，19691207，19721217，19730107，
　　　　19730422，19730715，19730903，19740714，19740915，19740920，
　　　　19741117，197506，19750820
錢　璞　197304，197502，197507
錢啓賢　19760905
錢　巍　19760801
錢永林　19750126

喬嘉瑞　19740605
喬　林　197110
喬　屹　197606

峭　石　　19660201，19660401，19670608
峭　岩　　19681017，19681128，19721201，19730510，197412，19750415，
　　　　　19750601，197601，197604，19760710，197607

秦川牛　　19660301
秦　紅　　19681012
秦介龍　　19660405
秦克溫　　19730225
秦林通　　197406
秦孟君　　197508
秦瑞康　　197308
秦　易　　19660601
秦裕權　　197504

覃柏林　　197406
覃建眞　　197611
覃紹寬　　19731201
覃義文　　197203
覃中華　　19731209

勤頌東　　19680927

秋　元　　19721205
秋　原　　197212

邱濱玲　　19750520，197611
邱宏祁　　19660401
邱模堂　　19730201

仇學寶　　19661103，19690906，19691207，197008，19741006，19750520，
　　　　　19751022，19760104，197604，197605，19761101

裘躍顯　　197211

瞿軍安　　197512
瞿遠雲　　19661015
瞿　琮　　19660305，197210，197307，19730801，197311，197404，197404，
　　　　　197412，197505，197507，197510，197512，197602，197602，
　　　　　19760701，197607，197607，19760801，197608，197612

曲孟祥　197202
曲修發　197606
曲延順　19660828
曲有源　197203，19721001，197302，197309，197402，19740301，19750625，
　　　　19760101，197603，19760925，197609

權德毅　197609

泉　聲　197210，19730101，197304，19730501，197502，197506，197508

闞維杭　19760725

R

舟曉光　19760825
舟　莊　197504

饒惠君　197501
饒孟侃　19670402

仁欽道爾吉　197509，197607

任寶常　19690409
任玢聲　19750803
任春遠　19660710
任代清　196603
任　犢　19740417，19740419，197601
任光椿　197410
任桂珍　19690215
任海鷹　19660408，19660509，19731101，197401，19740301，197407，197409，
　　　　197503，197508
任紅舉　19660305
任啓江　197305
任　愫　197305
任秀斌　19740725
任彥芳　19660220，19740115，197401，197405，197506，197604
任耀庭　197205，197401，197403，197412，197505，19750901，197512，
　　　　197608
任兆勝　19760425
任正平　197506，197509

靱　兵　19670804

榕　樹　19741231

瑞　甫　19740420

S

賽福鼎　197409，197508，197609

桑恒昌　197312，197410，19741210
桑　原　19760516，19760701

沙　白　19740120，197508，197510，197610
沙　陵　197212

莎　紅　19660105，197408，19750715，197508，19751130，197611

山　嬰　197211

單潤民　197601
單士航　19750116
單志傑　19750201

商子秦　19740120，197401

尚愛雲　197511
尚　土　19751115
尚　宇　197412，197603

少　華　197607

邵學文　19690419
邵洵美　19680505

申　身　197209，19760215，19760715，19760920
申　衛　19760420
申文鍾　19730115，19750331
申　重　197605

沈炳龍　19660823，19660911

沈國凡　197406
沈鴻鑫　19730527
沈吉明　19680707
沈金生　19661001
沈其昌　19661010
沈　奇　197212，197308，197311，19740101，19740520，19741120
沈巧耕　19750801，197509
沈仁康　197309，197412，197507，197511，197610
沈　岩　197201
沈尹默　19710601
沈　重　197606
沈主英　19751015
沈祖培　19740925

勝　傑　19760821

盛廣前　197407
盛海源　197206
盛茂柏　197411
盛沛林　197608

師東升　19660701
師日新　19660301，197207，197312，19750115，197504，19750701
師宗平　19731019

施達宗　19760101
施德華　19670314
施國祖　197401
施　路　197406
施　平　197507，197607
施　彤　197205，197403

石　川　19751005
石　丹　197403
石佃坤　19661123
石格竹　19760610，19760810
石金錄　197606
石　侃　19761110
石　犁　19721203
石　木　197401

石順義　19760601
石太瑞　19660427，19720520，197307，197311，19760206，19760419，197604
石　灣　19671030，197312，19741001，197412，19750501，19751009，
　　　　19751207，19760110，19760628，19760820
石　武　197510
石　祥（見王石祥）
石秀英　19760315
石　楊　197401
石一歌　197212

時紅軍　19670607
時　輝　19680531
時家翎　197302，19730506，197505，19751012
時　陽　19670317
時永福　196708，19671225，19720501，197305，19730906，197311，197401，
　　　　197403，197408，19741201，197504，19750701，19750910，19750915，
　　　　197511，19760501，19760510，197605，19760630，19760710，
　　　　19760805，19760910，19760910，19761125，197612
時元風　19660610

食　指（見郭路生）

史良昌　19751102
史新宇　197211
史玉新　19660306，19730624，197501，19751207
史　鐘　19760122

世　新　19670128，19670204
世　宇　19670610

書　亭　19661204

抒　雁　19740401

舒浩晴　19760320
舒　衡　19670314
舒茂蘭　197205
舒　婷（見龔舒婷）

述　文　19750115

束景南　197509

司徒華楓　19760101

思　義　19740426

松如布　197209
松　焰　197405

宋福森　19730522，197307，197308，197501
宋　歌　197204，197212，19740325，19740701，19740725，19741225，
　　　　19750525，19751125，19760125，19760925，19760925
宋立人　19760125
宋　烈　197505
宋履進　19750510
宋紹明　19720501，197306，19730710，197312，19740520，197410，197506，
　　　　197612
宋士軍　19680830
宋世新　197506
宋順亭　197306
宋文傑　197106，197205，197311
宋協龍　197204，197208，197307，19740520，19750901，197511
宋協周　19660310，197309
宋　新　19741024，19760320
宋遜風　197511
宋餘三　197607

蘇長仙　19751115
蘇敦華　197412
蘇方學　197401
蘇逢湘　19661205
蘇赫巴魯　197210，197307，197308，197406，197411，197610
蘇虎棠　197405，19760610
蘇啓發　197305
蘇如光　197104
蘇位東　19760501
蘇文河　19680210，19741210
蘇　躍　197411
蘇兆強　197401，197409

素　友　　19661201

隋秀華　　197601

孫愛忠　　197405
孫白樺　　197610
孫寶山　　19670101
孫炳根　　19660610
孫昌瑞　　197311
孫　棟　　19671025
孫鳳鳴　　19670202
孫官生　　19750620
孫桂珍　　19750315，19760115
孫國棟　　197511
孫國章　　197309
孫海浪　　197509
孫海生　　19760115
孫家祥　　19660116
孫家雲　　19661103，19670215
孫建華　　19660612，19660921，19661001，19680501，19680925
孫結綠　　197503
孫景瑞　　19660501
孫　侃　　197307
孫　里　　197411
孫　龍　　19731007，19740331
孫如容　　197412，197505
孫瑞卿　　19680729，19681007，197210
孫紹振　　19730812，19750110，19750320，197506，19750920，197510，
　　　　　19751120，19760120，19760320，197611
孫　祥　　19670329
孫曉堂　　197606
孫旭輝　　197309
孫　揚　　197204
孫一廣　　196809
孫永良　　19661101
孫友田　　19660501，197110，197204，197211，19740714，197501，19761001，
　　　　　197611
孫　愚　　19751226
孫玉枝　　19731110

孫禎祥　19741103
孫中明　197510，197605，19760725

T
臺寶奎　19760510，19760710

談寶森　197612

譚日超　197307，197308，197507，197601，197609
譚朝陽　197412，197610
譚宗輝　197608

湯炳生　19740210
湯和偉　19660201
湯景山　19750707
湯世傑　197402，19751005，19760525
湯世澤　197209
湯　煬　197603

唐大同　197301，197307，197409，197511
唐大賢　19680225
唐山樵　197203
唐紹忠　197409，19760510，197607
唐世敬　196606
唐興義　19750720
唐遠鈺　196808
唐運程　19760101
唐振新　19741103

桃　林　196606

陶保璽　197205，197507
陶海粟　197302
陶嘉善　19671110，19680814，19680909，19730310，197304，19730910，
　　　　19740110，19751015
陶　傑　197409
陶　然　19660125
陶世綿　19660426
陶文鵬　197609

陶　正　197205
陶遵顯　197412

特·賽音巴雅爾　19750119

滕　英　197307

田春圃　197306
田　豐　197512
田　浩　19740520
田　禾　197403，197511
田　間　19660126，19670614，19670906，196801，196809，19751123，
　　　　19760104，197602，19760321，19760415，19760510，19760515，
　　　　19760920，19761015，19761210，19761210，19761215
田澗菁　197301
田　牧　19750415
田　抒　197509
田先瑤　196604
田永昌　19660802，19660822，19670510，19670723，196708，19680918，
　　　　197310，197401，19740217，19740804，19750831，19760301，19760718
田永元　197303，197401，197501，197507，197509，197604
田章夫　196611，19720520，197205
田　眞　19750215
田宗友　19700528，19700721，197607

鐵　林　197411
鐵　山　197411

庭　葵　19670523

佟有爲　19761015

童本清　19731115，197506
童　丹　197609
童嘉通　19680130，19750608，197509，197602，197608
童汝勞　19751015
童　聞　19721207
童　曉　19670209
童永泉　197209

涂樹貴　　19660510

W

瓦力斯江　　197508

宛世照　　19740210

萬斌生　　197507
萬　捷　　197605
萬里浪　　19680110，197605
萬良順　　19660825，19660914，19661010，19670117，19670701，19690402
萬文藝　　197504
萬　洲　　19700821

汪承棟　　19660305，19660401
汪涇洋　　197307
汪靜之　　19680108
汪秀秀　　197304
汪應瑞　　197207

王寶貴　　197509
王寶興　　197401
王本善　　19670101
王　波　　19760520
王伯陽　　197401
王不天　　197601
王長富　　197403，197404，197407，197410，197611
王長俊　　197602
王成俊　　19660108
王存玉　　197510
王大成　　197409
王德福　　19680125
王德恒　　197602
王德華　　197612
王德祥　　197402，19740510，19741201，197507，197508，197512，19761020
王定華　　197206
王東滿　　19760915
王　杜　　197604，19760520
王敦賢　　197510

王鵝羽　19661220
王恩宇　19660815，19670321，19680827，19730121，19730429，19740110，
　　　　19740710，197408，19740920，197409，19741111，19750625，
　　　　19750710，197507，19750910，19760430
王發昌　197510
王發秀　197502
王方武　19660601，197106，197110，197205，197301，197307，197402，
　　　　197405
王峰山　197503
王鳳勝　19750309
王復興　197502，197607
王福全　197310，197411
王根禮　197511
王光林　19660504
王　貴　19760125
王貴彬　19660204
王貴章　19750925
王桂榮　197311
王桂霞　197510
王國藩　197512
王國旺　197205
王海珍　19660928
王　河　197207
王和合　197209，197403
王　紅　196808
王宏文　197402
王洪濤　197310，19741115，197412，19750910，197509，19751215，19751225，
　　　　197607
王　鴻　197305
王鴻生　197610
王懷讓　197304，19730710，197409，197409，197409，197409，197411，
　　　　197501，197603，197605
王慧琪　197511，19760701
王惠雲　19660401
王繼榮　19660829
王家金　197408，197410
王家林　19761101
王　劍　197407
王建國　19660916，19680418，19740801

王慎行　19740320，197504
王石祥　19660725，19720501，197208，19730301，19731001，19740715，
　　　　197411，19750701，19751015，19751019，19751110，197512，
　　　　19760406，19760701，197607，197608
王世才　197603
王守勳　197309
王守政　197511
王綏青　19660105，197505，197507
王書懷　19660205，19660305，19660325，197203，197211
王淑珍　197403
王　術　19751012
王樹濱　19760418
王樹國　197606
王樹青　19740703，197407
王樹田　19760710
王天奇　197304，197605
王天瑞　197203
王廷光　19740901
王霆鈞　197406
王維章　197204，19721001，197305，197402，197509，197512
王維洲　197206，197405，197507，197512
王文福　19751101
王文緒　197310，19760115
王文學　197502
王喜錦　19660101，19660115
王賢良　19750405，197612
王湘晨　19740625
王翔蔚　19670506
王向陽　197410
王小妮　197602，197608
王曉廉　19761114
王曉平　197603
王新弟　19750315
王新民　19740703，197407，197412，19750212，197505
王新濤　19671029
王信銀　196904
王性初　19750120
王　雄　19660830
王　栩　197412，19750212

王選慶　197311
王學海　19750125
王亞法　197506
王炎欣　19671225
王彥芳　197501，197511
王豔琴　197401
王燕生　197309，197310，197312，197402，197404，197502，19760510，
　　　　19760510，197610
王耀東　19660110，19660410，19741010，197501，197509
王　也　19660212，197512
王　野　197204，19721217，19760225，19760425，19761210
王一桃　197209，197301，197302，19731101，197404，19751115
王　毅　19761225
王寅明　197305
王英志　19660822，19670221，19761125
王　穎　19740610
王永葆　197604
王永富　197307
王詠梅　19661015
王勇軍　19751220
王又安　19680814
王玉華　19750101
王玉坤　197512
王玉民　19761115
王育芳　197604
王元明　197608
王月梅　19660921
王澤群　197602
王　昭　197407
王者誠　19671125，197409
王振海　197401，197511
王振佳　197612
王振堂　19690419
王振亞　19670424
王　智　197203
王致遠　197308
王中朝　197302，197308，197401
王中忱　19750707
王忠範　19740525，19740925，19760725

王忠傑　197312
王忠瑜　19740325
王主玉　197611
王祖德　196605
王作山　19740703，197412，19750101，197505，19760310，19760310，197604，
　　　　197604，19760510，19760910

韋國華　197607
韋平選　197201
韋其麟　197301
韋　丘　19660227，197303，19730801，197312，197403，197412，197505，
　　　　197605，197610，197611
韋榮久　19661226
韋　森　19761115
韋尚田　19660105
韋書生　19681226
韋信龍　197209
韋　野　19740515，19760215，19760915
韋兆瑞　197603
韋　之　197611

偉　敏　19751012

衛　東　19670104
衛東兵　19670207

未　凡　197409
未　央　197309，197311，197312

魏接天　19660101
魏久環　197302
魏啓平　197512
魏尚清　197206
魏淑芳　197511
魏土貴　19740427
魏　巍　19761020，19761210
魏文中　197407，19750101，197506，19760310，197604，197604，19761001
魏亦瑪　19751116
魏則玉　19690102

吳功正　19730710
吳國生　19680907
吳國有　197411
吳　紅　197509
吳厚炎　19750518
吳淮生　197304，197408
吳歡章　19740701，19740824，19751207，19760321
吳繼宗　19751202
吳建國　19740701
吳金傑　197106
吳克強　196710，196812
吳禮禎　197607
吳琪拉達　197504，197610
吳　然　19750520
吳榮福　19740225
吳士餘　19760315
吳仕蘭　19660130，19660626
吳仕龍　197312
吳樹民　197202，197205
吳濤聲　19681103
吳萬里　197304，197411
吳　曉　197211
吳曉平　197508
吳曉燕　197604
吳　辛　197207，197409，197510，197602，19760501，197605，197612
吳興華　19660803
吳修文　19660212
吳　野　197507
吳一勇　19660401
吳永金　197207
吳永進　19730101，19750706
吳永祚　19750920，19760420
吳有華　197310
吳雲進　197411
吳增炎　19741120
吳振標　19670124
吳振芳　19750417
吳正格　197510
吳正國　19760620

翔　宇　197406

向　東　19670101，19670221，19670501
向　明　19730801，19731201，197406，19740701，197409，19741124，
　　　　19750625，19750901，197601，197602，197605，19761214
向日葵　19671226，196812
向天紅　19670328，19680102
向　陽　19670106，19670523，19760915
向陽紅　19670616
向遠寧　19730906

肖　冰　19751125
肖　波　19750925
肖　采　19740522
肖重聲　197201，197203
肖　川　197304，197408
肖蒂岩　19730415
肖復興　197311
肖　崗　19660105
肖　孔　19671218
肖　玲　19660405，197308
肖　木　19660216
肖平安　19660301
肖慶林　197512
肖萬件　19660510，19660610
肖文普　19750315
肖業文　197305
肖貞福　19660310
肖振榮　197308，19740715，197412，19750201，19750515，19760615，19761015

蕭端祥　197210

小兵吶喊　19670420
小　蕾　19731120，19740920，19760120

曉　波　19750601，19751001，19761220
曉　晨　19751201
曉　笛　19670413
曉　凡　19660101，197504，197603，197609，197612

邢海珍　19760725
邢開山　19660320，197604
邢世健　19741025
邢書第　19660210，19660212，19660525，19660710，19660801，19670108，
　　　　197306，19731201，197401，197407，197509
邢秀玲　197606
邢燕子　197411，197604
邢　映　19751125

胸懷忠　　19680525

熊鳳鳴　19661030
熊光炯　197304，197403，197503
熊遠柱　197402，197406，197408
熊召政　197403，197409，197506，197603，197607，197611

袖　春（見郭小川）

岫　峰　196808

胥忠國　197207

徐　艾　197612
徐寶成　197608
徐長林　19680927
徐　遲　196809，19761010
徐東達　19740512
徐　芳　197309
徐　剛　197205，197210，197212，197212，19730205，19730513，19730722，
　　　　19730901，197310，19731104，19731201，19740108，197403，
　　　　19740721，19741020，19750316，19750925，19751005，19760101，
　　　　19760406，19760416，197606，19760720，19760925，19761022
徐光榮　197409
徐國新　196606
徐國志　197205，197401，197601
徐　賀　197407
徐洪斌　19741124
徐懷堂　19690925，19730501，19740714，19740720
徐　慧　197505，197507，197509

徐緝熙　19751214
徐加達　197212
徐劍銘　19660101，19740320，197411
徐劍鳴　19760605
徐金海　19740505
徐景東　19721203，19740721
徐　康　197401，197407，197412，197507，197609
徐榮街　197505，197602，197610
徐如麒　19750518，19760320，197606，197606，19760720，197609
徐若琦　19760315
徐聲凱　19731001
徐勝遠　196908
徐　鎖　19730720，19730920，197405，19750120
徐萬明　19660410，197203，197403
徐效忠　19661220
徐延山　19740610
徐照瑞　19730205
徐眞柏　197605
徐振輝　197212
徐志華　197606
徐治義　19660301
徐子芳　19660205
徐淙泉　197505

許傳之　197609
許東想　19660401
許　峰　197405
許光懋　197509
許國泰　19761114
許建川　197609
許力行　19670108
許　辛　19761225

旭　峰　19680818
旭　宇　197205，197209，197210，197304，197405，19740915，19761015，
　　　　19761215

薛達清　197512
薛爾康　197501

薛家柱　19730527
薛魯青　19740509
薛　平　197308
薛錫祥　19670325
薛治本　19660501

學工農　19681008

雪　梅　197301
雪　杉　19750415，19750615

汛　河　197510，19760220

迅　雷　19670810

Y

啞　默（見伍立憲）

鄔家發　197601，197602

延　歌　19670520
延　青　19741212

嚴　辰　19660325
嚴成志　197507
嚴良華　19740217
嚴　農　197310
嚴慰冰　196801
嚴祥炫　19740701，19741001，19750101，19751020，19760501
嚴　玉　197511
嚴　陣　197110，197501，19760320，197605，19760717，197611，19761210
嚴忠喜　19750920

言　鳴　197502
言　志　19681018
言子清　196812

岩　峰　19760225
岩三滿　196604

閆純德（見閻純德）

閻純德　19660901，19680907
閻　閣　19740610
閻民生　197412
閻墨林　197309
閻世偉　197608
閻　武　197603
閻一強　19730201，197312，19740430
閻豫昌　197409，197607
閻志民　197507，197602，197602，197604，197608

顏家文　197205，197608
顏　烈　197612
顏士良　197511
顏廷奎　197312，197407，197408，19750315，19760510
顏運禎　197412

彥　之　19750713，19751214

晏　晨　19740420
晏克和　19681226

雁　翎　197311
雁　翼　196601，19660201，19660301，197110，197205

燕　楓　19761110
燕　峰　19671107

楊本紅　197312，197312
楊　暢　197310
楊成傑　197406
楊代藩　197607
楊德祥　19660801，19690217，19720501，19740804，197501，197504，197507，
　　　　19750803，19750831，197510，197604，19760720，1976080
楊東明　19660930，197509
楊冬蘄　19750515
楊　渡　19680908
楊恩華　19760515
楊　帆　19661009

楊　帆　　19671107
楊　豐　　196605
楊國安　　19721116
楊海滿　　19670101
楊鶴樓　　197211，197305，19750915，197603，197605
楊洪立　　19690409
楊　樺　　197601
楊　槐　　19760420，197605
楊金書　　19670425
楊景亮　　19760401
楊　軍　　197303，197607
楊俊青　　19681106，197112，19731110，19740418，19740510，197408，
　　　　　19750110，19750202，19760727
楊俊逸　　19681226
楊　克　　197412
楊匡漢　　197305，197509
楊匡滿　　197207，19730501，19740115，197407，197407，197508，19760710
楊里昂　　197305，197312
楊　煉　　19760710
楊林勃　　19750215
楊　眉　　19750301
楊　明　　19740324，197501
楊明湘　　197106
楊　牧　　19731201，197504，197507，197508，19760704，1976080，197609
楊農恩　　19751226
楊清祿　　197606
楊群山　　197312
楊儒鵬　　19670502
楊善書　　19660214
楊生潛　　197307
楊勝春　　197403
楊世海　　197506
楊　樹　　197609
楊樹茂　　19740426
楊松傑　　19760420
楊松濤　　19740625
楊庭順　　19760210
楊小峰　　19660301
楊曉光　　197509

耀　先　19750527

野　曼　197312

葉　笛　197512
葉淩良　19751026，197601
葉　倫　19740419
葉　茂　19751220
葉明山　19671010
葉慶瑞　197207，197504，1976080
葉聖華　19740705，197509，197611
葉文彬　197402
葉文福　196702，19720501，197205，19721001，19730401，197307，197310，
　　　　197312，19740301，19750301，197604
葉文藝　19660901，197209，197211
葉曉山　19670101，197210，19730310，19740520，197409，197412，19750120，
　　　　197502，197508，197511，197601，19760512，19761010，197610
葉秀英　197404
葉延濱　19750301，19750701，197511，197603，19760601
葉永生　196803
葉兆雄　197109
葉知秋　197605，19760802
葉子青　197203

一　兵　19670205，197208
一　卒　19670205

伊丹才讓　197312

依不拉音斯拉木　197303

貽　模　19750320，19760120，19760520

弋良俊　19761220

憶明珠　197510

易和元　19680306
易洪斌　197307
易仁寰　197512

于厚清　19681012
于　力　19730701
于　鵬　197609
于　平　19750120
于　沙　197402，197604，19760720
于書恒　19661203
于　水　19750803
于希敏　19660305
于雪梅　1975
于有澤　1974
于元盛　19660201
于宗信　19660801，196611，19670125，19670218，196702，19670510，
　　　　19670614，196708，19670910，197203，197205，197205，197207，
　　　　19740515，197406，19741020，19750425，19750515，197505，197506

余次安　197506
余光烈　19660830，19670114，19670123，19680210
余　廣　197507
余弘達　19660405
余　華　19661004
余惕君　197503
余新慶　197503
余　揚　19751115
余志安　19670128

俞平伯　19670905
俞樹紅　19660210
俞文達　197604
俞兆平　197304，197308，197404，197405，197411，19750520，197507，
　　　　19750920，197611

虞偉民　19730620
虞文琴　19760401
虞　宣　197412

雨　石　196806

郁　蔥　19750815，19751215，19760515，19761115，19761215

喻大翔　197603

喻　曉　19660815，19670221，19680602，19720601，19720701，19721201，
　　　　19730601，197307，19740601，19750601，19751019，197601，197604，
　　　　197606，19761101
喻祖福　197205

元　輝　19730319，19730601，19740201，19750401，19760720，197608

原　軍　197205

袁　勃　19670606
袁伯霖　197510
袁　航　197503
袁金康　197506，19751001
袁　軍　19681226，19730923，19740520，19741013，19741120，19750503，
　　　　197506，19751020，19760416
袁　峻　197606
袁水拍　196809，197601，197601
袁文燕　19731224
袁忠岳　19660110

遠　徵　19670725

樂　岩　197409

岳立功　197604
岳淩雲　197309
岳文治　19760325
岳效良　19680818
岳　重　197201，1972

雲　霓　197511
雲水怒　19670502，19670614
雲文兵　19660831
雲照光　197611

耘　達　197405，19750120

允　璜　19710509

運懷安　197604

Z

再　耕　197607

昝　澍　19760822

臧克家　19660915，19670211，19670310，19670311，19670323，19670509，
19680426，19680504，19680922，196809，19690125，19690131，
19691130，19700130，19700220，19700304，19700627，19720302，
19720530，19720630，19720914，19720915，19751226，19760104，
197601，19760510，19760512，19760710

曾凡華　197205，197305，197404，197504，19750501，19760801
曾廣瑞　197505
曾繼能　197405
曾士讓　19740523
曾　淑　197612
曾憲瑞　19730701
曾宜富　197511
曾　卓　1970

札　布　19670325

查代文　197601

翟葆藝　197606
翟辰恩　197304
翟承恩　197408
翟玉堂　19660828

占道本　19740427

戰　號　19670225

張寶明　197408
張寶申　19681106，197210，19730624，197402，19740418，19750731，197601，
19760627
張秉珏　19730903
張　波　19660301，19660701，19750115

張伯印　19660701
張不代　19760515
張才欽　19680125，19680808
張　策　19761010
張　長　197310，197402
張長和　19660828
張呈富　19660707
張承信　197205，19760315
張澄寰　19720801
張崇謙　197206
張傳富　19660101
張春海　19740915
張春文　197508
張春溪　19760101
張從海　19750115，19760815
張叢中　19730722，19740505，19751109
張德芳　19680212
張德強　197211
張德振　197504
張殿生　197106
張東方　19761024
張東輝　19750320
張方欽　19671229
張鳳和　19660401
張福根　197306
張福慶　197401
張根扣　197304
張光年　19670110，19670509，19670520，19671118，19671213，19680309，
　　　　19690125，19690515，19691104，19691127，19700329，19700501，
　　　　19700619，19700622，19700910，19710412，19711115，19711211，
　　　　19720728，19750621，19751203，19761107
張桂根　197205
張貴祥　197505
張國宏　19660401
張含保　197610
張河石　19671014
張亨利　19751226
張衡若　19740512
張紅軍　197506

張紅雨　　197212
張鴻喜　　19670827，19671212，19680131，19680418，19680716，19690311，
　　　　　19690416，19691207，197210，19731209
張　華　　197410，197506
張　化　　19680427，197511
張化聲　　197303，197609
張　惠　　19760822
張繼堯　　19750117，19750305，197604
張家鑒　　19660102
張劍華　　19671228
張建民　　197406
張建中　　197105，197201，197304，197310，197312，1974，197501，197507，
　　　　　197610
張斤夫　　19670329
張金海　　19760306
張金康　　19750201
張勁草　　19760411
張景振　　197207
張景琢　　19660916
張久發　　197509
張俊彪　　197311
張　克　　197512，197609
張昆華　　197312
張　廓　　19730301，19750701，19751201，197601，197602，19760725
張理勤　　19740512
張力生　　19720501，19731101，19760201，19761101
張立軍　　197602
張連發　　197505
張良火　　19721202，19740305，197505，197507
張　烈　　19670902，19680521
張滿飆　　197406
張滿隆　　197203，197209，197303，197405，197412，197502，197504，197602，
　　　　　197612
張梅華　　19760314
張明傑　　197601
張名河　　197211
張蓬雲　　19740101
張樸夫　　19751201
張　旗　　19741105

張　乾　197502
張慶功　19670725
張慶明　197410，197609
張秋華　19760610
張全明　19760501
張如意　19660901
張瑞生　19660707
張紹寬　19760605
張生民　19660906
張壽山　19760810
張樹寬　197411
張樹桐　19750116，197604
張樹偉　197406
張隨丑　197407
張天定　19760515
張天民　197305，197610，197612
張鐵崖　197510
張萬晨　197410，197509
張萬山　197506
張萬舒　197311
張　煒　19731001
張衛東　19730715，197406
張文明　197207
張文祥　19750315
張五海　197209
張喜山　197602
張顯華　197207，197305，197510
張憲斌　197204
張獻隆　19660828
張相林　197203
張祥康　19760520，197608
張小鴿　19750128
張小敏　197603
張　新　197601
張新泉　197411，197507，197601，197609，197612
張興禮　19660205
張修富　1975
張旭東　197310
張宣強　197207，19760120

張學林　19750301，197508
張學義　19760710
張雪杉　19760501
張雅歌　197203，19730301，197407，197411，197507
張亞南　19670610
張燕輝　19740517
張養科　197409
張永枚　19660227，197209，19730325，19731201，197312，19740310，
　　　　19740315，19740316，19740317，197403，19740401，197404，197404，
　　　　197404，197404，197404，19740515，197405，197405，197407，
　　　　19740805，19740824，19740930，19741124，197412，1974，19750202，
　　　　19750510，197508，19750922，197511，1975，197601，19760425
張永權　197308，197404，19741005，19750605，19751207，19760125
張永生　197502
張永柱　197505
張玉彩　197511
張玉林　19660313
張玉平　197602
張玉清　197410
張　郁　197205，197411，19760120
張元才　19661121
張運福　197503
張贊廷　197206，197405，19741201，197412，19750101，197503，197512
張占興　197304
張之濤　197303，197310，197509
張志標　19760606
張志誠　19760204
張志良　197304，19740520
張志民　19680508，19761020，19761110
張志民　19750501，197506
張志仁　197312
張志勝　19660901
張志玉　197509
張中源　197608
張子春　197305

章寶璋　19750310
章晨溪　19750323
章德益　197409，197502，197605，19760710，197607

周　鶴　19740310，19740501，19750501，19750818，197508，197602
周鴻飛　19731225
周厚斌　197608
周吉士　197506
周家駿　19760731
周嘉俊　1976080
周介龍　197501
周克周　197412，19750101，19750308，19760307
周靈芝　197511
周美華　19670620，196809，19690427，19691021
周啓光　197403
周仁民　19740427
周　森　19660901
周申明　19751015
周　實　197408
周所同　19760515
周　濤　197603，19760820，19761115
周土根　19741120
周曉芳　197410
周曉英　197411
周信禮　19661203
周銀寶　19660701，19750220
周永森　19700428，197308，197407
周玉林　197302
周志懷　197512
周志俊　19751020
周志友　197612
周作人　19670506，196808

朱　兵　19670210
朱秉龍　197205
朱昌勤　196601010，197601，197605
朱大可　197608
朱根發　197410
朱谷忠　197304，19750720，197603，19760701
朱和平　197501
朱弘強　19760613
朱吉成　197612
朱健強　197511

朱　捷　19760715
朱金晨　197212，19730107，19740120，19740123，197410，19741220，
　　　　19750525，19750720，197510，197511，19760430，197605，19760613，
　　　　197606
朱經通　19760101
朱　雷　197301，197411
朱　鷺　19660205
朱清江　19660401
朱珊珊　19680925
朱壽鵬　19661205
朱述新　19731115，197507
朱爍淵　19760731
朱體泉　197409
朱萬春　19740601
朱文長　197310
朱文虎　19660816
朱文玫　196603
朱賢明　19660831，19681113
朱向前　19760720
朱　曉　197407
朱雪冬　19730113
朱雪仁　19681226
朱　岩　197512
朱永清　197602
朱增玉　197410
朱兆雪　19660201
朱志剛　19670129，19671204

竹　人　197405

祝潤功　197202
祝樹理　197205

莊志霞　197609
莊　重　197212

追窮寇　19670622

子弟兵　19670530
子　幹　19760610，19761210

後 記

　　這是一本舊著，完成於 2005 年，並於當年 12 月由河南大學出版社列入「文藝風雲書系」出版。書出得又快又好。稍有遺憾的是，爲保證書能順利出版，書名改成了《中國當代新詩編年史（1966～1976）》，其原因不說大家也是知道的。

　　感謝花木蘭文化出版社，實現了我多年想恢復原名出書的願望。借此機會，我對原書又做了一些補充，改正了少許文字錯誤，因此這次出版的應爲修訂本。

　　文革詩歌研究雖然困難重重，但我一直願意堅持做下去。謝謝大家的幫助。

劉福春

2014 年 5 月 5 日

.